# 在纸页间穿行

文学评论 与 编辑札记自选集

林宋瑜　著

南方出版传媒

花城出版社

中国·广州

图书在版编目（ＣＩＰ）数据

在纸页间穿行 / 林宋瑜著. -- 广州 : 花城出版社,
2020.1
　　ISBN 978-7-5360-9050-7

　　Ⅰ．①在… Ⅱ．①林… Ⅲ．①中国文学－当代文学－
作品综合集 Ⅳ．①I217.2

　　中国版本图书馆CIP数据核字(2019)第259191号


出 版 人：肖延兵
责任编辑：林　菁　揭莉琳
　　　　　刘玮婷　罗敏月
技术编辑：凌春梅
封面设计：庄海萌

书　　　名　在纸页间穿行
　　　　　　ZAI ZHIYE JIAN CHUANXING
出版发行　花城出版社
　　　　　（广州市环市东路水荫路 11 号）
经　　销　全国新华书店
印　　刷　恒美印务（广州）有限公司
　　　　　（广州南沙经济技术开发区环市大道南路 334 号）
开　　本　880 毫米×1230 毫米　32 开
印　　张　12.375　2 插页
字　　数　250,000 字
版　　次　2020 年 1 月第 1 版　2020 年 1 月第 1 次印刷
定　　价　69.80 元

如发现印装质量问题，请直接与印刷厂联系调换。
购书热线：020－37604658　37602954
花城出版社网站：http://www.fcph.com.cn

# 目录

---

# Content

## 第一辑　文本观察

### 流浪的情感
——解析陈染小说集《嘴唇里的阳光》　　　2

### 春天，众生狂欢
——《万物花开》点评本后记　　　11

### 带着词语飞翔
——关于海男近期小说叙事风格的转型　　　15

### 危机四伏的世界
——陈家桥作品解读　　　23

### 作家能够在现实中看到什么
——长篇小说《长势喜人》阅读印象　　　31

### 一个充满巫傩异象的小说王国
——读田瑛小说集《大太阳》　　　37

### 婉约之美
——饶芃子散文论　　　43

文本的语言构成与语境　　　　　　　　　　62

个人舞步的动人与疲软
——探析"20世纪60年代出生"的写作者　　　69

不仅仅聆听
——关于冼星海、关于音乐　　　　　　　　76

挂羊头卖狗肉的写作　　　　　　　　　　　82

假作真时真亦假　　　　　　　　　　　　　87

混搭？抑或混乱？
——中产阶级格调在中国　　　　　　　　　90

击碎幻象之后的守望
——阅读文化先锋书系"刀锋文丛"　　　　105

纪德的灵魂
——读《纪德文集》散文卷　　　　　　　　110

女人像头发一样纷乱
——关于《声声断断》《不可言说》的片言只语　114

风雅·附会风雅·山寨风雅
——《假装的艺术》及其他　　　　　　　　118

## 第二辑　他乡母语与文化记忆

特别的声音
——对海外大陆女作家的文本分析　122

今天的爱丽丝寻找什么？
——澳大利亚华人女作家小说评析　138

偏见：《查泰莱夫人的情人》与《K》　151

你将向谁靠拢？
——处于双重边缘的华文女作家　154

有意味的个案：不同视角的赛金花　170

放逐与回归
——聂华苓小说作品呈现的文化悖论　179

永恒的定义
——《远见》《二胡》《纸婚》中的情爱主题　193

文学教人以同情
——重提白先勇的意义　206

火与泪：生命在漂泊中
——读流星子的诗　210

莲愿
——郑奋强绘画作品欣赏　　　　216

## 第三辑　编辑札记及其他

林白的翅膀
——林白创作印象　　　　222

尖锐中的柔软，黑暗里的微光
——关于《大势》及其他　　　　230

让世界为中国女性所感动
——当代华人女作家在西方　　　　234

写在《一个人的战争》发表 20 周年之际
——《一个人的战争》首发编辑手记　　　　240

命运是件很神奇的事
——《越野赛跑》首发编辑手记　　　　243

关于虹影和她的《康乃馨俱乐部》
——《康乃馨俱乐部》首发编辑手记　　　　247

活着为了讲述
——《耳光响亮》首发编辑手记　　　　254

历史的花腔，花腔的历史
——《花腔》首发编辑手记　　　　259

## 化蛹为蝶的女性
——《坦言》首发编辑手记　　265

## 下海·听风
——《合同婚姻》首发编辑手记　　270

## 非母语写作与原乡记忆
——百道网关于《大巴扎》的书面访谈　　275

## 借我、借我一双慧眼吧　　279

## 永恒的青鸟
——写在2009年全民阅读日　　282

## 守望那一缕微光（节选）
——对话林贤治　　285

## 蝶变
——重访"新三巫"　　296

一、陈染访谈：破开？抑或和解？　　298

二、林白访谈：从《一个人的战争》到《妇女闲聊录》　　309

三、海男访谈：为女性而写，而非女性主义　　317

## 创作与思考
——著作人访谈　　324

一、陈思和访谈：我们的声音　　324

二、赵毅衡访谈：远游者回眸　　327

三、蔡翔访谈：理想主义者的现实关怀　　329

四、潘军访谈：从先锋作家到新科导演　　332

他，乘愿而来
——《寻找世界心灵地图》的出版缘起　　335

一个恋物者的时光碎片
——读澄子的《瓷壶里的夏日》　　338

隐秘的花园
——关于《世界的渊源——女人性器官的真相与神话》一书　　341

暗中自有清香在
——《化蛹为蝶——中国现代戏剧先驱陈大悲传》编辑札记　　345

遐想欧姬芙
——《花·骨头·泥砖屋——走近欧姬芙》编辑札记　　349

唤起你"色彩觉醒"
——推介《女性个人色彩诊断》　　352

荷德归来话版贸　　356

另一种视角看版权贸易
——世界著名文学经纪人托笔·伊迪访问花城出版社　　363

当全球化已经成为现实，我们何为？
——来自英国图书出版界的启示　　370

后记　　384

第一辑

文本观察

# 流浪的情感

——解析陈染小说集《嘴唇里的阳光》

在当代中国文坛，文体探索与叙述语言的大胆犯规使一批年轻气盛的"先锋派"作家获得纯文学范围内的青睐。女性作家作为群体力量似乎失去了若干年前的气势，她们分解为不同路数的个体，孤独而不甘寂寞地努力着，挖掘着自己的创作园地。有的标新立异，有的囿于个人情感，有的遵循传统规则。这其中有一个顽强而清晰的身影闪动，她走她自己的路子，真挚而富有探险精神。这条路通向一个神秘而复杂的世界——人类的情爱世界。她以一个知识女性的敏悟、善思及艺术天赋，通过小说艺术地展示了爱的各种痛苦、热情、需要、暧昧不清等存在，以及存在现象背后错综矛盾的、常态或病态的心理及情感内涵。这位作家叫陈染。

一本《嘴唇里的阳光》摊在案头，窗外有雨潇潇，与孤冷而沉郁的叙述话语相呼相应，这是很落寞的语境。我读那既不逃避也不顾忌的内心独白，读到的是一双凝注内在心灵的悲郁而不肯绝望的眼睛。

爱作为艺术作品的重要题材，获得永恒的意义，因为它是人生中最重要的事情之一。人类自诞生之日起，便伴随着爱的拥有与丧失的不断交替，人类在不断的挫折中成长，心灵在不断的逃避孤寂中成熟起来。爱，有多方面的情结，与生命本身的意义息息相关。在《嘴唇里的阳光》中，令人强烈感受到的，是作家在这条路途中孤独而执着的精神之旅，她在探索并展现这个驳杂世界的同时，镶嵌了许许多多内心理想的碎片。

## 一、俄狄浦斯情结与美少年那喀索斯

母亲给我们最早的爱——和它的伙伴，恨——的启迪。

——朱迪丝·维尔斯特《必要的丧失》P63

母亲，一位在中年与老年年龄边缘的女人，一位离异的单身知识女性。这是陈染小说中反复塑造的重要形象之一。这个形象是富有意味的。我想说，不必用弗洛伊德学说来阐释她，作者其实很懂俄狄浦斯情结，她将这种学说艺术化，她通过写作与自我的内心冲突搏斗。

《与往事干杯》无疑是很具自叙性的作品。强烈的主观介入，连贯的情节，流动其中的情感以及作者惯用的内心独白无一不显示作者的心路历程。并且，"母亲"与"我"作为小说不可摆脱的形象，以后仍然扭曲、变形、分分合合，若隐若现于她的小说世界中。

"她孤独寂寞，优雅淑静，她拥有良好的教育和修养，她会弹琴作画还会写书，她把知识传递给我，也把性别传递给我。"①这是

---

① 《嘴唇里的阳光》，长江出版社，1992年12月版，第33页。

已届中年的母亲，与"父亲"离异与"我"相依为命，同时还经历着她的同时代知识分子共同的悲剧命运。几度沉浮，但半生岁月的沧桑并没有完全夺走她的风姿。她勇敢地拒绝往事，拒绝衰老，以真情和激情拥抱生活。"我"不仅仅延续着她的生命历程，也沉甸甸地分担她复杂的精神与情感。这个形象交织着作者的爱与恨，作者擅长心理分析的笔法并不能把她放置在精神分析医生的位置上，她的思路本身带有强烈的主观色彩。《无处告别》中专章叙写"黛二小姐与母亲"，作者对于女性特殊心理的精细透视，给人以一种尖锐的触感，以至心理上的震撼。"每当她和母亲闹翻了互相怨恨的时候，黛二小姐总觉得母亲会隔着门窗从窗帘的边边沿沿的缝隙处察看她。这时，她便感到一双女人的由爱转变为恨的眼睛在她的房间里扫来扫去。黛二不敢去看房门，她怕和那双疑虑的全心全意爱她的目光相遇。"类似的语言在作品中流动。无奈、迷惘，充满矛盾。我想，陈染塑造的母亲，不仅仅是文学意义上的母亲，她可能有更多情感上、精神上甚至文化上的负重。甚至是这位母亲，给予她创作上许多灵感的启发。在《空心人诞生》，在《站在无人的风口》，我们看到两位单身女性相伴相随，不可割舍，甚至渗进同性恋倾向的因素……我们看到一位铅华褪尽的老女人为往事为曾经热情焚烧的爱人的悼忆。这种对他者的内心体察和把握的适度不仅仅是作者的想象，不是一种臆造。形象本身蕴涵的感情深度泄露了作者源于生活经验的内心郁结。

通过母亲，通过"我"的形象（同时隐身在肖濛、黛二、水水等人物上），陈染大胆而敏锐地裸现女性心理世界，展现当代知识女性的生存困境。肖濛是黛二的少女时代，黛二是肖濛的青春晚期，这两个人物形象有某种程度的叠合；柔媚而忧伤，身心成熟，气质冷傲；与单身的母亲相依为命。我始终相信，这两个形象清晰而完整地投射着作者的影子，而且那种语言的自我流淌表露了作者内心的自恋倾向。她就像希腊神话中化作水仙花的那喀索斯，这种自恋的情感实际上是一颗追求完美而蒙受创伤的心灵的自我展示。她常常将自我的心语赋予肖濛或黛二。肖濛的"世界上有一些感觉是无法传递给他人的，它只能永远埋在自己心中，和生命一同死去。"与黛二"一方面体味着孤独的自由，又一方面感觉到不可遏制的空虚。她没有哀伤，也没有悲叹。她知道自己永远处在与世告别的恍惚之中。然而却永远无处告别"有内在的沟连。它们所表达的是感伤的生命激情，是精神上的隔阂，是心灵面对世界的疏离。

　　不管是母亲形象，还是"我"的形象，作者的恋母与自恋的情绪均在表达对爱的情感的理解，而且这种情感是与生命意义、生存状况密切相关的。人能够同时意识到自己，意识到自己的生活世界，既是幸福，又是可怕的宿命。我想谈谈《空的窗》，这是一篇特别的作品，那么纯粹的小说语言与那么纯粹的情感抒发。情节并不太重要，尽管它很完整。耐人咀嚼的是作品的象征性。当象征不仅仅被作者视为一种手段，而是情感倾泻的自由选择时，作品便获得深厚的底蕴。一个丧偶的老人在绝望的悲伤中有了一份工作——为邮局投送那些无法送达的死信。这份工作使老人的生活充实而且光亮起来。老人送出的最后一封死信是致"北京鼠街每天太阳初升时分开窗眺望的女人收"。这位女人是"我"——一位终日被吞没在漫无边际的黑暗里，却在太阳初升时分开窗眺望的女人。"我不能说我已经完成了黑暗与光亮这个既相悖又贯通的生命过程。但我的的确确领悟到这是生命存在的两个层次"。情节与作者要表达的意旨并不晦涩，它们简约、明晰，而且富于诗意。但体现于结构之中的生命境界才是真正充满魅惑的。人的生命历程，必经许多必要的丧失，甚至不必要的丧失。时光流逝，死神逼近，你会失去最亲密的人，你甚至会失去生命中最光亮的东西，唯有孤独永随你身前身后。人处于这种生态，人在主动或被动地造就不同的心态。老人送信，瞎眼女人在眺望，她们的生命因此而光辉，因此获得活着的意义——尽管这活着的意义面临没有边际的时间与空间的黑暗，它是那么脆弱，然而它相当有力地显示了心怀梦想的人们的生命力量。正如作者在文中所说："连绝望这件事存在的本身也不要绝望，我和你同在。"我觉得，在更深的层次，这种绝望本身包含着一种愿望，是一种希望超越绝望状态的愿望，是生命的一种创造。我想，作者也是心怀梦想的一分子，老人的行动与瞎眼女人的话语交叉流动，使作品如一首和谐而沉郁的协奏曲，低低地倾诉中让人为其中激荡的旋律怦然心动。她在阐释生存的真谛的过程中试图寻找心灵的对话。

如果说，母亲的形象与"我"的形象显示了作者对女性形象的适度把握和精妙的心理剖析，因此表达作者面对人生的悲怆而痛苦的理想主义企望。那么，通过这主要形象，作者深一步挖掘的，并显现了她创作的思想功力和艺术张力的，则在于对当代知识女性性爱心理的复杂内涵的精神把握和情感需求的透视。

## 二、性爱与友爱

收在集子里的小说，题材各异，但叙述话语却呈现了作者敏锐而灵智的直觉体验，她擅长铺陈她的感觉。《无处告别》的黛二，是一个比少女多一份沧桑，比成熟女性多一份渴求的青年知识女性，作品涵容了黛二小姐与朋友、与现代文明、与母亲、与世界的各种错综复杂的关系。作者以黛二为圆心，她所进行的艺术阐释却是情感。黛二与墨非之间，与美国人琼斯之间的异性之恋，墨非与麦三的夫妻感情，缪一的婚姻选择，黛二与气功师的邂逅……作者其实是一个正在现实生活中经历着的黛二。她的语言在小说中具有双重的质地，一方面是叙事的，一方面是抒情的；一方面她在提供故事，一方面在提供某种隐秘的观照。她在表现两性交融、冲突的强度及其心理，文化根源的同时，她所重视的是抒写自我的绝对价值。"对爱情要求极高，我觉得那是一种我可以为之献出生命的东西。"（《角色累赘》）"五年后的今天，我仍然无法对我当时的情感做出准确的判断，因为我从来不知道爱情的准确含义。"（《嘴唇里的阳光》）一方面追求完美的爱情，一方面对生命激情持怀疑的态度。宁可孤独寂寞，也不甘受制于人。这种女性自爱自强的心理，不仅仅是黛二的，也是肖濛的，水水的，明白一点说，是作者陈染的。

如果说多数中国女性作家在刻画女性性爱心理时主要是通过爱情、婚姻题材中的两性差异，那么陈染则更关注女性的性爱体验，她的小说更多的是提供心灵事件，并明显带有自我内省的能力，这使她的作品不仅仅有现实的情节，也以更强烈的主观真实直逼读者心灵。

有两个精致的短篇：《站在无人的风口》和《时光与牢笼》。前者写一位老女人，后者写一位小女子。前者一生岁月空荡、荒寞孤寂，后者在无数不安而冲动的早晨走向平静、安详。性爱与死亡、光阴与激情，是两个作者不同表达的共同点。一正一负，相得益彰。我惊叹作者在叙写性爱的曲折旅程中对人性中的精神现象深刻的理解。

如果说，回忆是寻求时间的一种绝望的努力，那么，作者塑造的那位靠回忆活着的沧桑历尽的老女人，是否喻示着生命意义的虚空？老女人的孤寂是现实，玫瑰之战是历史，男人与女人的格斗厮杀是想象。作者在梦幻与现实的夹缝中将两性关系中最有代表性的相异、对抗和欲望三位一体化，它的深层是永恒的心灵孤绝与生命力的销蚀。对历史的质询，对生命的怀疑，造成作品格调上悲怆的流失感。

《时光与牢笼》是关于一个不再年轻的年轻女性的日常故事，心理剖析达到淋漓尽致的地步。我要指出的是作者着力的水水这个女性形象。死亡与性、毁灭与创造……作者在时间与空间的架构中，通过外婆的死亡、水水的性爱、水水的工作……表达对自由的阐释及追求。作者在围绕各种意象的混乱情感中表现出的清晰而"不再年轻"的愿望，似乎是一种自我的挣扎，一种寻求一点意义的努力。当人感受到自身的孤独时，也许渴望与他人结合。在一般情况下，往往通过某种形式的爱去战胜自己的内心孤独，但这同时也是一种无望的救赎。

性爱是陈染小说中的主要内容，但是作为出发点，而非目的。在这种男女之间的欲望与战争的描摹与表达背后，是创作主体意识中不可回避的孤独感。这种孤独感之强烈，不仅渗透进作者关于母亲、关于"我"、关于男女之间的各类形象及意象群，还有一种类型，是作者关于人类友爱之间（主要是同性友爱。在作者笔下，两性之间的纯友爱关系是不存在的）的表达。

在《无处告别》中有一段值得注意的话："与同性朋友的情感是一种极端危险的力量，黛二小姐始终这样认为。这需要她们彼此互相深刻地欣赏、爱慕、尊重和为之感动，同时还要有一种非精神化的自然属性的互不排斥甚至喜爱。她们之间最不稳定和牢靠的东西就是信赖。这种情感可以发展得相当深刻，忘我，富于自我牺牲，甚至谁也离不开谁，但同时又脆弱得不堪一击，一触即溃。稍不小心，转瞬之间就滑向崩溃的边缘。冥冥中，两个人的情感之间隔着一层薄薄的纸，这种情感稍一有所偏差，就会变得无法存在下去。……所以，黛二从来都把发展同性之间的情感视为玩火。"

这种对同性友爱的理解，既是通透的对人性的审视，也是心灵脆弱的敏感战栗。黛二与缪一、麦三，肖濛与乔琳，苗阿姨与母亲，几组形象的友爱，甚至同性恋倾向，是作者精神孤旅的进一步艺术延伸。尤其是《空心人诞生》中，我以为作者对苗阿姨与母亲之间那种特别的感情依恋的刻画是明显带有精神分析学成分的。两个孤苦伶仃的女子相互关怀和相互需要，反衬出世界的孤冷和人类精神上的隔膜。

陈染通过她的小说创作，向我们真实展示一个内在心灵极其丰富而躁动、焦虑、绝望、理想主义的现代知识女性的情感世界。安德烈·莫洛亚告诉我们："通过写作表现自我，这种需要来自对生活不能适应，来自人不能在行动中获得解决的内心冲突。"①

如此纷纭复杂的情感，却没有一个寄栖地。写尽人间情爱的方方面面，情感依然在流浪，孤独地流浪。初读陈染作品，我为作家的奇诡想象力、叙述形式的创新、语言的艺术张力以及色彩斑斓的超现实主义图画所打动。然而，读完《嘴唇里的阳光》（在此之前还拜读了她的第一部小说集《纸片儿》以及散见报刊的各种杂记、

---

① 转引自罗洛·梅《爱与意志》，国际文化出版公司，第128页。

创作谈），我更真切地看到一个在作品中蕴涵着的作者。她的精神真实而强烈地浸润进创作之中，因而作品富于动人而揪人的情感力量。陈染有一句话："我活着，我写作就是为了理清我那些亲爱的敌人和爱人。我要想明白，但我始终不明白。"这句话也许昭示了她小说世界扑朔迷离的魅力所在。作者沿着人类情感世界的幽微之地不断地探究人类生存困境中的深层意识，并以她顽强的精神力量构筑艺术世界。她把孤独永远地置入她审视的生活中，她的情感在一种自由的痛苦中体验着人世间的沧桑、心灵真实的驳杂，并且依然以纯粹的精神梦想浪迹天涯。这种体验通过她的艺术创作将成为对当代小说的一种贡献。

（原载《小说评论》1993年第6期）

# 春天，众生狂欢

## ——《万物花开》点评本后记

　　时间已经过去将近十年。《万物花开》首发于2003年第一期的《花城》杂志。作为最早的阅读者之一，我还记得当年初读这部小说的感受，是一种很强烈的心灵冲击力。林白的这部小说，真让我感到既陌生又震撼。小说居然可以写成这样，真可谓是上天入地、恣意行走、自由飞翔。读这部作品时，我能感觉到一种很有生命力的很热腾腾的东西喷发出来。我很激动，我想这是林白的创作方向和个人精神重大的转变，也能直觉到这部小说的发表对于作家及刊物的意义。而"附录：木珍闲聊录"与正文小说的诗意、神秘性形成互文效果，它的语言是非常口语化、鲜活的乡野话语。农妇的粗糙与琐碎、单调与生猛矛盾地组合在一起，人、物、事、理跃然纸上，混乱芜杂却生机盎然。

　　也许是之前写作《枕黄记》时的旅行经历所影响，林白一下子就从晦暗的女性身体内部走出来，从幽秘的私人经验的记忆中走出来，走向尘土飞扬的大地，走向躁动而辽阔的外部世界。而且竟然有那么多的发现和体验，我们可以看到她张开双臂拥抱生活的热情以及面对乡村现实的关注与谦卑。

　　大头作为小说的叙述者，是一个脑袋长了五个瘤子的乡村少年，也是一个寓言式的人物，集愚傻与通灵于一身。林白赋予他白痴的身份，又赋予他具备"看透"一切的特异功能。他是欲望的见证者，又是苦难的目击者，也是快乐的缔造者。借助这种身份和功能，林白下笔随心所欲，"我"脑子里的瘤子如此诡秘，充满邪性和鬼气，又如精灵无所不在，在沉重的苦难之上轻盈飞翔。它，其实就是林白的翅膀。借助它，林白在文字与想象中振荡，并且振出千奇百怪的图影，既魔幻又现实。昨日、明天和别处，尽在眼前。在一个叫作"王榨"的乡村，人们就是这样以原始的本能生活着，无所谓善恶、无所谓生死、无所谓过去与未来。有种醉生梦死、及时行乐的做派。穿过多线并行排列而非单线推进的情节，我们看到当代中国乡村社会的日常形态。那些碎片一样而又有些无聊的日常生活，串成小说的大场景，像乡间的野草野花懒散自由、自生自灭，却又如初春的水面，凝结一层薄薄的、几乎看不到但感受得到冷漠的冰霜。在"大头"的视野里，世界充满各种诱惑，却又有无数的陷阱和危险；男人、女人、动物、植物都散发出浓厚而暧昧的生殖气息。人们放纵肉欲、沉湎物质与玩乐，另一方面又不得不承受着不堪重荷的生存压力。好斗的男人与花痴一样的女人，他们既沉默又聒噪；精神一片空虚、人生迷失方向。寻乐与游戏，成为暗夜里的微光。林白以貌似冷静客观的写作立场，戏谑、口语化，甚至有些土拙的语言，活灵活现展示当代中国乡村世俗生活众生相，而底层生活的辛酸与悲凉、精神的空虚无聊就隐藏在原始冲动造成的勃勃生机后面，是一种虚假的繁荣，犹如粗制滥造的年画、窗花，真实的生活却是沉重、灰暗的，但被遮蔽。

　　而木珍则是"附录：妇女闲聊录"里的叙述人。这个眉飞色舞、喋喋不休的中年农妇，以不断"笑死人"的乡村故事，向人们展示一个超出城市人想象之外的乡村现实。它是那么真实得不可思议，它是那么琐碎得美感全无。如果说，《万物花开》是充满诗性的，魔幻的，《妇女闲聊录》则是原生态的，粗糙而让人难堪的。然而两者遥相呼应，相得益彰。后者是前者的素材和灵感来源，前者是后者的主观演绎和诗意的梦想。不同的叙述视角，不同的语言风格，使它们构成一体两面，充满艺术张力。无论是大头还是木珍，他们所经历的乡村现实包含了中国现代化进程和商业社会转型中的矛盾与冲突，也包含了对古老乡村文化及传统道德伦理秩序的解构。

在这部小说里，林白就是大头，林白就是木珍的记录员。她隐身于这两个叙述人中，你找不到与作家个人情感相关的独白。天地广阔，色彩明亮。当然，那种自由恣意的想象，大胆的联想，寓言化的构思，是属于林白的。不论她写什么，怎么写，总是讲究表达的美感。不顾情节，随意读某一片断的语言，也会为之一震，这是林白的功力，无法抹杀。而这部小说，读到最后，就仿佛追寻着光线，你会看到明亮的尽头落下苍凉的阴影，这也是林白的。无论她写什么，怎么写，都不是真正的轻快。

所有情节涉及当下中国乡村民间的生存经验。它不仅仅关怀底层的生活状态，它关注的焦点更在于当下中国农村民众精神层面的问题，变革与传统、城乡结合与裂变、生活方式与价值观遭遇的困境与危机等，都是沉重的问题。却也是长期以来被文学界忽略的写作领域。而作者关于生命与自由的人文思考及更深层次的对国民性的追问，更加体现当代中国作家的人文关怀与平民意识。这一切构成这部小说尤为可贵的主题，并使之获得经典性的文学价值。

林白本质上就是一个诗人，她深谙诗性语言的魔法及感染力。所以她感官化浪漫化的描述化腐朽为神奇，使村妇的闲聊成为重要的现实指证。她对人世疾苦的描述感同身受，她借助虚幻的快乐幻想寄托哀悯之情；以娴熟而飘逸的文学形式表达时间与生存的意义。她祈祷："愿万物都有翅膀，愿微光照亮黑夜。"她甚至愿所有女人都成为花痴。这是林白内心的温暖。她的轻盈而幽默的笔触，就像轻越过重，光驱走暗。

时间同时也证明了这部小说的价值，而且还将越来越昭示其文学与文化的价值。《万物花开》中所关注与揭示的问题，在当下的中国社会还在加剧尖锐化。从这个层面讲，林白是极其敏感的，她捕捉到这个社会底层涌动的暗流与危难。但她不是批判现实主义者，她更像是"革命现实主义与革命浪漫主义"的完美结合。她的语言及文体是革命性的，她面对随处可见的现实苦难与病症，但她为之插上神奇的翅膀，如此浪漫地超越于苦难之上并放任飞翔。

［本文为《万物花开》绘画评点本（中国工人出版社2011年1月版）的后记］

# 带着词语飞翔

## ——关于海男近期小说叙事风格的转型

      几年前，我曾经说过这样的话：海男的作品，我最喜欢的是诗，其次是散文，然后是短篇小说。我把海男的中篇和长篇作品置放在其他文本之后。因为海男当时的作品语言，充满诗的韵味和梦想的呓语，它们以强烈的抒情性和甚至不着边际的奇幻想象使海男获得了"语言巫女"的称号，同时也招来诸如"毫无节制的写作"之类的指责。但无论如何，海男"为女性而写"的文学话语却是贯穿始终的，因此我们也才有可能从纵向阅读上感受同一主题不同的语言力量。

      某些东西已发生改变，有的消匿，有的凸现。

      当我读到《坦言》（《花城》1997年第5期）、《蝴蝶是怎样变成标本的》（南海出版公司1998年6月版）、《仙乐飘飘》（《花城》1998年第3期）等中长篇小说时，我非常惊讶地发现了海男的另一种语言，它们违背我关于海男作品的阅读经验，它们以一种清醒甚至冷静的"目击者说"的方式穿透人物混乱而迷惘的生存空间，清楚并从容地把握住叙事意蕴的方向。我看到海男从书写的快感本身脱身出来，从绝望的激情本身脱身出来，她不再把作为书写者的自己闭锁在写作的内部，而是开始以明晰的体察和思想的理性体现写作的意义，也即她关于妇女的精神立场，关于人的生存的冥想。

## 一、一个女人的四种身份

"由于她的身体像谜一般无法解开，里面的血液、头发、指甲、线条构成的故事让我感到惊奇；由于她的美貌禁锢着她的生活方式，她的私人生活便永远无法叙述清楚；由于我看见她的时候她似乎已经死去又似乎活着，所以，我选择了四种虚构方式叙述了模特征丽的故事。"

这是长篇小说《坦言》在篇首出现的作者小序。它以一种理性的语言方式向你交代了作者的思路，并且巧妙地将"我"（叙述者、虚构者）与"她"（主角模特征丽）之间的距离有意识地拉开。这无论从阅读效果还是从叙事的技巧上，都具有一种冷静而老练的主动性。叙述者既是从容的，又是随心所欲的，她依靠语言"凝视"文本构筑出来的意义。

征丽是谁？

这是《坦言》的作者最后留给读者的一个美丽圈套。她以甲、乙、丙、丁四部作为四种不同的虚构方式，赋予模特征丽四种不同身份，并经历不同的情爱体验；她在前面两部让征丽死去，在后面两部安排给征丽另外不可知的新生活。这是一个美丽而不确定的女性，在她的周围永远有众多的异性追求者，她命中注定处于一种复杂的关系中。无论走到哪里，征丽的美貌都在与生活、与"他们"发生碰撞，她是一个美丽陷阱，同时她也落入陷阱之中。

从题材上讲，海男依然延续她关于女性生存的话语，依然关注现代生活中陷入问题中的妇女，尤其是突出性别的意义。然而我们进入她的语言空间，我们按照她设置的四种虚构方式阅读模特征丽的故事，我们感觉了某些不同，来自语言内部的冲击力。

如果说，海男早期的小说充满幻觉而躁动的个人情感话语，以致她的诗一样的意境在叙事的游移中被撕成纷繁的文字碎片，它们是令人困惑也是缺乏方向的，某种程度上的混乱和迷失局限了这些作品作为妇女性爱主题的深刻意蕴。但是在《坦言》中，作者非常清醒地把握住她叙述的文脉，我们清晰地看见虚构者的视点，清算的立场代替了以往激情的体验性话语。其实从海男的《金钱问题》等中短篇小说，我们已感觉到她叙事立场的转变，然而作为长篇小说的《坦言》，语言突围超越了这个女人（模特征丽）与周围的异性构成的复杂而痛苦的情感网络，凌驾于文本之上的是作者有意识的肯定和否定，是思与批判，它们是一种跳出私人叙事的圈子也超越了形象个体的对女性生存状态的观照。我们在这里，看到了海男语言中渐渐锐敏起来的穿透力。

这是一种自觉的写作。模特征丽的四种爱情故事意味着一个女人的生活可以用多种故事进行讲述，但无论如何，它们却都是关于"肉体乌托邦"的阐释。模特征丽美丽的身体带来另一性别的欲望，也带来自身的迷惘和混乱，带来两性间危险的充满伤害的关系，丰富的爱情经历的另一面是情感的极度贫困。美丽的女性活着，但又似乎死去。出走、消失、放弃、窥视、嫉妒、私奔等一系列陷于情感之中妇女命定的行为作为情节不断出现在《坦言》之中，关于镜子的隐喻、母亲的形象、美丽作为商品的意象也以重要的角色设置在《坦言》的蕴涵之中。因此有评论家认为《坦言》是一部地地道道按照流行的"女性主义"写作理论的范本。[1]

事实上，正是海男这种与以往不同的有意为之的写作，使她的叙述话语从过去的身体性和私人性中悄然撤离。她以叙述者的明智和局外人的视角审视她笔下的人物，实际上俯察的也正是自己内心的深度，从此透视个体生命的灵魂。关于妇女的性爱，写作者开始越过了迷惘和绝望本身，并收敛起絮絮叨叨的女性独语式的表达，甚至怀着一种有距离而从容的游戏感完成语言的游戏，而真正的颠覆性正潜藏在这种开始飞翔起来的语言之翅中。

## 二、细节犹如翅翼

对于海男而言，也许小说是一种直觉，是梦幻。她的叙述是一个令人眼花缭乱的想象空间，这个空间无边无际，甚至是飘忽不定的虚像，充满浪漫的虚构。从根本上，海男是以一个诗人的热情和想象力去进入她的小说世界的，同时她也是以这种浪漫的体验性构筑她的人物活动场景的。所以，当我们为作品中那些不期而遇的人物和不按情理的偶然事件感到诧异时，我们同时也感受着作者书写本身的迷惘和漫无方向。体验性的、身体性的语言将叙述置放于一个平面上，作为小说内部的深度并未显现出来。

然而我现在阅读《蝴蝶是怎样变成标本的》。我注意到的不是蝴蝶的翅膀，而是蝴蝶由蛹蜕变而来的事实，成为标本的隐喻。蜕变是走向成熟的标志，自由飞翔和优美流动的弧线、色彩缤纷的翅翼，让我们感受着蝴蝶生命过程的完美和简单。连死亡也是唯美

---

[1] 张闳《纷繁的呈现》（《花城》1998年第3期）。

的，依然以形体的永恒美丽归宿为标本。面对它，除了忧伤的寂静，死亡的丑陋和恐惧离得很远。"墙壁上的蝴蝶虽然已经死亡却张开着翅膀，那是一种飞翔的姿势。"（第27页）这种感觉，是由海男的叙述带来的。一种自觉而力求缜密的叙述意识，字里行间温婉的语调也是海男的小说作品以往所没有的。正是这种阅读感觉，使我们与"虚构者"的心灵体验获得交流，同时也让我们看到一种语言在破茧而出的努力。

普桑子作为小说中的女主人公，被作者置放于20世纪30年代的南方城市中。旧时代的氛围和战争的消息令人有"追忆逝水年华"的时间感和颓败窘迫的空间感，这是有意为之的虚构场景，然后作者作为在场却不可见的"目击者"尾随女主人公的身影，洞察她的全部生活。"我在篡改人物命运的时候和在洞察者与局外人之间跳来跳去的时候很痛快。洞察者是一个心灵痛苦的承载者，他把一种你心中人物命运的方式、危险的方式、陷阱的方式带到人们面前；而作为一个局外人呢就意味着你是一个创作者、操作者，你远远地窥视着你的人物的命运，任意篡改着他的命运。事实上局外人是一个外部意义上的东西，仅仅是作为一种文学叙述层面上的东西，而洞察者才是内在意义上的东西，是一种心灵的东西。"①她把纸页当作一个场地，在使人物成为叙事的有机组成部分时，她的散文化的语言方式和面对形象的分析填塞于人物的动作及故事的细节间隙，而那么复杂琐屑的细节却如颤动的翅翼，随时可能远走高飞，又在作者的操纵之下永远保持着欲飞的姿态，犹如蝴蝶的标本，悬置于词语的空间。

整部小说的线索是普桑子寻找初恋情人耿木秋的过程。而耿

---

① 张钧：《穿越死亡，把握生命——海男访谈录》（《花城》1998年第2期）。

木秋犹如一个灵魂人物，他自始至终没出场，但他强烈的气息就像那些绚丽而完美的蝴蝶标本，成为永恒的记忆与想象。在这个漫长的寻找过程，普桑子遭遇了各种各样的男人和女人，她因此从母亲的女儿成为一个成熟的女人，成为女儿的母亲，在这些复杂的情感经历中，她不断出走、等待、消失、抗拒、怀疑、失望，直至最后穿越那些折磨自己的情网，无所期待而平静地生活在自己建立的蝴蝶博物馆。"直到我自己蜕变成一只蝴蝶，直到有一天我自己也变成一只蝴蝶标本，我可以体验蝴蝶是怎样变成标本的。"（第298页）值得我们注意的，是穿插在这些章节间的"虚构者说"。它们作为作者的直接话语，不断地置移时空，让我们在故事与现实之间清楚地把握故事本身的意蕴，把握叙述者面对她的小说人物的审美立场。"虚构者说"正是以一种细微而尖锐的洞察，直切女性生存的内在真实和本质，让无数细节在这些带有省思色彩的剖析中走向更深邃的中心。从妇女写作到写妇女，让语言像蝴蝶一样自由而轻盈地飞翔，也像蝴蝶一样不断蜕变，直至完美的永恒。这就是海男近期作品中引人注目的创作追求，也是她在驾驭小说叙事结构上的飞跃。

## 三、水面上的云彩

"飞翔是妇女的姿势——用语言飞翔也让语言飞翔。我们都已学会了飞翔的艺术及其众多的技巧。几百年来我们只有靠飞翔才能获得任何东西。我们一直在飞行中生活，悄然离去，或者在需要时寻找狭窄的通道和隐蔽的岔道。"[①]

---

① 张京媛主编：《当代女性主义文学批评》，北京大学出版社，1995年10月版。

这是法国女性主义作家埃莱娜·西苏在《美杜莎的笑声》一文中所强调的女性写作立场。所以女性主义文本的破坏力和流动感备受瞩目，同样也在女性作家的写作意识中得以体现。然而这种飞翔是否仅仅意味着大动荡、迷失方向和火山般暴烈的粉碎一切的热量呢？飞翔有时是以一种貌似宁静而优美的滑行颠覆空间秩序的，一种冷静的忧伤姿态有时意味着更为决绝和自觉的否定。"悄然离去"更有可能是主动退守的策略，隐含更强的内在张力。这种从内部震撼的力量对比来自外在的混乱和迷惘更具彻底性，同时它意味着视野的拓展和明晰的选择。

事实上，海男的小说语言正是一步步地从飘忽不定的唯美幻觉中走向有方向有力度的滑翔。她依然一如既往关注女性本身，关注性别关系，关注女人的命运与成长；甚至依然充满热爱叙述疾病、梦游、死亡、艺术与激情，在纸页间布满邂逅、逃离、偶然性、病人与医生等情结。然而在她如今的视点，我们看到她笔触的控制力，在她语言的空间，以一种节制的、追问的方式解答人物与她本身相遇的难题。我觉得海男是一个需要用笔辅助表达的女人，借助写作的想象和虚构，她澄清事实、过去和未来，从而澄清内心的迷惘和负荷。更准确地说，她的写作与其说是面向读者，不如说是面向她自己的内心。所以，这种写作是真实的，同时也是个体化的。而这种个体化的语言要获得更宽宏的共鸣并体现出一种思想的张力，有赖于她表达上的调整。

其实不仅仅是长篇作品《坦言》和《蝴蝶是怎样变成标本的》体现了海男语言上的转型，近年来的中短篇小说也在叙事风格上展现出静态的水一样的宁谧。《仙乐飘飘》是发表在《花城》1998年第3期的中篇小说。海男是在一年前与我谈这个构思的，当时她就非常渴望把它写成一个像晴天的湖水一样坦荡、幽深而平静的小说，所以我还为她拟了一个题目，叫《水面上的云彩》。后来她换成《仙乐飘飘》，也许忽隐忽现的乐声更突出神秘感和忧伤感吧？这是一个历经沧桑的法国人类学家在追忆往事的故事。卢沽湖畔摩梭女人的性爱方式以及母系社会独特的风俗使小说增添了可读性，但这不是最重要的。海男缓缓而谈的叙述使得这个本来充满经典激情的爱情小说具备一种洗涤之后的纯净，它既是一个巨大的想象空间，又是充满抚慰的祥和。在悠长的回忆语调中我们的目光看到的是一种再生。时间正像流水一样逝去，同时卷走纷繁迷乱的一切，生命以另一样的状态继续飞翔。在这种看来柔情似水的表述层面，隐藏的恰恰是一曲天堂般不可企及的理想爱情的挽歌，让回首者不堪回首，灵魂因此在这种"愧对"的观照过程沐浴一新，面对激情的梦幻使之净化的往事，似乎正在走向一个自我救赎的阶段。

词语是在反复清理中变得洗练的。写作者的叙述意识依靠思与想的不断磨砺变得更加丰富和锐利，或者说，更具力量。叙事艺术的可能性正是在一次又一次的否定中走向肯定的。海男依然执迷于她的女性经验的写作空间，但在这个不断敞开和深入的空间，她开始学会从激情的呓语中澄清内心相互撞击的混乱和迷惘，她使小说人物成为意识状态主动构成的艺术世界，并带着经过叙事者的内心想法一遍遍淘洗了的词语飞翔于纸面。我们因此看到了海男在她的小说叙事方面日渐成熟的重建，这种重建，正在使她的小说作品有可能进入一个澄怀静虑的区域。

（原载《小说评论》1999年第2期）

# 危机四伏的世界

——陈家桥作品解读

关于文学的层次，我们似乎比较明确地划分了"纯文学"和"通俗文学"的界限。"纯文学"往往是指那些更多注重形式及语言艺术的实验性、探索性的作品，它们关注艺术本身，纯粹地、高雅地、自由地表达，具有更高的艺术分量，但往往曲高和寡，有孤芳自赏之嫌；而"通俗文学"，顾名思义，面向大众，迎合市场，有更强的可读性，以情节的引人入胜和人物的离奇古怪招徕读者，它们拥有更广泛的读者群，更通俗易懂，更有市场价值。

本来文学的界限并不是如此黑白分明的。现代艺术发展到今天，世界文坛上依然有不少创作大家，他们不仅以语言的历险和叙事形式上的独辟蹊径开创了艺术先河，同时也是驾驭情节和人物的高手，他们借用可能具有阅读快感的通俗内容加以锻造，似乎走向更接近大众的现实，却又明显地呈现出与大众现实的距离，让你难以确定也无法捉摸，最终你必须越过情节和形象本身去揣测作品内在的意义，他们的作品绝非是通俗的。譬如爱伦·坡、卡夫卡、塞林格，甚至纳博科夫等，理论家和嗅觉灵敏的出版商开始从他们奇崛的语言风格和荒谬可笑的类侦探、类浪漫、类情欲的题材甚至变形的人物中觉察到不寻常的另一种深度。

正是在不同类别的阅读中，我认为那种强调的"纯"和"通俗"过于刻意和矫情。放弃这个尺度，直接进入小说的世界，构筑你所要构筑的，寻找你所要寻找的，那是意义的所在。无论创作还是阅读，利用模糊界线，也许反而会获得意外的艺术效果。不过这种分寸也是最难把握的。

之所以想到这个文学理论范畴的问题，源于近期集中阅读陈家桥的小说作品。系统地阅读某位作家的作品，创作上的风格会显示出某些令你不得不回到理论上做思考的特点。陈家桥的作品，正是以它们鲜明的创作个性，呈现了当代小说创作探索中的矛盾性。

## 一、人物

作为小说的主要因素之一，尽管现代的叙事技巧已发生重大变化，人物依然犹如一根红线，鲜明而贯穿叙事的始终。事件是由人造成的，并由人来承担结果，小说家的任务就是如何呈现人物带来的一系列事件并与之相关的意味。所以写作者落笔之前，故事里的人物已活跃在脑海。对于人物的塑造，在19世纪末至20世纪初的小说文本，是浓笔重彩的部分，为达到栩栩如生的效果，小说家对于人物的性格揣摸和细腻刻画已是了如指掌。所以关于人物的性格逻辑和留给读者不朽记忆成为经典小说理论强调的中心内容。但如今的小说人物越来越令人感到扑朔迷离，"他们"甚至在作品里四处冲撞，飘忽不定。福斯特关于人物的"扁形"和"圆形"的理论日益在现代小说中遭受排挤，夸张、变形、无逻辑、非理性、漫画色彩的人物形象在现代小说中成为忽隐忽现的魂影。

　　所以小说创作的过程是探险的过程，它需要小说家步步突围。人性的深度在不断的艺术探索中表现出无限的可能性，人物作为小说的主要因素，依然是我们切入作品意义的重要根据。无论创作者，还是阅读者，谁都不会忽略它的存在。

　　陈家桥显然是一位热爱西方现代小说的作家，其实如今活跃在当代文坛的新生代作家几乎都是如此。但在一片"个人化""私语化"写作的声音中，陈家桥似乎更聪明地走着另一条冒险的路。他的小说人物大多与"我"无关，他们可能是赌徒（《现代人》）、精神病患者（《父亲》）、无职业者（《坍塌》）等身份不明者，形迹可疑者，甚至是负有特殊使命者，他们活动在一个阴影幢幢的世界，"我"观察他们，叙述他们。人物的飘忽不定，令人怀疑的生活角落，与作家的"个人化"处境相距甚远，他们甚至具备某种侦探小说的味道，神秘、动荡、难以预料。这种设置，使陈家桥的小说显得头绪繁多，并以一种真实的虚拟成分与同时期的众多作品区别开来。

　　但它们又不仅仅是人物与情节的虚拟，否则，仅凭题材本身，你就只有把它们当作通俗小说阅读了。而且，从本质上，文学所表达的就是个人的东西，它通过个体性的叙事来呈现普遍化本质性的问题，不同的在于作家是如何操持叙事的技巧。

　　我在陈家桥的小说中，注意到他关于人物的隐喻性。这可能是他用心的地方。首先，我发现他在不同的作品中叙述遭受否定的"父亲"（《中如珠宝店》《现代工艺》《父亲》）。

　　弑父情结也许是从先锋派到新生代作品都惯于表达的内容。王朔的《我是你爸爸》是个著名的例子，去年东西发表的长篇小说《耳光响亮》同样把"父亲"的神圣命题拆解为支离破碎、荒谬可笑却令人心酸的小人物悲喜剧。这一些，作者在总体构思中是预先设置好的，否定与怀疑的哲学作为批判，成为当代青年作家们清理往日记忆的有力武器。然而陈家桥那个潜伏在作品中的"父亲"，有所区别的，是作者对"他"的叙述显得那么漫不经心，完全是一个配角的位置，但感觉却十分敏锐，每一句叙述都仿佛针砭着皮肉。《现代工艺》中描述了几位不同的父亲。父亲与父亲之间是不同的，而"我们"之间也存在各种矛盾，然而"父亲"作为整体的形象，却与"我们"是对抗性的。"提起父亲们，仿佛我们都顺着雨的路径，回到天空中那样，那是压在我们上面的经验，只要我们待在六安工艺厂，那么父亲们就是各种随时封闭的出口。"而在《中如珠宝店》，关于"父亲"的存在与否更成为作者语言游戏中的一颗骰子。"父亲"作为传统意义上的权威、力量、支柱的崇高感和现实中的模式化、乡村背景甚至虚构中的起点，在女老板中如为"我"铺开的新生活中不断遭受质疑的命运。更不要说以《父亲》为题的中篇小说了。这位"我"的女友的"父亲"，是一个精神病患者。"我"却出于嫉妒和仇恨——对这位"父亲"。因而刺伤女友，嫁祸"父亲"。情节因此而枝蔓四出，变得复杂起来。叙述也由仇恨转为悲凉："我到公园那茂密的杉树林里抓到陈君父亲，但我忽然从心中涌出巨大的悲凉的阴影，这个父亲，像所有人的父亲，也像我的父亲。"至于在其他小说中出没的"父亲"形象，哪怕只言片语，也难逃遭否定与怀疑的命运。陈家桥也许连自己都未意识到这个来自潜意识的意象，这种感情立场，仿佛源于血液、长在骨子里的。也因此，陈家桥笔下的人物总是充满否定和怀疑的意味，并构成一个有阴影的世界。

## 二、场景与细节

场景作为小说人物活动的场所，对于它的选择往往是作者煞费苦心的焦点。我们一般会在阅读中明白故事的背景，它发生在什么地方，什么年代。这个地方和年代，不一定与现实吻合，它们可能是虚拟的，但却是明确的。譬如卡夫卡笔下的K，他所要进入的城堡，是具体的。

而我们在阅读陈家桥的作品时，之所以会联想到某些侦探小说，部分原因也来自于他对场景的布置。城市是陈家桥小说人物主要的活动场所，但这个城市所处的地域是不明确的，它们缺乏地域的特征。作者告诉你，小说人物在某一栋楼、某个医院、某条街或者博物馆、体育馆之类的地方出现，然后故事开始了。作者并不热衷于为地点命名，或者干脆忽略它，所以活动的场面显得扑朔迷离，甚至造成某种悬念。我想起希区柯克的电影画面，那是不太令人安稳甚至让人忧心忡忡的环境。

事实上，陈家桥的小说人物出入中如珠宝店、鸿城花园、六安工艺厂、301室等具体的场所，这些场所在中国的任何大中城市都是普遍存在的，它们就像特务的面孔，毫无特征可言。恰恰就是在这些缺乏特征的活动场所，陈家桥让他的人物浮出表面，以一种飘忽不定的，非常不可靠的行踪使情节的曲折变化难以预料。在一座概念模糊的城市一些非常具体而阴暗的角落，谁能料到有什么事情要发生呢？

在这些难以捉摸的场景，陈家桥描述日常生活。但这些日常生活多少有点破坏性、危机四伏的意味。《现代人》写一群赌徒的生活；《坍塌》写关于情爱的无聊和厌倦；《相识》仅仅描述一场邂逅的经过；《危险的金鱼》中金鱼则是"我们"生活故事中的道具，所谓危险，不是金鱼，而是个体的我们存在的处境。然而陈家桥对这些日常生活的叙述，充满含混、矛盾的趣味，不太流畅的语感加上心灵的内部冲动，使细节随时随地都有可能紧张起来。作者不断转移视点，甚至对情节的发展有意识地回避与隐瞒，他其实暗中控制文本外读者的反应。这样，细节在有意的断裂中达到碎片化的蒙太奇效果。故事在提出问题后被故意延续提供答案，某种神秘的、注重感官经验的、类似推理小说的潜在紧张和悬疑的阅读趣味凸现出来。

小说主要是依靠故事来吸引读者的。尽管现代小说的故事性越来越弱，但却不可能消失，小说家们变换技巧的方式主要就是在变换讲故事的方式，所以现代写作方式的转变很大程度上是叙事上的转变，读者该如何接受这种不断持续的转变，小说家又如何才能让读者接受他的新方式，这是一个需要不断调适的问题。小说的写作技巧确实出现更多跨文体的成分。

其实陈家桥总是企图在日常生活的细节描述中，表达人类生活中的暗疾——人类内部存在的可能性。这是他的叙事告诉我们的。陈家桥曾经是一位诗人，同时是一位热爱哲学冥想的年轻小说家（确实很年轻，他出生于1972年，写作却已有一些年头了），他把诗歌中的幻象和哲学中的抽象意味碾碎杂糅于他的叙事之中，他的小说，经常在画面感很强的细节间出现破碎的痕迹，有一些诗歌或者哲学的意蕴拼接在这些间隙，它们因此拓展了小说的精神空间，同时也使小说的叙事结构显得枝蔓丛生。

正是在这样的场景和细节中，文本出现了一种陌生化的效果，它与现实既贴近又保持距离，人类存在彼此间的相互联系和复杂性在作者笔下经常自我抵消、充满矛盾冲突，小说的趣味性犹如碎纸片散落在字里行间，你必须穿过一些观念性的段落去追寻它们，因此，我要谈到陈家桥小说中另一个显而易见的特点——抽象性。

## 三、抽象性

用极不通俗的语言去操纵通俗的题材，它告诉你的并不仅仅是故事，还有故事背后潜伏的对生存世界的思考，可能关于人的心灵，也可能关于人的处境。这是陈家桥的小说作品留给我的印象。无论是赌徒们在师傅李退门死后面临的混乱与瓦解危机（《现代人》），还是女友"文"死后"我"依赖性欲忘却往事的种种心理状态和"稳"成为疯子的结局（《坍塌》），甚至女老板中如的强权与虚弱（《中如珠宝店》）……围绕这一些人物的，是一个个危机四伏、表面平静却动荡不安的生存环境，作者在展现具体的叠加的事件的同时，又指向抽象的观念：自我存在的徒然无望，人类心灵本质上的孤立无援。因此，作品内在的悲观色彩像一层罩着阳光的薄云，很淡，但也很令人抑郁。

我不能说陈家桥现在是叙事的高手，也不能说他是很有独特思想的小说家，但他利用了通俗小说的某些原则，却把他关于人、关于世界的冥想这一些幻觉化的、抽象化的东西糅进表述之中，从而使情节自然进入形而上的层面，你不得不跟着作者的思路去品味去思考，这是很巧妙的一招。陈家桥并不太讲究叙事的结构，这对作品本身有时是破坏性的，但你从中感觉到作者正处于十字路口——无论是写作的方式还是来自思想的认识。一些犹豫不决的隐晦表达和矛盾，主要是从某些抽象的语段中流露出来的。他就仿佛是一位操练许久，正捏紧拳头却不知该往何处猛击的拳手，我们已看到他威猛的姿态，就等着他寻找到目标，真正出手了。

如果抽象性仅仅是指故事背后的观念，那么大多数的小说作品都是在故事背后潜藏观念的。我真正的意思是指，陈家桥的作品在语言风格上就显示出抽象的特征。一方面，情节本来是极通俗而有趣的，一方面作者却常常游离出情节的藩篱，他要从这些通俗的内容中抽出严峻的命题。这样，既是对作者本身功力的挑战，也是面对读者的逼问。这样的写作努力，可以让作品走向经典，也可以让作品失去魅力，结果取决于作者的能量。陈家桥正处在这样的路口也正处于这样的努力。

作家的命运与小说的未来都是难以预测的，"事情并不像你想得那么简单"。但我相信对人类心灵的关注是任何艺术永恒的真谛，技巧是属于技术性的，它在不断的探索中演变和发展，最终必须与内在的意蕴统一起来，它才能为我们所接受。譬如关于"意识流"手法的争论，现在看来就已缺乏意义，因为它已成为现代生活表达方式的一部分。所以小说的叙事方式，推陈出新和标新立异的结果就看它究竟是如何走入人的心灵世界的。正如昆德拉所概括的："小说考察的不是现实，而是存在；而存在不是既成的东西，它是人类可能性的领域，是人可能成为的一切，是人耳能做的一切。小说家通过发现这种或那种人类的可能性，描绘出存在的图形。"①

（原载《作家》杂志1999年第8期）

---

① 米兰·昆德拉：《小说的艺术》第44～45页，作家出版社。

# 作家能够在现实中看到什么

——长篇小说《长势喜人》阅读印象

"人们盼望大师，于是，大师就出现了。"

这是长篇小说《长势喜人》前言里的一句话，东北作家刘庆以此为开场白。它就仿佛主角上场需要敲锣打鼓的前奏，貌似庄严，想象的余地很大。我想，作者将把什么样的大师捧到我们面前呢？

李颂国的生命是不平凡的，他孕育于娘胎里的经过就与众不同。然而这种不平凡给这个生命带来更多的是不幸，是苦难，这个生命不是爱情的结晶，而是恶行与暴力的产物，它像疯长的野草四处蔓延，既顽强又扭曲。野火烧不尽，春风吹又生。这个生命同时也纠缠于小说的始终，把许多疯狂的人物荒谬的事件牵引出来，陈摆在人生的漫漫旅途。这可真是一次魂灵的大展览，幽暗的、渺小的、卑微的、病弱的魂灵。它们就像一些空中翻滚的草屑：轻浮、无序、动荡不安……正是从这些草屑般的魂灵，我们看到破碎而混乱、飘忽而癫狂的思想与语言。

可是我们又能从这疯狂的言语与行径中发现什么呢？作者究竟想通过这一切告诉我们什么？他的笔法既是漫画式的，却又十分冷峻。有种黑色幽默的味道，让人含泪而笑。时间从20世纪60年代末到90年代后期，中国经历了政治的、经济的、思想观念的巨变。那些如草屑如籽芥般的人物，就在这时代的河流中随波逐流，被动而茫然。他们经历个体生存的绝境、孤独与恐惧。生命的幻象层层破灭，大火燃烧之后空余灰烬。从何而来？往何处去？便成为一个抽象命题被作者悬挂在天空。

我读出作者的写作野心。从李颂国李淑兰曲建国马树亭赵剑苹等一串奇奇怪怪的人物身上，作者赋予他们普通百姓的平庸身份，同时赋予他们与时代共沉浮的曲折命运。"文革""气功热""打鸡血""养红茶菌""君子兰热""传销"诸如此类，是中国民众熟悉的记忆与亲历的现实。它们既是特定的历史情境，也是人生中的一些故事，是世态的各种画面，千奇百怪，而又呈现出"众生狂欢"的共相。作者说"长势喜人"，却像是从伤口迸出的血，触目惊心地痛楚。如果作者是把人性当作一棵树，这棵树的枝杈是横七竖八、东倒西歪的，植根之处真是令人绝望。他以另一种视角进入历史进入现实，还真实的生命以本来面目。

最初的阅读，我把这部小说当作成长小说，我甚至想起数年前广西作家东西的长篇小说《耳光响亮》。那是一部寓言化的作品，"寻父"作为隐喻的中心内容贯穿全文始终，它以喜剧的形式实现悲剧的效果，在泡沫一样轻的日常生活中潜藏历史性的苦难主题。在这一点上，《长势喜人》与之是极其相似的。然而，刘庆的写作野心正是以此为起点，他要探究的，不仅仅是生存的处境，还有这样的生存处境呈现出来的人的精神状态，是我们这个族群的精神气质、这个时代心灵世界的深处。

文学到底应该以怎样的方式抵达人们的内心？关于叙述策略、

创作技法、主题等，我们已经有许多时髦的说法，写作的技术以及朝向读者的面孔也在不断变换着，然而，我们的阅读还是往往陷入疲乏的局面。至于文学作为人类精神的语言投影，即对精神生活的关注，我想，这才是文学能够触及灵魂、产生震撼力的地方，也应是不可忽略的文学品质。

作家究竟能够在现实中看到什么？

我们其实不需要作家像牧师手捧《圣经》，或者如警察执棒持枪，总之我们不需要作家带着意识形态公式，以自以为是、审判一切的优越感凌驾于现实之上。面对人类景象，无数明的暗的事物，作家可能拥有怎样的观察力以及理解力？能向人们呈现什么、揭示出什么？而这一切又如何促使人们去思、去想、去感同身受？倘若能做到这分上，已经是了不起的功力了。

现在回过头来看《长势喜人》这部小说。它在叙述风格上其实是比较传统的，结构上没有刻意制造的迷宫，或者让人不知所云的情节，也没有深奥玄虚的哲理，采用的语言并不怪诞、奇崛，它甚至是流畅的、圆熟的。然而，它的文字还是含有非常的韧性，你需要耐心，才能咀嚼语言背后的意义。耐心，大概是如今的读者阅读纯文学作品所必需的品质。

关于细节，刘庆在这部小说里倾注了很大的笔力。依赖那琐屑的日常细节构成的生存之河，我们看到小人物被动、盲目、迷惘的生活场景，看到虚幻的宏大、灿烂、狂热，看到"大师"的从无到有、从天而降，看到从物到人、从人到物的偶像崇拜。

李颂国既是小说的主角，也是小说的线索，透过这个少年的视角，并沿着他艰难而畸形的成长道路，一直走到他成为"潜训大师"的结局，我们无可避免地看到一路遍布在我们民族我们社会我们时代的某些精神病灶。这是残酷的事实，就像藏在阴湿的暗处那些蝙蝠，光束所到之处，它们振翅狂嗷。

小说里有一首诗让人难忘：

> 一个黎明的黄昏
> 有一个年轻的老头
> 手里拿着一把崭新的旧菜刀
> 杀了一个活蹦乱跳的小死孩
> 这事被一个瞎子看到了
> 瞎子告诉了哑巴
> 哑巴告诉了瘸子
> 瘸子飞快地跑到公安局
> 公安局开着没有轮的摩托
> 用泥捏的照相机拍下了一个个场面

这像是一种文字游戏，颠倒黑白，却暗藏玄机。所以它更像佛家偈语，它是以质疑而使人"洞悉"事物本身，重新发现被遮蔽的东西，甚至是生活的死角。我想这就是刘庆通过他的视界捕捉到的现实内核，也是这部小说为读者设置的问题与答案。作者把他所看到的一切呈现在你的面前，这种呈现，既不是漂浮在水面之上的，也不是沉重的、道貌岸然的，或者煽情的、冷漠的。它既不属于"自然主义""现实主义"，也不属于宗教、道德，当然也没有洒脱到把一切事象消解为云烟。它只是以敏锐的穿透力把精神黑洞照亮。

再读另一段文字：

　　一九九六年，如果你是一个社会学家，你不会对这一年无动于衷，如果你是一个一直在寻找发财机会的正常人，你不会对这一年无动于衷。在这一年里，我们的城市里，作家叫壳子，画家叫大侠，小姐叫缝子，公司经理叫赌棍色鬼牛逼大王。在一座豪华的海鲜酒楼里，两个侏儒找到了工作，他们唱歌跳舞，坐在女客人的身边陪酒，要多恶心有多恶心地撒娇，他们一个叫讲究，一个叫好使，没有人去关心这两个可怜的人的内心生活，人们为这两句流行语的使用开怀大笑……

　　你不得不停下来揣摩那些荒诞不经的画面，它们如此引人注目，充满矛盾和病相，处处刺激你的神经末梢，逗你发乐，却也撞击你的心室。在这群命运多舛、性情古怪的小人物面前，其实是面对种种病态的群众集体意识。作者在这里完全摆脱道德审判，他嬉笑怒骂，甚至喃喃自语，然而字里行间流露出满腹辛酸、丝丝同情，既残酷又柔软，这也正是小说的动人之处。它仿佛是卖火柴的小女孩在寒夜燃起的火花，你可以想象那片刻的光亮和刹那之间的暖意，它观照真实的黑暗与寒冷，而又涌动悲悯情怀。

　　现实，就是我们面前的生活，它与历史相接壤。然而，每个人看到的，往往大相径庭。牧歌意识以及文化想象为我们面前的现实贴上层层伪装的外壳，然后人们迷醉其中。当下写作大多表现出一种掩耳盗铃般的自欺欺人，虚假成为真实的一种手段，犹如酒楼里两个侏儒"要多恶心有多恶心地撒娇"。人们愿意止步于表面，没有谁愿意走进自己或者别人的内心。甚至有人把这种表面化的描述称为"现实主义"，或者冠以其他种种新奇的称号。

　　刘庆似乎有些愤愤不平，他也很想谈谈现实主义，他总说要谈谈"精神现实主义"这个问题，也就是写作与人的精神世界的关系问题。他甚至曾经以"黄猫为什么扎上绿围脖"为题，拟与几位文友展开有关"精神现实主义"的对话。可惜这场对话至今没有实现。刘庆于是通过创作实践他的写作理念，当你把《长势喜人》读下来，你的精神内部也经历着生命面对生命、面对时间的审视与关怀，它超越了生存本身，而逼问生存的意义。这让我想到拉美的"魔幻现实主义"和茨威格的"心理现实主义"，它们之所以对读者产生那么巨大的震撼力，就在于他们的"现实主义"是具有穿透力的，更接近本质，是超越性的。这些作品展现在我们面前的是现实的内核，是被光束照亮的人类精神内部，是真正的人类景象。它存在的意义是让人发问并且思考。我以为，这也是刘庆所努力的方向。

（原载《南方文坛》2004年第6期）

# 一个充满巫傩异象的小说王国

## ——读田瑛小说集《大太阳》

　　大凡熟悉田瑛的人是知道他有些鬼异巫气的，不管他是信口开河还是神情凝重，说出来的"仙机"，听者无论男女，总是信服得不得了，只有拼命点头的份。凭我认识田瑛十几年所积累的观感，他的"大师仙言"大致有六七分准确度，至于是瞎蒙的还是用什么公式测算的，抑或察言观色推理的，不得而知。所以当我读他的新作《大太阳》时，见到这么写着："某年某月某日凌晨，居于千里之外的部落酋长忽得一梦，早逝的祖先梦言屋场地气已尽，三日后将塌陷，故部落须溯流而上北移千里至河的源头另辟家园。"①或者："不久，外地来了一个瞎眼算命子。算命子目中无人大摇大摆进寨，他拒绝给人算命，只问某月某日打雷时此地是否有人出生。"②如此正襟危坐的语句让我忍不住哈哈大笑，这实在就是田瑛惯用的口吻和伎俩了。可以想象得出他在伏案写作时，也是一脸严肃，还一边掰着胖手指比比画画一边嘴里呢喃不已的。

　　田瑛是写小说的，但他写的小说其实并不算多，他的构思常常

---

① 《大太阳》第2页，中国戏剧出版社，2005年4月版。
② 《大太阳》第156页。

处于"难产"状态。这个人太爱玩了，他的"腹稿"往往来不及化成纸上文字，就被酒色财气洗劫一空。所以作为编刊的田瑛，我早就深知其艺术直觉和感悟力极好，而作为小说家的田瑛，却要久久地、久久地才能见到他的新作。《大太阳》里的作品，有些是我过去读过的，这次集中成册，我依然是一气呵成地读下来。并不是说它有多少可读性，实在是被里面语言的光芒所吸引。小说作为语言的艺术，除了语言，还有什么更重要的呢？田瑛对语言本来就是极挑剔的，所以轮到自己动笔，未免眼高手低，只好"计划生育"。他对短句有明显的偏好，以至于人物的名字也几乎省略成一个字，譬如："大、太、人、王、土……"句子与句子之间的衔接就展现出短促明快的节奏感，很像是打夯、拉纤的号子或者狩猎时的欢呼，有一种振奋的健康的能量，而又不是狂野粗粝的。他使用譬喻或联想出其不意，却有慑人的气质。如："山外来了一个怪人，巨型的，如一棵成年柏树。"[1]"哭声像从破瓦罐里泄漏出来的水一样挤出壁缝，汩汩地流淌过来。"[2]这样的语段在《大太阳》里俯拾皆是，有时令人目眩，为之一震。正如田瑛自己写的："原始人的语言十分简短，表达出来却极其明确。"[3]这大概也是他追求的语言境界，这样的语言没有酸文假醋，倒有些原生态的自然本色。

　　博览群书的知识分子们，容易从田瑛的小说题材的诡魅联想到拉丁美洲的魔幻现实主义。这也是可以理解的。田瑛的叙事，时间是不确定的，地点是不确定的，是实中有虚、虚中有实的多维时空世界。一切的人与物，离我们很远，充满幻觉性的异象：神秘的土

---

① 《大太阳》第175页。

② 《大太阳》第92页。

③ 《大太阳》第72页。

地，奇异的人物，怪诞的行为模式。它是关于现实最基本的生存，
却又是超现实的、找不到来路与去处的王国。这与拉美古印第安文
化、玛雅文化滋养的魔幻现实主义小说世界确有某种异曲同工之
妙。然而与都市文学中人不同的是，田瑛并不倚仗知性积累或者经
典文本的滋养，他有自己的心灵记忆和独特的经验表达，它是本土
化的、个人体验式的。作家通过类似内感体验或者冥想的方式编织
着生老病死、部族战争、男女性爱等远古洪荒的传奇，并没有渲染
激烈的场面，生命呈现出自由自在、自生自灭的原初状态，闪耀人
性内在的光泽。文学话语自身就是一个文化符号系统，田瑛沿着他
的叙事路线，穿越民间与历史。这既是其记忆的变形，也是从经验
出发的想象。拆解作品的语言结构，我们寻找其中的文化内核。

　　所以，我要说到傩。古老的巫傩文化。对田瑛作品的解读，你
不可能绕开这一重要的人文体验，它是潜藏于作家血液里的文化基
因。说到底，人的意识形态都是文化基因所决定。傩，作为一种古
老的、奇特的民俗事象，在中原地区似乎早已消失殆尽，至今却仍
顽强存活于中国南方诸省的僻远村寨里。事实上，作为农耕文化的
意识形态，它既代表农耕时代的上层建筑，同时也是巫文化的最高
峰，是属于"图腾文化"范畴的。民俗史家认为"巫傩文化"就是
人类从"野性世界"带来的"原生文化"。而"在中国'巫文化'
盛行的重要地区之一，中国巫教'辰州符'的发源地——湖南辰州
府（今沅陵。古为湘西、黔东、鄂西南的重镇），自古就是一个苗
蛮夹杂、'巫文化'盛行的'神秘王国'"[1]。湘西不仅出产土匪，
更重要的，它是如今中国难得一见的"巫文化"天然博物馆之一。

---

[1]　林河著：《中国巫傩史》，花城出版社，2001年8月版，第66页。

建立在一种神话背景下，巫傩文化对世界、人生、命运、祸福等自有一套奥秘无穷的阐释。它有灵魂不灭、怪力乱神的传说，强调万物有灵、鬼神观念、心灵交感变异。因此形成的生命内涵、思维模式和心理因素，同样构成泛神论、魔法与巫术混沌交融、梦一般遥远的湘西地理与人文环境。田瑛的童年及青少年时代，就是在这样一个充满奇异、蛊惑的神秘氛围里度过的。所以，要走进田瑛的小说世界，首先要跨过这样一道怪幻迷离之门。

读过《大太阳》的人，哪怕只是泛泛浏览，可能也会对其中关于人与动植物的亲密关系产生深刻印象。譬如《悬崖》里人与猴；《干朝》里人与水；《独立生涯》中人与树；《早期的稼穑》人与谷禾、人狗大战……而且这不是停留于表层的叙事，它的内在话语充满对血、对元气、对生命的敬重与崇拜，同时也呈现出巫傩文化思维种种荒诞逻辑和无可理喻的感知世界的方式。那样的世界虚幻、野蛮、愚昧、神出鬼没，同时却又稚拙、简朴、虔诚而神圣、富有人情味。而在一种对天、对地、对神、对鬼、对自然、对命运的崇拜中包含着征服色彩，这样的经验方式是矛盾的统一，自有一种超越言语理性的洞悉。人们因此看到魔幻现实主义的写作手法，却忽略了作者脑海蛰伏着的梦幻记忆，根深蒂固的文化思维模式。那是他创作的酵母。在《独立生涯》里，写到一棵树，一棵古老的紫金树。作者说："你别把紫金树错当一棵风景树，它实在算不上一处好风景，但却被族人视为吉祥物，若一位神秘使者，它从很久远的年代和地方走来，到这个地方落脚，历经几世几代，足下便有了一帮子孙。它常常出现在子孙们的同一个梦中，凡见到它，便是进财或招喜的征兆。"[①]他也会这样写器物："每当遇到野物，这些猎具自会铮铮作响，并挣脱主人的手主动飞向目标。"[②]他还写茶水："又遇一慈祥老妇，自称是开茶店的，要每人喝一碗茶方能过桥。问是什么茶，答曰'迷魂茶'，具有收心效果，喝了它就能忘记后人和前世，一去不想回来了。"[③]我相信田瑛这样的描述不仅仅是出于文学手段的考虑，对于有灵的事物，他与他的土家族族人一样，也是全身心地笃信和接受它们的。因为在一个笼罩着浓厚的神话气氛的社会里，人们相信善恶之神、超自然的妖魔鬼怪、奇奇怪怪的动植物及器物，都是构成世界的一部分，它们相互关联，并显示各自的能量。正因此，面对原始状况的乡土生活，艰辛和苦难并没有成为作者夸张、煽情的依据。生命的可怜与弱小、命运的诡秘与无助，不是作者的切入点，却是心态、耐力、意志、尊严的形象展示，语言因此拥有一种贯穿作品的张力。

田瑛在繁华都市生活了几十年，时间远远超过他在湘西的日子。他的日常生活表面看来是挺时髦的，然而，田瑛的心灵绝对不属于都市，他的内心与都市格格不入。所以在车水马龙灯红酒绿的虚假繁荣中，有时难免悲从中来，要唱唱"为什么受伤的总是我"。我这么说，可能田瑛会气恼，但我认为事实就是这样。在《大太阳》里，唯一涉及城市题材的作品就是《人质》，我觉得它是《大太阳》里一个不和谐的音符，应该剔去。因为它破坏了整本书的风格，泄了它的元气。

据说田瑛接下来要写一部爱情小说。我不知道田瑛将如何表

---

① 《大太阳》第55页。

② 《大太阳》第175页。

③ 《大太阳》第12页。

达他的爱情观。而他拥有那么丰厚的、与众不同的经验资源，深谙
"古理"。想想在巫傩的文化图景中，生殖崇拜是其重要的内涵，
人类对"生生之力"的强烈渴求与勇气远远超过现代都市人对爱情
的追求。田瑛的构思会从此寻踪觅迹吗？不得而知。不过，我对他
写出一部聊斋版的、有狐仙狸鬼的、把生命的活力、灵气、创造力
与想象力融为一炉的作品是充满期待的。

（原载《南方文坛》2005年第5期）

# 婉约之美

## ——饶芃子散文论

"半个多世纪以来，文学和我的人生始终交织在一起，它渗透进我的灵魂，成为我生命的一部分，是我愿意倾尽身心去做的事业。"

——饶芃子

饶芃子首先是位学者。她作为一位文艺理论家已早有盛名。其理论研究、对作家作品的评论以善感而形成自己的风格，以敏锐的体察深入作者文心，表述自己对作品的诗性感悟。她的学术话语往往体现的是一种让人容易共鸣的感性，娓娓而谈的亲切，且以点评式的言简意赅，一语道破文字里的世态阴晴寒暖，叙事中心灵的呼吸。因此，学界有评论文章称之为"诗性批评家"。这种诗性，是有热度和蕴涵的，能够与人呼应、耐人咀嚼，且给人们一种有暖意的阅读感受。

抵达诗性，不仅仅是一种功力，也是一种悟性。暖意，来自对人性人情的温柔敦厚，既是儒雅的底蕴，也是悲悯情怀。这是饶芃子的学术气质，这种气质使她学理与诗情融合一起，获得一种轻盈自然的笔法。书写更接近于个人心性的抒发，犹如心泉淙淙。正如她自己所说："我写我心。"这种笔法，不仅体现在她的评论集《文心丝语》[①]《心影》[②]的诸多篇章里，也同样浸润在她多年来写下的各类散文随笔中。这些文章，以内容分类，有忆故人旧事、抒写师友情谊，也有记述自己的成长之路、教育经历的，还有旅行异国他乡的游记、大量的书序及文学随笔。它们分别发表于《花城》《作品》《羊城晚报》《南方周末》《南方日报》《香港文学》《香港作家》《澳门日报》等著名报刊，已形成风格，为读者所喜爱。由于饶芃子在学术界的地位，人们更多关注、评价的是其学术成就及学术风格。而事实上饶芃子的这些散文随笔，也与她的学术成果相辅相成，共同构成她生机勃勃的心灵牧场。可以说，她的因文生情、因情生文，与作家作品的灵性交流，与读者的促膝谈心，既展现其婉约性情，也呈现出深厚的人文涵养。饶芃子的散文，正如有学者说，其主要特色是"文心天然"[③]，如清水泡茶，需要人们去细品慢读。

　　饶芃子的散文，起头往往是直白的，如她的《〈石头记〉与我》[④]是这样的开头："小时候，住在外祖父家，外祖父乡间的祖屋，是一座老式的大宅，叫'敦本堂'。城里住的远没有敦本堂大，叫'双柑书屋'……"用的是近乎白描的手法，接着，叙述了她在小学五年级时，第一次阅读护花主人评点的粉红色16册插图本

---

① 《文心丝语》，广东高等教育出版社，1999年9月版。

② 《心影》，花城出版社，1995年2月版。

③ 余虹：《文心天然——诗人学者饶芃子》，《师道悠悠》，暨南大学出版社，1997年11月版。

④ 原载《南方周末》2005年。

《石头记》那种特殊的感受，以及这套书连同它所代表和召唤的昔日读书生活的种种回忆。从中看出，文学的种子及易感的气质在她青少年时代反复阅读这套《石头记》时就已植根。多少年过去了，这套粉红色的《石头记》那时所营造的文学氛围一直未能离开她。后来，饶芃子的学术研究中有多篇关于《红楼梦》的文章，还在硕士研究生课程中开设"《红楼梦》精读"专业课。可见，这套《石头记》于她而言，是有一种特殊的文学生命含义的。她在文中还写到"文革"初期当这套书被红卫兵抄走之后，自己是何等的伤感："仿佛我心中那种对文学虔诚的情感一下子被抽空了。"又说："近十多年来，我买了各种版本的《红楼梦》，但书架上的任何一部都无法取代它在我心中的地位，它对于我，已不仅仅是一套书，而是我曾经拥有过的一段感情和生命，我的一个无声而深沉的'朋友'。我以为，我生命内里那与生俱来的无名伤感，在某种程度上可以说是《石头记》予我的。"

这种易感甚至易伤感的气质，使她的一些怀旧散文下笔表述往往悱恻婉转。而最能体现饶芃子散文价值的，就是这些文字里烙下作者生命屐痕、让作者无限感念、悲怀的人与情的篇章。而她的笔力既不是刚劲锋利男性化的，也非柔媚絮叨小妇人的。这种笔力有文化传统与学养上的秉承，也是真性情与禀赋的结晶，它们构成作者对事物的独到感悟与体味。敏于心、感于物，简约而富有张力。

## 一、人：生命中那些生命的记忆

这种敏感体察与抒情写意交融的写法，一直存在于饶芃子所写的诸多散文。她是一个怀旧的人，历经岁月沧桑，依然深情忆念旧人往事。《童年忆絮》写母亲，《回忆我的外祖父——戴仙俦先生》《外祖母旧事》《告别父亲》《我的弟弟》《缅怀舅父戴平万》等篇，更是直接点题，这些远去的亲人，在她的种种细节勾勒中，形象呼之欲出。而每一个有血有肉有个性的亲人的故事，都承载着她的追忆与感念。以家世教育及成长而言，饶芃子是幸运的，外祖父是清朝秀才、当地才俊；外祖母善讲故事，乐善好施；父母都是有文学修养的人，是这些亲人成就了童年饶芃子的文学梦想，培育了她细腻善感的情感思维。而另一方面，她笔下的人、事、物，其实也见证着昔日那个坎坷的时代。那个时代，是欢乐苦短，忧愁实多。从战乱的艰辛生活到后来政治运动的沉浮，亲人们的似水流年与她个人的成长同样息息相关，每一个杂碎丰盈的细节都可以是催人泪下的渲染。在《外祖母旧事》①一文中，她带着感恩的情怀忆念孩提时代第一位"良师"外祖母的许多日常细节。通过那些如朝花夕拾的细节串联，极具表现力地为我们呈现一位知情达理、乐善好施却又有自己做人原则的传统大家闺秀的形象。她在文中写道：外祖母"享年98岁。她一生经历了许多大事，还有各种不为人知的情感撞击，但始终是那么安详、雍容和矜持，她心中应有一种无形的定力……"当时间把经历中许多芜杂修剪去，人生中最难忘的往往是一个生命体的人格对另一个生命体心灵的嵌入。由于战乱和父母亲的离散，饶芃子自幼是跟着外祖母长大的，老人家的这种为人处世的达观从容，也深刻影响了她一生。饶芃子在叙述这些往事故人时，语调不是宣泄，而是克制的：语言的克制、修辞的克制。所要做到的就是情感的克制。声音干干净净，没有杂质，没

---

① 《作品》杂志2007年11期。

有煽情，安妥得恰到好处。她有数篇回忆父亲的文章。父亲饶华于1938年秋离家参加革命，其时她才三岁。由于战争、历史等各种复杂原因，父女一别40年。其中的通信便是弥足珍贵的情感纽带。她在《告别父亲》[①]一文中忆述关于1962年远在云南的父亲给她寄来专门为她生日写的两首《鹊踏枝》词的感受："这两首词都充满孤悽忆远之情，词中的'空间'隐含有无数难以言说的感慨。后来，我从一位叔叔那里得知，他当时正戴着'右派'的'帽子'在个旧锡矿劳动。"用笔极其简洁，犹如书法中的留白，把力度化在虚空之中，给情感留下无限的空间。这种内敛的笔法，没有大半生的人生洗练很难把本可以悲怆控诉的宣泄化为深沉的悲悯感怀。情感趋于平静，益增其经验的丰饶。

以白描的方式写人，每一个形象既具体，又很原生态，呈现的正是作者本真的性情。饶芃子写人的文章相当多，但你会注意到她不揭短、不暴丑。她更关注人物的德行之美。那些可传之人，都有可感之事，可念之情。这其中，交织着她诗人般的情绪、学者的理性与个人的审美志趣。她的那篇《我们家的阿姆》读起来是客观的叙述，掩卷却难忘阿姆朴实敦厚的身影，让人有超越那个人情冷漠的革命年代温暖的感怀。"阿姆姓胡，名淑佳，是我们家的老保姆，她带大了我的两个女儿，和我们一起生活了近八年的时间……"同样是很直白平实的起题，然而她在文中通过捕捉阿姆的各种让人容易忽略的细节，最终酿成了情深意长的陈年好酒。"文革"初期，饶芃子被隔离审查，而阿姆"想我必定很记挂家中的孩子，有一次，听说我们在校园的花圃劳动，就有意带两个小孩在花

---

① 原载《南方日报》1998年1月18日版。

圃的周围走来走去，意思是让我看看孩子，我远远地看她背着小的，牵着大的，绕着小路慢慢地走，孩子无知，我的心在流泪，从心底里感念阿姆的这种体贴……"撕心裂肺的亲情离别被一笔带过，作者克制思念的宣泄，保姆的善良却被烘托出诗意的光辉。诸如这样的细节还有许多，作者如拨念珠般一样样地数，串成一份在非常岁月里对纯朴美好人性的呼唤和情义如山的咏赞。

鲜活跃动的生命构成生活世相，人生、人性、人情贯穿其中，造就了人类的历史。文学创作正是作家对人类历史的精神回望和情感记忆，饱含作家独特的感情经验及生命价值观。故饶芃子对文学评论，特别强调"知人论世"，强调阅读体验。她的评论，尤其是为作家们写的序文，不仅与作家作品有感性的关联，是心与心的交流，也让读者能够更形象地认识和进入作家的内心世界，从而领会作品的意蕴。她在《远去的岁月——评范若丁的〈暖雪〉》[①]一文中对范若丁散文的解读，其实也是自己对人生往事的感怀："在她几分悲凉、几分欢喜的歌声和琴声中，我也和作者一样，'思绪在多年以前和多年以后之间飞翔'，对人生也有了进一步的理解和顿悟。"而她在给澳门诗人流星子的诗集《落叶的季节》写的序《落叶片片》[②]中对"童年"一诗点评道："'一粒酸葡萄'，是'童年'的辛酸的意象，是诗的感情的泉眼，是诗人内心的血滴。在这首诗里，有属于诗人心灵故乡的东西，似是用心血酿成的，没有一丝一毫的造作。"这些评论与序文，并非完全是学术性的文字，它们有一种从容灵动、却又徘徊怅然的抒情韵律，其中派生出人生诸

---

① 《心影》第1页，花城出版社，1995年2月版。
② 《文心丝语》第66页，广东高等教育出版社，1999年9月版。

多净悟，让人寻味。所以，这些文章，与其说是为作家写序点评，不如说是借他人的"酒杯"，表达自己的文学见解和文情心态。正如她在《文心丝语》自序中所说："这些文章既是我和作者的'对话'，也有我在阅读的'对话'中插入的'独语'，是我的心灵之旅的感应，是表征我这一旅程的一个小小的'点'。"①知人是出发点，因此而论世，是充满内心动感和对人生某种深沉的体验。是人中见情，文中见理。

## 二、情：那些无限感念与眷恋构成生命的质感

常言道，人过中年天过午。岁月带给人沧桑，也会带给人明察与彻悟。但要认识到人生的多重面向，达到对历史回眸时通达的视界，不仅仅需要阅历与学养，更需要一颗沧桑不老的心。从心出发，情理相通，悟中生慧。

饶芃子的散文随笔，基本写于五十知天命之后。这个时期，她在学术上的成就正渐入佳境，学术活动也非常活跃。同时，这个众声喧哗的时代，各种功利尘嚣也正在向学术界、高校浸入。这种大的时代背景下，"慎独"不是一件容易的事，它不仅仅是一种修养，一种情操，更是难能可贵的中国学人精神气脉。

饶芃子有多篇回忆小学、中学、大学校园生活的散文，忆念她的师长，以文字印证那一代人的坚忍、风骨与学养。在《大学印象50年》②一文中，饶芃子回忆在中大学习时的老师们，那不仅

---

① 《文心丝语》自序。
② 原题为《城市社会中的大学形象》，载《城市文化评论》第2期，上海三联书店2007年6月。

是一份令人羡慕不已的名单，也有跨越大半世纪学术精神的一脉相传及人格影响："从前的大学，大师名师荟萃，他们的言传身教，对学生有很大的影响。我在中大学习时，各门课的主讲教师都是名教授，如教中国古代文学史的是詹安泰先生、黄海章先生、王起（王季思）先生、吴仲翰先生，教文字学的是容庚先生、商承祚先生，教中国戏剧史的是董每戡先生。教文艺学概论的是楼栖先生，教中国历史的是刘节先生，教自然辩证法的是罗克汀先生，教历史唯物主义的是丁宝兰先生，教马列主义基础的是夏书章先生。我毕业留校任助教以后，还修过陈寅恪先生为中文、历史两系助教、研究生开的专业课《元白诗证史》。陈先生是世界公认的中国大师级的学者。那时，诸位先生和我们学生并没有太多的个人接触，但他们的讲课学术个性都非常鲜明，各门课虽都有讲义或指定的参考教材，可是先生们讲课时都不是照本宣科，而是抓住重点和问题的要领，讲自己的独特见解，也发表他对各方学者不同见解的评论。先生们通过自己的讲学，激发我们的学术追求，培养我们独立思考的能力，激励我们努力去做一个有人格力量的人。那是一种很难得的学术熏陶。"陈寅恪、詹安泰、王起这一辈的中国近现代文史哲大师，大概也是中国最后一代既有民族文化睿智，又汲异域之精华的学术宗师，他们的学术生涯、为学风范及人生心灵历程，对有幸面聆教诲的学生饶芃子来讲产生的影响既是潜移默化，也深刻启发并活跃了她的文学思维方式。这些在《康园诗教》等篇中都有回忆。她的毕业论文选择詹安泰先生拟的《试论柳永的词》。而对于本来对宋代婉约派的词已有浓厚兴趣，犹喜二晏和李清照词作的饶芃子而言，这种选择来自先生的指点。对柳词的研究，初次打开饶芃子的学术视野，而柳永及北宋婉约派词作的离愁别绪、伤逝忆旧、悲悯感思等生命纷纭的表述风格，也影响了日后饶芃子的艺术思维及创作风格。

她在《康园诗教》中尤其以一颗挚诚之心感念著名学者詹安泰先生、王起先生对她学术道路及人格形成的影响。詹先生是她毕业论文《试论柳永的词》的指导老师，王先生是她毕业后留校任古典文学助教时的导师。在这篇并不长的文章中，除了记述学术嫡传，更有两个细节跨越时光，至今栩栩如生呈现在读者面前。其一是关于詹先生："我在搜集论文资料和撰写论文过程中，偶有所得和遇到难题，都及时向先生汇报和讨教。记得有一次，我汇报自己对柳词的看法，他说我有进步，很高兴，还大声要师母煎两个荷包蛋给我吃，我没有想到他会以这种方式鼓励我，一时不知所措……"被誉为"一代词宗"的詹安泰先生作为词曲专家和文学史家，对古典诗词及传统学问一些领域的理解和阐发，在当代罕有其匹。正是他所承继的中华传统诗意批评这一脉络，对学生时代的饶芃子产生深刻影响。这个细节以特殊的奖励方式，鼓励了青年饶芃子的求学热情。其二是关于王先生。1958年，在"大跃进"浪潮中，饶芃子和学校许多青年教师一起下放农村劳动，寒假时，学校派来慰问团，"我的大师兄苏寰中是中文系慰问团的成员，他们在元宵节前夕来到我下放的大沙乡员岗村，王先生和师母知道元宵节是我的生日，特买了一个蛋糕托他带来给我，我接到蛋糕，深感师情之重，禁不住热泪盈眶……"在那个物质缺乏而政治界限分明的年代，人情是比黄金还贵的东西。"革命意识形态"下的荷包蛋和蛋糕，作为今天极为寻常的食物，在这里，获得了承载师情、命运、人格等非寻常的美学意义。物非物，物即情。这种珍贵的师生情谊，如水流石穿，通过记忆，体现的是有光、有温度和暖意的薪火相传，是潜隐的精神传承。

而另一篇《回忆与悼念——缅怀肖殷先生》，同样是通过叙写他和许多学生和教师谈心和讨论文艺问题的生动细节，表达了她对自己长者、导师和学术"引路人"的敬仰。她在文中以素朴的文笔记叙："1959年9月，我正式开课，肖殷先生利用暑假帮我审看了全部的讲稿，还告诉我，他将抽空来听我的课，如发现新的问题，再给我指出来。讲第一堂课时，我在课室最后一排为他准备了一把靠背椅，没见他来，以为不来了，下课后才发现他坐在课室外面的走廊上，他笑着解释说：'我怕影响你的情绪，所以没进里面坐。'我当时听了，真有说不出的感动。"一个个活色生香、有血有肉的细节，让后人明白，学问不仅仅是纸上的学问，更是指向精神，指向内心，指向情感，与修身养性密切相关。如古人所说："师者，所以传道授业解惑也。"作为学生的饶芃子，她对良师们的记忆，其实也是一种成长的记忆。而良师们共同的特质已经融进她个人的生命里，并成就她自己。如饶芃子自己常说的一句话："完善人格是一辈子的事。"

除了师友情，亲情在饶芃子的散文中也占很重的分量。《外祖母旧事》《我的弟弟》及《我的外孙女阳阳》等篇，看起来，既不"载道"，也不"言志"，而是"叙旧"。旧人旧事，也有童言童语，这么些私人情感，有伤感，有欢乐。作者通过叙事，穿越大时代，在艰难岁月中寻找生活的暖意和纯真。《我的弟弟》是一篇回忆亲弟弟的文章。这是一篇沉重的散文，也是一篇情绪不再那么克制的文章。从一开始接到弟弟在哈尔滨离世的消息，"那边的话筒尚未放下，我已放声大哭，我有生以来从没有那么多流不尽的眼泪，仿佛是要把这大半个世纪我对他的期望、怀念、焦虑、担忧都哭出来似的……"①就有一种压抑不住的直抒胸臆与情感宣泄。接着是写弟弟，回忆弟弟儿时和青年时期的生活种种，贯穿在文字中的更是血肉相连、自小到大相依相伴的姐弟情深。对于父母长期不在身边的这对姐弟，姐姐俨然充当"家长"的角色，尽心尽责照顾这个只小她两岁的弟弟。而在"文革"期间，姐弟俩虽分别在南方和北方工作，却同样受到激烈的政治冲击。弟弟更是因为被作为"白专"典型多次遭受批判而精神深受刺激，此后已不能像正常人那样生活和工作，令姐姐牵挂和怜惜。弟弟英年早逝，更是锥心之痛。艰难岁月中相依为命的亲情，人近黄昏时的诀别，唯有恸哭，方能抒人生之悲怆，吐心头之块垒。

《一种别样的情愫——师兄一年祭》②是饶芃子罕有的写友情的散文。缀而成篇的几则故事，同样发生在最不讲人情世故的四清、"文革"那样"革命"的背景下：师兄和"我"都到农村参加"四清"运动，有一天"他突然来镇罜找我，说是我们队里的人告诉他，我搭住的'三同户'的孙女有肺病，经常吐血，而我却和她住在一起，他要陪我到县人民医院检查身体……"而"文革"期间，"我"遭受迫害，隔离在"牛棚"审查，爱人下放韶关钢铁厂，家里只有两个女儿跟着老保姆，"据保姆说，他曾几次来家里探望她们"……在一个崇尚大义灭亲、划清阶级界限的年代，伦理秩序大颠覆的年代，人伦情感被刻意淡化、压抑甚至扭曲，这样温情的关切、不避嫌的情谊弥足珍贵，也让作者在追忆往事的字里行间禁不住感念，并流溢出"一种别样的情愫"，化为心底的祈愿。

---

① 《我的弟弟》，《香港文学》2007年9月。
② 原载《大公报》2006年8月6日。

亲情、师情、友情如暗夜的星星之火，皆为个体生命在人世间最值得珍视与依赖的情感。这些因艰难而愈显珍贵的情感存在，点燃生活的希望与向往，生命才显出它的血肉与温度，也才拥有穿越世间艰难的力量。忆之述之，却也因珍贵而一言难尽，已是不胜清怨月明中。

## 三、味：委婉清逸之气质

散文作为一种文体，可以说是人类精神生命最直接的语言文字形式。相比于诗歌、小说等，它更呈现自由散漫的形态。它既可以抒情，也可以叙述；但过于抒情，会流为虚饰，过多叙述，易变唠叨。所以它既不是激情的洒泼，也非虚构的叙事，它的内涵，源于个体精神的现实性与丰富性，与生命感觉、情感生活及理智所具有的动态形式同构。所以，我们关于散文的定义，常常说"形散神聚"。而正是精神的质量决定了散文的精、气、神，也决定了散文的品位。

饶苏子的散文，从外在形式看，不是雕琢的，却以细节的勾勒，把那些日常容易忽略的小事物酿成芳香的蜜、醇美的老酒，让人细品慢读中受到感染，与之共鸣。文必有寄托，才觉有味。所以，她的散文艺术，体现出来的不是炫技，不是华丽丽的词藻，而是一种整体的、有深度的文化气质。

也许正是对宋词的热爱，尤其是对婉约词派的偏好，饶苏子的行文风格显然受到影响。所谓婉约，即情感表达的委婉含蓄，音律的婉转和谐，语句的柔婉圆润。声音的节奏，语调行文的节奏，在散文书写中是非常重要的。貌似直白的起题，平实的词句，白描的情节，却正在润物细无声地养育着这个声音的语言，控制着语句的节奏。既形成丰富的层次感，又呈现委婉清逸之气质。这，就是饶芃子文章的味道。那些更深、更细、更微妙的心灵颤动，似有还无，意在言外，等待有心的人与之相遇。

读她的《童年忆絮》和《外祖母旧事》等篇，在那些朝花夕拾的日常往事中，母亲的形象总是若隐若现，似背景、似剪影，更像是一张速写。相比于记述外祖父母、弟弟，还有父亲，母亲这位本应是家庭中最有分量的人物，在饶芃子的叙述中，却是着墨最少，最显得欲言又止的形象。母亲究竟是一个怎样的人？在饶芃子的文字中甚少找到细腻的描述，最生动的细节就是像这样离别的背影："原说好送到村口的梅园，但一到梅园看母亲踏上那通往大路的田埂，我就哭了起来，不由自主地向她奔去，母亲走回来，放下手中的东西，抱住我，泣不成声，姨妈也站在旁边流泪。过了一会儿，母亲就放下我，快步地向前走，再也没有回头，但不知道为什么我感觉到她还在哭。……由于我和母亲总是离别，使我和母亲之间有一种很特殊的情感，所以我从很小的时候，就常常在期待，有时，我会带着弟弟跑到村口的大路旁，呆呆地望着远处，希望能在那里看到她熟悉的背影。"[1]这梅园背影凝聚了穿越时间的多重情感：母女之间苦辣酸甜的滋味、血缘之间的联结、人物命运的悲怀。记忆中的母亲，有别于传统妇女，是属于在"五四"精神感召下，有自己生活理想和追求的职业女性。担任小学校长、积极参加抗日救亡工作的母亲来去无定期，母亲的往事，母亲与父亲之间的情感纠葛，一个女人的爱情与事业……是小小年纪的饶芃子不能懂得和理

---

[1] 《童年忆絮》。

解的，也是不敢轻易落笔的。一方面母亲的善良、爱、坚强、大度等美好而辛酸的记忆已以碎片的形态嵌入自己的生命；另一方面种种复杂而微妙的情感也让饶芃子的追忆欲语还休、欲哭无泪。这是人生苦涩之味，渲染、抒情已成多余。

又比如她在《一种别样的情愫》一文中，写关于早逝故人的梦境："大概是我心中总有遗憾，前不久，他竟然在我的梦中出现：梦境朦胧，像是去参加一个什么会……"[1]言为心声。这种情感流露质朴婉约，语调隽永流畅，醇厚的情感却蕴藏其中，给人留下无限的遐想。

而作为另一些看起来是轻松潇洒的旅行札记，那些关于异国风情的散文，有风景、有人物、有情节，不仅是他乡原生态的风光与风土人情。读罢掩卷，那些在不同文化碰撞中对共同美好人性的赞叹令人与之共鸣。像《他乡的风情》[2]一文，就记叙了她在新西兰与小女儿一家外出旅行，偶遇几位新西兰老太太以及她们助人为乐的义举和自己由此的感悟："从远处来了一辆红色的敞篷小车，车上有四位穿着红红绿绿休闲装的老太太，戴着墨镜，每个人的头上都扎一条颜色鲜艳的丝巾，看见我们一家站在树底下，就停下车来，并且快速地走向我们，问我女儿是不是有什么困难，是否需要她们帮助？当她们走近时，我发现这四位热心人都已是六十岁上下的老太太了……"红色敞篷车、红红绿绿休闲装、墨镜、颜色鲜艳的丝巾、六十上下的老太太，这些关键词构成的画面明亮、热情、充满对生活的热爱，但在中国本土是不易见到的场景；而其中的动

---

① 《一种别样的情愫》。
② 原载《羊城晚报》2007年7月5日。

态是"快速走向我们",问"是否需要帮助"。在美景美色与所见所闻中,她更关切的仍是人。有人的景,有对话交流的遇,意象清新可喜而寓意深远。且叙且议的行文,又有让人获得明悟的智慧。还有如《在绵绵的白云之下》《风城之旅》《在新西兰过大年初一》等,作者往往是从人文的角度描景写人。譬如写游览一个火山岛:"Neil向我们介绍,这些岛的居民多为毛利人,每个岛有两三个毛利家族居住,他们以种植水果和捕鱼为生。我们见到的第一个火山岛叫Mayor Island,是当年英国人库克船长发现新西兰时最先到达的岛,因那天是伦敦市长Mayor Island的生日,故以市长名字命名。"[①]她关注的不仅仅是自然风光,更是自然风光中的人文历史,火山岛因此显出历史感和生命力。这就是外行看热闹、内行看门道吧?以跨文化的视角看人,对于各种生命存在形式的共情,使其获得更普世的人生观。所以她触景感慨:"现在我已回到中国,但Franklin一家在大年初一接待我们的情景至今不忘。康德说过:'人之可贵,是他只尊重自己发出的法则。这些法则不是他人提供的,而是自己生产出来的。'我想,Franklin一家正是遵从自己的法则生活,因而他们是幸福的。"[②]这种感悟与其生命意识、精神境界密不可分。

散文大家汪曾祺曾自称是一个"中国式的人道主义者",之所以是"中国式"的,就是不是源自法国大革命的那种欧洲近代思想,而是从传统文化的内部,主要是儒道思想中寻找精神资源。饶芃子幼时在"敦本堂""双柑书屋"先接受民国旧学教育,后师从

---

① 《在绵绵白云之下》。
② 《在纽西兰过大年初一》。

词学大家、文艺学名家进修，这种经历使她身上有"温柔敦厚"的诗教积淀。她的人情味是骨子里的，哪怕逆境之中，也不丧失对生活的爱，以温情看人待物。给记忆戴上主观理想的柔暖面纱。生命的圆熟与诗意文心互相映照，使饶芃子在艺术形态上的谋篇布局、言说往事故人的过程中，往往感性穿透理性，直白心迹。而生命中的悲喜、沧桑岁月中的某些怅然甚至痛楚，又在体察与悟觉中被节制了情感的流泻，因而获得美学上的内敛、婉约之美。

## 四、根：心泉淙淙与文化源流

虽然"散文"一词是从西方翻译而来，但在中国的文学史上，作为一种文体，它包括了史传、策论、墓志、随笔、信札、序跋等，早在先秦时期诸子散文以来，就有不可低估的分量。这样一种文体，类型驳杂，却都与个人经验和内心体验密切相关。因为它集情趣、智识、机趣、情致于一体，重人情，显见识。因此，作者的境界也决定了其散文创作的境界。

作为阅读与记忆的产物，饶芃子的散文随笔，形式上往往是简约小品，信笔拈来，性情为文，如她常说的"我写我心"，而非浩浩荡荡、结构复杂庞大的"大散文"。字里行间，不标榜"文化"，却让读者自然而然享受其蕴涵的文化气息。有时候，你很难分清她的评论与散文的界线。你可以把她的评论当学人随笔来读，也可以把她的记人状物的文章当点评笔记。文体到这里，已经模糊了界限，也无须追究其外在章法。这种跨界写作，不是谋篇布局的刻意追求，却有其才情、学识与境界的浑然天成。像《我的自画像》①，不到一千字，却浓缩了大半生的心路历程，字字珠玑，勾勒了一个"文学的我"和"我的文学"。

文学存在的意义，不在于它有多少人在写，怎么写，也不在于多少人在读，怎么读。而在于，是否懂得，如何懂得。因为懂得，我们才有爱，有理解，有坚持，有包容，有同情，有温暖。饶芃子的易感善悟，让她作为一位评论者，懂得与作者作品交心。20世纪80年代，她写过一篇评论"张爱玲和张爱玲的'冷'"，如今依然让人记忆犹新。她评价张爱玲："'苍凉'是她作品的气氛，也是她描写生活的底色，绝不同于一般的'叹息'。张爱玲作品中的'苍凉'，不是因为好人遭到不幸引起的，也不是由于作者对人物注入太多的同情导致的，更不是感情上强烈渲染的结果，而是一种对人生的感觉，它深藏在作品当中，形成一种氛围，一种境界，一种深邃的意蕴，它是属于更深层次的东西，是从作家的心底来的。"②这里，既是学者式的视角，也带着人道的目光，学理与感悟交织。不是冷冰冰的批评术语，而是带着评论者的体温、与活生生的世界相连。阅读往往把我们逼向人本身：人的位置和人的尊严，最终贴近人的心灵。评论家与其说是阅读作品，实则读的就是作家的心。精神也不是思想者的产物，而是在人生旅途引领心灵的一簇明亮灯火。你的精神有多强大，灯火就有多明亮。唯有心智丰盈，方能以老练的文字带出火候内敛而簇火分明的光芒。

纵观饶芃子的写作，是文化的，又是人性的。她的文笔，带着传统旧学的刻痕，又有人生历练的积淀，更有她的学术视野所带来

---

① 《艺术的心镜》，暨南大学出版社，1993年。
② 《心影——饶芃子文学评论选集》第44页，花城出版社，1995年2月版。

的多元文化的开阔包容。从20世纪80年代以来，她的学术研究的一片天空是比较文学和海外华文文学。多民族文化的兼容以及全球化视野，使她的笔触开朗豁达，文气贯通。关于世界，关于人生，她的诠释其实是冲淡中和的；对于世道人心，感性观照中却也显得通达、理性。她非激进的斗士，也不是絮絮叨叨的小妇人，她乃温文尔雅的女史。她下笔常有一种淡淡的哀伤，却衬着柔柔的暖意，是体味人生五味之后的悲悯情怀。在仇杀成风的年代，爱是一种顽强的抵抗；在物欲横流的社会，精神是另一种稀有之物。文化的源流融会贯通于不同的文体写作，顺势而为，所以她的语言没有刻意的匠气，却具有一种文化形态上的匠心。

饶芃子在传统文化方面的善根深厚。出生于潮汕世代知识分子家庭的饶芃子，在外祖父的影响下，自幼对文学有浓厚的兴趣，尤其喜读唐诗宋词和《红楼梦》。童年时埋下的文学种子在后来的师承土壤上得以生根发芽，气脉相连，枝蔓茂盛。这种儒雅学养、人文格致，自然而然成为她文章中的"气"，也是她写作的"根"。可以说，她的根，是植于中国传统文化及经典文学的土壤，并深得嫡传师承的滋养的。而"五四"以来的新文学作品及西方文学名著也并未脱节，它们枝繁叶茂地长在她人生走过的道路，她有幸采摘甘美的文学花果，并化为自觉的文学精神。

人的一生其实是心路历程的一生。多少往事已成逝水，通过追忆记录的人生经历，在相当程度上已经改变事实本来的面目。没有客观的记忆，唯有带上主观印痕的记忆，这就是记忆者的心轨。我们不必也不可能追究历史的全部秘密，但我们依然可以解读弦外之音，言外之意。作家心灵深处的真实情感，如爱情、亲情、同情、怜悯、叹惜、哀伤、自豪……都会通过文章的境界体现出来。以学而能以养而致，自然简约不着痕迹，所以在文体形式与经验之间，语言张力达到气韵生动而自然自在的律动效果。

这种既遵循自然之律、生命之道，也历经风雨而不改的真性情是饶芃子思考与写作方式的基石。潜心于我们热爱的美、艺术、思想，把所得的"境界"化作自己心胸的一部分，这是诗性的智慧，诗性的文化。一呼一吸间的自然流露，落笔即为敞开，从盎然诗意中我们看到人文精神，也看到具有生命力的文化源流。

饶芃子的散文所呈现的艺术格调，简而言之，是性情之真与学理之趣共构的如歌的行板。那种既充满人生忧思忧怀、又珍重生命的真挚情感，呈现在文字上，犹如徐徐而行、优雅而悠远的旋律。

这是饶芃子散文写作的美学效果。这种美学效果同时提供给我们解读作家个体生命的文本依据。正如苏珊·朗格的一个重要的美学概念叫"生命形式"，意即审美的本质是通过形式，把艺术与生命统一起来。而美学包含了社会学及文化学的意义，个体性特征往往包含普遍性意义，并可从中探索文化的根源及形态。这，也是本文之努力。

［原载《文学评论》（香港）2015年第2期］

# 文本的语言构成与语境

一

　　当我们提及"文本"二字时，言下之意指的是一种言语的整体存在。语言，既是工具，又是非工具，它以表现能力证明自己的语义功能并实现自己的存在。语言的诞生、消匿在不断向我们自觉证明人文氛围的变革，它构成一个自在的系统，包容着时代浓郁的气息。可以说，语言，作为一种代码，与信息是相互依存而密不可分的。语言的目的其实就是交换思想，也许，从语言的角度阅读，诠释文本，是更本色、更切入本质的对文本的关怀。

　　几千年的汉语话语演变形成它独特的语言系统，属于表意系统的汉字凝固了异常丰富复杂的文化形态与文化信息，同时灿烂辉煌地展示着中国古代文人的特殊语言态度和面对自然、社会的审美方式。它创造了温文尔雅、如诗如画的颖慧的艺术语言风格，利用文言特有的若即若离以及汉字的表情达意，巧妙地含蓄地创造了中国文学中尤其诗歌中特有的"韵外之致""言外之音"以及"虚实相间"，从而显示中国文人重感性、悟性的思维习惯及语言功力。海德格尔把语言视为"生命的房屋"也许是有道理的。每一历史时期文学上的重大变动，必定是起始于语言方式。语言在不断地规范，又不断地突破规范。随着感知和理解方式的变化，人在不断创造和接纳新的言词。中国古体诗从四言、五言到七言，从赋、律诗到词曲……都是一种语言态度的转变。而语言在继承过去的同时也在取消过去、开辟未来，这是历史的必然规律。循着这条规律的轨迹，我们可以把握中国文人（事实上也包括世界所有的写作者）情感思维的衍化、嬗变以及积淀其中的文化精神。我以为，一种文化的内在精神要比这种文化外在的知识、观念结构更为重要，中国传统的文人精神作为遗传基因代代相传，并以不同语言外衣展示其恒久的生命力，构建了中国文学的特殊语境。

随着西学东渐，异国叙述语式的渗透已是不可避免。"五四"新文学运动是一次对传统的大断裂，大反动，当然带来文化优越感上的失落，但同时也开创了一个新的语言世界，传递了时代的艺术信息。语言以语言自身的经历向我们证明，它是一种文化的产物。作家往往借助既定的语言系统去澄清内心飘忽不定的乃至模糊的印象，去确切地把握自己的情感记忆。

二

中国文学发展到今天，文学语言发展到当代，又是如何一种境况？

尽管在当代文学中同时存在着某些陈腐的或粗鄙而流俗的叙述语言，存在着某些缺乏内在意义的虚张声势的文学游戏、语言迷藏，也存在着一批耽于对现实对历史做局限反思、批判的"载道"

文学，但同时也已有一批竭力从文学的审美角度，尽可能循守艺术本真的青年作家，如苏童、格非、余华、鲁羊、吕新等，他们以虔诚、刻苦的追求，去寻觅可以更多更确切、更淋漓尽致涵容、传达他们对世界和人文景观的感知和理解方式的叙述语言，甚至文体结构。当我们迷惑于这批作家有悖于常规阅读经验的相当风格化的话语时，我们是否意识到蛰伏于其间的语言的异己经验的承续性的矛盾？事实上，语言只是一种符号，它与情感思想的关联全是习惯使然。

中国新时期文学之初，作家最大的创作困扰是"写什么"，表达什么。理论界的争论焦点甚至一度是"反映生活"还是"表现生活"。刘心武、张洁、蒋子龙等作家的创作成就主要的是在于它们体现了生活中的某些本质内容。短短的十几年，当代文坛似乎是从庄严中、轰动效应中走向并不起眼的平民阶段；作家开始形成"圈子"，"寻根"的严肃性同时浸进"玩"文学的调侃；韩少功、马原、洪锋、残雪、莫言……各路不同套数的艺术招式其实已隐匿着作家对形象的神话构建的疲倦和对小说本体艺术追求的潜在的焦灼。而无明显分界线的，一批被现在批评界称之为"先锋作家""新潮作家"的文学后生们以毋庸置疑的技巧性开始抢占了有限的文学市场。

在这一批似乎各行其是的作家笔下，我们听到了纳博科夫、博尔赫斯、普鲁斯特、罗兰·巴特等后现代派作家的声音。然而，我们也发现了笔记小说、诗话、传奇、白描手法甚至宫商角徵羽的斑驳组合。叶兆言提出过"汉语小说"，鲁羊在津津乐道"文人语言"，苏童迷恋着江南文化小城霉迹斑斑的传奇色彩。一方面他们不可抑制地表现出对自由无度的、"破坏性的"、表演性的西方后现代派文学的倾心和仿效。拒绝诠释，无中心无主题，强烈的反讽，主体的退隐，时不时也来一段语言文字的刻意操作，也反意义，反解释，甚至反形式（像余华、格非）。然而，另一方面是不可摆脱也不愿摆脱的汉文学特有的诗性的语言和画境，越来越多的新潮小说具有浓重的抒情意味。

我们在此浅略比较格非的新作，刊登于《钟山》1992年第5期的《傻瓜的诗篇》和刊登于《花城》1993年第1期的《锦瑟》。两个中篇小说，均体现了格非创作惯有的风格：迷宫式的故事圈套，扑朔迷离的梦境，明显的隐喻与象征，诗意的感伤……前者以精神医生杜预最终成为精神病人，而精神病人莉莉恢复正常的"互换位置"过程为主要情节，所审视的是人类的潜意识世界的深处，它更多带有"精神分析"的味道；后者则以李商隐的《锦瑟》一诗为引线，将主人公冯子存置于多种角色的位置，即作为隐士、书生、富商、皇帝的生老病死、落魄、荣华、离合聚散……在充满梦魇性恍惚性的虚虚实实的故事情节中，作者表达的中心却是中国传统文人的"如梦人生"的慨叹，也即"此情可待成追忆，只是当时已惘然"。这两篇小说，应该都是理念大于形象的作品，过程是迷乱的而结论却是明澈的。可以看出作者显然热切关注的在于人类的生存意义，答案充满悲观色彩和虚无主义。他试图以博尔赫斯的、卡夫卡的表达方式来传达他对生命意义、人类的精神景况的感受、体味。而他的谜一样难解的话语符号里面却是若隐若现着汉语思维特有的飘洒和凄丽画面，以及中国文人骨子里的感伤和梦幻感。

再看看刊登于《花城》1992年第6期的鲁羊中篇小说《弦歌》。如果站在巴赫金小说观念的立场上看待这篇作品，我们可以发现作者对于叙事作品中话语构造的迷醉和"艰苦"努力。逃离家庭，也许是目前中国青年作家热衷的题材之一。值得注意的是，作者以一种反讽式的苍凉的语调叙述"我"的短暂的人生经历与生活体验的同时，以另一种充满诗性的纯净而浪漫的画境式语言描摹"我"所钟爱的古代人物祉卿的生命历程及心灵空间。他触摸俗世的幸福内涵并表达心灵的幸福感，他试图去阐释人世间活着的意义。不同的语言饱含着不同的隐喻、不同的象征意义和美学价值，它们并列在一起。各自说话，相互对比，相得益彰，它们真正构成了"多音齐鸣"的叙事效果。小说的意义不在于情节及人物的意义，而在于它展现的不仅仅是当代中国文化人陷于精神困境中的语言，还有古代中国士子怡养心性的语言，甚至有市井的流俗，平民的朴素……作者以一种曲曲折折的遮掩的方式抒发真情，有意无意地对读者做着某种回避和掩饰，作品令你兴趣盎然的是话语中隐含的在历史的边缘徘徊的悲剧性感悟，以及文化意义上的感伤凭吊，汉语言中历经千百年的思维演变。你不得不惊叹作者驾驭小说话语的技巧和隐匿其中的精神情感的涵容量。

这些意味着什么？

这是一批思想趋同西方，或者说向往西方文化而情感却恪守着东方理想的当代中国文化人。你能指责他们的作品是游戏吗？不可否认，20世纪80年代以来西方形形色色的哲学思潮，五花八门的艺术流派大量涌入正在开放中的中国，对这批正在努力吸取各种文化养分的文学后生浸透是显而易见的。从现代派到后现代主义的某些"范本"对这批作家的影响，造成的冲击效果是推动他们对多元话语的追求，当然也造成了作品中的某些语言犯规，意义的不确定和难以解读。然而创作作为一种情感发泄，作为精神寄托，在这批作家作品中，本能地表现出对先祖文人那份悟性、智慧、恬淡、古雅、纯净的语言风格的迷恋。有时候，我们会感觉他们作品的某些幼稚的、生硬的东西方不同叙事方式的拼凑——这种艺术上的冲突背后也许昭示一种文化上的冲突，但也时不时感受到思辨与悟性的奇妙组合。这就是当代中国文化人特有的精神感知方式，他们注重对过程的叙述和叙述过程的艺术效果。这种复杂的创作心态和创作现象向我们喻示了什么呢？用茨韦坦·托多罗夫的话说："作家所做的无非就是研究语言。"事实上，王朔的走红也与语言密切相关。他选择了一条迎合市众的、急功近利的语言道路。也许他从影视艺术的票房价值和叫座程度中得到某种启迪，他擅长将严肃的与调侃的、高雅的与粗俗的、悲伤的与愉快的语言搅混于他设计的三教九流的小说人物中，同时也搅混了各个不同层次读者的阅读惯性，甚至搅混了批评家们的审美尺码。不管如何，王朔的小说语象形态已成为明确的争议点，应该说，他的作为文学作品的"满不在乎"的言词是相当"触目惊心"的了。

## 三

当文学处于当前的时代转型期，商业大潮汹涌而来的时候，它似乎越来越受冷落。而当文学作品被读者自觉选择为"通俗文学"或"纯文学"并正在越来越明显间隔的时候，由商业文化推进发展的文化快餐蓬勃兴旺起来，"纯文学"也开始不作为广大人民群众的消遣品或提供心理咨询，它开始作为部分文化层次更高的文学热爱者的精神乐园。这一批占全国人民的少数的读者对待作品的态度更多的是对作品构成的本体意味的"品"和审美挑剔。他们破译、解读、抽绎，他们更乐意在迷宫式的语言的密林中穿行。这种不刻意客观目的意义的穿行过程艰辛的愉悦与人类心灵深处的驳杂的、脆弱的、难以言喻的波荡遥相呼应。也许读者本身就是作家，作家同时也充当读者，他们相互间似乎愈来愈注重在创作和接受的过程中获得快感和意义。穿过意绪纷繁的叙述语言，我们可以直观到某种独特的心灵存在状态。

当代中国文学语言态度向我们表示的是：当代文学正在悄然进行一场革命——语言革命。也许，中国的一部分作家开始意识到文学就是文学，它仅仅是一种艺术，是人类面对生存境况，面对人文历史的一种艺术态度。也许，这种艺术重点的转移（从写什么到怎么写）倒是可以使前景黯淡的中国当代小说更好地确立独立的美学地位。

不要赋予文学过于神圣的使命，也不要把文学逐出人类的意义世界，这都是不可能兑现的事实。作为一种艺术存在，人们已普遍发现，小说艺术的奥妙不在于别处，就存在于小说的字里行间。人类的情感、精神正是通过这种艺术语言找到栖宿地。而借助这个立足点，我们是不是同样可以寻找人类历史与现实的精神世界、情感世界的内蕴？

（原载《上海文学》1993年第10期）

# 个人舞步的动人与疲软

## ——探析"20世纪60年代出生"的写作者

我们写作，最初的冲动源于倾吐的渴望。日记，可以算作自觉书写的开始。诗歌，几乎成为每一位写作者创作的第一步。我们那么急于表达内心，呈现自身纷繁杂乱的感受。回忆、想象、逃避、假设、展览、寻找、欣赏……文字帮助我们不断回到自身，与自己交谈，并逐渐澄明、清醒。

文学理论与写作教科书曾经有一个"文学为谁服务"的重要话题。争论热点长期围绕着为谁代言的问题。文学工作者的劳动内容主要是作为"代言人"。而今天的文学事实是，大量的文艺作品已从"书写他者"转为"书写自我"。个人化、私语化的写作日益典型、普遍，叙事立场已发生明显的转变。

围绕着当代个人化叙事作品的评论，以对"先锋""新状态""新体验""女性话语"诸如此类的界定，我们不难看到交叉在这类作品中的基本核心，即写作风格上的相似性：题材"私人化"、日记体、片段性情节、跳跃性的诗化语言，关注个体生命、自恋自虐的矛盾心理，普遍缺乏的批评意识，率性而为的、感伤主义的审美态度……

这种明显的阴柔风格，呈现出相当女性化一面的写作倾向，显然在今天活跃于《收获》《花城》《钟山》《大家》《作家》等刊物的30岁左右这批写作者的作品中俯拾皆是。从艺术心理学角度来讲，这一批写作者表现出性情中所包含的"女性潜倾"（男性心理中的女性因素）气质。而创作主题中暴露出的浮躁、疏离甚至玩世不恭等精神失落现象与20世纪以来的世界现代文学流向如出一辙，涣散、无序、茫然……与后现代主义写作风格有不谋而合之处。所以也有一些评论指责他们对当代外国小说的盲目仿效。而作者的自我辩解是：这就是我身边的生活。行走于边缘的写作，难以深入主流中心的尴尬，已是这一代写作人面前的事实。

不可忽略的一个历史原因，就是这样一批基本出生于20世纪60年代的中国知识青年（包括我个人），他们尾随"三年经济困难时期"饥馑的脚步、"文化大革命"的红色海洋，来到人世间，父母一辈，忙于斗私批修、抓革命、促生产；忙于学大庆、学大寨；忙于批林批孔、反击右倾翻案风。世界是大人们，包括兄姐一辈热闹的舞台。从诞生之日起，这一代人就注定在边缘地带徘徊。作家李冯如此描述："我们身上的时代烙印如此混乱和肤浅：'文革'童年，高考少年，改革青年、纯洁爱情与性乱游戏。文学小组与自我放逐，很难说哪种更清晰。"[1]这是夹缝中成长的一群，闭锁的、观望的一群。他们与这个世界，一直保持着一种距离，或者说，世界与他们保持着距离。上一代的人，拥有更单纯的理想，下一代的人，拥有更丰富的现实精神。事实是，他们作为一群"麦田里的守望者"，生活在这不断裂变的世界，他们的脚步似乎永远跨不进主

---

① 李冯《创作谈》（《花城》1994年第5期）

流的行列。高考之后一刹那间的理想建构、自我设计伴随着存在主义哲学飘摇在市场经济来临的浪潮中。他们缺乏上一代敏锐有力的把握，下一代如鱼得水的适应力。观望客观外界的"少年眼光"，界外人的冷漠的感情立场，更多地显现在这一批20世纪60年代出生的写作者（批评家所谓的"晚生代"）的笔下。情感表达上的细腻、敏感、脆弱，甚至带有某种多疑、神经质的病态倾向，呈现在纸上，并非是这群写作者对西方当代小说的技术借鉴，而是真心属于他们残破的内心的个人话语。个人化充分体现为内心渴求被发现、被凝视、被聆听、被爱、被理解的优柔而无助的被动需要。

漫长的十年"文化大革命"已经成为历史。这段历史的惨痛后果对一个民族来讲，并不亚于两次世界大战对西方民众的心灵冲击。但由于种种政治的、时代的原因，历史在我们的意识形态中似乎一直处于遮蔽的、淡化的状态。而这场文化暴力积留的记忆实际上就是对人、人性、生命、死亡、文化遗产和精神血脉的关怀的丧失。

人与世界，与他人之间的相互"凝视"，是一个被反复探究的主题。作品既是一种艺术创造，同时也是内心的一种自我披露。当大量的小说评论关涉时下所谓"新状态""新小说""新体验"的创作风格时，批评家们往往将高学历、后现代小说影响、社会经济现实转型等相连起来，所以也出现庞杂不一的命名。而被忽视的，恰恰是造就这一代写作者"个人舞步"独特性的"集体无意识"。从某种角度说，这是一群带有问题的、无家可归的精神流浪者。共同的童年创伤记忆成为某种境况的展示，生存的边缘状态到了而立之年面临色彩斑驳、光怪陆离的经济时代，又是另一种失落、挫败、被愚弄的感受。他们与国家权威、与制度发生深切疏离，与日新月异的时代现实潜隐冲突。事实上，他们自身也正通过书写伸出需要拯救之手。旧俄时代的"多余人"系列形象，中国"五四"新文化运动之后文学作品中的"零余人"，与这一批20世纪60年代出生的写作者笔下的"边缘青年"其实有某种异曲同工之处。韩东在《障碍》（《花城》1995年第4期）中冷静描绘出一群行踪不定、身份不明的文学青年；陈染在《另一只耳朵的敲击声》（《钟山》1995年第1期）中说："这种绝望的城市是我的家乡。我的心从没有家乡。像我纷乱空洞的胸口内部某一处脱离我肢体的地方，无所归属。"

大量的或"新"或"后"的作品展览着十年"文革"扭曲造就的一代国民羸弱而内心敏感的悲剧性形象。这是否仅仅是技术操作、复制定义可以涵盖的？关于个人化写作姿态，有些批评家已从现象上给予关注。陈思和在其主编的《逼近世纪末小说选》的序言中指出："60年代出生"的作家群"他们的创作大多是从90年代开始的，不仅没有领教过以往政治权力对意识形态的制约，也没有感受到知识分子广场的荣耀与辉煌。他们一开始就是以赤裸裸的个体生命来直面人生艺术的双重困境，但他们恰恰没有比那些以过来人身份出现在文化市场充当弄潮儿的作家更虚无更潇洒。"陈晓明则认为："对于90年代后起的又一批写作者来说，他们已经完全脱离了'巨型语言'，他们的个人化立场彻底向市场倾斜，他们叙事没有文学的历史由来，更没有文化目标。我说过，'历史之手'也不再能强加给他们以革命性的象征意义。"①

这里涉及的另一重要文学理论问题是，摆脱"巨型语言"以后

---

① 陈晓明：《超越情感：欲望化的叙事法则》，《花城》1995年第1期。

的作家能否成为人类灵魂的工程师？艺术创造是否都高于生活？

"60年代出生"写作者常被指为技术复制、文字冒险、语词旅行，但不关注社会、不关注重大事件，缺乏高昂的人文精神。传统的文学批评认为，文学必须如何，不应该如何。恰恰忽视了的是，遵循艺术规律以文学作品呈现的状貌本身的迷乱、焦急、信念、理想，事实上，对自身生活感受的反观，也是一个追逼灵魂正视自己的过程。

当我们今天在谈"人文精神"，谈启蒙的时候，我以为首先不是文学对民众的启蒙，而是作家自身的启蒙。即从原有的思想衰竭的蒙昧状态走出。这一代作家，尽管幸运地接受了"文革"以后的高等教育，熟读改革开放以后的西方哲学、中国古典诗文，但童年时代所丧失的，成长期遭磨损的，使他们长期处在一种游走的状态、漂浮的状态，被抽空的状态。他们确实耽迷于个人琐事、身边生活的书写之中。而正是通过这种书写，直接指向现实人生，展示生存的困境、生存的空虚、生命的无意义。也正因为此，不管他们的文字表面多么调侃、戏谑，却掩盖不住内在的感伤和疼痛。他们的逃避与不驯服，他们的内敛与破坏，他们的渴求与怀疑……构成矛盾的悖论。他们的潜意识中藏匿起内心深处的自卑与脆弱，将自己放逐于文字带来的启迪中以释然。他们创作的目光与世界构成一种平视，他们的文本，不是对民众启蒙，而是自我的摸索和自救。诚然，作家所关心的是生命的问题、人心的问题，而我们的拯救正是从自己的个体生命开始。

这种主观性很强的小说表达方式，包含大量的即时话语（内心独白），自己为自己倾吐，不加节制的细节描写，夸张或紊乱的情感流程、精神与肉体的自我撕裂。写作者正是以此排遣和释放心中的积郁与纠缠。这种自恋的、女性化的表达，使一切隐蔽的、细致的、日常化的情节裸露出来。一旦你深入文字之中，就会感知到那里面隐藏着盘根错节的动荡与喧嚣，甚至吼叫。很自然的，他们的写作在中国当代文学史上翻开新的一页，呈现出明显的前卫艺术的特征。而这种特征，也时时表达着写作者内心的焦虑："一个人是否有能力自己理解自己？""我如何才能突破？"

　　遮蔽于文字之下的某些生活真实，晦暗不明的主题蕴涵，随着写作者的艺术书写的逐步普遍化，这一代人矛盾重重、内心紧张、软弱而渺小的生存困境也随之显现出来。"断裂"使他们很难产生中国知识分子特有的入世使命感。他们失却以前被视为精神向导的人文立场。面对历史与现实，也失却了知青一代的控诉者立场。事实上，这一代人大量的文本已呈现他们集体意识的现在时态：重新寻找精神依托，锻造自己的生存能力。正如女作家虹影在《康乃馨俱乐部》（《花城》1994年第6期）所质疑的："那拆毁的建筑为什么这么久也未重建，难道拆毁并不是为了重建？"反意义使我们获得意义本身，这也是在旧的理想主义崩溃之后面临的新的起点。批评家汪政、晓华倒是一语中的地指出："拒绝文学的理想、价值和意义只不过是一种姿态，它可能只是为了掩饰思想的贫乏和混乱。"[①]

　　"60年代出生"写作者的"个人舞步"，更主要是自我救赎的努力。朱文轻松的、貌似玩世不恭的叙事状态，陈染、海男、虹影鲜明的女性反叛立场，殊途同归地传达这一代写作人在经验与表达、内心与社会的相互交流、补充，重塑精神自我的过程。

　　我们所丧失的，是我们必须接受的，而我们所解构的，是我

---

① 汪政、晓华：《哲学的贫困》，《花城》1996年第2期。

们不堪重负的。内心状态残酷的缺陷感，起飞之前的折落，使这一代人不得不、也是很自然地逃弃文学旧有的"巨型语言"，而与世界、与生活构成一种相依相斥、半信半疑的难堪关系。法国批评家里维埃在给克洛岱尔的信中说："我喜欢、理解、相信的只是我摸到的东西……唯有接触，才能向我提出证明。"①

无论如何，文学的立场是肯定生命。质疑、审视自我个体生命正是出于人的生命认识的本性需要。在书写中呈现出来的可能包含着畸形的、残缺的、苍白的、理想崩溃的生命状态。但它同时真实地展现一个自我疗救的过程。启蒙刚刚开始，首先从写作者自身开始。如何走出这内心紊乱、紧张的困境，找到一种有力度的现实和历史的艺术穿透，已是这一代写作人不得不解决的问题。

（原载《作家》杂志1996年第10期）

---

① ［比利时］乔治·布莱：《批评的意识》，百花洲文艺出版社，1993年版，第49页。

# 不仅仅聆听

——关于冼星海、关于音乐

今天，我们已经在世界性、区域性的文化汇流中，欣赏着异彩纷呈的艺术作品。借助高科技音响，音乐的美感以万花筒式的飞速演变，悦耳或者逼真的细腻，让人们在生存的疲累中得以喘息和抚慰。

音乐作品里，从每一位不朽的音乐家名字中，可以想象不同时代的感情氛围和对美的价值取向。但有一种根本的音乐精神，超越界限，决定了作品获得永恒的意义。透过种种附属的思想，我们寻找并辨认作品简洁而深邃的本质。

1995年的神州大地上，重温半个世纪前的重大历史时刻的各种纪念性活动，叩唤着记忆，叩唤着爱国热情，也叩唤着灵魂深处的百感交集。内心的血液比往常更加激奋、更加活跃。

在这一年度形形色色具有纪念意义的群众性仪典上，有一组歌曲，令成千上万的人忘乎所以，放声高歌，响彻大江南北。那挟着辉煌的自由与丰满的气魄，奔腾激越、恣意跳跃、厚壮而澎湃的歌声，代表特殊时代的声音，以其具体而形象的象征性，唤起我们深深的感动。

灵魂的歌唱。灵魂的歌声乘风凌虚，飞越天空。

这样动人的画面已经陌生。和平年代的民众，安享着高科技组合音响和MTV所带来的唯美和舒适感受。

然而，这一组歌曲毕竟以它浓郁而宏伟的旋律渗入了，渗入了我们心灵的深处。我们在心中感受民族汹涌澎湃的热情的回声。各种器乐和声乐在飘荡，在呼唤，在呻吟，在咆哮，在颂唱，交织成气势磅礴的歌咏，在每个人的内心轰鸣作响。我们甚至被震撼了，旋律的整体乐意让我们许多酣睡的麻木的深沉的情感开始苏醒。

《黄河大合唱》，这一组诞生于半个多世纪前的交响乐作品，满贮着民族灵魂的叹息，夹杂着凄厉的悲歌，慷慨陈辞，充满着勇气和胜利的呼喊，分赠给我们的是一股力量，一种奋斗的欢乐。

"力，这才是和寻常人不同的人的精神！"

这是音乐大师贝多芬所强调的，如今，我们在中国人民的音乐家冼星海所创作的《黄河大合唱》中再一次体验着崇高力量的伟岸气魄。

1995年的神州大地，正是以歌唱的形式，纪念半个世纪前所取得的八年抗日战争的胜利。于1937年的革命圣地延安创作的《黄河大合唱》，背负历史的希望，民族的毅力。尤为重要的是，在这种救亡的时代主旋律背后，蕴藏着对人类苦难的深沉关注。平凡而博大的爱心，让心灵在聆听中倍感温暖与鼓舞。它将所有强烈的感情——悲怆、愤怒、痛苦、奔放热情、激昂壮烈、灵与肉……混融一体，渗透性灵，跨越时空，至今仍然以它高尚的音乐精神向世人显示艺术伟大意义的本质。

当"风花雪月的故事"这样的流行歌曲和雅尼音乐会、美女小提琴手作为和平岁月的音乐之花开放在城市生活的不同角落时，世界大同与经济繁荣、现代文明与艺术发展的幻象宛如一件迷彩服遮蔽着我们真正的境况。

技巧取代了意蕴，形式驾驭着内容，新的时尚要求新的音乐。生命中危机的转移，使我们拥有更多的闲趣去注视个人的内心，关注日常情绪和平凡事件。多么幸运，同时又是多么令人慨叹。

那是一种不顾任何困厄，在民族大灾难、大动荡，生灵涂炭中怒放的音乐，它代卑微的人类呼吁，为受难者歌吟，它不专门为耳朵，而是为了精神。它与浪漫主义的感伤气息无关，它是致命的生命之锤，直击芸芸众生的灵魂。

如果你想以一种唯美的、唯音乐的感受聆听冼星海的作品，也许你会在犷放的、跌宕的，而非圆润和谐的乐章中迷失。我们在和平的、安居乐业的岁月中，习惯了只顾享受和欣赏人生的五光十色，习惯了聆听美妙而流畅的抒情音乐——那些特别蛊惑你的耳朵，满足你的智性需求，却从无深切动人的心灵诉说的乐句。

作为人民音乐家的冼星海，他短暂的一生（1905—1945），只属于民族的救亡事业。所有的旋律与节奏，无不表达着当时当刻所知晓和感受的一切：痛苦、热爱、悲愤、希望……他在写给母亲的信中说："我是一个音乐工作者，我愿意担起音乐在抗战中伟大的任务，希望着把洪亮的歌声震动那压迫的民族，慰藉那负伤的英勇战士，团结起那一切苦难的人们。"（冼星海《我学习音乐的经过》第87页，人民音乐出版社1980年版）

如今，冼星海安息的灵魂，也许正在倾听，倾听后人的歌声，在和平年代的歌声，这是他所愿意听到的歌声。

而对于我们来讲，冼星海是一个纪念性的、象征性的历史人物，我们在纪念中缅怀，以命名为象征，他作为中国现代音乐史上的一座丰碑，与他的乐章永存我们的心底。然而，我们是否真正理解他，理解他那些由朴素而坚强的品性组成的音乐作品呢？

在广州这座嘈杂喧闹、充斥着现代进程的商业繁荣与混乱的大都市，确实存在几处似乎远离尘嚣的净土：培养音乐人才的学府——星海音乐学院；在麓湖浓荫掩蔽中呼唤回忆的纪念馆——星海园；坐落于珠江江畔，无论是建筑规模还是音响设备都居国家一流的星海音乐大厅。这一切似乎都在静默中向我们表达一种意愿，一种对这位人民音乐家崇敬与怀念的意愿。

本世纪初诞生于这片南蛮之地贫穷人家的冼星海，早就跨出南岭，蹚过珠江。早就漂洋过海，在人生的苦难中体味异乡人的思念、隐忧、焦灼之情。

在个人主义和个性风格如同闪烁的星星布满每一处角落的今天，我们的确依然敬仰着胸中装着一个民族的人，怀念那些于真正艺术家的炽热的迸发，想象喷薄于这片辽阔国土的生命壮美的歌唱。因为凌驾之上的是永恒而伟大的人类的精神力量，依靠它，受着重创的心灵都会挣扎起来飞向光明。

1985年的一个夏天的晚上，我还从电视荧屏上，观看并且聆听在天河体育中心由一万人组成的大合唱。那是让你的头发根部都微微震颤的歌声，那仿佛让一切呻吟起来的合唱不仅仅令人赞叹不已，也把精神介入感官之中，真正的音乐气息包裹起你全部的身心。这同样是一场纪念抗战胜利五十周年和群众性音乐会，同样高歌《黄河大合唱》。声音的巨浪穿过无形的电波和有色彩的荧屏，让一切民族锐利的痛楚和精神上的苦难记忆，在悲壮激昂的歌咏中觉醒起来。

"怒吼吧，黄河！怒吼吧，黄河！"

反复回旋，层层逼近，呐喊狂叫般的旋律，为我们展开了一幅悲壮的、幻想然而又是现实的图画。音符急剧地迸发或下降传达着遇难、惊涛骇浪的呼啸；低音共鸣、歌颂曲式的乐章诚恳而庄严；满山遍野的战斗的歌声，忧伤痛苦而不屈不挠的意志力通过"心灵的撕裂"表现出来，所有华丽的、优雅的、贵族式的精雕细琢与之无缘。我们在和平的岁月歌唱和缅怀分享和感情。这些悲怆而激越的旋律，令我们周身涌起一阵阵巨大的力量，敏感而共鸣的歌唱者和听众感受着同样的震撼。

这的确是一个难以忘怀的记忆，而我们究竟真正感受到了什么呢？

如今我们周围的世界飞速变化，人来人往，就像流行歌所唱的："没有心情，匆匆忙忙，动荡不已。"音乐成为娱乐，包装左右着大众消费，许许多多的东西，像泡沫一样在生活的表面飘来浮去。

我们拾起半个世纪前的音乐，我们歌唱和聆听，我们企图超载时代的藩篱，回溯历史的激情。我们对于冼星海的赞誉，对于《黄河大合唱》的崇敬，总是置放于民族的苦难、奋斗不屈的壮烈、伟大的祖国母亲诸如此类的常规背景中。我们弘扬时代主旋律的高亢声音，并在感动中缅怀，而事实上，我们尚未在聆听中贴近音乐中深蕴的哲思与情怀，那才是使音乐像圣殿般崇高的精神。

正如柏拉图和尼采分别在《理想国》和《悲剧的诞生》中反复强调的：音乐的历史是一系列的尝试，把形式和美赋予心灵中的愚昧、混乱和预兆的力量——使那些力量为更高的目的也就是理想服务，给人的责任以充实感。

在冼星海数量不多但流传甚远的音乐作品中，我们寻找音乐的启示。

《夜半歌声》作为流行一时的电影主题曲，如今只有酷爱音乐和怀旧的人们才可能记起。现代版本的《夜半歌声》充塞着现代人的感情呓语，但恰恰是在这种改写的意义上，体现了原曲作为音乐经典的美学价值。

除了《黄河大合唱》，冼星海作为音乐家进行创作的十年（1935—1945），短暂，但是可谓辉煌。战斗的歌曲、劳动的歌曲、儿童的歌曲、古典诗词歌曲、抒情歌曲……作为一个特殊年代的音乐，它们却远离时尚。因为时尚是属于潮流的东西，可以追逐，也可以抛弃。而从心里流淌出来的，总会涌进另一颗心。只有在这种意义上，音乐才真正体现出它作为表现人类感情变化的一种诗的对应物。

赋予听觉的音乐，我们在聆听中感受它的美，它的乐思，并在沉醉的欣悦中体味、感动。生命在声音号召的力量中得到启悟并向前奔流。然而并非所有的音乐都具备这种能量，时尚总是泥沙俱下。唯有一种共同的东西，深蕴其中，年年岁岁，永不蜕变。音乐的精神就是如此纯粹，又是如此难以辨认。我们不仅仅聆听，我们在感觉中寻索，于是我们确认经典的意义。

当冼星海的名字成为抽象的文化符号点缀这座繁华的商业城市，当冼星海的作品在现代演绎中披上各种色彩的外衣，我们愿意在这种崇敬与热爱的情绪中怀着更深切的艺术理解，贴近发出声音的腹腔，在音乐中享受崇高精神的沐浴。

（原载《作品》杂志1998年第8期）

# 挂羊头卖狗肉的写作

　　记得20世纪90年代初先锋小说受到青睐时，余华苏童式的叙事语调或者标榜文本实验的作品便充斥大大小小的文学报刊。作为一名职业的文学作品读者，我每天都要读到几句类似"我走进50年前的烟雨……""那间摇摇欲坠的旧宅……"什么的，一直读到发腻。等到杜拉斯的《情人》开篇说"我已经老了。……"或者村上春树在《挪威的森林》第一章起句"37岁的我端坐在波音747客机上。……"这样的叙述格调一出来，小资们便沉迷其中无法自拔，一大堆杜拉斯、村上春树的克隆文字于是泛滥成灾，撒娇打痴煽情得让人起鸡皮疙瘩。而令人目瞪口呆的，还要数时下一浪接一浪甚嚣尘上且未见衰败的"裸露狂"式的写作和文字"脱衣秀"。"美女""美男"如狼似虎，性器官和性活动不仅频频挂在舌头上，也挂到显示器上（不知与"随地大小便"和"乱抛垃圾"有何区别？）。正是乱哄哄你方唱罢我登场。网络技术提供了"实况直播"的效果，隐私权转化为公共效应，以此满足某些人的露阴癖和偷窥欲。还有各种名目：下半身、一夜情、隐私报告、身体写作……以及最近又闹得沸沸扬扬的胸口写作、垃圾派诗歌，并由此引发多场口水大战。有人为此摇旗呐喊助兴扬威，以此当作社会风气开放的标志，也有人说这是写手们的比傻比贱游戏（委婉说是投机取巧，直率说是文字性交易，换取虚名实利）。无法否认的事实是，这艘失控的肉欲叙事的泰坦尼克号正在狂欢的幻象中冲向冰海，并发出歇斯底里的吼叫。

其实身体写作本身没有错，性描写本身也没有错，写性爱日记也没错，就是在文学作品中具体语境的"脏"话"脏"字也无可厚非。不管是个人还是社会，如果整天都在谈论性这回事，或者是视性为洪水猛兽，刻意回避，那都是很畸形的。我真不明白写作为什么要特别强调身体的某些敏感地带，譬如胸口，又譬如裸露的下体、无法抑止的性欲。性当然是生活中一件重要的事情，但不是全部。正常的性心理与健康的生命一样，并非天天感冒发高烧的。王小波作为一个优秀的小说家，许多读者都注意到他的作品中有大量涉及性爱情色的描写。然而王小波不仅还性以自然生命力，还在于他作品中大量的性描写对作家来说是一种写作策略，包含很深的隐喻。也可以说他是以更形而下来呈现更形而上的，是关于现实生活中各种权力关系的影射。另一方面，"身体写作""性别政治"等概念作为西方女性主义的重要构成，进入当下中国，要么是停留在西方中心背景进行理论上的评介、讨论，带有浓厚的书斋色彩和实验性质，并且特别关注两性问题中被传统观念遮蔽或歧解的部分（这方面的活动本埠也是蛮活跃的，譬如艾晓明教授译导美国话剧《阴道独白》，艾云、张念的一系列随笔评论），要么是被一些另有企图的人弄得面目全非，文字的感官化和肉欲色彩成为噱头，成为时尚标签。作家余华为此说了一句流行语："不描写内心，专描写内分泌。"这种"崇性主义"，不仅将身体写作庸俗化，实际上写手们还以此作为比贱娱乐（看看那么多以"贱人""贱民"等命名的作品和以毛片为蓝本的写作活动）。恐怖的是，他们还特别乐意把自己的文字与文学挂上钩，或者给自己安上"作家、诗人"的大盖帽。唬人呢。真叫作：人有多大胆，地有多高产！

实在有必要识别文字中的谎言，有必要识别文字中的性谎言。

性作为人的最基本权力，也是男人与女人的重要纽带，而两性关系几乎可以说是贯穿人的一生的关系。当然，动物也是这样的。人是动物，人又不是动物。身体的上升与堕落的分界线就在这里。身体的痛与快乐既来自下半身，也来自大脑和心脏。灵魂所附着的肉身是一个整体，性的感觉与大脑和心脏同样息息相关。尽管意识形态在不断发生变化，社会变迁和物质化的生活方式解构了一个时代的精神坐标。然而，人类的基本精神应该依然存在，它们是人之所以为人的重要依据。英国作家D·H·劳伦斯关于两性问题留下不少经典语言。他认为："性就是美。性和美是一回事，就像火焰和火是一回事一样。如果你憎恨性，你就是在憎恨美……你若想要爱有生命的美，你就得敬重性。"（"性与可爱"）而色情呢？他说"色情就是企图侮辱性，玷污性。这是不可原谅的。……我所看到的这类东西，丑得简直要让人大哭。那完全是对人体的亵渎，对至关重要的人类关系的亵渎！他们把裸露的人体弄得那么丑，那么不值钱，把性的举动描绘得那么粗俗、下流，那么浅薄、低劣、龌龊。在黑市上出售的书也一样。它们要么丑得让人作呕，要么蠢得只有白痴或性变态者才去写，去读。"（"色情与淫秽"）问题不在于写什么，而在于怎么写，包括写的动机。劳伦斯就是从性的态度上区别了美与丑，也区别了性爱与色情。

我们正处在一个消费时代，这个时代的特点就是把所有的东西都当作消费品。消费身体、美女经济（色情经济）是其中的重要部分。我们因此陷入价值观的歧途，价值杠杆早已失去准星。所以媚俗之后是媚雅，媚雅之后便是媚性。那种"笑贫不笑娼"的说法既消解了人的羞耻心，也消解了色情的社会毒素。如孟子所言：无耻之耻，无耻矣。

按西方女性主义的观点，色情影像书刊是社会所规范的男性统治女性服从的性关系的肉感化、图解化、具体化。实际上是两性不平等关系的写实。那些打着"身体写作"的旗帜、高喊"性解放""张扬个性"口号、自以为反叛、标新立异的行为实在让人啼笑皆非，正所谓梅毒大疮艳若桃花。而且他们居然说这是文学。

这实实在在是挂羊头卖狗肉。是对文学的亵渎。

并不是写在白纸上的字都能串成文学的。文学是精神与心灵的栖宿地（在这样一个时代，我这么说可能会博来一片嘘声或招来臭鸡蛋，但我还是要大声说）。这就是为什么那些经典作品能够世代相传并伴随无数贫瘠艰难的岁月。它们支撑着许多人的生活，甚至成为信仰。不久前，我读到一位作家的读书札记，在评述一位诗人的诗作时，他说他因此悟到什么叫作"语言即神"。我被这四个字深深感动。

作为一个职业读者，那些挂羊头卖狗肉的写作我也是不得不要面对的，国人的"一窝蜂""大跃进""爱扎堆"习性使得这类文字竞赛和作秀愈演愈烈，而阅读又绝非一种简单的线状运动，而是一种交流过程，进入你眼睛的语言同时影响着你的情绪。因此，我必须常常对内心进行清理。我的业余，喜欢看的东西一类是纪实性的，它让我更接近真实的社会生活；另一类是动画片，它让我呼吸到一些纯净的空气，以童稚之心带我逃离现实片刻，身心因此得以休养。当然，还是有许多优秀的文学作品随时随地陪伴我，我感慨那些语言的魅力。这一些，已经是另外的话题了。

（原载《文艺报》2004年8月31日版）

# 假作真时真亦假

　　我不知道林语堂塑造的苏东坡、武则天与历史中的真人相距多远，却被他根据几本苏东坡著作及有关苏氏的古刊善本书塑造的这个乐天才子形象所吸引，这是一个有关文人心灵的故事，前人的记忆加作者想象构思而成。同样，女儿林太乙描述父亲的心路历程情感世界，是写"我心中的父亲"，究竟与那个"两脚踏中西文化，一心宇宙文章"的林语堂有多大程度的叠合，也是不得而知，但我们却因此拓展对这位才智文人理解与想象的疆域。还要提及林语堂最见功力的英文译作《浮生六记》，这原是清朝"文学爱好者"沈复描述个人爱情婚姻生活的作品。借用近来的一个流行词汇表达，这本书真真正正是"记忆文学"呢，因为它是用"文学"的笔法"记忆"中国一对普通夫妇平淡而有情趣的生活。事如春梦了无痕，却往事并不如烟。然而原作者没有将自己的这种写作标榜为"新文体"，译者和一两百年来的中外读者也不深究其中的来龙去脉及真伪，只是一味沉湎于这书中寻常雅人爱美爱真的精神，还有中国文化里旷达淡泊、恬淡自适的天性。

　　说这么多林语堂，缘由正是上面所提到的一个词：记忆文学。

实话说，我真不喜欢这种巧言令色花里胡哨。这是某文化名流为其新书《借我一生》打出的广告语，还煞有介事来一番论证。意思无非是他的新书开创了"记忆文学"这样的新文体，尤其强调其文学本性。一看这话我忍不住就笑出声来，也难怪他遭那么多人厌烦；什么"记忆文学"？无非是一句"虾子豆腐者，豆腐加虾子之小菜也"的翻版。回忆自己或他人的往事，记录见证的历史，借用感性的文学语言和艺术修辞，这样的写法由来已久。

　　宽泛说来，所有的传记都可算记忆文学，追根溯源，我们甚至可以追到《论语》后来的种种历史"演义""笔记"读本以及当代的部分纪实文学、传记文学，也是既记忆又文学的。有文学手段存在，便可以有虚构有联想有夸张有虚饰，有谁想在文学的范围内考证细节的真假，那才叫白痴呢，再说记忆本身，也是不可靠的。时间淹没了许多东西，磨蚀掉无数细节，你企图复现它，事物的本来面目却已改变。况且，面对同一事件，譬如克林顿、希拉里、莱温斯基，他们的叙述会是一样吗？不过，如果因为记忆的主观立场而将所有传记、回忆录斥为谎言，我又以为过于偏颇。写作者回溯走过的心路历程，清算前尘往事，将虚幻的记忆落在纸上，可能有想象的加工，却也重获新生。恰恰由于这种主观能量，我们足以从中辨认写作者性情的真伪，品格的高低。胡兰成的《今生今世》，属于不折不扣的"记忆文学"，作为回忆这位旧式才子情感历程的作品，我承认我首先被其轻灵婉媚的文风所诱惑，我读得津津有味，然而那种矫饰、避重就轻、迂回曲折的文字伎俩随处可见，展现的是心灵假面。直至掩卷，不得不说，其文可读，其人可废。

　　我的案头还有一本《印度：百万叛变的今天》，是印裔英籍作家V·S·奈保尔的著作。这本书几乎就是印度人的口述历史。奈保尔从他童年记忆的印度族群，验证对照已是单一实体的印度，在回忆中聆听，于追寻中蕴含见证，通过记录印度人的各种声音，描绘并印证多样性作为印度的力量所在。贯穿全文的，是作者对这片土地和人民真切的热爱，朴实无华的书写，却扣人心弦。

我要说的是，真假的不是事物细节本身，而是作者的叙述态度。中国文人其实是有健忘症的，不见得有多少敢于直面惨淡人生的勇气。大痛无言，倘若书写旨在把回忆转变为艺术，其实是对事件本身的消解，是一种历史的改写，它试图把握那些记忆里难以捉摸、困扰心灵的东西，包含着远为繁复微妙的感情与陈述，与真相保持着距离。既然如此，为什么非要在"真假"上大做文章，在写作技法上做文章呢？假作真时真亦假，无为有时有还无。所以，大凡对待文学作品，可以半养心性半游戏的态度。阅之，撷其精华，去其糟粕。若无精华，就当垃圾弃之即可，无足惜矣。

有人为近年来"记忆文学"泛滥成灾愤慨不已，我却以为大可淡而化之，平常心待之。回忆性文本每年的出版量其实是很大的，既有猎奇窥秘的庸俗作品，也不乏包含深邃思想的典范之作。

出版商揣摩市场动态，精心策划，读者层次不一，各取所需，本无大碍。怪异的是，明明是以"记忆"作为卖点来诱引消费，借用"文学"的名义粉饰历史，却非要大呼小叫.惊为杰作，如此涂脂抹粉，实在贻笑大方。

（原载《羊城晚报》2004年10月2日"花地·百家"版）

# 混搭？抑或混乱？

——中产阶级格调在中国

1998年，《格调——社会等级与生活品味》一书在中国大陆出版，很快就一版再版。这是一本引进自美国的畅销书，原英文书名为《Class》。中译本面世之后，备受中国城市读者（主要是白领一族、小资阶层）的青睐。基本上，他们以此作为生活方式的指南、时尚的哲学导师以及自我期待的社会等级定位的标杆。

一本书的流行，一定有其特定的精神环境及深刻的社会文化根源。本来在美国是冒犯大众、剖析并辛辣讽刺美国人数最多的阶层（中产阶级）的一本书，在中国却被正在富裕起来的一代城市人奉为圭臬。这是非常有意思的问题。以原书作者的分析角度，我们看到的中产阶级在社会中就如螺丝钉一样可以被随意替换，因而与上下阶层相比，他们是最缺少安全感、生活也最焦虑的群体。这种心态造成的结果，是他们渴望得到别人承认，要让人家看到他们生活得既体面又安全。因此，在日常的衣食住行与言语中，这个群体不自觉地表现为爱慕虚荣与喜欢炫耀，这也就使他们成为最为虚荣自大和势利的阶层。而且，这个群体是整个社会最为庞大的中坚阶层。"但是，从本质上说，他们中的大多数人都是从更低的社会阶层奋斗上来的，所以不可避免地缺少富人阶级才会有的高级生活品味，因而在生活里追求的恰好是那些缺乏个性的、标准的、可以明确批示身份的物品。"[①]

以当下中国而言，这样的中产阶级尚未成为中国社会的主流，尽管中国的城市化进程正在加速发展。根据中国社会科学院最新发布的《中国城市发展报告NO.2（2009版）》（即《城市蓝皮书》丛书），截至2008年末，中国城镇化率达到45.7％，拥有6.07亿城镇人口，形成建制城市655座，其中百万人口以上特大城市118座，超大城市39座。[②]但是迅速扩张的城镇人口并未真正形成城市新生活方式，而更多的新兴城市呈现出一种大乡镇的景象。在这6.07亿的城镇人口中，真正达到西方标准的中产阶级生活水平及消费能力的，少之又少。作为一个发展中国家，中国的主流阶层目前依然是由农民阶级，包括丧失土地的、作为城市农民工的庞大群体，以及作为城市主体的工薪阶层构成。作为社会学意义的中产阶级既是中国的新生事物，又是目前中国主流阶层所力争上游的等级，是奋斗目标。因此，人们并未从《格调》一书中真正嗅出尖酸讥讽的味道，或者说，尚不在意这种刻薄的冷嘲热讽与真相披露。人们所津津乐道并向往的，以及目前充斥中国大陆各媒体版面并受到推崇的风尚，恰恰正是那种中产阶级标签鲜明的生活方式与审美格调。

再看看Class这个词，它更确切的中文意思是"阶级"。长期以来，"阶级"在中国大陆是极为敏感的政治术语和严肃话题。"文

---

[①] 《格调——社会等级与生活品味》［美国］保罗·福塞尔著；梁丽真、乐涛、石涛译；中国社会科学出版社，1998年12月第1版，第5页"译者前言"。

[②] 资料来源：《中国城市发展报告NO.2（2009版）》，潘家华主编，中国社会科学文献出版社，2009年版。

化大革命结束"以后，阶级斗争的色彩日渐淡薄。又经过二三十年的经济改革，一部分中国人已经先富起来。富裕起来的这一群体，除极少数作为这一群体中的TOP进入或正在进入福布斯富豪排行榜，其他大部分构成了一个人数不断增加的、以经济收入为标杆的阶层，即"中等收入者"。也因此，"中产阶级"作为被受质疑的词汇开始用来指称这一群体，并很快成为中国大陆讨论的热门话题。由于媒体宣传的推波助澜，新大众（中等收入者）、新美学（中国特色的中等收入者美学价值观）等新词语也纷纷诞生，并意味着这个消费时代新兴的审美取向与趣味；呈现了社会转型所带来的新意识形态以金钱衡量作为价值符号和社会隐喻的景象。以出身作标准的阶级区分已成为历史，"工农兵"不再是一个荣耀的标签；此时人们以经济为衡量，以物质积累的突飞猛进作为社会进步的标准，尚未能从文化的多项标准来制定新的等级现象。

究竟何谓"中产阶级"？它的定义应该包含哪些？

这个来自英文middle class的词，根据美国《韦氏词典》，它最早可以上溯到1766年，意谓中间阶层，介于上等阶层（upper class）和下等阶层（lower class）之间。特别是指主要由具有共同社会特征和价值观的商人、专业人士、官僚和一些农民技工组成的一个庞杂多变的社会经济组合。当时正是西方资本主义进入快速发展并走向繁荣的阶段，新兴的资产阶级日渐成为社会的主流力量，整个社会结构开始从农业社会走向工业社会。所以其概念与西方资本主义发展过程的现实相关。而1951年，美国著名社会学家C.赖特.米尔斯出版了《白领：美国的中产阶级》[①]一书，第一次提出了

---

① 《白领：美国的中产阶级》[美国]C.赖特.米尔斯著，周晓虹译，南京大学出版社，2006年7月版。

"白领"作为20世纪美国新"中产阶级"的概念，同时详细研究了新老中产阶级之间不同的特征与状况，因此使"中产阶级"泛化成一个全球性话题。这个"新"是相对于出现于早期美国社会的以小业主为主要阶层的老式中产阶级而言的。它既区别于传统的老式资产阶级（拥有财产所有权，身兼工业技术专家、金融商人的勤恳的小业主们），又区别于纯粹的雇佣劳动者（即一般意义上的蓝领工人）。这一群体的形成不仅打破马克思所断言的资本主义国家的两种阶级对立的设想，同时也以他们广大的覆盖范围和庞大数量在影响着整个社会的发展进程，促使这个社会的分层标准从财产的多寡转向职业的性质转变。

由此可见，"中产阶级"首先是从经济角度派生出来的词语。而在中国大陆它出现在毛泽东于1926年发表的《中国社会各阶级分析》①一文中，意谓："中产阶级主要是指民族资产阶级。"这是从政治角度定义的。所以直到1996年版的《现代汉语词典》，有关词条的解释依然如此："中等资产阶级，在我国多指民族资产阶级。"即狭义地理解为资产阶级的一部分。随着中国大陆经济发展、腾飞，作为政治学意义的"中产阶级"这一阶级群体，逐渐成为历史记忆；而新兴的"中产阶级"则是中国大陆市场经济改革最触目的结果之一，由于经济体制转换而引发生产关系的变化，因此造成经济地位的变化，必然形成新的社会分层。可以说，这是中国现代化和中国人走向富裕之路的历史进程中一个突出的现象。它完全打乱了已经持续几十年的原有的社会主义阶级结构，也从更深层

---

① 此文首次发表于1925年12月《革命》半月刊；1926年3月经作者修改载入《中国青年》第116、117期；1951年8月，作者又做了一些修改，作为开卷篇收入《毛泽东选集》第1卷。

面开始动摇中国稳定的农业社会结构。尽管也有一些学者认为中国现阶段是有中产，而无阶级。但不可否认的是，自20世纪90年代中后期开始，中国社会经济发展的步伐是更加快速的城市化进程，更加浓厚的商业化运作，市场经济已经完全合法化；整个社会正在从生产社会向消费社会过渡，而社会的风尚则是物与商品以及相关服务被赋予更多的符号意义。在这个重要的转型时期，无论你如何命名，那个从经济学意义讲属于中等收入阶层的群体确实已经形成，实实在在地存在着，而且朝气蓬勃，它既体现了全球资本主义中产化的特点，也显示了中国特色小康社会的财富特征。在此基础上正在形成的人生价值观、文化生活品味、政治话语方向等对中国大陆普通民众也发挥越来越重要的作用及影响。那么，由于中国经济开放改革的发展所引发的价值转换，以及民众道德经验和审美意识由集权压抑转变为自我发展，这里面巨大的内在变化以及呈现的景象究竟是什么？中国这个中等收入阶层，也即"中国特色的中产阶级"又对当代中国社会崭新的文化景象产生哪些影响？其中昭显何种文化心态？

　　表面上看，这个社会这个时代，"何为价值"这个问题越来越被"值多少钱"的问询所取代。物化与实用主义是城市居民尤其中产阶级更为习惯的价值评判标准，因此金钱与急功近利的价值取向正在迅速消解人文价值的传统影响。对于当下中国进入消费时代之后的种种世俗喧哗与市场繁盛，学术界起初是惊慌失措，手忙脚乱，似乎找不到理论阐释来对应这急剧的变化，因为这在中国是前所未有的。因此才发生了上世纪末那场沸沸扬扬的"人文精神大讨论"①。然而反思与批判的结果是，促使更多的学者从学院和学术神圣的殿堂走下来，走到"商业主义与大众文化"研究的行列里去。而当代中国社会的各种商业主义新景象，被认为正是遵循市场经济逻辑、受全球化影响的消费时代文化所造成的普遍性样态。"感官、快感、当下"成为当今时代大众文化的审美品格的起点。于是我们经常看到一个被描绘出来的中国本土欲望都市：新贵、海归、外企人士、演艺明星、传媒人、畅销书作家以及暴发户⋯⋯他们时尚而前卫，由香槟、波尔多红酒、蓝山咖啡、三角钢琴、画廊、慈善晚宴、白手套诸如此类构成一个光影驳杂的庞大的消费阶层，他们被视为正在崛起的中国中产阶级。评论家陈晓明认为："在中产阶级中有一大批趣味精英。20世纪80年代是思想精英领导的时代，90年代，是知识精英时代。到21世纪，人们发现，这个时代发生了变化，年轻一代开始成长起来，他们被IT产业所培养，被流行文化所培养，他们是突然出现的趣味精英。他懂得CD香水、登喜路、F4。你不知道，他就敢蔑视你。"②

事实仅仅如此吗？中国大陆的传统儒道文化基因、后极权统治与新兴资本经济之间的错综复杂及畸形发展的关系，实际上已经构成奇特怪异的共生链。

从历史的纵向观察，漫长的农耕时代形成的中国社会重农抑商、以官为本的价值标准和权力话语，已成为中华民族内部积淀已

---

① 指从1993年至1996年，文艺界兴起"人文精神"的大讨论。以《上海文学》和《读书》两家杂志为主，连续以此为主题发表论文。全国多家报刊如《光明日报》《文汇报》《东方》《十月》等相继发表争鸣文章，参与讨论。1995年底上海《新民晚报》列举当年文坛十大热点，关于人文精神之争排在首位。

② 张者：《学者为美女作家"号脉"》，《北京娱乐信报》2003年3月3日版。

久的文化结晶，其中还包括道德理想、审美特征、语言文字等。虽然这种悠久的文化传统历经多次改造甚至洗劫，已经面目全非。苟延残喘的脆弱的文化生命，目前也正面临严重的挑战。

这种挑战主要是来自全球化。全球化意味着自由市场资本主义遍布世界各国，它既是一个经济概念，也是人类科技创新（因特网、卫星通信、纤维光学）的结果，并以迅猛的发展推动国际性制度的趋势。因此，全球化不仅仅是一种现象，不可能稍纵即逝，它也在形成一种影响深远的"地球村"文化。开放的中国是走向世界的，因此不可避免地受到全球化的影响。

在这些因素左右之下，西方现代文明与中国农业文明之间的矛盾、全球化与地域性的矛盾形成博弈，也造成混乱与冲突。当下中国大陆社会，传统农耕的社会结构正在迅速解体与重新定位，阶层分化加剧、地域差别拉大。人口的重新分布与阶层的重新形成（但又尚未实现稳定的阶层），导致传统价值观念的改变、宗教与政治的操控发生动摇。一切都在流动，一切正在嬗变。人们也在这种新旧快速转型中迷失，找不到精神的依靠感。可以说，正是处于一种精神分裂、道德分裂、审美分裂的状态。在人生观、世界观方面，人们丧失共识。以2008年"5·12汶川特大地震"为例，在这场重大灾难发生之后，社会既出现各种令人赞叹的救死扶伤、志愿服务的事迹，也暴露出各种问题，如大批中小学校舍倒塌事件、"范跑跑事件"①、媒体渲染各类捐款排行榜等，这都形象地显示了民众的价值取向大混乱以及道德底线的模糊。

---

① 指四川都江堰时任光亚学校教师范美忠在网上发文公开自己在5.12地震发生时，正在讲课的自己先于学生逃生，引起媒体报道与社会关注，以及针对道德伦理引发全民大讨论的事件。

　　以上作为中国当下社会文化大环境的掠影，是我们理解中国特色的中产阶级审美格调的基础。这种审美品位，或者说审美格调，不仅仅是个体的，而且是国家风格的。它们实际上就是一种文化的教化结果。一方面，20世纪90年代以来城市空间不断扩张，物质主义与世俗化强力冲击中国人的生活观念，这也对个人、对文化传统造成不可避免的挤压。新的价值观念、新的世界观发生方向性转折，却又处于动荡而极不稳定的状态。新兴的中国中产阶级，来自中国不同的地域、阶层，他们没有经历像西方中产阶级那样的资产阶级阶段，而是由于首先是经济意义上的迅速改变而带来身份的变化，而这种身份，是没有文化意义的，或者说文化背景是复杂的。他们既有乡土农业文明的痕迹，又有社会主义意识形态的烙印。他们所能凭借的作为中产阶级的文化资源相当匮乏，甚至说他们的文化资源、原有的文化身份正是他们企图蜕变的。所以"趣味"，便成为他们寻找新身份的表达，这是一种附在表层而不是长在身体上的标签。

　　这样我们就不难理解，那些为2008年奥运会所准备的各种楼堂馆所、典礼仪式、吉祥物纪念品等赋有国家意义的标志性事物，同时也充分表达了这个国家 "新贵"们的心态，这种心态是由日渐拥有话语权的中国中产阶级群体所支配的。这个群体的混乱状态、不确定的成员构成、迷茫的价值观念……同时造成他们审美话语的混乱与歧解，令人惊叹失语或者困惑的审美效果成为转型期中国典型的艺术符号。当女子十二乐坊以改装的性感无比的超短旗袍亮相2004年希腊奥运会闭幕式，并以中国传统乐器二胡演奏中国民俗乐曲时，观众面对那种类似摇滚风格的扭屁股甩大腿、手舞足蹈的表演目瞪口呆。然而女子十二乐坊的无数克隆品以及无论是国家级仪典还是夜总会场所都充斥人数庞大的青春貌美的礼仪小姐，令高雅与庸俗的界线在此消失。艺术表达（也包括欣赏趣味）作为一种文化解码行为，它的前提就是解码者必须掌握编码的秘密。以此理解上述的现象，也同样不难理解北京西客站建筑风格常常被人形容为"穿西装戴瓜皮帽"，以及城市建筑中随处可见的罗马柱和石狮镇门。中国当代艺术家罗子丹曾以行为艺术作品《一半白领，一半农民》来阐释人数日渐庞大的中国社会新阶层。[①]这是一种奇特的心理状态构成的怪异的审美景观，它既有现实联系又涉及历史渊源。个人品位因此汇合成国家风格，这便构成当下中国极为生动却又相互矛盾、错位、令人困惑的景象。

　　当西方的生活方式随着西方的先进科技、自由资本主义理念进入中国，作为西方日常生活方式主流的中产阶级（在美国差不多占人口的80%）趣味更是以其布尔乔亚气息诱发中国年轻一代的想象。网络作家安妮宝贝的走红不是没有理由的。这位曾从事过金融、编辑、广告等职业的上海滩年轻白领，依托网络，以精致的语言风格和凄美的故事情节，围绕自由、漂泊、宿命等命题思考的题材、涉及孤独、爱、死亡诸如此类的小说主题，获得她在当下文学领域的地位。安妮宝贝，对许多都市白领读者而言，这个名字意味着忧郁、游离、小资情调。他们成为安妮宝贝的忠实粉丝，也因此使出版商看到安妮宝贝巨大的能量——她可能不费吹灰之力就攥住一大批年轻读者的思想和腰包。

————————

① 罗子丹行为艺术《一半白领，一半农民》，时间：1996年12月4日；地点：成都市中心春熙路一带（耗时3小时）；材料：一半是庄稼人装束，另一半服饰高档、时尚，真丝暗花的皮尔·卡丹领带一半被细致地缝入另一半"农民"的粗布蓝衫下。资料来源：文学刊物《山花》（贵州省文联主办）2009年第8期。

事实正是如此，自从2000年出版成名作小说集《告别薇安》[①]以来，安妮宝贝几乎所有作品都能进入图书销售排行榜，而且是在全国文艺类书籍畅销排行榜中遥遥领先。那些工业化大城市中游离者如风如影的飘忽生活，那些在爱和幻觉中追寻自我的新新人类，那些隐忍着叛逆激情、外表冷漠内心狂热、性格诡异行踪不定的人物——他们穿着麻棉布衬衣和褪色牛仔裤，他们去星巴克喝咖啡，吃哈根达斯甜品，听帕格尼尼、卡彭特或披头士。他们并不贫穷，但离中产阶级还有一些距离；他们也有一点闲时与闲情，以供思考物质与精神、空虚与堕落……这一切，已足以构成破碎、散乱、不确定、光影迷离的物象，成为众多追求小资趣味的年轻读者意乱情迷的语境。

文学评论家、北京大学教授戴锦华如此评价安妮宝贝："在安妮的笔下，那（都市）是永远的漂泊流浪的现代丛林，也是无家可归者的唯一归属。我为安妮笔下的颓靡和绮丽所震动，在那里生命如同脆弱的琴弦，个人如同漂流中的落叶……安妮宝贝的作品，展现了一脉中国大陆版的世纪末的华丽，一份灰烬间的火光的弥留。"[②]而另一位文化批评家朱大可则认为："上海宝贝、北京宝贝和安妮宝贝，这些在情欲超市里涌现的各款'话语宝贝'和'美女作家'，正在成为小资们的带路天使。她们是一些被'棉布裙、香水、光脚等词语掩藏的女人'，借助对奢华的都市奢华消费品的敏感，从事着散布肉欲的香艳叙事。尽管此类'现代性经验'不过是'无法道出灵魂真相的泡沫'，却仍然为小资群体提供了必需的中

① 《告别薇安》，安妮宝贝著，中国社会科学出版社2000年1月版。

② 戴锦华：《世纪末的华丽——评〈告别薇安〉》；《中国图书商报》2000年6月13日版。

产阶级幻象。"①这两位批评家从不同的角度道出世纪之交中国大陆明显的商业消费时代特征。此时，关于资本的神话已经演变为时代的现实，沿海城市的年轻白领已构成城市新市民人群。他们追求的生活趣味、价值观及生活方式源于对西方中产阶级生活的幻想，也即是物质性的、世俗化的、所谓精致的生活氛围。

安妮宝贝在2000年出版的成名作《告别薇安》中，将物质生活中的咖啡、哈根达斯、KENZO的新款香水、白棉布裙子、低音萨克斯风、樱花花瓣、法国梧桐……构成小资情调的经典场景。她的字里行间充满小资阶层的凄美伤感，也引发一大批小资读者的共鸣。随着中产阶级话语空间的不断扩张，这些在衣食住行等方面可以体现出与国际接轨（即与西方主流社会的中产阶级趣味接轨）的"高雅"情调、异国风情正越来越强势地影响着中国城市人群的生活。可以用金钱标出价码的东西，把巨额财产等同高级的身份，这种货币经济式的诉求目前正是中国社会风气与价值观所认同的标准，也成为年轻一代奋斗的生活目标。因此不难理解为何中国正在成为全球奢侈品的主要市场。

另一位正在走红的上海女作家孙未，以长篇小说《奢华秀》《富人秀》《我爱德赛洛》和都市爱情随笔《女性主义者的饭票》等作品而被媒体称为"中产写作的著名代表人物"。这些作品以外滩三号、海岛别墅、香奈儿、蒂梵尼等奢侈品为故事中的重要道具，并以中国新兴富人阶层为小说人物及题材。作者认为她之所以被视为"中产代言人"，是由于"给我这个标签，大家可能是出于

---

① 朱大可：《"零年代"：大话革命与小资复兴》，《守望者的文化月历1999—2004》第150页，花城出版社，2005年4月版。

这几方面的原因。其一，作品的格调和趣味略显优雅，被认为表露了中产阶层的生活方式和情趣。其二，我个人的身份，由于早年从事影视行业并涉猎商界，做过职业经理人。其三，作品的人物、题材和视角，被认为反映了中产阶级寻求精神归属的向往与思考"[①]。

如果通过推崇与模仿，能够把西方的中产阶级格调全盘移植的话，或许谈起这个问题还比较简单。因为保罗·福塞尔的《格调》已经足够详尽而尖锐。而与美国（甚至澳大利亚）作为移民国家不同的是，它们是不同文化基因融合、多元文化基因共同作用下的社会标本，在变革文化传统的同时，也承载多种多样的传统文化基因。而中国人（尤其是汉文化圈的中国人）的思维和心灵还有长期浸染的另外一些极为顽固的东西。许多思想理念无法从人们自身或其他人的过去中摆脱出来。也就是说，在另一方面，我们不要忘记13亿中国人骨子里的小农情结、帝王思想，包括晋入胡润的富豪排行榜的，以及被界定为中等收入者的群体，哪怕你是从哈佛回来的海归博士。按照文化发生学的观点，要从一个人出生的等级逃离是非常困难的事情。而文明之间、等级之间的差异也不是人们欲望差异造成的，更主要的是由于不同文明、不同等级的观念差异。因此，有些学者认为当今中国有中产无阶级，中国中产阶级是个伪命题。这是有一定道理的，因为中国中产者迄今为止尚未形成真正的主流意志，而整个中国社会一方面是传统思想体系支离破碎，一方面是新社会意识形态还是混沌不清：集体化衰退，个人性突现，而精神正处于难以进退的窄门。罗子丹正是以其行为艺术反省当下中

---

① 孙未：《揭开财富与爱情之间的潜规则》，新浪网（www.sina.com.cn）"读书频道"访谈；2008年7月2日16：48。

国不同身份异质同体的都市人格的基本矛盾，并表达他对这种混乱语境的深重忧思。

回顾中国改革开放30年（1978—2008），与人们日常生活相关的事物基本上是煽动与自然状态相脱离、支持利己主义与享乐主义的。他们来自对西方生活的表面化模仿，并以喧哗的娱乐化取悦大众，无情击败传统中国的抒情与"大音稀声"的审美价值观。尤其是上世纪90年代以来，社会转型的同时，是国家的经济不断增长而审美趣味却在步步下降，对于人类真正美好生活的想象力日渐萎缩。作为一个曾经是具有高度审美能力的农业文明国度，今天的学术明星、作家明星、文艺生产商面对日新月异的现实眼花缭乱，已经丧失定力与创造力；作为精神产品的文学、艺术、学术思想被商业化运作（炒作、包装等）改造成流行文化产品，同时也由大众传媒推波助澜制造出阅读时尚。从这点来看，倒是带有中产阶级某种善变与不安分的特性。德国哲学家齐奥尔格·西美尔（Georg Simmel）对此问题有生动的阐释："如果我们觉得一种现象消失得像出现时那样迅速，那么，我们就把它叫作时尚，因此，在解释现在的时尚为什么会对我们的意识发挥一种有力影响的理由中，也包含着这样的事实；主要的、永久的、无可怀疑的信念正越来越失去它们的影响力。从而，生活中短暂的与变化的因素获得了很多更自由的空间。与一个多世纪以来人类不停劳作、发挥自身天赋的过去之断裂使得意识越来越专注于现在。……时尚已经超越了它原先只局限于穿着外观的界域，而以变幻多样的形式不断增加对品味、理论信念乃至生活中的道德基础的影响。"[1]而中国城乡发展的不平

---

[1] 《时尚的哲学》第77页至78页，齐奥尔格·西美尔 著，费勇、吴蓓译，文化艺术出版社，2001年9月版。

衡、财富分配、资源配置的不公正不合理，生存的历史环境与文化基因的作用力，更造成经济、文化发展的特殊性。时尚文化生产、中产阶级趣味的审美格调与小市民意识、小农意识混杂一起，彼此浸透，从而体现出驳杂而暧昧的一面。

在中国大陆，媚雅的中产阶级趣味与流于粗鄙的、媚俗的市民口味往往是异曲同工的。因为两者的根本共同点都是对理想、信仰、崇高、伟大等神圣性概念的摒弃；并都乐于将日常生活的欲望合法化、审美化。把日常生活的琐碎细节作为审美想象的中心，然后披上各种外衣，赋予不同寻常的价值和意义。另一方面，作为农耕时代存留下来的帝王思想、小农意识也以集体无意识的方式修饰出中国特色的中产阶级审美格调。对布尔乔亚与封建遗老遗少的想象"土洋结合"，在精致、闲适的"下午茶"后面还有呛人的二锅头、宫廷秘方……

当下中国，是一个混乱而分裂的时代，也是审美危机凸显的时代。我们需要讨论在中国迅速崛起的中等收入阶层与新兴的市民群体的价值体系所包含的内容，尤其重要的是关于这种价值体系的整合与提升，因为它意味着人的精神成长以及人格的全方位提升。当大批农民离开土地进入城市工业，把他们过去的农村生活方式更改为城市生活方式，并与全球的时尚、市场、娱乐趋势紧密相连，他们的价值取向不可避免发生巨大的变化，其中既有失落的、迷惘的、混乱的意识，也有创新的观念。这是一个动态的过程，这个过程将民族、传统与市场、技术、国际政治形势融合起来，促使个体乃至民族、国家走向世界。因此，面对种种文化症候及混乱局面，许多学者提出了振兴国学、复兴民族传统的主张。这是一个方向，但我认为民族的文化复兴不可能是简单地返回过去，根本在于挖掘出基因谱系中的核心价值，并要与国家、社会的现代化相适应。这样的文化复兴涉及政治、经济、文化、意识形态等各个方面，更涉及个体的终极目标追求，是庞大的系统工程，任重而道远的人文建设。

［原载《滇池》杂志2009年第6期，入选澳大利亚悉尼科技大学 *Portal：Journal of Multidisciplinary International Studies*，Vol 6，No 2（2009）］

# 击碎幻象之后的守望

——阅读文化先锋书系"刀锋文丛"

"我坐在加缪先生的山顶上，俯瞰着一个希腊男人的困顿工作。他推石上山的运动产生了某种震撼人心的后果，那就是'以最悲怆的面貌引出了希望'。"

一段呈露隐喻情境的文字，同时又是沉思式的凝望，有一种随着生命细微感觉的跃动藏在字里行间，它来自一篇"我坐在加缪先生的山顶上"的短文，曾经在网络上广泛流传，我常与之不期而遇。如今这篇文章被收进《守望者的文化月历1999—2004》一书，作者朱大可。作为优秀的批评家，朱体批评素以犀利而险峻的文风、稳、准、狠的批评锋芒和话语穿透力闻名，在花城出版社新近推出的"文化先锋书系——刀锋文丛"中，朱大可的这本新书，我读到的却不只是话语的刀光剑影、叱咤文坛江湖的激越身姿。掩卷之后，印象是一个伫立废墟的孤独剪影：无语、绝望中的守望，西西弗斯式推石上山的悲壮。

我们无法否认20世纪90年代以来中国文化环境发生翻天覆地变化的事实，由消费主义、跨国资本、中国社会主义特色意识形态等多重塑造的文化空间，呈现出斑驳陆离、盛世繁华的表象，充满广场音乐喷泉泡沫的狂欢，煽情的、欲望化的、瞬息万变的万花筒陈摆在我们面前。文化价值危机犹如坍塌的山体，泥石流正在冲泻直坠。这似乎是一个肆行无忌的时代，话语混杂，"文化"一词成为万能标签，它过度的语义膨胀让人们很容易就迷醉于世俗社会的喧嚣与无主题欢乐之中。朱大可曾经在"舞蹈的盲肠"一文中指出海外华文文学的唐人街语体及其盲肠命运，该文当时发表于《花城》杂志，在文学界有相当的反响。作为敏锐的文学预警者，他所指出的"盲肠命运"的事实，如今不仅仅存在于海外华文文学，更是眼前的图景存在。到处可见舞蹈的盲肠，又有多少盲肠能够切去？！

　　究竟是谁在操纵民众的欲望？谁把生活当成新闻报道，把新闻报道当作文化生产成果？谁在制造一系列文化传播事件？谁把文学艺术拿来作秀？它们之间所存在的互为消长的关系，正是这个转型时期的症候，也是需要拆解的新秘密。此时此刻，批评家的立场何在？

　　按照萨义德的说法："批评必须把自己设想成为了提升生命，本质上反对一切形式的暴政、宰制、虐待；批评的社会目标是为了促进人类自由而产生的非强制性的知识。"[①]而事实上，我们现在看到的却是犬儒主义横行其是。通过报刊，不时看到某些批评家为自己行为丧失底线的狡辩，所谓："在从事文学批评活动以后，发现彻底的真诚会损害别人，当然也会损害自己。在一个文学平庸的年代，真正的批评往往会感到生不逢时，或者说真正的批评家也只能平庸下去。"[②]在这种虚弱的辩白背后，价值已经兑换为价钱或美

---

① 萨义德，《世界·文本·批评家》，转引自爱德华·W·萨义德《知识分子论》P2"译者序"。生活·读书·新知三联书店2002年4月版，单德兴译。
② 《南方文坛》2005年第3期P51，恕不指名道姓。

色。面对共同的文化情境，朱大可却干脆喊出"我与文学离婚已不可挽回"。即便如此，这种"离婚"却是朱大可式的。"甜蜜的行旅""上海：情欲在尖叫""零年代：大话革命与小资复兴""肉身叙事的策略、逻辑及其敌人"等，都是从文学文本入手，直捣当下中国文学秀场红透半边天的角色，质疑、交锋、拆解、重构……可见作者爱恨交加的幽愤情怀。"文化口红""文学叫春""假领主义"等词语迅速成为流行语，可惜酷评者往往拾其皮毛，却忽略其词锋的边界、凌利、准确而深刻的剖切。

任何批评都不可能做到绝对公正，朱体批评有时也因电闪霹雳、汪洋恣肆的话语冲击力而显偏颇、武断、火力过猛，这与其直觉式感受和表述方式有关，它充满体验的情绪震荡。即便如此，我们依然可以从文化批评应有的批判力度、思想原创性和人文关怀来识读批评家的真伪。廉价的盗版、翻版行为充斥中国社会各阶层，因此，真正的批评与正版碟一样具备昂贵的价值，它是难能可贵的文化资源。朱大可的文章之所以从20世纪80年代以来一直备受读者关注，当然也包括遭受某些咬牙切齿的谩骂，这与其深入动态的社会情境、保持丰富的感性经验和清醒的批评立场有关。朱大可的眼睛首先是感受性的，通过看，感受流动的场景，感受世界快速而刺激的瞬息万变，却不以精英角色自许。春节文化、整蛊主义、女胸、乞丐、人民大会堂的门券……这么些世俗百相的出现与演变意味着什么？都是他有兴趣读解的内容。你在其文章中听不到任何教条式的声音，却领会到类似城市拾荒者撩戮华丽虚饰、清理阴暗死角那种残酷热情，闹市间四顾张望的怀疑气质。

朱大可善于利用其博杂的阅读积累，运用史学、神学、古典神话等方面的知识资源，多视角显示当下种种文化事件的运作、矛盾、符号意义。"'上海神话'和市民社会的隐形""文化失忆与新记忆运动""'文革'暴力话语的民间复活"等篇，对欲望化文化消费市场的病症表述，更侧重文化环境发生的深刻变化，对其内在文化逻辑的追根究底和批评性阐释。往昔的语词炫技和瑰丽修辞淡去，经验思考的特质愈显。事实上，朱大可对现象的嗜好及个体内在体验的着迷不免让我想起本雅明，不过这是另外的话题。

"刀锋文丛"中，与《守望者的文化月历》同时面世的还有出自批评家张柠之手的《没有乌托邦的言辞》。乌托邦指的是空想的美好社会，作者却已通过书名标示幻象粉碎，对美好社会的空想有着某种决绝的意味。

密切关注层出不穷的文化热点现象，剖析文学置身于市场化社会格局出现的新特征，这些内容占据张柠这本书的主要篇幅。遭遇越来越多的文化灌水、冒似宏大庄严的文化命题，张柠既不温情脉脉，也不是高举大棒。他仿佛太极高手，以退为进、以虚晃迂回战术、以"没有乌托邦的言辞"道出种种乌托邦虚构，"文艺批评的红包、黑包和白包""'短信息'救不了文学""伪社会学和农民的幸福感""失败的中学语文教育""书商的魔法和孩子的梦""解密写作的意义和市场效应"，诸如此类，仅仅从题目，你就可以看到作者的敏感与不留情面。拆卸伪饰，辨证施治，这正是张柠热衷且擅长的绝活。张柠同时是慧黠而机智的，他有一种顽童心态，巧指皇帝的新衣，并以类似手工艺匠的眼光和老郎中的感觉触摸新生事物，因此他对时代以及人在这个时代的处境具有独到的洞察力和理解力。语词充满俏皮，却是四两拨千斤的能量。我很喜欢他的"当代文学的生产机制和结构转型"一文，张氏幽默令人忍俊不禁。中国特色的文学生产正从传统的计划经济体制向市场经济体制转型，借助其中呈现的种种事实及后果，张柠对"话语生产"及其权力结构进行极为形象的学理剖析。他说："'文学办公室'，就是将个人独立的文学创作工作化、职业化、职务化、事业化。几十年前，凡是赞同文学是一项'伟大事业'的作家，都分到了一间文学办公室。""作家创作基地（即创作办公室的别墅化）是'基层挂职'的当代替身。他们心挂两头，一边心系着办公室的文件，一边双脚在基层的土地上挂着。但'文学农忙期'却迟迟没有到来，当然，只要有这种精神就是好同志，并不影响文学分红季节的如期而至。"会心狂笑之余，令人叹服张柠的勇气和锐气。作者对左右文学生产的国家主义权力机制的批判一针见脓，戳穿消费主义滋长的某些专制特征，对媒介的权力、权力的媒介同样丝毫不客气。

俄苏文学专业研究生出身的张柠，显然对俄罗斯文学有无法剪断的情结，俄罗斯文学甚至也是他从事当代文学批评一个巨大而深刻的参照系。所以在《没有乌托邦的言辞》中，就有"流放者归来"，关于俄苏文学的专辑。玛·茨维塔耶娃、阿赫玛托娃、"白银时代"知识分子、陀思妥耶夫斯基……从对这些作家的创作及生活的考察，张柠努力寻找通往"白银时代"（即自由知识分子）的道路，寻找文学"现代性"的表现形式。乌托邦并不存在，前行却需要明亮的精神之火导引。

"刀锋文丛"首先推出的这两本著作，批评家既是当下文化事件的目击者，也是文化建构的参与者。他们的话语从时代体验出发，脱胎于社会变迁的困扰与混乱，是动态、尖锐、特立独行的，同时也是有趣、鲜活、开放性的。因此散发出罕有的原创批评魅力，它存在于时间，也将穿透时间。

（原载《云南信息报》2005年7月17日书评版）

# 纪德的灵魂

## ——读《纪德文集》散文卷

　　现实主义者的"现实"往往直指肉眼看到的客观物质世界，"存在"便是视野所达的当下事实。这样，描摹以及自以为是的观念往往成为书写者的思想主题。然而这样的现实是存在于表面的，有形的，并不意味着客观真实；艺术的力量事实上也不在于此，要做一个一丝不苟的工匠倒不是一件太难的事，"形"与"神"有着本质上的天壤之别。普通人的困惑在于难以洞察人类的问题和处境，因为普通人难以洞察造成这一切的复杂而幽秘的人类心灵——那才是一个无限的存在。与外宇宙相对而言，它是一个无边无际的内宇宙。真正的艺术和真正的艺术家旨在对这个内宇宙的孜孜以求。艺术意味着一种寻求人生真理的独特方式，一种心灵探险，它要发现的正是那些看不到的而事实上造就了人类历史与文化的精神与灵魂。那些无限丰富却难以捉摸的主题像冬天的种子长眠冻土之下，你可以认定它死去，但它注定要发芽，还要开花结果，深蕴的生命能量等待的是时机到来时的迸发，犹如凤凰涅槃。

　　人类多变与善变的本性注定了人性的不确定性和无限的可能。现代艺术与以前艺术的差别在于它不再有明确的公认的遵循路线可走，但它却在这种不确定中寻找、探测、衡量、发现，因此决定了现代艺术无论内容还是文体都是多元多样的，甚至自相矛盾、冲突重重的，它并不在意有没有超越的力量。然而这才是现代艺术与现代艺术家存在的不同寻常的意义。从哲学的角度看待现代的文学艺术，我们看到那些五花八门的文体实验及流派所贯穿的一条原则，即努力去体现人寻求一种理想的过程。变化、否定、冲突与自相矛盾，使这种寻求变得充满活力甚至疯狂，却正表现出真诚的生命历程。正是在寻求这种理想的过程，人只能试图成为真正的自我。所以，我们开始理解并认识到尼采、福柯哲学，我们也为达利画笔下的变形时钟、红唇沙发、梦境所战栗——这个目前仍在中国都市热展的大型画展开始被时尚化、通俗化。而在文学的领域，还有一个奇异的不拘一格的灵魂在一步步走来，这个灵魂携带着更多的让人畏惧而好奇的虚拟形象，季风般地吹扫而来。那些书写的文本，构成一个变幻无常、谜一样无法揣测的存在，人们为此喋喋不休，指责、争吵、探究、解读、试图定义。事实上，它们所提供的多重的道德和审美观念，令人震惊，无从仿效。

这个灵魂，就是纪德。

这个灵魂，曾经被描绘为"邪恶的大师""一个蒙面的魔鬼"，也曾被誉为20世纪上半叶法国文学界的"真正的教皇"。诺贝尔文学奖的得奖评语是："……为了他内容广博和艺术意味深长的作品——这些作品以对真理的大无畏的热爱和敏锐的心理洞察力，呈现了人性的种种问题与处境。"保罗·萨特这样谦逊地说："我的小说带有一股臭味。纪德的漂亮的句子，是没有臭味的。"纪德自己则骄傲地宣称："我对自己的命运还是满意的，我主宰了自己的命运。为了未来人性的美好，我尽了自己的职责。我生活过。"

之所以有这么些众说纷纭，褒贬不一，缘于纪德呈现给这个世界的多样化书写以及其像作品一样漂泊人生、放纵欲望却又冥思苦想的一生。可以说，他是身体力行地彻底摒弃一切道德的、家庭的、社会的和宗教的束缚，因为他坚信人具有无限的可能性。所以他反抗对任何形式的因循守旧，他一生的经历及写作中的矛盾、变化、反复、自我否定在于他要"体现尽可能多的人性"。正如诺贝尔文学奖的"授奖词"所指出的："他的作品看起来像是不断的对话，宗教信仰和怀疑主义、禁欲和对生命的热爱、纪律和对自由的渴望一直在进行斗争。"

就像尼采、福柯的哲学论著，达利的画与雕塑，作为思想及艺术理念都具有惊世骇俗的冲击力震撼力的现代文学典范，纪德的作品也如潮水般涌进了开放的今日中国。花城出版社五卷本的《纪德文集》（散文、日记、传记、文论、游记）和人民文学出版社的《纪德小说集》几乎囊括了纪德一生的写作。通过这些已被翻译为汉语的文字，中国读者或许可以领悟到作家表现出来的那种寻求理想和生活真理的独特方式，并认识到人无论面对现实人生还是面对虚拟世界可能达到的勇敢和独立精神。因为纪德告诉我们，一切都是可能的，一切都可以说。

中国文论讲究"知人论世"。生命历程的每一个迂回曲折，每一处幽秘的心灵角落，都可能是生命现象的深层根源。纪德的自传《如果种子不死》、回忆录式的散文《人间食粮》以及大量的日记、游记，我们可视之为复杂深邃的精神空间的敞开。假如我们能够以客观而理性的目光去阅读作家本人无意识或不自觉表达的东西，我们可能体会到作家在《人间食粮》中所说的，"但愿本书教你关注你自身超过这本书，进而关注一切事物超过你自身"的用意。他通过书写为我们裸露的暧昧而多元分裂的心灵挣扎，始终如一、充满痛苦的自相矛盾、反复无常的命运历程，体现出这样一种强大力量：对自由、真诚和爱毫不妥协的绝对追求。所以萨特在纪德的葬礼上将死者称为"活着的纪德"，并说纪德是一种生成，即一个过程。矛盾的纪德是难以定义的，他的一生和写作都处于信仰与无神论、道德与背德、理性与非理性、介入与非介入的十字路口，他的心灵内部总是一个人的迷失、一个人的战争、一个人的对话，因此他的文字也长驱直入人的灵魂深处，甚至直面作为身体一部分的魔鬼。这正是以合乎人性为准则去努力寻找真正自我的曲折漫长的过程。他揭穿某些主流观念的伪饰，要求诚实表达一切有关人格的问题。纪德说了："我写过这样的一句话：'幸福而思考的人，可谓真正的强者。'——因为，基于愚昧的幸福，同我又有什么关系呢？基督的头一句话'幸福的是哭泣的人'，就是让人在快乐中，也要理解悲伤。谁认为这是鼓励哭泣，那么他的理解就大错特错了。"（《人间食粮》）

纪德的这种集不可调和的冲突于一身的生平和写作，把人性、信仰、爱和欲等种种问题挑出来，呈示出来——这些问题越来越鲜明地构成西方现代文学中的主题。时至今日，人们已看到了他的作品在20世纪西方思想和伦理演变中不容忽视的巨大影响。正如他的自传的原名"如果种子不死……"，它意味着种子死了方可结实。这个书名来自《圣经》约翰福音的经文，意思是："一粒麦子不落在地里死了，仍旧是一粒；如果死了，就结出许多籽粒来。"死去，是为了更纯洁的新生与繁衍。这便是存在的核心，它是无限的。

（原载《澳门日报》2002年12月15日版）

# 女人像头发一样纷乱

——关于《声声断断》《不可言说》的片言只语

　　女人的头发，一般被美称为"秀发"，女人的长发，往往也以"飘逸""柔顺"形容。东方的女人，在词类中，便是温顺、轻盈的感觉，如云如水如轻风。作家陈染，偏偏做另类的譬喻，说女人像头发一样纷乱。这头发，当然就不是秀发了，而有点朋克的味道，或者像是正在途中的流浪者，传递出来的是一种不堪承受的紊乱和疲累。陈染如此看女人，她是直入女人的内心，那些一脚在东一脚在西、传统现代后现代观念混杂一身的都市女人文化女人，你们如何生存？纵是长发披肩，或者清汤挂面，那片荒草萋萋的心田，却是在颓败与挣扎中苦苦寻找新生的力量。这是一件困难的事，也是一件复杂的事。智慧的女人看女人，不仅仅是审美，更是感知，用巫一样的眼睛。

　　算起来，与作家陈染认识已有十来个年头。当时的陈染，外形与现在相差并不大，甚至忧郁而敏锐的眼神也是一样的。那时的我，却是一派大大咧咧、没心没肺的傻样。我们都住在出版社的招待所里，我就对着刚认识的陈染问："陈染，你结婚了吗？""结了。""噢。""离了。""啊！""离婚"这个词，在当时的我听来，像晴空的雷，还是有霹雳的震撼感。陈染的语气却似乎平静，虽然也能感觉到她的眼帘低了一下。她那时候来广州，与她的母亲，就是带着需要调整的心态出门旅行的。后来的几天，我们交谈的话题大多是文学、男人女人、情感。陈染和她的母亲看我太阳光，而我觉得陈染的内心有一层层的茧。长茧的心，既脆弱又坚韧，那是不可避免的心灵经历造成的，所以它已一叶知秋，感知生活的无常，也懂得躲开那些尖锐的刺伤。有一天，她看着我，像个预言家，说你还没撞到南墙上，你还要头破血流。这就是陈染，十年前的她，目光就像神秘的水晶球，不动声色观察着她周围的人，尤其女性。她能够从不同的言行举止去判断那个人前方的遭遇。时间过去了那么久，陈染的作品诞生了无数，获得那么多的关注和争议，我想除了她的语言功力，更多还有赖她对个体心灵深度的开掘。

"女人像头发一样纷乱"，这就是陈染作品里的一句话，颇经典。这纷乱的，是女性的情感，正是它制造了女性的思维和神经，所以它既感性又无序。陈染从这剪不断理还乱中切入，依赖理性借助文字清理我们内心的这团乱麻。《与往事干杯》之后的许多篇章，譬如《破开》《无处告别》《嘴唇里的阳光》《私人生活》《时间不逝圆圈不圆》《饥饿的口袋》等，纸面上几乎无一例外飞翔着那些敏感、聪慧、清高孤傲、隐秘而忧伤的单身女人。似乎是一种既定的命运，她们与天近一些，离地却远了点，无处逃逸也无处栖居无处告别。天上的神看她们像雾，地上的人们看她们像云，她们自己看自己，就是像头发一样纷乱。陈染身居其间，用笔去展示这个纷繁的情感世界，它偏居一隅，却深不可测，难以言述。

前不久又收到陈染寄来的两本新书：《声声断断》和《不可言说》。前者是日记本文体，后者为谈话录。这些年，我们各自经历了一些事，起码我现在似乎理解了"女人像头发一样纷乱"这句话里的苍凉。不过从书的装帧设计到内容，我以为陈染是更洒脱些了。书可以随意打开，真的是风吹哪页读哪页。那些黑白照片，人和物，都透出一种落寞的幽静，与这个时代的氛围保持了距离。我想，过于关注内心生活的人，他们并不大在意潮流的脚步，也不太留意外部生活的变化，他们却因此创造了与众不同的生活方式，因此发现了许多被世人忽略的心灵细节。我看陈染书写女人，是仿佛用"破开"的笔力，尽可能去掘出女人的精神与心态的丰富和复杂，还有情感上那份不堪承受的累和紊乱。

可是女人为何会像头发一样纷乱？说白了，又是一个两性话题。男人和女人，是亲密的敌人。当女人作为天然的情感动物去经历爱情，去寻找心中理想时，她们注定要在这长满荆棘的路途流血、流泪并且伤痕累累。只有极少数明智而务实的女人躲开它，也许这极少数的人在灭顶之灾来临前已有幸获得间接或直接的经验，而且她们识时务，知冷暖，她们知道长辈说的是至理名言。所以遵循社会的规律和秩序，遵循现实的安排是省心省力又心灵平静的保证，说不定幸福就在前头招手。两性的问题，其实无非是感情问题，另外就是婚姻问题，这两者有着不同的游戏规则。懂得把握不同规则并与她们亲密的敌人保持恰当的距离，这样的女人可以逃出情天苦海，生活在时间中如水缓缓流逝。但当女人把感情与婚姻交织一起，倾情投入，现实便有许多戏剧性的情节不遇而出，而且愈来愈曲折凄迷，最后的结局一般以悲剧而告终，因为只有悲剧才真正具有撼人的力量，诗意的泪水是以心灵的痛楚为代价的。这样的女人，是像头发一样纷乱的女人。

当我今天读陈染的《不可言说》和《声声断断》时，却感觉到那种知其不可为而为之的伤痛。一边嘲笑自己，一边固执前行。什么都明白的女人却不断做令人不明白的事，这就是钻牛角尖了。陈染的触觉和笔法都是内敛而犀利的，她用"什么都明白"的目光去看那类"什么都明白"的女人，看她们内心的热情耗尽，看她们头撞南墙，执迷不悟，看她们的感情世界一塌糊涂，四顾彷徨。但她也正是在这探幽索微中雕刻出一个个心气、品位极高的女人形象，她们在相对封闭的自我世界中一次次陷入波澜壮阔的情感漩涡，她们的兰心蕙质在这漩涡中似乎仅是一根美丽而无用的水草，她们因此与现实的岸相距愈远，内心却在漂泊中不断扩大、丰富起来。

女人像头发一样纷乱，不是好事，也不是坏事，那是某类女人的宿命。女人的气韵是在这种纷乱的折磨中脱茧而出的。要么堕落，要么涅槃，总有一种力量在指引着。我们的生活让我们脱胎换骨，让我们置之死地而后生，这样的女人最后不是一朵枯谢的花，而可能演绎成会有些缺页的神秘书卷。

（原载《中国青年报》2003年8月26日版）

# 风雅·附会风雅·山寨风雅

—— 《假装的艺术》及其他

　　说这是一个"信息爆炸的智能傻瓜时代",真是一点没错。所以我好奇这本叫作《假装的艺术》,并号称是"一本让你看起来无所不知的书"究竟在这个时代充当什么角色。因为我被告知,此书正在热销,倍受都市读者的青睐,甚至被奉为圭臬。一本书的流行,一定有其特定的精神环境及深刻的社会文化根源。

　　作者劳伦斯·怀特德-弗莱(Laurence Whitted-fry)是美国人,我孤陋寡闻,在此之前不知道此人。所以没有任何背景资料的阅读会产生纯属个人的阅读感受。读着读着,我就想到另一本书,也是来自美国,也曾在中国大陆风靡一时。那本书的名字叫《格调——社会等级与生活品味》,英文原名为*Class*。自从中译本于上世纪末在中国大陆出版后,就一版再版。许多都市读者(主要是时尚的白领、小资阶层)以此作为生活方式的指南、时尚的哲学导师以及自我期待的社会等级定位。这是非常有意思的现象,因为《格调》在美国是以冒犯大众、剖析并辛辣讽刺美国人数最多阶层(中产阶级)而闻名的一本书,它所要戳穿的正是这个阶层虚弱而焦虑的心态。因为他们中的大多数都是从更低的社会阶层奋斗上来的,不可避免地，他们天生残缺那种属于富人阶级的高级生活品味。而另一方面，他们渴望得到他人的承认，要让人家看到他们生活得既体面又安全。因此，他们在日常的衣食住行与言语中，就不自觉地表现为爱慕虚荣与喜欢炫耀，这也就使他们成为最为虚荣自大和势利的阶层。《格调》的作者不厌其烦地罗列出那些缺乏个性的、标准的、可以明确批示身份的物品，它们都是被标签化的。作者的目的正是以此为靶进行打击。《假装的艺术》在这点上是何其相似，充满反讽的味道。"在'上流社会'的假正经与文艺青年的小情调之间，只有'假装'，才能捍卫你说话的权利"。这是封面上的题语，充满嬉皮士味道，也颇有些对社会风气的愤愤不平。

可以如此热销的书，读者们真是因为它的反讽性、批判性才买它吗？我好奇地在当当、卓越这样的网络书城上看到读者们的留言，它们有许多是充满热情甚至是敬仰的。我又想到另一本书《厚黑学》。此书我没读过，但我知道厚黑之含义。此书也曾经热销（可能至今仍在热销）。被热捧的原因同样不是因为它揭露和剖析"厚黑"及其社会学意义，而是作为一门交际学问的"厚黑"学。同理，当"假装"成为一门艺术，成为一张有助于在名利场上晋级的面具，当人们把书的核心像枚酸枣核一样扔掉，而拼命咀嚼其中酸不溜秋的"训导"，把它作为生活的维他命，实用的工具书，我就有一种不寒而栗的感觉。《红楼梦》里不是有偈语：假作真时真亦假，无为有时有还无。

随意翻开书本，譬如"话题九，古典音乐"。作者开篇即说：古典即品味。这句话确实非常符合主流与传统。当年嬉皮士们正是出于颠覆传统而创造了摇滚乐。可是，摇滚乐是青春期叛逆的标签，就像"垮掉的一代"诗歌反抗传统的呐喊，它们是一种边缘的冒险，不是每个人都能玩得起的。你是个穷人拎个鸟笼就是不务正业，你是富家子，拎个鸟笼就叫"玩家"。这一点，中西同理。而当下的中国，鼓励上进心与成功学，这条晋级之路竞争惨烈。好比玩电子游戏，人们又需要准备多少装备！没品位？好，那就装吧。要风雅？附会都需要技巧，时不我待！那就"山寨"吧。"山寨"才是这个时代最为贴切的词汇。就好比我们现在酒楼里的菜肴，多的是食物添加剂。假，就是这个时代的风尚，也是这个社会的关键词。

可是我在这种不合时宜的场合却想起启功、王世襄那样的人物。在这两位老先生面前，可是"真的假不了，假的真不了"。记得有一回在电视上看主持人问启功先生的学生，老先生为何目光如此犀利？赝品还是真货，一目了然。老学生的学生说，很简单，先生见过真的，所以知道什么是假的。也记得有人翻着王世襄先生的《锦灰堆》，说这书真是奇奇怪怪啊。

岁月改变的不仅是人与事，还有神韵与精神。而当下的时代，"我们的疾病深重的秘密/在过分的匆促和疏忽中/来回颠簸"。我们时代的精神内核已经蜕变，但我们依然会遥望远逝的风雅与高贵。

一切都是速成的时代，就连风雅与高贵的气质也企图将之速成。所以，当《假装的艺术》以一种典型的美国反讽风格嘲笑圈子文化、上流社会的虚伪时，如此不动声色，竟然可以让人大喊"真是这样的"，这是多么时尚的生活啊！风雅与高贵，原来"有迹可循"，而且可以假装，只需掌握其游戏规则即可。

悖论因此构成：聪明人说傻话，傻人学着以为是聪明话。

这就是此书的精髓了。所以，它是逗你玩，千万别当真。

（原载凤凰网读书"书评周刊"2010年12月2日版）

他乡母语与文化记忆

# 特别的声音

## ——对海外大陆女作家的文本分析

　　随着1995年世界妇女大会在中国的召开，一个空前喧闹纷繁的妇女写作新时代也接踵而来。女性文学专号，女作家文集、丛书，女作家个人作品研讨会，包括海外华人女作家作品，诸如此类，一批又一批，宛如山花烂漫，只见"她"在丛中笑。在这听起来似乎是歌声嘹亮和谐动人的女声合唱中，我们确实看到进入20世纪90年代以后的中国大陆文坛妇女写作的新面貌。然而我们真正感兴趣的还在于这繁荣背后的客观存在。事实上，我们非常清醒地明白如此强调性别的意义并不意味着妇女已经脱离男权文化而昂首独立，恰恰相反，在这或锐利或沉郁或忧伤或奇诡的女性表述中，我们看到妇女艰难生存痛苦挣扎的真实体验。如果说，这批女作家为我们提供了真正可供解读的女性文本，就在于她们更加坦率更加彻底地疏离了传统妇女叙事中的屈从和迎合，以更女性化的自觉和自恋，重新阅读和构造妇女的精神和血肉，妇女的情欲和心灵。同时也以妇女自身的敏感性和价值标准重写这个时代人类的生存处境和精神处境。

　　本文所要讨论的是一群来自大陆被称为文坛的"海外兵团"的年轻女作家的文本。这群青年妇女，既有别于来自台港移居欧美、定居东南亚的华裔女作家，又不同于与她们联系密切、生于斯长于斯的大陆本土写作姐妹们。经历和教育，造就了她们写作姿态的卓尔不群，因此作品中鲜明凸现出一种执着与超越的创作精神。这一切，是通过她们的图景拼贴和价值杂交的表述方式体现出来的。文本，为我们提供了甄别和评判的根据。

## 一、跨越边界经验

这批目前侨居欧美的来自大陆的女作家，是在八九十年代中国大陆的出国热潮中，或留学、或嫁人，漂洋过海的。她们生在大陆、长在大陆，伴随着祖国坎坷的命运成长；她们或者经历上山下乡，或者赶上高考，或者作为文学青年进入作家班。离开祖国之前，她们已经作为一名写作者开始出没于当代文学期刊上，甚至产生一些影响，譬如刘索拉、刘西鸿。

时代文艺出版社在1995年乘着世妇会的强劲东风，推出"海外中国女作家丛书"，即：（美）查建英的《丛林下的冰河》、（法）刘西鸿的《花儿为什么这样红》、（美）严歌苓的《海那边》、（英）虹影的《玉米的咒语》、（德）友友的《她看见两个月亮》。除此之外，刘索拉、闵安琪等人的中英文写作也在主题风格上汇入这个写作行列，共同构成"海外兵团"的话语奇观。

来自大陆的这群女作家，作为自觉的出走者、客旅者、写作者，身上的精神烙印显然不同于当年的於梨华、聂华苓、赵淑侠等，那种充满特殊历史背景的"无根"感，寂寞、迷惘、乡愁、幻灭在她们笔下是罕见的。带着第三世界的平民感情跨进第一、二世界的边界体验，面对全球空间大背景与最私人的经验碰撞的高度敏感，她们的写作往往推向一些险峻的区域，把女性的内心生活、生存状况与这个社会的各种假象、各种错位的情景拼贴起来，以充满矛盾和荒诞的言述，质疑与重写甚至颠覆性地消解了原有的边界局限。摒弃煽情充满挑战，可以说是这群女作家鲜明的写作姿态。

在日常生活的层面上探讨这样的问题：生存环境移位之后的中国人，尤其是留学生、新移民试图在第一、二世界的"丰裕社会"中寻找第三世界处境所不能提供的一切的过程。这在这群女作家的写作中占了相当的篇幅。查建英的"丛林下的冰河"中，那个平庸、温顺的美国青年捷夫是一个"优裕"的象征性人物，而叙事者"我"的背后却是故乡以及童年贫困的阴影。"到美国去！到美国去"叙述的焦点是女主人公伍珍由一个曾经很"革命"的中国知识青年逐步"美国化"的过程，揭示的是一种物质性的生存本质。而严歌苓的"少女小渔"叙述了一个典型的争取绿卡的故事：为居留在富裕的异国而假结婚的奋斗历程；"栗色头发"则呈现留学生在沉浮流转中面临的屈辱经历与委曲求全的生存方式，同样是来自"贫困"的压抑和包裹其中的对西方世界的潜意识的臣服。但与那类以虚幻的浪漫主义来象征中国，同时用实用的商业主义的成功来抚慰自己的畅销书，如《曼哈顿的中国女人》《北京人在纽约》不同的是，查建英、严歌苓，包括虹影、刘索拉们的写作，是以一种拼图游戏式的交错叙事，呈现多元文化夹缝中生存焦虑的真实体验。个人的孤独与焦虑、社会景况的动荡变迁、现实与梦境的碰撞、被语言重新构造的本土，尤其是物化时代疲于奔命的女性形象，组成了一个万花筒式的文化杂交的生活和写作空间。因此在风格上显得支离破碎而甚少矫揉造作。青年批评家陈晓明曾一针见血地剖析了这种写作心态："在内在心理与外在表述之间，在实际操作与想象性的叙事之间，在个人选择与集体文化认同之间，这种'东方心态'深深地陷入了表里不一、名实不符的困境。这种状况几乎可以在当今中国大陆所有那些强调'东方性'和'民族性'的艺术作品和各种文化实践中看到。"①

时至今日，发达资本主义文化霸权已经强有力地制约着人们的潜意识。六七十年代的海外女作家在怀旧的"无根"情绪中，展现的是那种离乡背井谋求生存的彷徨无所适从的人生状态，是抑郁与落寂，是传统中国人在他乡异土的心态外化。而在八九十年代这一批来自大陆的年轻女作家（其实还包括男性作家），思乡之情、寂寞的感伤不过是转瞬即逝，甚至带有矫情的情绪。她们的笔下，是一种蛮横的潇洒，一种义无反顾的彻底性。本质上讲，在一种经济不平等的世界图景中，个体存在的意义，尤其是性别权力的角色规定，更可能受制于种族/物质权力的模式之中。查建英们的叙事，是处境的必然。时代生活作为历史的元叙事，已经向我们展示了东西方拼贴的文化奇观。实际上，她们的笔触，并不仅仅停留于女性自我的心理建构，而是跨越性别的边界、国别的边界、文化的边界，展现出一个流动的、多中心的当代世界景观，凸现的是生存的经济结构，同时也演绎了一种承认差异、寻找沟通、坦诚合作、文化平等的现代神话。查建英不得不在"丛林下的冰河"中无限感慨："归根结底，文化是'泡'出来的。在这个缓慢自然的过程中，你所有的毛孔却得浸到水里。文化不仅有奶血之分，而且许多东西根本学不来。"②

在性别、国别、文化的边界之间寻找涵容更多更深的经验感受

① 於梨华《又见棕榈，又见棕榈》序，海峡文艺出版社。
② 查建英《丛林下的冰河》第41页，时代文艺出版社。

的叙述领域，我以为严歌苓的长篇小说《扶桑》①是值得关注的一部。在这部充满隐喻性、寓言化写作的小说中，来自神秘东方的妓女扶桑与白人男童克里斯的情爱关系，与同样来自愚昧落后的国土的黑帮人物大勇的阴差阳错的夫妻/情人/嫖卖的关系是小说主要的线索。而叙述者"我"作为"第五代"的中国移民者、外嫁者，与19世纪下半叶的华裔娼妓扶桑共同构成被视为低劣人种中令白种男人迷恋的东方女性镜像，诉说着拖辫子的淘金男人与裹小脚的卖淫女人，以及"口头上嚷到这里来找自由、学问、财富，实际上我们并不知道究竟想找什么"②的当代移民的传奇故事。扑朔迷离的情节，荒诞可疑的情境，过去与现在的时间交叠，质询与戏仿，虚拟与考证，抒情与议论，糅合着意义的碎片，撕裂着战颤的血肉，展现的是面对西方强大的经济和文化力量东方人的悲哀和羞辱。其书写方式与其说是追溯、记叙，不如说是一种试图在变形的记忆、流言、传说、历史的断编残简甚至子虚乌有中缝合、连缀、演义、钩玄关于种族、血缘、性、爱、理想、责任等的记忆与神话的绝望努力。从容的讲述与驳杂的拼图，凸现出对边界经验的极端敏感和叙事风格上的冷峻与冒险性。

作为一群自愿的出走者，她们由世界的边缘（第三世界）逃向"中心"（第一、二世界），企图进入。而困难恰恰在于她们虽然脱离了第三世界的处境，却并不能真正进入"中心"的文化处境中。她们徘徊于"中心"的边缘。因此作为客旅者和写作者，以及不得不在日常生活的琐碎窘迫杂乱的欲望网络中不断编织新起点的

---

① 严歌苓《扶桑》，中国华侨出版社1996年版。
② 《扶桑》第3页。

女人，她们对伤害的敏感和语言、文化多元性的敏感，对全球公共大空间与个人生活内在化的敏感使她们的写作以一种崭新的面貌体现出独特的意义来。实质上，她们的身份，同样是作为少数族裔、作为来自东方的女性矛盾的、不可调和的双重身份的矛盾。这一点，足以使她们的书写，具备了有讽喻性的尴尬与挣扎的意义。

## 二、写作作为一种生存方式

语言的隔阂，文化的隔阂，在物质性的生存背后，更危险地威胁着来自中国大陆的知识女性的精神世界。

写作有时候甚至是一种生存方式。

真实的情况是，作为一个中国人在西方，无论如何总是客旅，总是必定悬在不同的文化之间。客居他乡的她们，一方面面临很强的现实压迫感，是生计、生存；另一方面无可逃避地感受着不可遏制的空虚、孤独的自由，是"失语症"般的惶惑与茫然。而怀念中的祖国，记忆里却总是脏、乱，是物的苦衷与困窘，是疲乏与无奈。因而，作为近几年的华人文学、留学生文学的一部分，她们的文本不可避免地突出了一种全球性的后现代处境，那就是西方霸权底下的双重姿态：贬抑或者顺从。她们也正是在这种后现代的生存境遇中，以写作作为心灵的栖宿地，母语写作暂时成为解脱和超越隔阂、孤独等困境的武器。友友在小说集《她看见两个月亮》的后记中说："没有语言便无从打工，无工可打，感受又颇多，想找一个发泄的地方，又不能去杀人放火，写作便成了唯一打发时间的方式……此刻，我坐在一个完全与中文无关的世界。窗外，人声如天书。我完全失控了，恍若悬挂空中。我把听到的都想象成中文，用这个我唯一熟知的语言拥抱自己。"

写作在某种程度上成为她们回避现实、做白日梦的内心呓语。

在刘西鸿的集子《花儿为什么这样红》中,我们看不到这位女作家当年在大陆时那种别出心裁的叙述话语,不少篇章是已经发表过的旧作,是依然"青春得满脸青春痘"的少男少女形象。除此之外,就是在西方吃中国菜,在老外家做客,域外街景杂记之类的散文。但正如她自己在"我为什么写作及其他"一文中所说:"写作是写作者的自我需要……"如同伍尔芙笔下的欧洲19世纪女性写作爱好者,写作的动机很大成分源于她们内心迫于絮絮叨叨诉说的欲求。

而在查建英和严歌苓的笔下,主人公大都"是一些'穿行者'和'游离者',他们在双重世界中不停地滑动,悬浮于自身的民族和集体经验之外"[1]。但又局促于个人无法"进入"文化的困境之中。这里没有旧梦,也没有理想。查建英的"丛林下的冰河"中"我"的前情人D就是作为一个理想主义终结的象征性符号;严歌苓则在《女房东》《浑雪》《抢劫犯查理和我》等不同题材的短篇中殊途同归地为逝去的纯美、超脱、真爱,悲伤地抒情。她总是固执地描述着东西方的文化、习俗、心理、性爱、价值观等方面的差异、冲突、不可调和、隔膜,然而又温情脉脉地展示着本来可以沟通却永远没有到来的真善美的本质特征。

虹影的短篇小说《岔路上消失的女人》同样诉说了一个西方人要求东方人"被看",男性要求女性"被看"的冲突性故事。双重屈辱与被损伤的身心成为生存的切肤之痛。虹影在这里比刘西鸿目光犀利而深刻的正是她能够将双重霸权话语(西方的、父权制的)

---

① 《丛林下的冰河》张颐武"代序:穿行于双重世界之间"。

下的求生存者的真实遭遇通过小说虚构揭露出来。

事实上的生存状况，正如严歌苓在《失眠人的艳遇》中叙述的"我"，"是个来自中国大陆的年轻女人，刚拿到艺术学位，这座五十层的公寓楼上没人认得我。一个占据最小一隅的，出出进进挂着谁也不惹的微笑的东方女人。我教一点书，时而到餐馆打打工，还在美术用品商店干半个售货员。我的收入五花八门，但我一天也不拖房钱。我非法或非非法地做这做那，消受自己的一分辛劳与寂寞，抑或还有点独享的快乐"。作者塑造的是一个寻找另一份对称、相伴的孤独的"失眠者""我"。充满着真实的荒诞，守望着内心最后一些指望。这种寻找和守望，就像作者的写作，是生活中一叶负载片刻的孤舟，成为绝望的努力。是写作者既想逃脱又万般无奈依托的宿命。她们用母语叙述人物、性、文化习俗、情感、商品、日常琐事，但最终一无所有。几番挣扎，几番回忆，然后时光在无声无息地流逝。也正是这种具有反讽意义的写作，使她们的声音充满不和谐而显得特别。

她们通过写作展示当下的生存并融入生存，体验与书写着躁动而孤寂的生存处境与精神处境。隐藏其中的是面向生存环境移位之后，在文化与性别身份的焦虑中艰难求生的痛苦而真实的体验。写作在一种对现实既回避又照单全收的困境下，只有回到个人经验、个体存在，虚构或转述，使之成为主观的心影镜像，才可能具有在现实中突围和开拓的心灵力量。

## 三、玩世不恭与精神守望

如果说，解读文本的必经途径是对叙事方式的破译，那么，惯常的阅读经验在这群大陆女作家的作品中遭遇了挫折，正如她们的语言和心智也遭遇冲撞的场景。激情、梦想、期待与世界公民的身份，使她们比一般写作者经历更多更复杂也更难言的反差、混乱、动荡与游离。

本质上讲，文学存在的意义在于沟通，文学的问题，实际上就是人与人、人与万物万灵、人与自我心魂如何沟通的问题。而国度，在人类所盼望的沟通中成为一个独特的障碍。这个障碍，是文学不愿意看到的，但它却是事实。

这群来自大陆的年轻的海外华文女作者，正处在这样的生活背景："家就在你手上，它像两个提箱，五分钟收拾好后就可以上路了，你提着'家'到处走。"①表面上是一种"世界公民"式的洒脱自在，实质上却是必须在国家与国家之间语言与语言之间、文化与文化之间的复合空间里努力寻求生存、寻求呼吸的养分，是一种充满张力与能量的、不间断的突围。

刘索拉以她对语言的敏感和驾轻就熟的把握，对原有的关于自由、传统、语境等概念进行重新清理、省视。她的中篇小说《浑沌咖哩格楞》，短篇《伊甸园之梦》继承了她在国内写作时的叙事风格，在故意表面化的玩世不恭嬉笑怒骂的叙事中，对历史、现实、中西文化相斥相关的循环规则进行不留情面的调侃和冷眼透视。而友友则着意于一些戏剧性的细节，把在国家之外、母语之外的身体和心情不动声色地表达出来。譬如在《恍兮惚兮》中，女主人公看见一个本地姑娘身穿带"龙"字的T恤衫，便"鬼使神差地跟人走了三站地"；看见中国餐馆的霓虹灯招牌便欣喜若狂。失语与处于

---

① 友友《她看见了两个月亮》，《恍兮惚兮》，时代文艺出版社。

异乡的内心紧张焦虑，正是这些貌似潇洒自由来往穿梭于不同文化区域的作者们生命中"不可承受之轻"。

阅读作为一种体验和理解的过程，我们在她们的文本中发现许多矛盾的叙述和模糊不清、难以捉摸的混乱图景。一方面是物质性时代及处境的包围，是世俗化的争取和捕获；一方面是采用一种"质疑策略"，对成长期所吸纳的理想主义、精神梦想等进行形象的肢解和捣乱性的重构；或者干脆采用与现实生活相距甚远的古旧题材作荒诞组合。叙事技巧作为实现某些效果的手段，使故事从一个文化漫游到另一个文化，有意识地破坏了传统的叙述运动，构成了叙事上的大杂烩，同时将作者跨文化的时空经历与复杂心情充分表达出来。

查建英在着力刻画侨居美国的中国人的日常生活时，表现出她对处于边缘状态下的人们生存的敏感和热情。她将欲望、语言、经验、生存、身体、精神等多重冲突与对峙通过戏剧化的滑稽的模仿以及王朔式的调侃凸现出来，最终向我们提供的是一种新的文化表意，是既媚俗又超脱的价值观的矛盾体现。她的玩世不恭心怀投机聪慧狡黠的人物形象，尤其是充当叙述人的"我"，穿行于新大陆的生活缝隙之间，满腔热情与斗志，希望找到在祖国匮乏的精神和物质财富，但最终向我们显示的是一切都无所归依无法确定，本来具有迫切意义的生存需求在第一世界的文化处境中显得格外荒诞可笑。通过消解式的言述，查建英的写作表现了文化震荡之后的第三世界知识分子内心强烈的虚无感，体现着物质性时代可贵的精神守望又暗喻着文化夹缝中的屈从、媚俗无可奈何。这一些，恰恰是在《曼哈顿的中国女人》《北京人在纽约》等畅销书中所看不到的。

与这些体验性写作所不同的，虹影采取一种冥想式的叙事策略，在伦敦她所居住的伦尼米德街131号书房里虚构一个又一个遥远而古旧的故事，涂抹着像头发一样纷乱的意象，借此抵抗着那个"冷漠的国度"的孤独，像卖火柴的小女孩守住那一丁点的温暖。《近年余虹研究》《玄桥之机》《玉米的咒语》《脏手指·瓶盖子》等，以一种"巫女"般的叙述，把战争、记忆、传说等个人化内在化，心绪因此飞翔于英伦岛国之外。全球空间与最私人的经验交织而成的修辞效果，在虹影的作品中有相当典型的位置，"一张世界地图铺在地板上。我站在上面"。①家园之外的家园书写，异域之中的东方冥思，使虹影的叙述风格在大陆及海外的当代女性文本中显出具有个性特征的"疏离"感。她的敏锐而细腻的观察和记录世界的方式，通过极其复杂的内心折射，外化为结构多重而立体的叙事层，因而使文本获得涵容极广极深的精神性。

　　叙事方式作为一种艺术手段，表达的不仅仅是写作者的艺术追求。这种带有较强的实验性和流动性的语言策略，实质上也向阅读者显示着她们的言述背景和生活姿态。诗意的崩溃与诗意的构筑，皆表达着心灵里里外外的经历和立场，从而也显示着这群海外大陆女作家有别于大陆本土以及来自其他区域的海外华文女作家的心理体验和写作姿态。

## 四、性爱/性别：个人经验的书写

　　近几年，尤其是1995年以来，中国当代文学中有相当一部分的女性写作，从自觉的性别立场出发，利用贴骨贴肉的躯体感觉、私

---

① 虹影《你一直对温柔妥协》，《脏手指·瓶盖子》，新世界出版社，1994年版。

人经验和情色话语，重新阐述女性的生命与生存，重建新的主体意识。在这里，性别是社会意义上的而非生理意义的。这样一种孤军作战式的女性抒写方式，通过性别矛盾中权与欲、压抑与反抗的叙事，通过带入隐私、身体、知识、想象与存在等方面的观念，通过无历史书写（空白之页）的临时语境，从女性之躯的灵肉中"逼"出的新的现代书写策略，在这群深受西方女性主义浪潮浸淫的海外大陆女作家的文本中，更有一种咄咄逼人的反叛性和独立性。

作为一群经过西化的第三世界知识妇女，她们的作品既不可能按照西方那种严格意义上的女性主义的规范去解读，但又拥有对既定的一切进行质疑和解构的现代"女性意识"。

虹影曾经在大陆出版过一本诗集《伦敦，危险的幽会》（中国文联出版公司1993年版），收集了她移居英国伦敦后的诗作。诗作反复抒写的是在异国他乡的孤独中女性对爱情和死亡的深刻体验。在绝望中需要性，在性爱中追求恐惧。似乎每首诗背后都隐藏着一件令人悚然的事件，一个无法抵挡的诱惑，因此在主题意义上具有扑朔迷离的不可捉摸性。而她的小说，譬如《康乃馨俱乐部》《千年之末布拉格》《来自古国的女人》系列中篇，在性、欲望的虚构中将性别战争展现得淋漓尽致而且是毫不妥协的彻底的女性主义立场。女主人公的自我分裂，性爱中的反讽色彩，借助故事对男性中心社会建构的政治、历史、道德等方面的理念的颠覆，贯穿着作者艺术处理上充满神秘、期待、悬念、预感、紧张的效果，因而使这一系列作品曾经引起沸沸扬扬的争论，也无法逃避地成为目前大陆女性主义文学的典型文本之一。

虹影作为一位较为顽强的女性书写者，她的大量作品已被归入大陆女性主义文学的行列中。诡谲怪异的情节结构，"咒语"方式地与男权世界相对峙，使她的作品风格抛掉了传统意义上的女性作品的伤感、幽怨和软弱。在《康乃馨俱乐部》中，她虚构了未来世界一个与男人为敌、由妇女组织起来向男人开战的复仇式的暴力集团"康乃馨俱乐部"，并借用人物"我"宣布："我们主张甘地式的不合作主义，费边式的渐进主义。我们要求女人们团结起来，拒绝男人的性霸权，挫折他们的性暴虐倾向，从而改造社会。我们不能偏离这既定的宗旨，也是我们运动的立足点。"①这种造反式的、颠覆式的女性文本，在以往的女性写作中，几乎是不可见的。

　　青年评论家陈晓明在《女性白日梦与历史寓言虹影的小说叙事》一文中将虹影的小说称为"文化幻想小说"②。所谓文化，即是一系列被故意漠视的文化问题，譬如性与欲、财与权、肤色与信仰。实质上也是我们所必须面临的现实处境，是终将上升到历史表皮的矛盾；所谓幻想，是故事放置于1999年，世界三个著名的城市：上海、纽约、布拉格。作者在《女子有行》一书的自序中专门为女主人公的名字"蝃蝀"（Di Dong）做了诠释。这个典出《诗经·国风》"蝃蝀篇"的名字，从诗中得解，包含了这样复杂的意义：女人是水，水气升发得虹，女人成精；女人是祸，色彩艳丽更是祸。于是"不敢指"，可能有些人"莫敢视"也。作者在序中有意识地将书名与女主人公名字来一番引经据典，而书的内容的确是令一些人"莫敢视"的离经叛道。或许这正是虹影别有用心的叙事反讽。

　　社会已习惯了女性话语的温良恭俭让，习惯了对妇女被压迫、欺骗、遗弃历史的同情与怜悯，而男权作为既定的文化秩序，是不可能彻底否定的。但虹影却在这由系列中篇连缀而成的长篇小说

---

① 《花城》1994年第6期。
② 虹影《女子有行》，台湾尔雅出版社，1997年版。

中，以荒诞、放任、夸张的叙述，以解构东方神秘主义、中国儒道神圣结构的戏仿与寓言化笔触，将两性关系历史推向极端，并进行富有挑战性的追问和质疑。陈晓明对其作品的评论可谓一语中的："通观虹影的小说，你不得不惊异她把女性的内心经验，更彻底地说女性的白日梦，发挥到极端的境地。她的长篇小说《女子有行》则是女性白日梦的全景式的表达，毫无疑问也是汉语写作迄今为止最具叛逆性的一次女性写作。作为虹影写作的一次概括，它当然也是当代中国女性写作的一个奇观。"①

虹影是一位善于讲故事的作家，而且善于讲女性隐秘的内心故事。在讲故事的过程中，她一路埋下地雷，设下陷阱，布下地网，等着阅读者自动自觉进入她预设的圈套。像《近年余虹研究》《内画》《红蜻蜓》《脏手指·瓶盖子》《玄桥之机》等，尽是些诡秘的情节，同性恋、多角恋、女儿与母亲、父亲，怀孕、出走、身世之谜……触目惊心、剑拔弩张、玄机重重的叙述，不含任何感情上的夸张与矫作，反而令读者更容易感受到一种创痛与破碎的绝望感，一种宿命般的毁灭感。无论如何，虹影的写作体现出来的女性主义的彻底性是不折不扣的。她以对性别关系的清醒和不迂回的抒写，超越了性别写作的局限。

作品通过表达认同西方方式的性爱观念，从而体现作者对"性"开放的立场态度的，查建英几乎是目前唯一的一个。

《往事距此一箭之遥》正是以一种温婉的诗意、感伤的笔调，探讨"性"及其所具有的不同的文化含义。叙事者"我"归国途中，路经香港，遇到在中国上大学时的留学生同学希拉，于是展开

---

① 《女子有行》第354页。

一段关于"性"的启蒙与最初萌动的回忆。在希拉和她的文化中，"性"是具备可选择性并可能得到充分的实现的，而在中国文化中，意味着压抑和禁止。作者以一分为二法，简单明了地划分了东西方性爱观念的差异与区别，也显示了她对西方观念的认同。在查建英的小说中，既不是在中国传统道德下的规范性的性爱话语，也不是压抑之中的激进与反叛，希望得到爱情和欲望的自由的奔涌。它完全变成一种美国式的即时性享受，一种自然而然、既无需掩饰又无需大肆张扬的"私生活"，一种完全不具有紧张和冲突性的日常生活的常态。

友友则偏执于女性化的角度，女性的身体符号，成了作者揭示心理冲突叙述焦点。《从前有座山》就是一篇典型的心理小说。描述的是女主人公在爱情上的压抑和变态，在世界上的彷徨无羁。作者有意识地设置了民间故事"从前有座山"式的轮回，不断地重复、不断地轮回，爱情故事伴随着人类历史循环往复，没有终结，但也如"从前有座山"一样无聊。《婚戏》《她看见了两个月亮》《痴人说梦》等，都是大胆深入女性生命的本体，书写她们的身体和欲望，展现知识女性的感觉、记忆、幻想的自我抚摸，是个人矛盾心理的精细梳理。尤其是在《小梦涅槃》中，小梦作为一个理想化的挣脱枷锁的潇洒走天涯的开放女性，作者赋予她神出鬼没般的然而令人欢欣鼓舞的能耐。小梦宣扬女权思想，总是在"我"濒临崩溃的时刻从天而降，给"我"带来同性恋般的姐妹情。小梦实质上成为女性乐园的象征物，成为梦中的现代女性神话。作者以一种乌托邦式的构想，将女性在天翻地覆中安"身"立命的疲惫挣扎且茫然不知所措的现实处境巧妙反衬出来。

同样出于这一批女作家对性别书写的天然的热情，严歌苓在叙事方式上则喜欢将纯粹的女性视角暗藏于全知的叙述层面上。因而在阅读效果上更具有一种从容冷静的透彻。无论是长篇小说《扶桑》还是短篇小说《女房东》，作者都善于采取"男性叙事策略"，女性体验诉诸男性角色，男人常常成为女人的参照物，成为嘲弄的对象。反串的目的实际上是报复性的逆向的性别挑衅。

事实上，她们在写作上组成一个有差异的统一体，在居住国以一种行走于边缘的母语，抒写作为少数族裔的女性处于双重边缘、双重身份的矛盾、冲突与内心的窒息。

写作或许只是无所归依的不安与困惑中暂时的栖居之所。虹影在一个短文中感慨："海外作家除了需面临的这些存活问题，还得对异域文化采取毫不敌视的态度，这个人不仅站在边缘的边缘，而且还必须自我乐观。不管我们承认不承认这点，远离自己的文化，无论是自愿的还是被迫的，对我们来说，就是一个不可改变的带摧毁性的挫伤，甚至是致命的。"①

这群目前活跃着的来自大陆的海外华文女作家，她们的生活经历、文化教养以及交汇形成的心态，使她们的写作既有别于其他区域的华文女作家，也不同于目前大陆的女性文学，更不同于西方的妇女写作。作为这个大移民和文化大杂交的时代产物，多重身份构成的多重视角，使她们的书写，无论如何，成为文学作品中一个特别的声音，令读者发问的声音。


（原载《小说评论》1997年第6期，《人大复印资料·中国现代当代文学研究》1998年第1期全文转载）

———————————

① 1996年11月致笔者信中附文："谁能剥夺我的最后一个选择。"

# 今天的爱丽丝寻找什么？

——澳大利亚华人女作家小说评析

　　这是一个漫游的时代，人们四处寻找，企图在陌生的土地发现乌托邦，梦中的乐园。人们的脚步不肯停歇，根不再深植下来。疲惫的身躯与心灵，总会有崭新的体验。那些早已学会在纸上锻造的句子，表达经验与情感的人们开始借助文学的形式，借助随时被搁置的母语、书写他们内心的思与想。我们作为读者，同样可以从这成篇的文字里，逆向进入，实现另一种漫游。我们无须事先设置意义的路标、深度的主题与纯粹的文学性，在一种漫游的篇章里，显得有点遥远。这就是我们首先意料到的现实。

　　我正是以这样的心理状态阅读这本来自澳大利亚的华文女作家小说集《她们没有爱情》的。

## 一、移民与新移民的意义

　　晚清之后，大中华帝国走向衰败。老帝的子民们开始一批批背井离乡，成为异国的"猪仔"。华人最初是作为劳工迁居海外谋生的。若干年或若干代之后，他们的后代作为"香蕉人"，开始用寄居国的语言或者生硬的母语书写他们遥远的祖国以及古老的家族，那是充满想象性和虚幻性的文字。故国因此变得模糊而富有传奇色彩，它是经过变焦、重塑和虚构的另一视角世界；而在海外华文文学中充当主力军的，倒是一群童年生长在大陆、少年成长于台港、青年之后求学或移居海外的华语文人，譬如於梨华、聂华苓、白先勇、陈若曦等。他们有深厚的家学渊源，丰富而曲折的人生经历，拥有难得的中西文化冲突之中形成的高度的精神张力。这是他们写作的基础，决定了他们在华文文学中的地位。

移民进入文字中，首先引人注目的便是他特殊的文化身份。"传统上，一位充分意义上的移民要遭受三重分裂：他丧失他的地方，他进入一种陌生的语言，他发现自己处身于社会行为和准则与他自身不同甚至构成伤害的人群之中。而移民之所以重要，也见之于此：因为根、语言和社会规范一直都是界定何谓人类的三个重要元素。移民否决所有三种元素，也就必须寻找描述他自身的新途径，寻找成为人类的新途径。"①这是一位作为移民的著名作家萨·拉什迪评论另一位也是移民的著名作家君特·格拉斯时所说的话。移民在他的人生旅程进行更为复杂微妙的心理移位，个人在世界的流动中被赋予多元的自我，它构成了人一生漫长的精神历程。说白了，这个历程，就是一个不断抛弃旧信仰，一次次变成精神孤儿的痛苦成长过程。

唐人街就是一个具体化典型化群体化了的华人身份，它自身复杂的文化色彩为我们展现了移民的意义，并且以一个特殊的小世界显露了华人内部的公共空间。唐人街既是华人活动的场地，也是华

---

① 《世界文学》1998年第2期【英】萨·拉什迪《论君特·格拉斯》，黄灿然译。

人心理上中华文化的象征。事实上，它早已成为华人移民物质上和精神上的需要。另一方面，它又是居住国的一个边缘存在，是个他者。

所以在移民的文学中，我们首先注意到它们所涉及的集体记忆。在这里，个体的命运是在群体共同的境遇中造成的。私人性必须在这个公共空间中延伸它的特殊根须，作为移民的背景成为我们考察移民文学最初的切入口。

但我们现在涉及的是一群新移民。一群在20世纪后20年的出国潮中移居异国的"留学生"大军。这是一群带着梦想飞翔的族类，他们背着行囊，浪迹天涯，既不沉重也不轻松，却如一个旋转不停的陀螺，在异地与异化的生活中开始一种全新的生存状态。因此他们不由自主任由内心的语言沿着文化的叶脉倾吐当下的境况。新移民的故事只有淡淡的乡愁和浅浅的回味，他们在寻找旅途中全力以赴的是生存与发展。他们尚未进入唐人街——既与本土的祖国保持距离，又与他乡华人的世界保持距离，更与异国的族群保持距离。从形象上，他们更接近于形只影单。

《她们没有爱情》叙述的不仅仅是情感的故事。感情的浪漫与沧桑、无奈与悲伤，都是在一个作为他人土地上的小人物角色中展开的，这就是故事面前的现实。

千波以一种"愤怒的青年"的玩世不恭腔调叙述她面前的生存处境。无论是《绿蜥蜴咖啡室》《大鸟笼》还是《回》，作者总是在利用某种意象表达绝望的现实情景。她不厌其烦地使用一些脏话、粗语，以夸张的现实厌恶感和变形的幻象凸现了小说主人公在异国土地上作为底层人物的悲哀绝望和痛苦感受。

流浪的故事并不都是浪漫的。她们只是尚未植根的新移民，在这个漫游的世纪,她们最初带着爱丽丝式的梦想,激情、勇气和奋斗精神都是有的,并赖此踏上陌生的国土,寻找新的生活目标。我们后来看到的一个什么什么人在什么什么地方之类的畅销小说,叙述着新移民在异国他乡一番奋斗之后出人头地的辉煌与成功,那是在梦想上虚构出来的狂欢式神话。事实上,移民的故事首先是集体的故事,共性往往比私人性更为显著。群体共同的境遇同时也是个体命运的重大背景。现在,生存的荒诞具体为梦想受挫之后的失落,并成为新移民作家在孤独和隔绝、困窘和挣扎中咀嚼的主体荒诞。从这一点上说,《她们没有爱情》的作者们视角更为立体和明晰,她们看待事物的目光多少带有一丝清醒的冷意。

这里涉及一个语境的问题。我们已经认同了唐人街作为海外华人内部的公共空间(在汉语和居住国语言的双语语境中进行彼此的交流,并且和其他不同种族、民族、文化的社群之间进行着协商,它是一个相对自治的中介地带),无论如何,它作为异国边缘上的"他者",却是华人在海外物质上精神上苦心构筑的"家园"。作为一个象征物,是文化心理上的满足。而我们现在要谈的是一群离开大陆不久的留学生,他们正在为绿卡奋斗,为站稳脚跟挣扎,唐人街尚未接纳他们。与外部世界的诸多距离造成了他们处境的孤立,语境的孤立。他们在一种多元的文化之中,多元的话语之中,同时他们在一种孤立无援的境遇之中。这就是新移民与移民的差异:新移民们来不及抒发乡愁,来不及回首往事。强烈的寻求性和无奈的认同、克制和忍耐、屈辱与歧视,以及敌意……这些日夜扰乱情绪和心理状态的环境因素,成为这群新移民写作者取材立意的出发点。

当个人被赋予多元的自我,他面临的就是新的文化身份和认同的策略。这是一个艰难而痛苦的过程，它迫使人在心理经验上不停地自我调整和蜕变，企图从内到外超越旧我与现实。西贝的《愤怒的蜥蜴》《一枝桃花》是尝试与西方观念接轨的文本。爱情观、婚姻观在异国的文化中必须或者不得不发生改变，也必然或者不得不出现决裂。西贝是以一种西方式的叙述策略，譬如变形、隐喻、象征等现代手法描述新移民现实的。这种现实就是《她们没有爱情》的大背景，其中涉及文化的冲击与新的生存环境的挑战。

根、语言和社会规范，作为移民必然移位的三元素，我们在这群新移民写作者创造的文本中看到了潜在的摇摆和动荡。转型所带来的扭曲和混乱，个体主体性的丧失，在这群"爱丽丝"们笔下仿佛变成一种行走于难以把握的世界边缘的游戏。她们不同于於梨华们，也不同于大陆的文学主流与实验文学，更类似于一种孤寂的独语，矛盾与犹疑充斥纸间。她们关注太多的情感，但暴露的不仅仅是情感。

## 二、"她们"的身份

当情感作为女性写作的出发点，并以"她们没有爱情"冠为作品集的书名时，我们从这群"异国的她者"身上无法回避她们作为"次次属群体"的边缘位置。社会网络的组织程序决定了她们的身份：种族与性别是深植其中的质素。

她们的创作灵感来自身边的生活，那些切肤之痛与现实沧桑，无一不是她们敏锐触觉的磨砺。澳大利亚仅仅是一个框架式背景，这群客居他乡的女性，在文字中演绎的其实是他乡女人的故事。

王世彦和凌之也许是最强烈地体现出女性主义色彩的，她们以一种明显的西方女权理论参与到创作主题中去，从而深化了移民生活中感情变异的内在意义。王世彦的语言具有一种颓废的诗意美，"优美的，活着，死去"和"哭泣的歌"在文字的砌筑上就超越了日常生活的琐碎。男人的世界是一个残酷的世界，女人在这里最终是遍体鳞伤，是惨败的弱者；爱，只有在同性间才可能体现出相濡以沫和生死不渝。王世彦以一种绝望而坚强的感受说："在《完美的世界》里，故事的主角死了，在不完美的现实里，我们却活着。""在澳洲，在我经历过那么多人生故事之后，我已经不会对任何一个男人一见钟情了。只有和她，我的朋友能一见钟情。我的朋友对我说的最后一句话就是：'如果这个世界上没有男人，只有女人，该多好啊！'"①她能够把女人与女人之间复杂而彻底的友情与爱恋描述得细腻、缠绵、凄迷而悲怆，把两性之间的情感纠葛却刻画得硝烟弥漫，甚至迸发出玉石俱焚的强烈的复仇意识。性的关系，最终成为战争的关系，而女人，永远处于兵败的一方。在遥远的南太平洋异国，漂泊无根加上令人绝望的两性情感，王世彦通过她的忧伤而富有诗意的作品表达了作为特殊的族群——次次属群体中的一员的文化立场。

而凌之更是集中笔墨努力探讨性的关系、情的问题，性别的立场在她的作品中体现出文化的意蕴来。《希望来世》的主人公艾嫱作为一位纯情的老姑娘，她来到澳洲的主要目的是寻找一位丈夫。恪守贞洁观念与强烈的功利性成为矛盾的有机结合体，在现代澳洲土地上遭受现实的嘲弄和否定，最终却以真正的爱的出现挑战了人的脆弱生命。《如果灵魂可以哭泣》的主人公玲恰恰相反，这是一

---

① 《她们没有爱情》第68、第69页，王世彦《优美的，活着，死去》。

位滥情的女子，被男人利用，也利用男人，爱情永远擦肩而过。作者以隐喻的笔法，让绝望自杀的主人公灵魂造访她的情人们，通过人物的对话揭开两性的谎言和真相，爱与欲突破性别的藩篱，被置放到社会历史的复合结构中，根深蒂固滞留在人们意识深处的文化积淀暴露了性别角色并不仅仅是抽象单一的形象。

这群写作着的澳洲新移民，她们不同于以往的华文女作家，也不同于大陆当代女作家。在大陆，她们被称为知识女性；在澳洲，她们是来自第三世界的妇女。身上的文化色彩与低下的现实地位，必然导致心理的错位与失落。事实上，她们是孤立的。命定的双重边缘身份，在她们跨出国门之时就烙上了形象，接踵而来的就是这种身份赋予的经验与感受。所以说，女性主义其实就是一个复合的多元概念——文化的、种族的、时代的。诸多因素不断支配和变化着女性写作的感情倾向和价值取向。弗洛伊德曾经发出"女人想要什么"的提问，这个问题其实是动态的，它在历史的演变中镜子般折射多元的杂色，但根本的两性关系、爱欲问题却是自始至终的红线。

事实证明，要在几千年的男权文化泥淖和阴影中建构一种"女性乌托邦"本身就是一种乌托邦，文化境遇造成的观念是难以逾越的。当这群在西方文化氛围中得以熏染的女性作家面临根本的生存问题，并且成为特定的一种社会角色时，她们同时面临着自由选择的孤寂和迷惘。本来西方文化新思潮对人的最主要影响就是：强调人的主体性和自主性的文化精神。但现实的问题是，这群处于双重边缘的少数族类，她们的主体性和自主性是作为来自第三世界妇女的微弱力量，世界对于她们而言，自我选择的自由度是极其有限的。当凌之十分认真严肃地探讨爱情、婚姻问题时，她对"爱"的理解在很大程度上被表现为寻找一种"归属感"。无论恪守贞洁还是滥情，她笔下的主人公所期望与失望的，均集中在对男性的物质和精神的依附上。作者的潜意识里，爱给女性带来的是安全感，是归属。本质上，这种关系中女性依然是被动的。

小雨的《离婚的女人们》《心坠》《吃梦》更典型地将情感作为关注的焦点。她通过一个个离婚女人的故事，通过女性理想中爱的失落，把《她们没有爱情》的主题推向更为显耀的位置。看起来，似乎是鲜明不过的女性主义立场。尼采说"上帝死了"，宣告了人类进入一个没有救世主的时代。女人们说，男子汉完蛋了。彻底表达了她们对男性的失望。正是这种失望，暴露了她们骨子里将男人当作上帝的"奴颜婢膝"。这就是我所指的女性在男权社会无法逃脱的文化境遇，因此也决定了由梦想、期望转向失落、苦闷及"歇斯底里"的偏执。在《吃梦》中，那位纯情专一的女主人公霭疑惑了："当年那个立志'铁肩担道义，妙手写文章'的铮铮汉子哪里去了？自己做了八年的梦，等的就是眼前的这个人吗？他的啤酒肚，对了，还有那个下意识左拥右抱的姿势，做爱的技巧、纯熟的舞步、名牌香水味，还有说到赚大钱时眼里的光……霭不敢往下想了，真希望这是一场梦。"①她们梦中的男子汉消失了，她们眼前的男人丑陋了。这是面前的现实，也是潜在的文化积淀在自由选择的物质空间构成的干扰源。

"她们"的身份是一种复合的文化结构——一种不仅通过相似性而且通过差异性相"连接"的结构。不断变化的经验和价值观在支配语言和感情，而最初的文化基础在支撑着内在的观念。她们

---

① 《她们没有爱情》第60页，小雨《吃梦》。

向"他者"寻找物质和精神的依托，但无论是那个国度还是那些男人——作为"他者"均是陌生和隔膜的，像冰冷的铁难以穿越。

那些业已进入唐人街的华人女作家，她们处于某一边缘的中心，熟悉多元文化语境中的华人声音，她们拥有一定程度上的自主和独立，她们甚至可以有力量叩击主流社会的大门，像聂华苓、陈若曦、赵淑侠她们所处的生活环境。那是这群抒写"她们没有爱情"的澳洲新移民目前无法比拟的；而对在大陆的当代女性作家来讲，女性的主题和题材又与面前不断变革的新时期新时代息息相关。不断涌入的各种思潮和相对稳定的生存空间使她们可以更为纯粹地深入内心，关注女性的历史、女性的传统命运，从终极上关怀女性的生命成长。近年来出现的林白的《一个人的战争》、陈染的《私人生活》、王安忆的《长恨歌》，都是从本质上把女性的情感与文化、女性的境遇与成长文学化、立体化。而终日忙于应付生存的焦虑与文化冲击中的澳洲华人女作家心态上情绪上却难以达到这样的状态。

她们在漂泊无根的异国羁旅中摇摆，一方面恪守一方面瓦解。她们带着爱丽丝最初的天真烂漫来到外面的世界——异国的世界，男人的世界。她们究竟要寻找什么？她们的梦想与经验边界不清，任何整一的价值观都难以解决她们的苦恼和困惑。生存已发生异化，灵魂也必然处于异化。问题是，她们又能放弃什么，认同什么？现实经验与心理经验的土壤层层叠叠混杂在一种反差强烈的结构上。

这些来自异国生活的作品，在表达什么，又带给我们什么？跨文化语境与性别角色带来的意义又是什么？

把情感作为视角的切入口并非特殊的写作方式，但我们的阅读却可以在这种倾向于情感宣泄的写作中剔除出这群爱丽丝们作为次次属群体命定的写作选择。移位的生活状态不仅仅体现在写作的内容上，也表现在技巧的处理上，使得叙述的策略在文学与非文学的因素作用下构成一个有色彩的平面。

## 三、移位的生活状态与平面的叙述策略

所以我们现在要涉及文学手段的问题。

特殊的生存状态和观照文学与世界的方式决定了这群作为新移民的女性作家在写作中表现出一种流动感和游移感，仿佛流动的水面，清澈、波澜和凉意。她们不约而同从寓居的生活经验出发，描述眼前的场景，远眺近望再掺和想象，将个体的世俗生存作为共有的写作资源。不即不离，这就是她们回顾国内与面对异国的空间距离和心理距离。而这种不即不离的引力与斥力抗衡造成的空间张力，使这些作者叙事与批判的目标投置在现实生活的生存层面。表象化、欲望化的叙事话语悬浮于细节之上，使文本成为一面镜子，一面带有后现代色彩的镜子。因为后现代文化正是在这个现实的时代建立了没有深度、强调平面化的特点，而这些女性作家，尽管事实上她们来不及细究后现代理论，但生存境遇造就的写作思维使她们不由自主地在消解和反讽的后现代叙述手段中享受了写作的快感。

有必要谈谈林达和施国英的作品。她们在感知现代社会对人性的挤压以及把人作为一个孤独个体的写作角度也许显得更为开阔和深邃。她们的作品，显示出来的，还不仅仅是情感的分量，而是以一种更自觉的文本意识使叙事在文学和美学的方式上超越了狭窄的个人经验，从而具备了一种新的价值立场和反省的透彻。

　　林达的中篇小说《天黑之前回家》在这个集子中出现时，令我有似曾相识之感。我在记忆中终于跳出了《收获》这份中国文学杂志的名称，这就是《天黑之前回家》最初发表的地方。无论如何，我还是在经年累月的文学阅读中记住了它。

　　三代女性的故事：外婆、母亲、我。三个倔强的甚至有点女权倾向的女人，她们在各自的时代和各自的境遇中选择各自的生活道路，她们之间既关联又冲突，她们不断地试图背弃传统角色，寻找属于自己的位置。这是一篇关于女性成长的小说，不同的人物，是在相同的线上连接起来的，它事实上已超越了原本狭隘的经验范围，现实与幻觉相互转换，经验与想象互相融合，它所关心的，是人性和女人性，是与历史纵深有关的女人的命运观照。林达以调侃的语气来描述她笔下的人物，时空像碎片般被割裂，被杂糅、被重新组合，但效果却十分鲜明地展现出灵活多变与深邃力度，这使林达的叙事不是以一种平面而是破碎的艺术感出现。她说："大卫又开始四处找蒲公英。大卫每次屁股一粘草地总这样。男人对蒲公英的好感到这种程度，令我十分惊讶。大卫的道理很简单，我记得他是这样对我说的，只有这种植物一吹就散。"[1]林达叙述着一种不需要深度和负责的现代人生活，但正是她的这种平静甚至有点冷漠的语言使叙述获得了一种深度和破裂感。她进入平面并超越了平面，这是一种质变，也是一种艺术的扩张。在这里，双重边缘经验得以复合表达和艺术显示，起码，它把表象化、欲望化的后现代书写融合于个人经验和个人记忆的基础上，使文本拥有更广阔、立体的价值维度。

----

① 《她们没有爱情》第107页，林达《天黑之前回家》。

而施国英的小说题材却集中在对西方人生活价值观和人性立场的挖掘与理解上，她也许对西方文化中形而上的一面更感兴趣。如果说，在《她们没有爱情》这个集子里，大多数作品叙述着"我"和"我们"的时候，施国英却把自己退到更边缘的观望位置，描述"他"和"他们"的故事。《洋尼姑》《马克的故事》《彼尔的故事》，光从题目上，我们也略知作者选择的叙述对象。作为旁观者，因此她可以看得更清楚，更客观；《二十岁的冬天》是一个虚幻而略带伤感诗意的爱情故事，而它体现出来的，是一种西方观念的认同。在施国英笔下，我们几乎看不到旧的动摇与瓦解，所以她的作品结构上显得更严谨，立场更明确，语气当然也少了些躁气和犹疑。

毕熙燕的《四奶》有与众不同的故事背景，它完全脱离了澳洲这块土地，作者把记忆和想象延伸到古老的北京城胡同里，像编造传奇般叙述古老的东方妇女生活。这篇作品选自作者的长篇小说《天生作妾》，这样的题目倒给我们一个有趣的启示，那就是永远不是中心，永远作为次属、边缘的侍妾的身份。反观自身的处境，新移民们的心灵困顿正随着这种海外生活的边缘化加剧了克制与忍耐、承受与漠然。作为移民、作为女人，个人的主体性在不断丧失，她们没有爱情，指的不仅仅是性爱。移位的生活状态和看起来表层次的生活经验，使她们的文学表达缺少了温情和暖意，更多是梦想破灭之后的犹疑和自嘲。

她们的写作，最初也许基于情感的宣泄，也是消除自身孤独、抵抗客居文化的同化压力的一种能力。从这一点上讲，写作具有它实在的历史性。但问题是，文学的意义不在于你写了多少，或者你写了什么，而在于你究竟怎么写。

　　所以，仅仅在一种平面化的文学描述上，显然是不够分量的。她们面对强大的他者，涉及种族、文化、性别和时代等因素，所以"他者"作为参照，女性主义便是一个多元的、复数的概念。这种身份，决定了她们的写作本来完全可能突破平面的圈套，把根深植到真正的土壤上。在显文本之下，存在一个厚重的隐文本，但如今尚未成为她们涉足的地方。一种自觉而成熟的文本意识，还有待于在她们的脑中萌发。

　　我们毕竟在这个集子里，看到了一些纯粹的艺术叙事，它们不同于曾经在国内流行一时的关于在海外实现梦想的俗文学；它们真挚而严肃地对待汉语，使语言在边缘性的处境沿着想象与文化的滑翔展示美的感觉。

　　她们所要寻找的梦想在现实中也许已难以实现，她们的梦想现在在文学的构思中重新展开翅膀。情感在艺术的语言中体现为一种人文气质和心理经验，但它要到达小说真正的艺术境界，需要穿越理性力量驾驶的叙事旅程。这个旅程使人的心灵世界在语言的传达之下日臻完美，然而这是一个艰难的旅程。

（原载《华文文学》1999年第2期）

# 偏见：《查泰莱夫人的情人》与《K》

　　半个多世纪前，英国著名作家D·H·劳伦斯的《查泰莱夫人的情人》在国际文坛引起争议，不少国家曾将之列为禁书。1960年，英国企鹅出版社因出版的该书被英国检察部门指控为淫书，出版社为此与检方打了一场官司（属于民与官之间的官司）。出版社聘请律师出庭辩护，律师邀请35名专家、教授、评论家、神学家、心理学家等出庭作证，并由法院挑选了九男三女的陪审团，经过长达六天的辩论，法庭终于判出版社无罪，使该书得以面世。这是一宗轰动世界文坛的审判案。在此之前，日本也曾发生查禁该书全译本的事件，日本文艺界对此甚为关注，许多文艺界知名人士多次发表声明支持译者和出版者，官司历时七载，成为日本战后出版史上的一件大事；而美国也曾为该书的邮运发行引起诉讼，出版公司终获胜诉。

　　这样的文字官司并不多见，创作不是可以简单量化的，用法律的实证来对号文学情节，后果不堪设想。然而，去年有一位旅英（英籍华人）作家虹影因长篇小说《K》引发"侵害先人名誉"案在东北某市中级人民法院一审判决，法院裁定《K》永久禁止以任何形式复制、出版、发行，并赔偿原告精神损失等费用近20万元，及在全国报纸上向原告道歉等。由此，《K》成为中国由法院判决禁售的第一部小说。

这种判决使我震惊。我不知文学话语是如何被法律量化定罪的，但有一个基本常识：艺术实际上都是对现实生活的加工。无论作品以何种表现方式、表现手法，其内核都是从生活中得来。但艺术又与生活不能画等号，它经过创作者的艺术加工（包括虚构、夸张、变形、重组等），已获得独立的艺术生命。小说作为一种艺术方式，其主要成分——人物形象也已是在作家笔下获得生命的艺术形象，譬如阿Q、贾宝玉；哪怕是历史小说中的人物，如《三国演义》中的曹操，《李自成》中的李自成，也与历史中的实际人物有性质上的不同。这点常识，大概中学生就已掌握。这是创作的艺术权利，创作者可以自由描述事件的外在形式，以及内在思想和感受。作为叙事艺术的小说作品，向来反对"对号入座"，同时也不能因为作家以两性关系为主题，就说他是散布或导引淫秽。性描写不等于下流，淫秽品与真正的文学作品是有天壤之别的。这种尺度的把握，仅靠个人的主观衡量显然不够。面对复杂的艺术技法与精神包涵，法律的条文是难以具体规范它的。

作为《K》原稿的早期读者之一，我曾为这部小说写过审稿意见。我在意见书里曾提及《查泰莱夫人的情人》，这种联想也许已预示它可能引发的争议。但意料不到的是，它一面世，引发的并不是正常的文学争议，竟然是遭遇"侵害先人名誉"的指控。《K》蕴含着极其复杂多样的主题内涵，里面涉及的所有性爱关系显示出浪漫和唯美的倾向。K无疑不是传统意义上的东方女性形象，作者赋予她神秘优雅的东方气质，却又颠覆传统思维观念。在作者笔下，K是一个热情而极有修养的东方女人，与"淫荡"二字不可同日而语。除非是带着主观偏见的阅读或者误读，否则，我们可以看出作者对女主人公发自内心的偏爱。事实上，这也是虹影作品中一直存在的女性主义立场。这一切，是通过细腻而奇妙的性爱细节展开的，如诗如画的意境及营造的激情气氛使人不得不叹服虹影的叙事功力已跃上新的台阶，其风格及文笔也与以往的写作形成对照，多元的主题意念使这部小说呈现出文化上的跨越。"性"是这部小说的出发点，它的内涵却涉及中西文化、性别、生命、爱、理想……所有的情节不在于猎艳，也不在于宣泄，它们显示出来的是巨大的文化张力。这是一部极为严肃的小说，它不仅仅在叙述策略上引人入胜，同时也是一次文化精神探索上的历险。

我不知道别人从小说里读到什么，但我知道法律有保护公民名誉的责任与权利，法律同时也尊重艺术创作规律，尊重艺术源于生活、高于生活的事实。而且，《民法通则》关于侵权的判断，还需要考虑到主观故意（动机）、行为、结果、国家法律明文规定等诸多因素。

最后，我想引用英国法庭审判《查泰莱夫人的情人》第五天时迦丁纳辩护演说中的两小段话："我们的核心是作者的态度和这本书的价值。也许你们并不同意作者的某些观点，但你们同样可以知道作者的态度，并且承认这本书的价值。自由的意义就是自由地承认别人的真正对或错，不管我们是否激烈地不同意他说的那些话。""'倾向'并不是我们判断一本书的标准，因为时间常会使倾向改变。我们判断一本书，必须就其价值来说。"

（原载《羊城晚报》2003年3月18日）

# 你将向谁靠拢？

## ——处于双重边缘的华文女作家

　　我们观察妇女的写作，首先是从作为自然身份的女性的创作中，寻找文化承传与笼罩的妇女观的形成、变异，寻找属于女性本身的历史、女性的内在价值。而社会空间作为生存的决定性环境，无论对于男性抑或女性，它所构成的文化积累，已成为生活中无形的逻辑，在意识中左右着人的行动与思想。个体的人，其实很渺小。特定的文化、种族、阶级、社会性别以及政治、经济、某些个人因素所形成的立场，已为你的开口说话打上了"身份"的烙印。我们之所以以"海外华文女作家"作为一个考察的群体，也正因为这个群体的妇女目前远离祖国，散居美洲、欧洲、澳洲、东南亚等地，以华文写作。除了血缘上的渊源，文化情感上的一脉相承，由于多少年代居住环境的需要与变迁，她们的写作，在题材、风格及意识形态，甚至艺术表达手段上，已渐异于祖国大陆以及台港作家而自成一体。

　　从当前的世界华文文学发展状况看，已经形成三个中心地带：一是祖国大陆、台港澳的中国文学；二是东南亚亚细安国家的华文文学；三是美欧与澳洲等地的华文文学（参看《三相逢》戴小华序）。而在这其中的女性华文作家（大陆女作家另当别论），不仅仅处于父权制意识的边缘（作为女性），也同时处于民族意识的边缘（作为少数族裔）。这就是她们双重身份的矛盾境遇。

## 一、自己的屋子与社会空间

"我是一个岛，岛上都是沙，每颗沙都是寂寞。"

——於梨华《又见棕榈，又见棕榈》

我们说女性写作，指的是一种以性别为基准来对写作进行区分并做定义的方式。在传统的知识体系中，女性的经验一般被排除在知识话语之外，个人的范围一旦被加上"女性的"，马上就贬值了。

妇女史研究证明，妇女在家庭和社会的地位，不会简单地随着参加社会生产劳动而改变。因为经济不是决定她们地位的唯一因素。传统文化以及社会的其他因素在其中起了极其重要的作用。

人类历史的变迁，漫长的、延续至今的父权制社会，造就了社会性别观，我们的文化深深植根于各种男性本位的创造神话中。女性成为一个有差异的统一体，她不可能与男性相对而抗衡。她的价值观、话语……一切都必须是男性覆盖之下的个体。所以无论从"社会人"抑或是"女性本体"的角度考察，文学中的女性形象、女权精神和女性意识作为众多文学作品所关心的一个母题，基本上是处于传统文化体系的笼罩之下。著名的世界女性主义者西蒙·波娃在她的代表作《第二性》中所宣扬的"女人不是天生的，是被塑造成的""是社会的产物"等名言为妇女的历史下了简明扼要而准确的定义。

社会性别，只是妇女社会存在的一部分。不同阶层、不同背景下妇女社会境况也千差万别，因而造成了纷繁复杂的心理世界、思维方式。从文学作品这扇窗口窥视女性的天空，以女性的社会存在为基点探索女性写作的诡秘思路和心踪，我们发现一个斑驳多彩然而真实的文学世界。

尔雅出版社出版的《三相逢》，作为目前较为活跃的海外华文女作家小说选集，向我们生动展现了移居异国他乡的华族女性的写作风貌。她们的笔下，人物与情节，基本上离不开华人社会。这也是所有华文文学的基本特点，同样也符合写作的规律。主题与词语，构思的视角，主要围绕的是：婚姻、家庭、亲情、性爱关系……这是典型的以女性为主体的作品，但却不能说是典型的妇女文本。在似乎是客观的叙事之中，她们尽情发挥自己作为女性独到的眼光与心得，津津乐道地以一种女性方式娓娓而谈，絮叨而又亲切自然，温雅善意又夹杂着慧黠。然而，我们再深一层地考察，便不难发现她们的作品并没有真正摆脱男权价值标准和男权历史意识。也就是说，海外华文女作家的作品，绝大多数是属于传统意义上的女性文学，是在"自己的屋子"里感受世界、感受生活的文本。这群意识开始觉醒的可爱的华族妇女，她们也企图以不让须眉的笔触来展示社会大空间的真实面貌。所以，像赵淑侠这位念念不忘"民族意识"的妇女，反复强调"文艺创作没有性别"，并身体力行地运用民族意识、根意识很强的题材，写出了一系列的作品，如《塞纳河畔》《春江》《我们的歌》等。在《三相逢》这个集子里，个人所遭遇的苦难和悲欢离合，在这批海外华文女作家笔下，也往往带有鲜明的时代色彩和超越个人的强烈的民族意识。

我们首先以於梨华（美国）的短篇小说《三相逢》为例，在这个短小精悍的作品中，写了三个人（"我"、表哥、她）一生中的三次相逢。作为少女的"我"所爱恋的表哥，爱上来自上海的美丽、多才多艺的她。因为爱情，公子少爷的表哥宁可与她留在新中国成立前夕风雨飘摇的上海；作为中年的"我"从海外回到"文革"时期的上海，见到的是落泊多病的表哥，憔悴疲惫、褪尽铅华的她。此时已是"贫贱夫妻百事哀"了，夫妇俩正挣扎在生活的贫困与紧张中。表哥希望"我"帮他移居国外。爱情，此时已经无影无踪；后来的"我"，收到她的来信，告知已与表哥离异，表哥为求出国，又与别人结了婚。她要求到"我"身边，做"我"的保姆。所谓"人穷志短"，跃然纸上。文笔极克制而含蓄，不露声色却道尽人的一生的沧桑、屈辱、隐忍与失望。

这是一个典型的案例，它以女性的视角感受一切，也表达一切，却因为交叉着由于经历带来的时空跨度、民族的忧患感，使它突破了女性写作的个人化的特点。国共分裂，大陆"文革"时期的灾难，在远离家园的华人的印记中，并没有性别的区分，她们的心灵与男人胸膛中的心灵以同样的方式感知世界。

与此相类似的作品，还有小四（菲律宾）的《恨别鸟惊心》：通过五叔一家的遭遇，回忆大陆"文革"时期的凄惨；李黎（美国）的《雪地》：以两条平行的线索，叙述两个怀孕的女人，美国的华裔女人，为生存而违法堕胎；大陆的女人，为生男丁传宗接代而违法超生，破坏计划生育；隐藏在叙述的文字之下的情节是：家人因此而谋杀了健康活泼的女孩。这个小说情节在不断跳跃、变幻、捉摸不定。作者西化了的写作思维以及中国文化沉积着的记忆，使她对距离与差异的艺术把握相当自信。两条线索平行而对立，它有更深刻的不同国度的价值含义的解读，以及人性与制度冲突的立场评判。

女人是水做的。如水柔顺如水激荡的女人,她们以情感理解世界、感悟生活,并以情感主宰生活。这便是为什么中外古今的女作家无论观念如何分歧差异,都千方百计隐匿自身的性别标志,以一种中性原则进行写作,她们的落笔,以及她们笔下的妇女形象,都笼罩着纤细而沉郁的情感,体现出一种阴柔的风格。从这一点来说,男女天生有别。也正因为此,女性写作极容易产生煽情或者矫情的倾向。

英国女作家伍尔芙的《一间自己的屋子》作为有关女性文学的传世名作,对妇女应该如何生活,如何认识社会,对妇女社会地位的历史与现状等做了剖析和解答。她认为,女人有一间自己的屋子,就可以平静而客观地思考,然后用小说的形式抒写自己这一性别所见到的"像蜘蛛网一样轻的附着在人生上的生活"。达到这种境界的前提就是女性争取独立的经济力量和社会地位的勇气和理智,即摆脱既定历史中的妇女的依附性。

伍尔芙的"自己的屋子",一个世纪以来激励着多少热爱词语与表达的妇女。19世纪的女作家们生活在以男性为中心的房子里,其语言、表达方式同样也受着传统父权制的艺术构筑的束缚。结果,在她们的字里行间,往往充斥着封闭与逃跑的形象,譬如"简爱";疯狂的自我,譬如奥斯丁的系列形象,"呼啸山庄"中的凯瑟琳·恩肖;疾病、恼恨、静物与激烈的对比……她们的印象在她们那狭隘的墙壁之间被紧紧地闭塞起来,而且打上了深深的印记。19世纪以来,女性,主要是在欧美的西方女性,在不断反思、觉醒并走向独立。在这斗争的漫长历程,妇女的作品成为表现和寻找妇女自身经历的媒介。词语是我们通向另外世界的大门。由于长期所处的弱势地位，女性作家拥有对既定的一切进行质疑和解构的敏感天赋。历史决定了女性意识觉醒了的妇女作家必然首先是一个旧文化的解构者。

我们回过头来阅读海外华文女作家的小说作品。婚姻、家庭、婚外恋、亲情等，是这些女作家不谋而合的写作题材和关注的主题。譬如阮嘉玲（法国）的《强吻之后》，柏一（马来西亚）的《糖水·酸柑汁》，以及陈若曦（美国）的《走出细雨蒙蒙》等，集中刻画婚外情感中女性微妙的心理。浪漫、负疚、觉悟……交织其中，是女性作家开始跳出"自己的屋子"确认本体的初始。然而这一切，依然是以男性中心社会的价值网络和美学成规为准则的。女性写作，至此依然是"空白之页"。

事实上，认识到婚姻中的悲剧性质，发生在婚姻之外的情感纠葛，对妇女而言，是她认识自身并走向独立的人格意识的一个历史性突破，你很难用既有的道德价值或女权精神简单地涵而盖之。生活在意识觉醒的年代毕竟是件令人振奋的事情，但它也可以使人困惑不解、迷失方向、无所萦怀。这种死亡或沉睡意识的逐步觉醒已具有世界性意义地影响了成千上万妇女的生活。而从中国传统文化而言，为人媳，为人妇，为人母是妇女别无选择的全部命运。"媳"是对丈夫的父母而言，"妇"是对丈夫而言，熬成"婆"后妇女已被驯化成男性父权的代言人。在传统封建文化中妇女唯一的身份是"媳妇"：出嫁前从属于父亲，出嫁后则从属于丈夫家。女性并没有自己的身份。

即使对于意识开始觉醒的妇女而言，"自己的屋子"依然建立在强大的父权社会的空间，建立于父权君临的边界上。所以女性作家对婚姻、家庭、两性情感题材的偏爱，对于能够"走出蒙蒙细雨"的妇女的钟情、讴歌，均展现出她们为寻找妇女自身个性的企图，同时也是妇女开始拒绝在男性统治的社会里自我毁灭的努力。

这是一个艰难的历程。在这个历程，女性内心最深处的火焰坚韧地焚烧，一点点地驱散笼罩身心的黑暗，最大可能地争取自由自在的个体生命的力量。

海外华文女作家，她们不仅仅作为"女性"的身份生存在男性霸权文化巨大阴影下的"自己的屋子"，而且也多数作为少数族裔生存在西方霸权文化下的异国他乡。双重边缘的身份使她们的写作实践具备了多重视角，也具备了多重冲突。特伦．T.明哈（Trinh T.Minh-ha）在《妇女、本土、他者：书写后殖民地和女性主义》一书中，以抒情方式抒发了西化的第三世界妇女作家面临的忧虑和复杂处境："一方面，不管她决定采用什么位置，她早晚必须从三个相互撞击的身份中加以选择。是有色作家？妇女作家？还是有色妇女？哪个身份是第一位的？她将自己的忠诚放置何处？另一方面，她常常发现自己与语言相冲击，这种语言所处的意识形态视白人男子为规范，被普遍用作传播现有权力关系的工具。"[①]

远离国土的华文女作家，尤其是身处西方的女作家，譬如赵淑侠、於梨华、聂华苓、陈若曦等，她们的观念和行为上的西化与对本民族文化的忠诚使她们时时处于矛盾之中，民族意识在特殊的历史场景中更成为一个显著的焦点。她们往往更愿意隐匿性别身份，采取一种中性的写作原则，选择与历史、民族、政治相关的重大题材，表达更恢宏的、与性别无关的"根"的意识，文化的意识。她们更愿意强调和表现写作的超性别才能。这个特点，在早期的华文

---

① 转引自《西方女性主义研究评介》，鲍晓兰主编，三联书店1995年版。

作品中尤为突出。

　　於梨华的长篇小说《又见棕榈，又见棕榈》一时期成为留美学生的必读书籍，正在于她以一个女性的敏感，独辟蹊径地抓住了那个时代的心理空茫、寂寥、不踏实的空、没有根的空。她通过一则恋爱故事，特别是通过牟天磊这个艺术形象，发人所未发地反映了这个时代具普遍性的心理状态，使得患有这种时代病的人们照见了自己的身影。作者在福建人民出版社1980年出版的该书的"写在前面"中说："书中牟天磊的经验，也是我的，也是其他许许多多年轻人的，他的'无根'感觉，更是他那个时代的年轻人共同感受的。"

　　《又见棕榈，又见棕榈》写的是旅美华人的恋爱和生活故事。主人公牟天磊，由台赴美，十年后学成业就；求学归来却显得意志消沉，衣锦还乡的骄傲早已被太多的苦痛记忆所驱散。台北已变得陌生，他沉湎于在美国寂寞飘零的生活回忆中。大学时代的初恋、留学时期的热恋以及最后为婚姻的纸上恋情……几个阶段的恋爱、几个女性的形影交叉折射着牟天磊依然寂寥、空茫的心境。而牟天磊的勇气也就是在这种寂寞与苦闷中一层一层地剥落的，因而整部书散发着浓郁的感伤意味。牟天磊，无论在美国，还是台湾，依然是"异乡人"的心境。这是现代中国特定的历史环境造成的，所以激起普遍共鸣。其中最主要的原因在于它提示了"无根的一代"青年的精神镜像，提供了那种自我认同的心理宣泄。

　　与《又见棕榈，又见棕榈》的主题风格相类似的，还有聂华苓的《青山外，流水长》《桑青与桃红》，赵淑侠的《春江》等，其中的主人公在海外评论中均被冠予"无根的一代"或"流浪的中国人"。这一批由台留洋的女作家，由于特殊的经历，由于生活距离，由于生存空间的拓展，使她们的写作突破了"自己的屋子"的樊篱，她们尚来不及也不愿意将笔触深入到女性生命的本体，书写她们的身体与欲望，女性意识尚处于民族意识的遮蔽之中。正是基于这种感情立场和思考倾向，她们更多地将视角放诸外部社会，并且以自觉的民族意识，书写海外华人的生存大背景。她们更愿意去开创和发展一个无性别身份的空间。赵淑侠自己明确表态："我并非是一个狭隘的民族主义者，但我决不否认自己是一个民族主义者。"①

　　这是处于双重边缘中的海外华文女作家的命定的追索：一方面，她们蠢蠢欲动的女性意识企图突破19世纪以来的西方女作家闭锁的、妇人式的、私人化的牢笼；一方面，历史造就的教化传统，使她们在认同中心话语（父权制审美机制）的同时隐匿作为女性的"身份"，企图通过参与关于民族的、政治的、文化的重大题材的写作实践表现自己超性别写作的才能。而这种双重边缘性，在东南亚地区，由于中华传统文化的强辐射，在体现民族上的、传统伦理上的追寻与超越的同时，更多地表现出一种缠绵悱恻、眷恋不已的情愫。譬如梦莉、尤今的写作。

## 二、乡愁记忆与幻象

　　"我写那些小说的时候，和他们一样想'家'，一样空虚，一样绝望，这辈子回不去啦！怎么活下去呢？"

　　　　　　　　　　　——聂华苓《台湾轶事》"写在前面"

---

① 《海外文星》第189页，北方妇女儿童出版社1988年版。

与民族意识紧密相连的，是这些漂洋过海的女作家们思乡的情感和浪迹天涯的漂泊感。尽管她们远离国土，移居他乡是心甘情愿的"自我放逐"，但寄居心态却是真实的存在着。她们笔下浓墨重彩刻画的人物形象，往往是"无根的一代""流浪的中国人"和行走于夹缝的"边际人"。赵淑侠曾说："我也不相信有哪个居住在海外的中国人，会在感情上和精神上全无负担。'漂泊感'似乎是我们这一代海外中国人共有的感觉。"①正是这挥不走的眷恋而感伤的乡愁，强烈的祖国情结，促使这些女作家不谋而合地以女性纤细敏感的笔触，浓厚而夸张的感情，生动描述了生于大陆、长于大陆、流向欧美的一代华人，尤其是知识分子的生活遭际和心态变化。"根"的意识，乡愁的历史感，成为她们深掘的主题；漂流与寻根，是最显眼的文学母题。而回忆与眼前景况并列交叠的手法，作为作家们刻画人物心境上失落的、没有归依的、沧桑如梦的感觉的主要艺术手段。类似的主题和艺术手法，在东南亚地区的女性作家创作中，同样是一个显著的特点。而她们梦想的家园，更具有幻化的诗意态度。

事实上，每个人首先是作为种族的人而存在着，因此在每个人的记忆深处都积淀着种族的心理经验。自原始社会以来，人类世代相传的心理遗产就沉积在每一个人的无意识深处，就像低能的动物本能也能通过遗传延续下去一样。这种代代相传的心理经验不是个人的，而是集体的、全种族的，因而是一种种族的记忆。而血缘宗法的家族制社会结构作为中国传统文化的一个基本形态，世代左右着人们的思想感情，成为中国人的常规心理。家族意识的强化势必

---

① 《西窗一夜雨》第 5 页，台湾道声出版社，1984 年版。

导致祖先崇拜。所谓寻根问祖、叶落归根、视家乡为安身立命的根本，把自己的命运和乡亲、宗族的命运生死联结在一起，这几乎是所有海外华人的游子之心。他们长期寄居海外，却缺乏在居留国永久安顿下来的意识。有些人回"家"结婚，或把子女送回来接受中国教育；他们和亲友保持联系，从而得知家乡的经济和政治状况。祖国令人敬畏的辽阔的疆域、悠久的历史、庞大的人口，一直在华人的文化心理意识结构中默然涌现。而且愈是漂离，就愈加深对以中原大陆为母体的文化的体认和归依感情。文学作为乡愁的凝结，主要就是围绕故乡的温暖和漂泊的孤寂、凄凉这两极来展开的。这在漂洋过海的华人女作家细腻的情感叙述中，更是表现得淋漓尽致。

赵淑侠有不少散文随笔集子干脆就是以思乡的情结来命名的。譬如《童年·生活·乡愁》《故土与家园》《海内存知己》《异乡情怀》等。而於梨华、聂华苓、陈若曦等人的作品，也擅于或喜欢直接取材于童年时代、少女时代在祖国大陆的生活。於梨华早期的长篇小说《梦回青河》以小学、中学时期在浙东故乡的生活记忆为蓝本，写一个中国传统大家庭的生活；聂华苓的《失去的金铃子》回忆少女时代在北方农村的生活片断；陈若曦更为复杂一些，由于她是1966年"文革"期间由美国回到祖国大陆，1973年又离开祖国。"文革"的惨痛记忆与对祖国浓郁的爱交织一起，使她在出国以后，写下了一系列反映"文化大革命"的小说，如《尹县长》《任秀兰》《耿尔在北京》《大青鱼》等。中篇小说《向着太平洋彼岸》则着重刻画主人公林以贞内心苦闷的各个过程，以此为突破口深入民族文化的各个层面，可以说，折射着陈若曦本人复杂微妙的心态。政治上多重价值观的相互对立，相互纠葛，相互激荡，使小说对时代的观照，对史事的评估，由单纯而趋向复杂，由多元的分歧而浮现出统一的整合。

如果我们从这些大量充斥着"思乡""漂泊""放逐"等离情别绪、扮演着"游子""浪子"的文化身份的作品中进一步地探究，我们不难发现这种"根"意识、"自我流放"的感受其实积存着更深层的失落感：身份的失落，独在异乡为异客，作为边缘人；时代的失落，对祖国大陆的陌生感，对台湾的陌生感，沧桑如梦；家园的失落，物是人非，记忆与现实的相排斥。所以，乡愁在这些女性作家富于想象、饱含感情的笔下，是幻化的意象，失落中追求的精神家园。

时间的长河总是悄无声息地淹没一切，但记忆却常常将那些早已沉入河底的碎片浮出水面，就像青草从雪地里重新凸现出来一样。小说家就是一个乐于寻找、耽迷于寻找的人，他们总是在回忆中虚构自己的精神家园。往事重现，但笔下重现的往往已不再是真实的往事，它已被选择、剔除、加工、虚设。语言虚构了作家对于世界真实的内心体验。乡愁的气息，也正是在往事追忆中弥漫出来的。

这里，我们便涉及写作中技法运用的问题。譬如於梨华的《又见棕榈，又见棕榈》在形式上采取了类似游记小说的写法，三个时间概念同时存在：过去、现在、未来；几个空间同时并存：美国、台湾地区和祖国大陆。给人以思接天涯、浮生若梦之感。而主人公牟天磊浪迹四方、漂游无根、了无着落的形象正是在这种时空大跨度间凸显出来的。施叔青（1970年移居美国，1978年定居香港）的《摆荡的人》也是一篇典型的描写在城市与乡村、现代与传统、西方与东方之间寻找归宿的现代"边际人"的心理小说。处于"迷途"中"渴望回家"的主人公作家 R，最终只有回到传统文化追念中去，以一只小木偶，一则古老的传说，一张老祖母的红木床，来填补心灵的虚空。在施叔青的视角和观念中，造成人物精神分裂的是失去文化的根，而疗救人物心灵困惑的当然只有回到传统文化中去。

除此以外，赵淑侠的短篇《王博士的巴黎假期》、於梨华的反映留学生生活并侧重女性心理分析的小说《雪地上的星星》、陈若曦的呈现在美华侨生活及情感的中篇《向着太平洋彼岸》等，无不集中探讨着这样的问题：为什么这一代寄居海外的中国人（尤其是知识分子）普遍会产生有家不愿归去而宁可"自我流放"在外的感受，然而又在落寞与怀旧、彷徨与自谴交织成无奈的夹缝中忍受苦闷与孤寂的煎熬？而问题的呈示，是通过对想象中的家园（而非现时的台湾或者大陆），譬如童年的记忆、祖籍的寻访、故乡的眷恋等过去式的存在进行描述，回忆的诗情与幻象的真实结合成一首乡愁的歌。情感是联想的纽带，通过想象性的追忆，把她们官能上的、精神上的观念联系起来，构成了充满眷念和感伤气质的乡愁风格。这种风格，在东南亚地区女性作家的笔下，更多表现为一种闲愁、闺阁气息，有更明显的抒情性。譬如梦莉的散文集《茉莉花串》，年腊梅、尤今的小说。

事实上，游子之心是中国人特有的感情倾向，它深受儒家传统的伦理情感的影响。农业社会的安乐庭院、老幼内外井然的家庭秩序，父慈子孝、兄友弟恭、夫和妇顺的伦理温情，从生活方式到观念形态，中国人的家都有很重要的地位。对漂泊的游子，家是最值得思念之处，是最大的心灵安慰。而在中国所讲的"国家"，其核心就是"家"，国便是放大了的"家"。"君父"与"子民"的对称，非常清楚地摆明了中国传统文化中血缘伦理与政治伦理的同构。所以，当中国人因为种种原因而陷入游的困境，处于漂泊的状态时，他的情感的反应定式一般就是乡愁。

中国传统文化作为一种承继性很强的文化，代代相传，至今仍对炎黄子孙产生强烈的影响。移居海外、置身于现代工业社会的华人，更敏感文化裂变、人文差异所带来的精神冲击。当他们借助文学作品抒发内心情感时，普遍表达的是一种虚拟的回归和面对现实的怅惘。

"何事苦淹留"？！中国人的乡愁，也的确包含着对时间、青春、人生的询问。而这种询问在这批承继传统的女性作家笔下，更是纠缠着时代的苦恼，历史的苦恼。所以於梨华说："别问我为什么回去。为什么回去与为什么出来，是我们这个时代的迷惑。"① 历史发展到90年代，不管是台湾青年，还是大陆青年，对于这种"无根"的感觉都显得有些陌生，甚至认为那是一种被社会群体夸大或过分强调的心理意识。但将之置于六七十年代的背景，一代海外游子的追求、希望、苦恼和幻灭的真实景象与这批女作家的感伤的、愁肠百结的、怀旧的笔调达成了虚幻与现实的交融，同时成为那代人的自我认同的宣泄，成为必需的心灵抚慰。这就是经过时间的距离，我们今天所看见的这批作品的力量。

在中国传统文化浸染、锻造出来的一代华人女作家，由于历史的特殊原因，她们的书写突破了女性自己的"屋子"，而更多地参与到社会的大舞台，站在特定的文化、种族、阶级、社会、政治、经济和个人因素所形成的立场上进行写作。性别立场在一定程度上

---

① 《白驹集》，《归去来兮（代序）》。

退隐。赵淑侠认为："我们的民族处在目前这样特殊的困境下，国土分裂，人民受苦，文化饱受摧残。撇开政治的利害不谈，只这种上，就够我们忧心的了。所谓忧患意识，是一个作家必得具有的警觉，不管这个作家是男是女。"[①]如此强调写作中性别的无关紧要，我们从心理学角度透视，可以说，正是特殊的时代背景中，典型的女性写作中花木兰情结（女扮男装）的表现。

正因为这种特定时代的特殊经历造就的忧患意识，再加上"文道合一"的中国文人特有的集体无意识，使这批有着良好的中国文化教育的华文女作家自觉或不自觉地超越了性别的局限，拓展了视角的范围。而她们的叙述与笔下的情感记忆，却因为女性浪漫的幻想性的虚构，使回忆中那想象性的存在，成为根据个人的回忆动机而构建的精神化了的现实。无论是柳少征（《塞纳河畔》），还是刘慰祖（《春江》）、桑青（《桑青与桃红》），都是过分沉入到内心和过去之中的自恋者。乡愁本身作为一种退缩的意识，其实也从另一角度揭示了这批女性作家以及她们笔下的人物形象逃避现实、自我封闭的传统中国人的感伤气质。无可奈何的自怜自爱，人生如梦的虚无感，恋乡与怨乡的双重情结的交叠，使作品在忧患的沉重的民族题材上染上了一层阴柔的女性风格。我们为女性作家浪漫柔美、细腻敏感的笔触感动，也不无遗憾地发现散落在字里行间的一些容易煽情的夸张意绪。她们将一种较普遍的故事处理得富有特殊意味，但也在情感的沉湎中将一切表层化了。她们拥有了写作的广阔天地，但她们的表述，她们的价值准则，却是早已被认可和界定了的，她们必须遮蔽于男性中心的话语标准之下。从这一点

---

① 《雪峰云彩》第166页，台湾道声出版社。

说，她们的写作，尚未找到属于自己的深度。因此，我们更愿意探索这一批海外华文女作家作为"双重边缘"人的大量作品中，那些行走于边缘的、真正体现女性特质、女性意识的文字。因为，性别虽然不应该成为写作技能的衡量标准，但性别的差异性毕竟是存在的。甄别、评判艺术作品中不同于"他者"的特殊价值，正是文学批评的主要工作之一。

# 有意味的个案：不同视角的赛金花

"别说像她这样出身的女人，就是那些官宦之家的千金小姐、太太奶奶，敢说一句'属于自己'吧？"

——赵淑侠《赛金花》

在海外华文女作家中，赵淑侠可谓是颇具自觉的写作意识的一位。她反复强调："我并非是一个狭隘的民族主义者，但我决不否认自己是一个民族主义者。"[1]提出"文艺创作没有性别"。[2]然而，随着她写作实践的步步深入，她的理论事实上已难以左右她的笔触。倾注了她相当大的精力和心血的长篇小说《赛金花》，恰好从客观上证明了她作为一位女性作家对妇女历史及命运不由自主的深切关怀。赵淑侠在写作这部长篇小说时曾说："目前我正在变换题材，写一本历史小说。这本小说也许令我的读者们吃上一惊，觉得太不像我一向的文风。因为，本书的女主角是清朝末年的第一名女人赛金花，内容是以那腐败的时代为经，以她个人遭遇为纬，讨

---

[1] 《海外文星》第189页，北方妇女儿童出版社，1988年版。

[2] 《雪峰云彩》第166页，台湾道声出版社。

论当时的女性地位，暴露娼妓存在的纳妾制度的非人性，社会的不平等，以及庚子之役等。"①《赛金花》作为赵淑侠近年来的重要作品，无论是艺术的力度，还是题材方面的发掘，都已超越了她前期专注于反映乡愁的民族意识浓烈的作品。它从妇女命运的角度，探讨了人性、宿命，尤其是性别的重要命题。更重要的是，这部小说体现了这批六七十年代开始写作的海外华文女作家作品中少有的鲜明的女性意识，因而也从阐释的价值取向和艺术角度为我们提供了研究叙事中的性别视角的范例。

这部小说，主要描述清末名妓赛金花一生命运跌宕起落的传奇以及她所处那个时代的风云变幻（当时腐败的时代风气、动荡不安的社会环境以及八国联军侵华事件等）。文士名姬的绵艳悱恻、国家政体的内忧外患，加上北京围城、义和团拳乱等具体的杀戮场面，这一些作为曲折紧张的历史故事穿行其中，成为人物活动的历史大舞台。但我们并不将这部小说视为传统意义上的历史小说，尽管赵淑侠为这部小说的创作几度回国搜寻资料，费尽苦功；我们也不认为作者在替书中的女主角著传或"翻案"，尽管赵淑侠在赛金花的形象上倾注了很多的感情；作为一个孜孜从事文学创作的现代女性，赵淑侠以她一贯清醒明确的写作意识，在写作这部小说之初，"就立意把它写成真正的小说，而且是'女性文学'一类"②。她确实大胆跳开中国某些传统的主观价值判断，直接取材中国近代史上这位"有问题的名女人"，形象显示了她对于人性和女性思考的社会性特征以及历史综合把握的笔力。

---

① 赵淑侠"我的写作生涯"，1989年2月11日《光明日报》（海外版）。
② 《赛金花》作者序，北京十月文艺出版社，1990年版。

　　青楼女子出身的赛金花，在中国近代史上是一位令人瞩目的人物，这与她随洪钧作为交际外域的状元夫人出使欧洲、在庚子年间八国联军入侵北京时起的特殊作用皆有关系。在中国的传统文化意识中，一般女性尚处于"无我""物"的地位，妓女，更是"玩物"了。《文选》李善注："《说文》：'倡，乐也。'谓作妓者。"在这种已形成常规的文化心理支配下，文学史中的较为正面的妓女形象绝大多数是身在风尘，急于从良，跳出这出卖色艺为生涯的火坑的人物。而作者们几乎压根儿也没想到她们内心燃烧着的不息的生命烈火，久被压抑的欲望和曾经有过的伤痛。更不可能想到她们企图冲破一切桎梏做困兽犹斗的自觉叛逆。同样一个赛金花形象，我们从不同的文本看到不同的视点观察同一个事实所描述出的截然不同的形象。视点中的性别倾向，尤其女性视点中的叙述策略，作为社会意义上的性别自觉，在相当程度上挑战了男性霸权文化压迫，具有解构传统文化规范的现代意义。

　　赵淑侠的《赛金花》，着力于女主人公苦苦挣扎奋斗，一生既执着于"正名"，又被"正名"的阴影所笼罩，始终无法跳出千百年来积淀的父权制下传统的道德价值判断的心路历程的揭示。作者选择赛金花的人生经历作为独特视角，从她16岁被洪钧赎出青楼，并嫁与他为妾写起，到她年老色衰、贫病交加而死结束，其间经历了多少人世间的沧桑苦雨，作为"玩物"到企图向"物"的地位归属，赵淑侠据此挖掘了女性经历和感受中最本质的东西，超越了男权社会中的种种标准。

　　陪伴洪钧出使德国三年，是赛金花极为特殊的生活经历，也是作者重笔浓墨所强调的。人性、尊严、公正、自我和情感，在这三年中，回到了应有的位置。然而这位在洋人眼光中活得像个"人"

的赛金花，在国人的规范中却永远是卖笑的"贱人"。尽管她一心从良，本意想竭力做好一个中国传统女人，但事实上她作为人的价值始终不为周遭社会环境所承认，只是在八国联军攻入北京时大清政府利用她做了"妓女外交"。所以作者给赛金花安排临终的叹息是："为人在世原是如此的，眼望天国，身居地狱，这样的苦苦挣扎便是……唔……便是一生呵。"①赵淑侠从儒家礼教规范影响下的人文社会背景入手，同时精妙入微剖析由此形成的女主人公的畸形心理，作为一个特殊的妇女复杂的内心世界和凄苍的生活遭际。笔墨之间，直接抨击中国传统的男女观。

性别是存在的。我们所指的"性别"作为一个角度或立场并不是生理意义上的性别（Sex），而是社会意义上的性别（Gender）。赛金花作为一个历史人物，由于其特殊经历及当时充当的特殊角色，成为不少文学作品的原型。晚清四大谴责小说之一的《孽海花》、近代樊增祥所作的叙事诗前后《彩云曲》、夏衍的剧本《赛金花》等，皆是以赛金花的生平为线索为蓝本进行构思的。尽管这些作品的主题及思想立场各不相同，但作为男性写作，他们的角度及叙述策略显然有别于赵淑侠。赵淑侠就曾说过："资料看得多，便不会轻易相信任何一面之词。某些文人名士站在士大夫立场，一厢情愿地凭着幻想编故事，在他们的潜意识里，出卖灵肉的女子根本算不得是人，是陪男人说笑和泄欲的工具，糟蹋糟蹋又何妨？"②

赛金花之所以成为文学作品的原型，最重要的原因还在于她

① 《赛金花》第454页。
② 《赛金花》作者序。

在著名的"庚子事件"中，在中国近代史中国人民最痛苦、最难忘的一页里，扮演了莫泊桑笔下"羊脂球"一类的角色。而对于大起大落的赛金花的具体评价，樊增祥的《彩云曲》则以一种侮辱性的猥亵描写。在《后彩云曲》序中写道："此一泓祸水害及中外文武大臣。究其实，一寻常荡妇而已！祸水何足溺人，人自溺之。"红颜祸水，红颜薄命，人间尤物，这是千百年来男权价值标准给逾越传统规范的女性的定位。至于"女人亡国论"或者"女人救国论"在中国史书和经典文学作品中更是屡见不鲜。西施、貂蝉、杨贵妃……把历史事件爆发的条件（女人）当成历史的本质，将女人当成政治斗争的工具，这不仅模糊了历史的真相，也事实上把女人作为"物"的功用推向极致。就是在夏衍的七场话剧《赛金花》中，通过剧中人物说出来的台词同样洋溢着浓郁的男权气息。譬如徐寿朋说："那您可以善为开导，晓以大义。跟她说西施和昭君的故事（也有几分自嘲的意味），咱们中国在国破家亡的时候，靠女人来解决问题的事情，本来是不稀奇的。"再如程璧感慨："在这种国家大变的时候，能够真真替百姓们讲话的不是什么大官大府，倒是这么一个如花似玉的姑娘！"作为当时"国防文学"的代表作之一的《赛金花》，夏衍声明是将之确定为讽喻史剧，是从外部事件、外部冲突写历史事象，赛金花被作为一个作者所同情的尚存人性的奴隶，悲剧时代的一个角色贯穿其间。而当他重笔渲染赛金花与八国联军统帅瓦德西的关系，并将焦点确定在庚子之变中赛金花作为"以肉体博取敌人的欢心而苟延性命于乱世的女主人公，我也只当她是这些奴隶里面的一个"①时，夏衍所强调的正是男性写作中借古

① 夏衍"历史与讽喻"，《夏衍剧作集》第一卷第102页，中国戏剧出版社1984年版。

讽今（当时的抗战背景，国防文学中唤起民众觉醒的中心主题）的文学功用，从历史的流动过程中以及对历史的描述中，所要把握的是历史事象的发展，是让读者（观众）不费思索地可从历史里面抽出教训来的联想。赛金花作为剧中形象，仅仅是一个值得同情的不寻常女子，"借用了她的生平，来讽骂一下当时的庙堂人物，说同情，就在这么一点"①。至于赛金花作为一位复杂的女性，复杂的经历和感受，其中蕴涵的人性中最本质的东西，并不包含在作者的写作视角之内，源于这位女性血肉的欢笑和泪水尚处于遮蔽的状态。

现在我们再来看看曾朴的长篇章回体小说《孽海花》。这部晚清社会政治、风土人情的长卷，是以赛金花（即书中的傅彩云）的经历为线索的，其中金雯青（即洪钧）与傅彩云的形象是作者精心刻画然而毫不留情贬抑嘲讽的。曾朴笔下的傅彩云，美丽妖娆，聪慧狡黠，放荡轻佻，不为礼教规范所容。单从回目的命名看，如"宝玉明珠弹章成艳史，红牙檀板画舫识花魁""一声小调显命妇风仪""隔墙有耳都院会名花，宦海回头小侯惊异梦"诸如此类，就以一种夸张的香艳，暴露出士大夫式歧视嘲弄的情感倾向。而金傅之间的情爱关系，在曾朴构思的情节中，是金雯青年轻时曾负一妓，妓愤，自缢死，即傅彩云的前身。所以金雯青的官场失意及戴绿帽子，均缘于这场孽债，是一种报应。小说中肆意渲染傅彩云与仆从阿福、戏子孙三儿、外国船主，尤其是后来成为八国联军统帅的瓦德西的情欲关系，不过只字未提庚子事变中赛金花的外交影响。赛金花（即傅彩云）在曾朴笔下，是带有喜剧色彩、小丑性质的、玩火自焚的贱人。这是必然的结论。因为作为妓女，一朝沦

---

① 夏衍"赛金花余谈"，《夏衍剧作集》第一卷，第108页。

落，终身蒙尘，哪怕从良，社会、家族、伦理以及男权准则都排斥妓女进入人伦的统系。而书中作为正面人物塑造的金雯青的正妻张夫人，则出身名门，大贤大德识大体，是传统规范的妇女典范。作者以欣赏、肯定的笔墨来描写张夫人的一言一行，以此的"贵"来反衬傅彩云的"贱"。譬如第二十六回张夫人面对傅彩云在金雯青死后耐不得寂寞的情况下表达出来的态度："热辣辣不满百天的新丧，怎么能把死者心爱的人让她出这门呢！不要说旁人背后要议论我，就是我自问良心，如何对得起雯青呢！可是不放她出去，她又闹得你天翻地覆、鸡犬不宁，真叫我左右为难。"①在这里，作为她个人的情感态度是没有的，自我是迷失了的。就是整部小说中，我们也看不到这个人物作为人本身的血肉。正如辜鸿铭在"中国妇女"一文中所津津乐道的："一个妇人的荣誉在中国，一个真正的妇人，不仅要爱着忠实于她的丈夫，而且要绝对无我地为她丈夫活着。事实上，这种无我就是中国的妇女尤其是淑女或贤妻之道。"②曾朴正是根据这种早已根深蒂固的礼教原则对他书中的人物进行权威叙述。在这里，女性，不论是傅彩云还是张夫人，都是失去真相，被他性所言说的沉默的羔羊。

我们承认这种宿命：传统文化赋予女性的羞耻、卑贱所指深深地铭刻在人们的灵魂深处。这种羞耻和卑贱不仅仅表现在男人对女人的歧视和践踏中，更严重的是化为了女性本身的自卑。"三从四德""饿死事极小，失节事大"等一整套思想行为规范成功地限制了女性人格的自由发展，渐渐成为一种集体无意识左右着女性的

① 曾朴《孽海花》第247页，上海古籍出版社，1980年版。
② 辜鸿铭"中国妇女"，《中国人的精神》，海南出版社1996年版。

日常生活，使她们习惯于按照贞妇淑女的标准去克服各种正当的欲望，以获取男性社会的许可。那赖以维持心理平衡的精神支柱就是"贞节"二字。

妓女虽然被排除在正常的家庭秩序之外，但她们既处于伦理观念空前强化的社会氛围中，就不可能不受这种思潮的裹挟，而急于摆脱那种朝秦暮楚、送往迎来的生涯，求得社会的重新"承认"。赛金花的悲剧在于，尽管她已"从良人"，已"明媒正娶"，但"贱女"的名分却如烙印无法抹去。政治风云的变幻，人际关系的冷暖，礼教的无情，正统的道德价值规范的笼罩，使她逃脱不掉一次又一次的沉重打击。赵淑侠以女性的敏感，抓住了赛金花在希望与绝望之间交汇着的心理曲折与畸变并将之生动展现出来。在这本书中，她超越了传统的男性话语准则，也一反以往女性写作自我宣泄型的创作方式，而是探幽入微地闯入长期以来被遮蔽的女性的内心世界，站在具有现代意味的人性立场，借助赛金花这个形象，揭示了千百年来妇女受压迫和压抑、遭扭曲的历史实质。从女性写作的角度看，赵淑侠对赛金花的叙述策略在观念意义上"浮出了历史地表"。

从塑造赛金花形象的不同文本中，我们关注到写作中性别类型和位置注定了男女两性在对整个世界和人生理解方面的隔膜。我们并不强调两性的对立，我们只是在事实中发现差异并企图寻找跨性别的视点。性别角色以及性别话语的客观差异主要还是由社会规范而非生物结构决定的，父权制下的女性无论是行为还是言说都承受着一种绝对的孤独和困惑的处境。尽管赵淑侠曾声称"写作无性别"，夏衍在塑造赛金花形象中主观意图也有意"只想将她写成一个当时乃至现在中国习见的包藏着一切女性所通有的弱点的平常的女性"①。但夏衍笔下的赛金花，仅仅是展现外部特点给予观众结论式印象的女性形象。而赵淑侠，则在人物形象中注入独有的女性体验，剥笋般地揭示了赛金花作为女性尤其是一位特殊的女性性格及经历的复杂性。包括对赛金花遭受种种打击之后绝望的心理、扭曲的行径，譬如再也"用不着装贤德贞烈""她受男人玩弄，也玩弄男人"，从而得到一种"不明解恨似的快意"，这种既有自嘲自弃自卑，又有愚耍天下男人的报复心态，作者是以哀其不幸的理解和对男权社会制度的逼问将被扭曲遭异化的女性生存境遇凸现出来。

赵淑侠借助赛金花的复杂个性，借助体验性的叙述方式，表达了作为一个女性作家有关妇女命运、性别规范等历史问题的思索和价值指向：妇女问题历来就不仅仅是女性所独自感受、承担和探索的，它也绝不仅仅取决于妇女自身的意愿和利益。在男权文化体系中，尤其是中国男权社会的文化规范中，女人事实上是一群沉默的羔羊。通过对赛金花这个在重压之下自觉的徒力挣扎的历史人物及文学形象的改写，赵淑侠道出了性别压迫的不平等和妇女命运悲哀的真相。这种写作中自觉的女性意识，使她为自己开辟了一个新的话语场地，也给读者展开了更为广阔深邃的阅读空间。在我们所阅读的大批海外华文女作家尤其是六七十年代开始文学实践的作家作品中，赵淑侠的《赛金花》可谓是有意为之的逃离男性写作格式阴影的女性文本。

（原载《社会科学家》1999年第1期）

---

① 夏衍《历史与讽喻》。

# 放逐与回归

——聂华苓小说作品呈现的文化悖论

## 一

当我们谈及文化时，都明白它所指的是构成民族及个人的一系列的行为和思维的情境模式，所有这些模式组成异彩纷呈的文化现象。在文化影响下产生的障眼物，使人们对世界的认识一般无法超越这些情境模式的限制。而人类历史的进程却有赖于人类对已有文化的超越，把自身从文化的桎梏中解放出来。文化不断撞击与融合、不断分离与新生，这个漫长而无终点的过程显示人类历史演变的艰辛与辉煌。

而对历史的记忆与书写，往往作为人类对照和对抗当下处境的一种精神与存在的乌托邦，在书写者笔下融入个体潜在的情感意识。书写者据此不断为当前定位，找到精神与文化的脉络和源泉，而这些文本也为阅读者提供了蕴含其中的精神和文化内涵。小说作品作为其中一项重要的艺术书写，主要展现与描述人生中具体的事情。通过自觉的艺术创造，小说家充分呈现他的思想意识、审美原则，并汇入文学的历史潮流之中。在这其中，叙述的角度就像小说家的舌头，充分暴露他语言的秘密和话语的质量。所以我们对于小说作品艺术价值的把握，往往就是首先审视他叙述的语言方式，塑造人物的深度和广度。写作的自觉意识，以其自觉的艺术方式体现了写作者独特的生活感受及对人生意义的追寻，并将隐匿着的文化的无意识层面显露出来。

当然，考察作品的艺术价值并不仅仅局限于文化的意义，但由于经历的复杂及特殊性，海外华文文学作品中的文化意义一直是研究者关注的焦点。人们往往论及这些作者所受的多种文化影响、承继、嬗变、融汇诸如此类。事实上，这类问题的探讨仅具有表层性意义，因为它们是显而易见的。不言而喻，生活好比一圈光轮，一只半透明的外壳，我们的意识，自始至终被它包围着。而那种力图超越，以为超越却不得超越的疼痛却是一种不容忽略的有普遍意义的文化悲哀。克服这种悲哀的代价是人类必须一次又一次地脱胎换骨，从暗藏着的人文传统的桎梏中突破，使历史之舟一寸寸乘风破浪推向前行。历史学家阿诺德．J．汤因比就曾鲜明指出："人是自己所处的时代和地域的囚徒，这只是人的多种局限性之一，人像树一样有自己的根，而这些根会拴住他。诚然，他还有树所没有的情绪和智慧之根。但是，反抗人类局限性及力图超越之正是我们人类的本性所在。"①所以，探讨这个文化阵痛过程中人自身无可摆脱的局限、蜕变过程的矛盾、二律背反，从而发现人向自我挑战的勇气和潜能，是一项相当有意义的工作。撩开表层的暧昧不清和似是而非的面纱，我们寻找纠结和挣脱的真相。

在华文文学作家中，美籍华人女作家聂华苓是大陆读者所熟悉

---

① "我为什么不喜欢西方文明"，《岭南文化时报》第八十期。

的一位。她对社会现实的热切关注，对各种各样由大陆流落台湾或异国的"失根的一群"（她本人也是这其中的一员）的描述，使她在华文文学中被誉为有"历史感"的备受瞩目的作家。而她的关于放逐的主题，她对往事的追忆中流露的情感倾向和价值立场，也相当有代表性地呈现出远离故土的华族知识分子处于文化悖论中的痛点。

所谓文化悖论，最基本的意义就是，一方面，文化（包括集体无意识）使自然的人成了社会的人，文化的人，有意义的人，有价值的人；另一方面，文化（同样包括集体无意识）又使人成为窒息自身价值的超理性或反自然的动物，成为笼中之物。它就像一张无形的、充满神奇魔力的网，把一个民族、一个社会、一个团体、一个人死死罩住。尤其是无意识文化，作为民族的潜在的文化心理积淀，比"人人都知道这是文化"的那种文化，更加稳固，更加具有历史延续性。历史正是在这个文化悖论的困惑中或者前进或者倒退。困难的文化超越，就是一个民族、一个人自己的实践。

聂华苓的写作，从根本上讲，就是一种澄清自身混沌意识、寻求明确的价值指向的努力。一方面是开阔的文化视野，尤其是西方现代文明的熏染；一方面是早年的生活记忆，积聚内心的深厚的中国人的故土的眷恋。这两者并非一分为二的对立或并列于作者的思想感情中，它们就像化学反应，在作者的写作过程中不断较量，并呈现出富有意味的复杂内涵。

聂华苓，生于官宦世家，在大陆期间与苦难的民族一道经历漫长的战乱并四处逃亡。新中国成立前夕离开大陆到台湾，生活依然不安定。1960年，因为《自由中国》的问题，成为"嫌疑犯"，被国民党特务严密监视，度过她一生中最黯淡的时光。1964年到美国定居，成为他乡异客。动荡的生活经历，使聂华苓的写作视野和感情倾向自然而然集中到一个生活层面：去台大陆人。放逐的处境，是挥之不去的梦魇，而这种集体放逐所造成的自我疏离、自我流放无疑是更深层次的现代人类的悲剧。这些，构成了聂华苓写作的主要情结。

基本上讲，小说这种体裁，就是记忆加想象。丧失的东西，不复存在的东西和被摒弃的东西，就像是拖把，在记忆的空间来回擦拭。小说家正是以一种相应的文字，将由往昔及其残骸所滋蔓出的激烈意绪表达出来。这种形象的表达，同时将作者缠卷到回忆中令人困惑、难以捉摸的东西或密度过大的事件中去，又根据他此时此刻的思想意识和情感倾向想象着、完善着他记忆的碎片，所以构成一种返顾的、缅怀的距离感。那种博大而具有深刻人性的东西，那种深沉的文化暗流，正是在这种细细品味和描述中潮涨潮落时隐时现于文字之间，让我们真切地看到它的存在，它的力量。

可以设想，如果聂华苓不远离祖国大陆，不曾生活在失根的人群中，不是漂浮他乡，隔于异国，她的笔下，又将是何种图景呢？作为一个极为敏感、经历坎坷曲折的写作女性，她的心灵早已接受了无以数计的印象，琐碎的、稀奇古怪的、转瞬即忘的或者镂心刻骨的。她的创作冲动正是为了揭示个人面对世界、处于群体中的感受，快乐的或者痛苦的，包括日常生活中和内心世界中细致微妙、变化莫测的活动。有理由相信，在作品人物形象身上，寄寓了作者自己的信念或遭受的伤害。无所归属却又必须寻找摆脱孤独羁绊的出路的悖论，是"失根的一代"最本质的精神撞击。在这种撞击的过程中，巨大的精神压力是流浪他乡的华人不堪重负的。聂华苓的眼睛看到了这一点，她的笔端也渲染这一点，认同这一点。作为华人的一员，面临这种精神危机，聂华苓的体验在显意识方面是清醒的，在潜意识里她的情结却显然处于文化的框定之中，尽管她明确表态："我所追求的目标是写'人'超越地域、超越文化、超越政治，活在20世纪的'人'。"①

我们对于悖论的理解，就在于被考察的对象处于一种不能自已的声东击西中。

文化的杂合可以表现为多元的吸收和交融，但内在性冲突却因其敏感尖锐而体现了人类脆弱、感性、渴求精神归属的艰难的一面。

## 二

回顾传统文化，中国人的思想强有力地趋向于统一和再统一。任何一种断裂，政治上的割据，远离故土，远离故乡人，都意味着一种身份的失落，家族的失落。我们总是在千方百计寻找亲缘，寻找共同的源。

《台湾轶事》是聂华苓在台湾（1949—1964）所写的部分短篇小说。《爱国奖券》中的万守成、顾丹卿、乌效鹏；《一朵小白花》中的谭心辉、丁一燕；《珊珊，你在哪儿？》中的珊珊、李鑫；《王大年的几件喜事》中的王大年、夫子；《一捻红》中的婵媛；《君子好逑》中的董天恩；《李环的皮包》中的李环；《高老太太的周末》中的高老太太；《寂寞》中的袁老先生……作者以她的细致体察和焦灼的关怀，塑造了这一批从大陆去台湾几十年的思乡病患者，惟妙惟肖刻画出他们的苦闷、迷惘、彷徨和精神空虚，并且在《台湾轶事》"写在前面"中表明她的情感立场："那些小说

---

① 《桑青与桃红》第261页"新版后记"，春风文艺出版社，1990年版。

全是针对台湾社会生活的'现实'而说的老实话。小说里各形各色的人物全是从大陆流落到台湾的小市民。他们全是失掉根的人；他们全患思乡'病'；他们全渴望有一天回老家。我就生活在他们之中。我写那些小说的时候，和他们一样想'家'，一样空虚，一样绝望。这辈子回不去啦！怎么活下去呢？"

流放、乡愁、归属，作为回忆的链索，无时无刻不牵动着作者心灵深处的疼痛。这种疼痛，根源于作者肩负的沉重的历史积淀物。任何时代、任何民族都可能出现相类似的遭际、精神危机，而每个人在这种危机面前的体验是不同的。有人是反抗或揭露，有人缅怀和追忆，有人则逍遥，有人则在深渊中发出呼告。浩繁的世界文学作品早已向人们展示了主题风格上丰富多面的体验性。而聂华苓的写作，则从本质上承继和体现了中国传统文化的基本意义：和合。以此为立足点，她笔下的人物和生活世界，被置于放逐的境地，体验着失去和合的痛苦。

和合是中国文化三个基本点伦理中心、家国同构、天人合一的基石。远离故土，对于欧洲人来讲，可能意味着冒险、扩张、进取，所以他们塑造堂吉诃德、鲁滨孙、浮士德……也可能意味着人格对抗、人性的尊严，譬如苏俄文学史上的流亡者现象，第二次世界大战期间德国"放逐的一代"作家；而对于中国人来讲，远离故土则意味着情感从一种安定状态突然走向不安定，内心为生活所设计的前程突然脱轨，人从一种正常运行中被抛了出来。从温暖的和合被推入凄凉的离索。聂华苓敏感的内心正是在她自己不安定的生活历程中体验着和合与离索的交织，以及蕴藏其中的快乐和痛苦。无论在哪里，人们习惯于把整个世界按陌生人和多少有点亲缘关系的两类分开。因此，远离故土，乡愁就成为追忆的主要模式。聂华苓以很重的追忆的笔墨，渲染了乡愁的感伤和哀痛。

　　从现代意义上说，乡愁是一种退缩意识。那种在乡愁中强烈感受到"失根"的归根心态，主要与恋母情结中寻求保护与归属的需要相联系，是因脱离保护和爱而又在现实中无法获得满足而产生的强烈的回归意向。从纯粹个人角度来看，移居他乡是困难的：人们总是想到乡愁的痛苦；更为糟糕的是：异化的痛苦面对新的文化的浸透与排斥。从本质上讲，乡愁所意向的家，不是物质的家，也不是充满伦理温情的家，而是精神的家园，心灵的安慰，是陷入困境中的个人对归宿的询问。聂华苓在她的一系列中短篇小说以及几部长篇：《桑青与桃红》《千山外，水长流》《失去的金铃子》中，反复咏叹的主题正是围绕放逐、漂泊、失根、寻根、缅怀、追忆。充满玄想、浪漫、激情的讲述成了苍凉而富有诗意的旧梦。事实上，聂华苓作品的客观效果并没有达到她的主观企望，即：超越地域，超越文化，超越政治的努力。被缝合在表层叙述中的乡愁情结，如同一尊静止的雕像，矗立在时间流动的记忆和玄虚的感情依托之中。当世界越来越趋于全球化交流和发展的时候，聂华苓以一种开阔的胸襟表达了她分析世界认识人性的价值倾向。而正是在这个认识过程中，她经历着一个失根者心灵与情感真实的变化与疼痛，并且这是一种流动着中华文化血液的创伤。

　　放逐母题牵系着的是被迫远离乐土，远离一个情感上认同的家，因此它可能转化为失乐园或乌托邦的寻求，人们便在这些未确定的空间里寻找归属感。把那些美好的、诗意的、永远失去了的往事加以虚构和美化，借以寄托无所归附的情感。因此，丧失的疼痛对聂华苓来讲，还不仅仅是"根"的丧失。缅怀青春，追忆逝水年华，希冀抓住那些美好纯净而不复存在的岁月和事件，同样在聂华苓笔下化为一种战栗着跳跃着的情脉。

《失去的金铃子》是聂华苓于1960年在台北所写的。这是一部抒情而伤感的长篇小说。从一个都市里的女孩儿视角中折射出的乡村的妇女生活，是一种困惑中的诗意，不安中的现实。而苓子正是这样走向成熟，走向觉悟的。聂华苓自己在《后记，苓子是我吗？》中说："我不想单单写那么一个爱情故事，我要写一个女孩子成长的过程。成长是一段庄严而痛苦的过程，是一场无可奈何的挣扎。"文学作品所复现的，常常正是这么些不完满的、未尽完善的东西，是某些在我们的生活中言犹未尽的东西留下的瘢痕。出现在作者心灵的眼睛前面的图像是物是人非的时间的沧桑，内心涌动着的是丧失的撕裂感，是抓不住的流沙一般的记忆的漏泻。

也许所有的回忆都会给人带来一定程度的痛苦，这或者是因为被回忆的事件本身是令人痛苦的，或者是因为想到某种甜蜜的事已经一去不复返而感到痛苦。写作在把回忆转化为艺术的过程中，想要控制住这种痛苦，因此使人们同回忆之间保持一定的距离，使它因距离而显得诗化而美丽。

当聂华苓在《失去的金铃子》中将笔端倾注在"矛盾"二字上，表达复杂生活中复杂的人性、矛盾的人心时，她对现实的把握，是一种怯生生的、温良的接触。作者更愿意用一种女孩子单纯的视角，不多加思索的感受，使事物披上一层温情脉脉的面纱。而不像张爱玲，是犀利而入木三分的苛刻。

放逐作为一个世界性的现代主题，它的更深刻含义显然展现在精神与现实的强烈冲突的过程中。第二次世界大战期间，纳粹法西斯迅速扩张，一批重要的德国作家，如布莱希特、雷马克、卡内蒂等，不得不流亡国外，成为"被放逐的一代"，而他们在流亡中写出的撼世之作，更直接地来自作家对人类自身命运的思考，对疯狂的世界的深刻批判，对人性的呼唤以及对摧毁人的价值所做的无情揭露。譬如卡内蒂的长篇小说《迷惘》，就是以近乎乖戾和荒诞的笔触描绘了一幅行将崩溃的世界图像，包含强烈的社会批判意义。整部小说混合着主人公的记忆、经验、涣散的幻想和联想，表现了这样一个深刻的主题：在人格分裂、社会畸形和思想混乱之下，精神与现实冲突之中，荒谬和迷惘无可选择地成为现代人的主要特征。

这种纵笔驰骋的书写，超越放逐而变成反放逐。这也是移居西方文化氛围之中的聂华苓企望达到的境界。然而潜在的传统思维定势和民族感情倾向的力量，左右着她的落笔，最终依然遵循原有的轨道，回归到中国式的"根"的眷恋和割裂的痛楚之中。这反而使她的作品难以摆脱巨大的文化引力而获得更宽阔更深邃的意蕴，事实上也因其独特的矛盾性而更具有剖析的意义。

## 三

在聂华苓所有的写作文本中，交织着放逐与反放逐，追忆与回归的循环圈套。作为历史现实的集体放逐，以及在这场放逐事件中体现出的"失根的一群"的内心痛苦、精神折磨，显然是这位女作家的中心关怀。在一系列写作中，聂华苓试图寻求一种平民式的朴素，力图与她所见的具体的人生汇通。因此她的情怀，她的作品的精神内涵也更加贴近中国传统的文化思维模式。一般来讲，小说作家所有的人物塑造在很大程度上来自作者的内省，来自于他对自己的认识。苏珊·朗格就认为："对小说家来说，他探索了一个虚幻的过去，一个他自己创造的过去，他'所设想的真理'，在那个被创造出来的历史中有着自己的根据。"①聂华苓在作品虚构的往日岁月与人物个性中真实地表现出一位穿行于中西方文化空间的当代作家内心的矛盾、焦灼和负重。

在所有这些作品中，我以为最富有现代美学意义，将心灵深处在传统文化负载中的种种冲突、碰撞、撕裂淋漓尽致表现出来、渲染出来的，是长篇小说《桑青与桃红》。这确实是聂华苓一个值得一提的实验性文本。

"桑青"与"桃红"，如同一个钢币的两个面，永远看不到对方的真相，但存在于同一身体中，这种构思本身暗寓着人的自我分裂。"桑青"与"桃红"，作为一位女性，坠地于中国湖北，从北京先后辗转到台湾地区、美国，始终处于被困被围被迫的境地，在不安、危难、躁动中寻求生存的空间。作者借用自己所熟悉的漂泊经历，以不同时间、地点，桃红受美国移民局追捕为主线，以日记体形式表现桑青不同历史阶段的流亡生涯，两条线交叉并进，在时空转换交叠中撕心裂肺般展示了一个失根的女性人格分裂的履踪。

为了表现出人物内心世界里的灵活多变的，甚至混乱不堪的意识活动，作者需要找到一种相应的描写手法。在这篇小说里，作者对"失根的一群"的描述已有了观念上的突破，即不再是希望破灭、境况日下，但仍背负沉重的历史包袱，踟蹰不知所往的"套中人"。"桑青"成为"桃红"，一种身份转化为另一种身份。故事开始时是桑青，一个中国内地女孩，单纯天真；故事结尾她已变为"桃红"，一个不折不扣的纵欲狂，由美国中西部游荡到纽约。白先勇对这种描写手法做出评价："透过创造并刻画这精神分裂患者

---

① 《情感与形式》中译本第336页，中国社会科学出版社，1986年版。

破碎的世界，聂华苓深刻地比喻了现代中国极端悲惨复杂的命运。这篇小说异常有力，因为其中运用了不少象征，作者把心灵上与社会方面的情况连起来，使二者互为辉映；小说中所描写的本来只是个人人格的病态，但透过连串的投射与转置作用，却象征了整个国家的混乱状态。"①

为了形象体现这种现代人的精神流浪，心灵深处的"孤岛"意识，作者在文体上做了淋漓尽致的试验。全书以桑青日记、桃红书信构成。过去的经历以"日记"的形式被记录下来，而今天的书信又是对日记的陈述、评判。于是，漂泊的、流亡的桑青桃红的命运与遭际以跨越时空的形式做了两度书写。这种既侧重抒写心灵、自我剖析而又易于造成时空交错效果的结构经营，与写实的、梦幻的、通感的、潜意识的、意识流的、象征的、夸张的、寓言的等种种艺术手法交相灵活运用，所抒写的正是人的内在精神、心灵感受。叙述之中，活动着的是复杂的、难以言传的人类感情。读者同时体验着一片巨大的痛苦，一种无声的悲哀。

"疯狂"，经常是作家在艺术上借用的重要武器。鲁迅通过"狂人"控诉"吃人"的封建旧制度；福克纳在长篇小说《喧哗与骚动》中，透过一个疯癫混乱的家庭，展现了美国旧南方的崩溃景况，以此揭示现实的荒诞、非理性和如痴人说梦的人生。同样，聂华苓在塑造作为现代流浪的中国人桑青桃红的旧我、新我的形象时，巧妙地借用了"疯狂"，多层次地、逼真地揭示了心灵、人性在冲突中所受到的伤害。事实上，桑青桃红有着完全不同的人格，但命运却都是以悲剧告终。桑青追求自由，而精神被"过去"紧箍

<hr/>

① 白先勇《流浪的中国人》，《台湾文学研究资料（上）》第221页。

住，出路就是人格分裂，精神自杀，蜕变为桃红式的人物；而桃红却在没有社会责任、没有伦理约束的自由中沉沦到精神上的最低点，陷入半疯癫状态。人与现实生活的无法协调，造成了惶恐和扭曲。整个社会、整个世界、整个人生处在一种内在切割的状态之中，丧失了原来的完整性。

在《桑青与桃红》中，不论是写作手法，还是价值取向，都表明了聂华苓对西方现代主义有意识的借鉴。从艺术风格上，它是一个典型的寓言性写作文本；从主题倾向上看，它不再是仅仅停留在乡愁、寻根、追忆的幻想之中一厢情愿求得满足，而是以反叛和否定传统文化所包含的价值观念和道德观念，以个人的解体，寄喻了政治方面国家的全面瓦解。这一切，使聂华苓的写作获得更丰富的文化内涵，通过艺术方式体现了思想内容上有意义的蜕变。同时也标志着聂华苓写作意义上质的飞跃。

人物作为作品整个人生观的化身，我们从桑青的疯狂和疯狂的桃红身上，感受到一种身首异处的悲剧。将身躯安顿于顺世随俗，头颅却伸张于若迷若失的历史幻想之中，凡此，不是淹没自我就是放逐自我分裂自我。这是典型的中国式的归根心态的纠结。这类人物形象的塑造，从创作心态的角度显示了作者在文化负重之下企图超越文化所努力的必然结果。桑青桃红的悲剧，是双重悲剧，是作者在困惑中更为清醒的合情合理的艺术安排。相比于作者以往的作品，这个文本包含了前所未有的批判意识。作者的眼界以及把握人物的寸度无疑有别于从前，它们以艺术的方式同样体现了聂华苓人生态度和文化视点的变化。因此，这部小说也就具备了更值得探究的、与创作心态密切相关的深度。

# 四

话语之中流动的文化形态，是文本内在的"魂"。而对作者而言，世界与他自己的世界之间，一道大门矗立着，语言是门上的锁。唯有判断陈述才可以成为一个心灵的事实和个人精神的真实。在叙述之下，是人类灵魂深处的震颤，颤音传达着文化符号沉甸甸的分量。聂华苓对于"失根的一代"的形象把握，以及在文体上的实验，正是一种试图超越文化樊篱，寻求沟通、认同、发展的努力，不过这种努力事实上屡遭挫折。在她的另一部长篇小说《千山外，水长流》中，她构想的莲儿的形象及其经历，显意识、潜意识都体现了这种文化意义上的悖论。

《千山外，水长流》从笔调的风格上讲，可褒为优美动人，但也可贬为煽情之作。作者精心设计了一个罗曼蒂克的跨国爱情故事：第二次世界大战前后，年轻的美国记者维廉·布朗（爱称彼尔）两次来到中国，在深入中国社会、深入解放区、深入青年学生运动的过程中，彼尔与中国女大学生柳凤莲一见钟情并结成眷属。但小说的主人公既非彼尔，也不是柳凤莲，而是他们的遗腹混血儿莲儿。作者重笔浓彩渲染的，是莲儿坎坷艰辛的人生经历，展现的是莲儿寻求"认同"而屡遭挫败的心路历程。从某种角度讲，作者塑造的依然是一个"失根"的人。在中国"文革"时期，莲儿因为"美国爸爸"几经磨难，命运多舛，心灵得不到健康成长，甚至因此与母亲关系疏远；但当莲儿在中国20世纪80年代对外开放以后，有机会飞越重洋，到美国的娥普河畔的布朗山庄探望异国的亲祖父母，陌生的骨肉、陌生的亲情、陌生的民族与国度，一霎时交汇，把她卷入了复杂的感情旋涡中。作者力图以抒情的笔法，渲染理解、沟通、融合，甚至爱与信任。整部作品，洋溢着浪漫、热情、明丽的气氛。

事实上，世界文明的发展，有赖于不断地分离与交融，但这是一个相当艰苦的过程。我们一直活在文化之中，我们不断地试图理解他人，也使他人理解自己，而在这个过程中使自己成为自己。这正是深沉的文化暗流以微妙和高度一致的方式构筑了我们的生活。所以美国文化人类学家爱德华．Ｔ．霍尔语重心长地指出："人类现在必须踏上超越文化的艰难历程，因为人所能实现的最伟大的分离业绩，就是渐渐地把自身从无意识文化的桎梏中解放出来。"①

聂华苓从自身的遭际及民族的热爱出发，确立了她的小说创作中的"放逐"主题，生动塑造了一系列"失根的一代"的千姿百态，使她成为海外华文女作家中的佼佼者。而她为她心爱的小说人物设计的寻找精神家园的途径是以中国传统思维及情感模式为起点的，出发的指向其实是一种调头的回归。这种回归，不仅仅是她以及她的小说人物内心深处潜在的渴求，也是她以及她的小说人物命运的隐秘现实。发现这种现实存在，我们也许可以在更深刻意义上体验到世界文学史上一批同样遭遇放逐命运的流亡作者，譬如帕斯捷尔纳克、纳博科夫，譬如昆德拉、贝娄作品的撼人之处。在这些"放逐文学"中，作家用真正人性的眼光观照一切，观察历史的流向，寻找人这个生命个体的动态位置。他们的写作，给我们深刻的启示：在这个悲剧丛生的今天，对人类普遍处境的深切同情，对人性复归的呼唤，才是真正不朽的精神力量。换句话说，这种文化意义上的启示更有助于我们跳出自身的圈套，真正走向多维深入的视野。

---

① 《超越文化》第238页，上海文化出版社，1988年版。

# 永恒的定义

——《远见》《二胡》《纸婚》中的情爱主题

　　在海外华文女作家中，陈若曦应属高产且创作生命力顽强的一位，从20世纪60年代在台湾作为《现代文学》杂志创办人之一，她就以台湾现代派作家的中坚开始了漫长的文学生涯。而她的生活旅途与创作历程共同经历着曲折而广阔复杂的景象——1961年在台湾大学外文系毕业后，次年赴美留学，获文学硕士学位；1966年从美国回祖国大陆，在华东水利学院任教；1973年又经香港到加拿大定居，后在美国加州大学分校任教并在旧金山柏克莱亚洲研究中心工作。同时期，她发表的中、长篇小说及散文作品不计其数，尤其在80年代，全面进入创作的旺季。

　　从研究的角度出发，在通读了陈若曦自20世纪70年代以来的大部分作品以后，我把目光停留在她创作旺期（80年代）的3部长篇作品——《远见》《二胡》《纸婚》的主题上。之所以把它们并列一起，并不仅仅是一个时间上的问题，而且是认为作者所特别关注的写作主题以不同的形态展现在这不同的三部小说内容中，它蕴藏着耐人寻思的写作倾向和创作动因，并以潜在的人文气质左右着小说人物的塑造以及故事的程式。我们所看到的小说中所描绘的内容更多的是作者的心灵景象，它包含着困惑与理想的主观性矛盾。正是这样的矛盾，构成作品的张力，因而使结构饱满、圆润起来。

## 一、古老与现代的困惑：性爱困惑

《远见》《二胡》和《纸婚》，都是关于移民的文学，是来自祖国大陆或台湾的华人在当代美国的生活横切面。"绿卡"犹如黄金充满炫眼的诱惑，令人疯狂，获得绿卡之后的生活才真正落到崎岖不平尘土飞扬的地面，于是你看到许多灰暗的地带，它们就是生活的本相。

任何小说作品都是一种艺术化的社会象征符号，是社会识别和文化识别的标记，因此在这几部我们准备讨论的作品中，移民题材中对文化和时代背景的敏感是不可避免的关注点。

美国是一个意味着神话的梦想能变成现实的国度，它发达、富有、自由、令人心往神驰。它在现代史上事实就是以霸权的姿态吸引着世界每一个角落的人们。但你找到快乐了吗？你幸福吗？现实毕竟与梦想有着不可逾越的鸿沟，尤其是来自第三世界国家的人们，他们所获得与所舍弃的，究竟孰重孰轻？或许只有沿着那弯弯曲曲的生活轨迹追寻，才能找到某些答案。

《远见》《二胡》《纸婚》，正是在这样的背景展开了叙述。作为一位女性作家，陈若曦的视角明显地具有女性的立场，它既是传统的，又是现代的，这样的写作视角在作品中交汇多层矛盾统一的复调效果，因而它是立体的、凸凹的。

三部作品，所叙述的都是关于移民的感情，而感情在小说中更形象体现出它作为一种心理经验的本质。感情里面尤其脆弱和敏感的又恰恰是人类的爱情——性爱之情，它既具有心灵的特质，又带有现实的面目，正是创造心灵世界的好材料。心灵有多复杂，爱情就有多复杂，这样的困惑由古至今，只有过程，没有答案。

林淑贞是一位典型的贤妻良母，理想的东方女性，集温良恭俭让于一身。在《远见》中，作者花很大的笔力去塑造她，赋予她智慧与美德，并为她构筑一个幸福家庭理想丈夫的幻象，然后无情地击碎它。正是这样一番别有用心的构筑，林淑贞这个女性形象栩栩如生站立起来。这个一心一意献身家庭的台湾妇女，为了丈夫的"远见"，为了丈夫的绿卡，进入美国社会的夹缝，顽强地生存着。这是一个可悲的怪圈：走出家门，进入一个完全陌生的社会开始生的挣扎，却是为了家庭的未来。这样的重任落在一个拥有幸福家庭理想丈夫的传统妇女肩上，已经暗示着她的悲剧。中国传统女性是被动却不允许柔弱的，她们顺从而必须沉默地承担生活的重压或屈辱。当林淑贞在一个传统的心理格局中艰难完成丈夫的使命并心甘情愿拒绝种种情感诱惑之后，她面对的是一个如此自私的丈夫：偷情，并要她来共同承担这一切的后果。陈若曦为林淑贞安排了返美的结局，这个结局使作品具有了女性立场的批判态度，我们因此看到了陈若曦身上的现代性，它既不是彻底的西方女权，但与传统立场又相距甚远。

《二胡》讲述的是美国侨民的故事，这个故事的格调确有点像二胡音色的悠长、忧伤和寂寞。我们现在关注的也还是女性的形象。在陈若曦的笔下，传统的女性总有令人感动的美丽，这种美丽来自意志和专一的情感，把它放置在西方价值观的背景中，作者所要衬托的是这种品质遗世独立的珍贵。从这个角度看，陈若曦不仅仅不背离传统，甚至是潜藏着热爱。且不说男主角胡为恒的结发妻子梅玖一生的悲剧是一个旧式怨妇的形象速写，所谓"思悠悠、恨悠悠，恨到归时方始休"。当胡为恒为逃避这桩包办婚姻而赴美留学以后，梅玖所要面对的命运就是无条件地离婚，而她却心甘情愿地留在胡家，继续侍奉公婆，给他们送终，带大儿子……梅玖一生的等待，就是再见胡为恒一面，这就是一个旧式怨妇最大的梦想和安慰。当胡为恒在异国漂泊半个世纪以后（求学、再婚、成为经济学教授、晚景凄凉），踏上归乡的路，他所见到的梅玖，已是风烛残年："方脸方下巴，只是瘦得仅剩下骨架。以往小巧的嘴，如今整个瘪进去，不说话时只看到一条线而已。稀疏的白发只够在脑后挽个手不盈握的小髻。倒是深陷的眼窝迸发出光亮，一种执着凝注的光芒，像黑夜里的两盏灯，吸引了在座所有的视线。"①

　　陈若曦以一种哀伤而感叹的笔调塑造这个人物，她把人物的形象建立在传统中国的文化背景下，她所表达的就是这个国度的女性历史，因此不是简单的批判或者同情或者否定所能概括得了的。你可以从这个不识一个大字的梅玖引发开去，再看看作品中其他的女性，譬如柯绮华和杨力行。一位是台湾著名学者胡景汉在祖国大陆时自由恋爱的结发妻子，如今相隔34年；一位是胡景汉在台湾的红颜知己，没名没分陪伴胡景汉多少年。但她们却不是一般意义上的传统女性。柯绮华，一位教授——胡景汉的老师之女，与胡景汉的自由恋爱是在吟诗作对中度过的，而且吟的是新诗。然而她的一生却是网罗在隔岸相望的思念中。"一个家无恒产的女子，克尽独养儿女的责任，又母代父职，养育了儿女，绵延了第三代，其中的辛苦卓绝，岂是一个'贤妻良母'的称号，或'伟大'等词句所能表

---

① 《二胡》第90页，中国友谊出版公司，1987年11月版。

达于万一呢？"①作者专注于这种揪心的情感，含蓄而缠绵。对她来讲，女性的意志力和坚韧不移的感情包含着惊天动地的力量，它不仅仅是来自爱情的动力，当然也有别于嫁鸡随鸡的盲从了。而杨力行，一位精明强干的台湾工商界女强人，出身名门，身挟宾夕法尼亚大学的企管硕士文凭，却放弃继续留学美国而与大自己20岁的胡景汉同居，甚至因此与家人反目。然而这位貌似新潮叛逆的强女子，却对无名无分的爱人一往情深，"一个貌似坚强却坐在厨房里淌眼泪的女人"。②

当我们把这几位不同文化程度不同层次、出身、性格、经历的女性放在一起时，我们看到一个惊人的叠合，这个叠合起来的女性形象对于爱情和婚姻是以绝对宽容和忍耐、专一和执着的母亲一样的胸怀体现出来的，它的意义也正是建立在女性自我迷失和内心憾缺的爱的途中。在这里，我们看到了源远流长的性别角色社会化了的漫长过程，它既是世界性的，又是中国化的，传统文化教育铸就和安排的性别类型和位置不可能是几年留洋所能打破的，事实上，她们在各自具体的生存环境中随着性爱的绝对孤独和困惑，却必须赖此证实自身的价值。

《纸婚》是看起来很现实，实际上很纯情的一部作品。说它现实，是指它叙述的故事。故事从功利的目的出发，"我"是来自上海的留学生，为了"绿卡"，与美国人项假结婚，也就是说，这是一桩纸上的婚姻。然而非功利的情感却自始至终贯穿整部作品。"我"在这里面，经历了太多沉重的生活磨难与感情挫折，她现在

---

① 《二胡》第171页，中国友谊出版公司，1987年11月版。
② 《二胡》第110页，中国友谊出版公司，1987年11月版。

所要面对的是现实的生存，对她而言，纯情是一件过分奢侈的东西，也是虚无缥缈的风。但作者偏要赠予她一份沉甸甸的纯情，它超越了狭义的男女之情，也超越了婚姻的意义，在这里，作者所要展开的，是关于人性光辉的礼颂。这是一部更具现代启示的作品，人物有着另外的心理轨迹，它超越了同类题材所表现的"他乡"的困惑和中西文化冲突的感受，它所触及的是一个更为深刻的命题：现代意义上的人类情感归宿。因此说来，《纸婚》所探讨的性爱困惑，是建立在现代文明的危机上的，它包含与传统的困惑截然不同的内容。然而在主题的建立上，陈若曦表现出对东方精神的一往情深，她笔下着力塑造的人物，同样闪耀着东方情味的魅力。

## 二、经历和文化身份构成的写作焦点

华文作家选择的题材，大多局限于海外华人的生活，因为任何技巧上的写作都不可能是空穴来风，那是他们赖于取舍的土壤。而陈若曦的生活经历造就了她历练阅世的目光，从台湾到美国，再由美国到祖国大陆，又经香港到加拿大，最后又定居美国，这其间的选择，巨大的流动性所带来的生命感受当然是切肤的，而对于生活在各自具体环境下的同一民族不同的人生价值观，她的体察自然也是入微的。从这一点看，她复杂的文化身份也为她带来了创作风格的丰富性。

在陈若曦的小说世界里，人性的光辉最终是战胜一切的。移民的迫切问题是生存的问题，首先就是考虑居留下来，也就是说，"绿卡"的问题。无论来自大陆还是台湾，无论是高官、高级知识分子还是普通的体力劳动者，他们对于西方都寄予更多有梦幻色彩的理想，他们甚至没有预料到乡土究竟与自己有多少根深蒂固的联系。只有在脱离本土之后，呼吸中一切的不适应和无奈才渐渐显露出来。现实便是如此，人很难知道自己真正需要的是什么，而作者在作品中不断追寻的乃是永恒的古典的文化力量，它们可能已经失落或正在失落，人总是在做一些背道而驰的徒劳。陈若曦就是从细琐的日常细节中一点点发掘蒙尘的泛人性的光辉。

《纸婚》采用日记体的叙事方式，读起来平铺直叙，无惊无乍，所谓繁华落尽，其纯自出。这种叙述方式与叙述者"我"的性格角色正好是契合与同一的。"我"从中国的大城市到西北部的戈壁滩再回到城市，十几年的光阴已将生活磨难和感情挫折，如同雕刻刀把"我"雕塑成一个历尽沧桑勇于直面现实与命运的成熟女人。日记体的叙述方式有一种如实道来的味道，也像平常日子一样可感可历，在这样的生存体验中把人物——带到我们面前，留给你的，便是更深层次的艺术视境了。

《远见》的生活场景对于陈若曦而言，确是信手拈来。台湾人在七八十年代正处于出国的狂热之中，如今远距离地观察这段特殊的历史时期，人的行为就具备了无头苍蝇的荒诞。事实上，作者陈若曦也是这支浩浩荡荡的出国大军中的一员。政治的民族的时代的等复杂的因素使人们在生活面前迷惘和紧张，每一缕光都可能意味着出路和通途。林淑贞作为一位普通的传统女性，她的出国却是出于丈夫的安排。而这一步，使林淑贞的观念经受了彻底的洗礼。陈若曦的写作，自始至终贯穿着一种女性的终极关怀——对女性特定存在的思考。《远见》中的女主角林淑贞是典型的东方女性、贤妻良母，而正是在这位被理想化了的女性形象上，作者完成了对人物的自然母性和传统母性的超越，从而走向更广博的女性境界。面对回国后所知晓的一切，开始觉悟的林淑贞不禁自问：

> 这四十年中，我究竟扮演了什么角色，她要扪心自问，以致所有的亲友都相信我只有一条路可走，那就是接受现成的安排？
>
> 先是乖顺女儿，嫁给父母选择的男人，接着是贤妻良母，既要宽恕丈夫的不忠，还要承担他外遇的后果，再进一步漂洋过海去为他争取"绿卡"。以后呢？
>
> 她很不甘愿。[1]

林淑贞在美国所遭遇的人和事，不仅仅是简单的生活表面的酸甜苦辣。来自祖国大陆的访问学者应见湘、留学生路晓云、她受佣的李医生一家、老同学留洋博士林美智以及女儿的男友……所有这些，都为原本生活天地狭小的林淑贞打开了崭新的世界，它们是无形却强大的冲击波，所以，丈夫不再是天，他的言语，不再是圣旨。林淑贞已有了自己的思考：

> 现在，事情已过了，我应该感激吴道远。他使我领悟，我不能依附别人，首先应该独立生活，只要想通了这一点，再也没有什么可烦恼的。[2]

同样的事情，如果发生在林淑贞出国前，肯定就不是这样的处理方式，在这里，林淑贞不再是无助地企望、想象以及失望、愤

---

[1] 《远见》第316页，北方文艺出版社，1988年版。
[2] 《远见》第323页，北方文艺出版社，1988年版。

慨，她开始感受到她的"个人自由"被侵蚀，她的心开始有一种被剥夺受欺凌的痛苦和挣扎。她的内心已经脱茧，不再囿于樊篱之内。所以，关注于具体的男男女女背后那无形的操纵人生运作之手——主流文化以及民族无意识之流，叙事就不再是简单的故事，写作的焦点在于它力透纸背的洞察。陈若曦复杂的心理经验以及多元文化塑就的人文气质对她的写作产生巨大的影响，她专注于现代社会女性个体的心灵世界，突出它独特的气味，有传统的根，又有西方文明的土壤，这样的条件和氛围生长起来的枝蔓繁杂而与众不同，而且是潜在的，并不是生硬地体现在表面。

## 三、三位理想化的男性形象

之所以认定陈若曦的创作体现出一种传统性与现代性的矛盾统一，还不仅仅是根据她对题材的处理和女性心灵世界的发掘所表现的方式。在她的这几部长篇作品中，我们并不难看出她所创造的男性形象身上的理想色彩。与一般的女性作品不同的，陈若曦笔下的男性形象大多不是对抗性的，无论是东方人还是西方人，他们都充满温情、儒雅和专一，既传统又文明，正是通过他们身上的光彩，我们看到了高度物质化的现代社会所失落的纯情和道德意识。

在《纸婚》中，我们看到了项，他是一个真正的美国人。这个人物，既是美国20世纪60年代激进的"自由"人士，同时也是当今成为美国社会问题的同性恋者和艾滋病患者。然而他热爱东方文化，许多地方比东方人更富有东方情味。显然，在作者的价值尺度上衡量，东方文化比西方文明更符合人性更崇尚自然，它可以作为现代社会危机的一条出路。同性恋和艾滋病不是项的罪责，而是这个危机四起令人忧心忡忡的美国社会的疾病与现实。我们看到的项，不仅令人同情，甚至令人缅怀和敬仰，因为他解救了一个来自东方的濒于困境的女人（希望得到一张绿卡的中国留学生，否则即将被驱逐出境，所以项仅仅出于好心与她假结婚），在此基础上他们展开了不平凡的情谊，这个被项解救的女人"我"，也在项濒危之际解救了他的感情。小说采用日记体的形式，情节正像"日子"不断增加一样，人物形象的立体感和艺术的整体感也就自然而然地形成，它的意味越来越深远。这是一出凄婉的悲剧，也是一种特殊的爱情。它从功利的目的出发，却以非功利的情感贯穿故事始终，这正是另一意义上的"纯情"之作，它含有梦想的成分。关于爱情的理解，陈若曦在这里突破了以往传统中国女性几千年为封建男权毒素所浸透了的一种"归属感"，她所要突出强调的是文化形态与两性情感一样需要交融互补，它们意味着永久的对话和心灵的敞开，项正是在寻找这样的途径中历经磨难和歧路，他所代表的是社会和时代的悲剧，他所努力的是人类的自我拯救。正是这样复杂的角度，人物获得了光彩。

而作为东方人的胡景汉（《二胡》，台湾学者）和应见湘（《远见》，来自祖国大陆的访问学者），他们身上的东方男性理想色彩显而易见。他们不仅博学多才，而且重情重义，道德的色彩更加鲜明一些。

胡景汉在《二胡》中并非主角，但却是一个非常有光彩的人物。他的经历和心路可歌可泣，由于政治与历史的原因，他与相亲相爱的大陆妻子柯绮华相隔34年，妻子因为这段婚姻在"文革"期间坐牢并被打瘸了腿，而胡景汉也因此而放弃与相爱的台湾企业界女强人杨力行结婚，最后结局是选择回祖国大陆，回到已经苍老多病的妻子身边。用杨力行的话讲："我觉得，他对我的感情并没有变，但是他重情义，责任心强，矛盾也就在这里。"①中国文化的底蕴究其底是儒家的哲学观念，儒家文化强调人的世俗责任和道德感，有很明显的伦理规范和人格意识。在情与理之间，儒家更注重理性。从胡景汉的身上，我们感受到这个形象所浸淫的儒学背景，而作者对于人物的人文气质持的是难以言表的感慨，它不是单一的肯定或否定态度。更细致地分析，作者对于人物发生的悲剧是放置在外部而非内部的因素。

同样类型的形象塑造出现在另一部长篇小说中，就是《远见》中的主要人物应见湘。这是一位来自祖国大陆的访问学者，博学、多艺、稳重、爱国、深沉、幽默、见多识广、历经沧桑……你几乎可以把所有关于男性的溢美之词安在这个形象身上，而恰恰是这位近乎完美的现代知识男性深深爱上来自台湾的传统的贤妻良母林淑贞并给予她最深刻的影响。在林淑贞这个人物身上，有着中国妇女传统的信念，即对"家"和丈夫的依恋，她以一种盲从、愚昧而痴心的"爱"来作为证实自身价值的表示。在遭遇应见湘之前，林淑贞是未觉悟的，而在小说的结局，林淑贞面对有外遇的丈夫，义无反顾再度返美，不能不说与应见湘给予她的感情寄托和思想影响有很大的关系。正是在这一点上，我们同时也看到了陈若曦所塑造的理想男性是建立在传统的价值尺度上的，他们都有着父权社会赋予男性的力量和厚实的背景，他们意味着强大和独立，意味着永远走在女性的前头，尽管他们的头顶都有着现代文明的光辉。

这也是我们所要指出的陈若曦在她的创造更新中与各种文本和

① 《二胡》第44页，中国友谊出版公司，1987年11月版。

同时代的他人文本具有的互文性，传统和时代的联系及牵扯无法割裂。现实作为写作的土壤，作者的曲折经历决定了她把题材的取舍和主题的建立主要放在侨民生活这一范围里。她笔下人物的文化背景以及她个人的文化倾向都有着矛盾的多重性，然而儒家理想塑造出来的中国传统文化气质是其深厚的基础。而作为台湾现代派文学的先锋代表，陈若曦所采取的艺术技巧及表现形式又有着明显的西方现代性特征。所以无论她的小说人物还是她的文本风格，总给予我们一种夹缝里的生存这种无奈而迷惘的感觉。因此，作者在写作的同时也在寻找她的理想，她要将自己的理想赋予人物，并赋予人物新的生活世界，这个世界不是反叛的，而是一种回归传统又具有现代觉悟的社会新秩序。作者在这里表现出她一贯的现实主义精神和一定程度上的心灵浪漫。

## 四、力度与柔情

情爱是一个古老而永恒的写作主题，任何写作者都不可能也不愿意回避它。而关于它的定义绝不仅仅是个人的、隐私的，它包含更多文化心理和社会心理的内容。女性作家切入这个主题时，容易缠绵、卖弄和矫情，也可能更为细腻、锐利和深刻，她们更关注性别角色之间的关系，所以更具心灵化，但力度却常常是欠缺的。因为力度有赖于开阔的视野和更为宏观的历史把握，这一点，男性作家往往较为擅长。

我们现在面对的是一位女性作家的作品，它们涉及情爱主题，以女性的视角展开叙事，有着细腻的女性情感倾向，但它们并非个人化的，它们的框架更接近男性作家的风格，有着更明显的社会化时代化的文化基础，却又与女权主义无关。正是这样错综矛盾的力度和柔情交织为陈若曦的作品风格。

我们无意为陈若曦的文本做概念上的界定，在这个情爱主题的基础上她可能涉及了妇女问题，但这也不是她的真正关注点。在性别的观念上，她并未走出父权传统的樊篱，也并无做出有意识的突破，她所关心的，是不断得到调整的传统而走向和谐的理想爱情，这种爱情无论对于西方人还是东方人，都意味着双方免受寂寞，是永久的心灵对话，是心怀对方的尊敬和柔情，它通过对对方的格外关注得以表达。它可能意味着现代社会更为理想的人际、情感新秩序，所以她崇尚传统美德并歌颂忠贞不渝的爱。陈若曦把这样的观念赋予她笔下的侨民，她要描写的，不仅仅是他们生存上的挣扎，还有他们情感上的困惑和追求。

所以作为一位有影响力的海外华文作家，陈若曦的作品给予读者的启示不只是艺术方面的，它们更倾向于文化意义上的文本案例，我们从中剖析作家与作品的关系以及文化身份带来的影响力。

作为一个现实精神较强的作家，她对时代观念的变迁对文化传统的延续关注显得更执着些，所以艺术上手法被退到相对次要的位置。但陈若曦驾驭语言是娴熟的，她的写作意念上的矛盾性在她饱满而紧张的结构中得以整合统一，所以同时体现着一种力量感又具备女性的气味，但也一定程度上破坏了小说艺术的纯粹性，矛盾使小说的叙事有时显得支离破碎，观念大于主题。正因为这些，陈若曦的写作更具文本案例的特征，她的影响可能正在于她写作上的主观矛盾性，这是写作的过程，也是作家成为作家的过程。

（原载《华文文学》2000年第4期）

# 文学教人以同情

## ——重提白先勇的意义

　　围绕文学所展开的批评、讨论一直没有停止过，关于文学的理论问题一直与文学创作活动相辅相成。然而在今天，文学写什么、怎么写、为谁写这些曾经作为文学批评热点的话题不再重要时，我们的文学又呈现出什么样的景象呢？我们的作家（我指的是真正意义上的作家）在哪里呢？

　　职业的需要，我每天必须编读大量参差不齐的当代文学作品，自觉不自觉地接受着各种文学信却常有一种倦怠感。我更愿意在业余阅读一些功力深厚而雍容大气温雅蕴藉的经典之作，那些能够真正从内心召唤你各种感觉的作品，其中包括最近在看的《白先勇文集》（花城出版社2000年4月版），这是一套迄今为止祖国大陆搜集白先勇作品最完整的，集作家创作的各种文体，以及相关的评传、评论、访谈都包括进去。系统地阅读白先勇的作品会有一种更为客观、理性的惊喜般的感受。

　　其实自从1979年短篇小说《永远的尹雪艳》刊载在《当代》创刊号上，白先勇的作品就陆陆续续为祖国大陆读者所认识。现在回头看，20世纪80年代真是一个非常值得怀念的时期，当时我们的精神和心灵由于长久的禁锢而干枯、焦灼，所谓久旱逢甘露。当各种各样负载着重大文化内蕴、并富于艺术探索精神的中外古今文学作品在市面上重见天日时，我们的热情就这样内外呼应地燃烧、被激励。理想主义、英雄主义和"文化热"是当时令人感到欣慰的时代精神品格，它们相当重要地影响了当时热爱学习、尊重文化的一代人，并形成一种人文气质。

往事如烟。如今已有许多东西被冲涤、被淹没、被改变。时间就是一种无情也无常的流动，记忆对于今天的我们而言，可能意味着内心的一种回归和感念。今天理解白先勇，正是从"时间"这一主题进入的。

从《寂寞的十七岁》《纽约客》这些早期短篇小说到代表作之一的《台北人》（包括《永远的尹雪艳》《金大班的最后一夜》《游园》）、长篇代表作《孽子》以及散文、评论、戏剧作品，白先勇通过他细瓷一样的文字和山水工笔画般考究的人物系列形象，展现了一个真正意义上的、道道地地的中国作家的文化积累和文化品质。他所言及的"人性中有许多可能性"与时下物质时代由粗鄙的垃圾文字组合的场景实在有天壤之别。正因为此，我无法忘记前不久在翡翠台看到的"杰出华人"系列电视片中记者采访白先勇时，他说"世界上没有一个民族这样彻底地否定自己的传统文化"时惨痛的表情。我们确实破坏得太多太多了，我们还在继续丢失。

将传统融入现代的白先勇，创作中处处呈现着深重的"传统"印痕和文学承传。尽管他作为台湾《现代文学》创办人之一，是被列为台湾现代派代表的，艺术上也明显地看到西方叙事方式对其创作的浸染。但他作品的思想核心却强烈体现出一种直面现实的精神和深入灵魂的勇气，那是由厚实的人生体验和哲学底蕴所支撑着的，它与古典中国紧密相连。他被谓为"最后的贵族"，因为他不仅基于阶级出身、个人的生活历验描写了大量的没落上层人物，也对"没落"表达了无限的同情和叹息；他还被誉为最有"悲悯情怀"的作家，因为他书写的领域不仅包罗了下层阶级的悲惨、同性恋者的复杂情感、风月场所妇女残花败絮般的命运……更重要的，是字里行间跳动的博大而诚挚的心。白先勇笔触极其细腻、饱满。他的"过去"与"记忆"，是历史、无常与沧桑；他描述疾病、疼痛、惨状，然而告诉你的却是爱，是同情，是生命的切肤之痛。因此白先勇的作品总散发出一种凄冷的美、伤感的诗意和挥之不去的余韵。通过作品，我们看到的是作家面向人世间那佛陀一样通透、了悟、明净的眼睛。

这一切，意味着一个真正的作家看取社会与人生的高度和立足点，却正是我们今天的文学所忽略的。

在"杰出华人"系列电视片的最后，记者问白先勇，文学究竟有什么用？白先勇语调平缓但字字清晰，他回答，在今天的时代，文学不能推动经济繁荣，也不能带来科技的创造发明，但我们依然需要文学，因为文学教人以同情。我被这样的话所震撼，并因此无言。今日的文坛，充斥太多的作秀和炒作，太多的功名利禄哗众取宠、小圈子活动以及狭隘的、狂躁的、鸡零狗碎的文风。我们的一些作家正在以不同形式迎合这个时代现实，尤其是商品现实，他们那么灵活地顺时应势。所以今天所谈的虚无人性等其实不过是一种姿态，而非心灵的真实。不少作家比谁都更懂得"市场"这个词意味着什么。他们谈文学的寂寞、文学的没落，其实是他们没有获得期待的高额利润，（但文学是商品吗？）他们内心比谁都热闹，其结果是造成真正的创作迅速萎缩。如今在受难的不是这一类作家，而是我们的文学。站在书店的大书架前浏览，我知道甚至国外不少被列为畅销书作家的作品比我们现在正红火着的所谓纯文学作品还严肃、还认真、还独立，无论是语言的功夫还是内蕴的主题命意。

所以我记得不久前在京城的一次小聚会，一位作家朋友仿佛自问自答："我想文人还是应该有操守的吧？"

这就是今天我要重提白先勇作品的意义。我读到一种被感动的，而我们今天正在失去的文化品格。白先勇不属于任何一个单一的文学派别，也不属于任何文学事件，他依赖文学作品本身发言。通过精心构造的人物复杂、细节纷纭的小说世界，他所表达的是人性中最为朴素又极为动人的爱、悲悯和诗意的美。人类的心灵正是赖此而得以拯救的。再繁华的世界也是粗糙的、低鄙的。时间，是白先勇小说中最重要的主题。时间带走了许多，但也积淀了许多，我们究竟在汲取什么呢？

（原载《文学自由谈》2001年第1期）

# 火与泪：生命在漂泊中

## ——读流星子的诗

生命的背负太重太重，它的往事、它的故土，还有恋歌，还有今天的跋涉……生命其实很轻很轻，在辛酸的童年，在下雨的日子，在死去的爱情中，在都市巨型广告牌下……人实在很渺小，人又活得很沉重……

寒冬的深夜，在案头摊着的是澳门诗人流星子的诗集《落叶的季节》。低吟浅咏，我读出的是无法喘息、难以承受的悲苦心曲。

我想，流星子是善感的人，也是易伤的人，所以，他忧郁，他怅惘，他疲惫……在他的诗里，有抒写漂泊他乡异国的沧桑经历（卷一，浪子的行歌），有充满象征意象的借景抒情（卷二，秋天的重量），有感叹爱情与恋人（卷三，歌声恋情），有强烈的自白（卷四，生命ABC），还有面对现代文明的描摹与感慨（卷五，城市之恋）。题材广泛，题义多层，然而，诗里却贯荡着共同的底蕴，阴郁低回的旋律，宛如吹落秋叶的瑟瑟晚风，是丝丝寒意，是落寞与悲凉，传达给读者以强烈的震动。

人生来就有情感，情感天然，需要表现，而最适当的方式当然是诗。流星子也许本来写诗的动因不是要当诗人，而是生活给予他感触的太多，他要宣泄，要抒发，所以，有了《落叶的季节》。

母亲，是流星子诗歌中反复吟咏塑造的意象，它已成了故土的象征，也许是诗人寄托心灵的理想世界，诗集的开篇是《给妈妈》，"听说漂泊的鹅子享受着冰冷的漂泊/听说红眼睛的鸽子不会迷失遥远的家/如果这是真的，妈妈/我的眼睛已醉成两颗火红的星星/闪闪像烟花在夜空缤纷着思念呀思念/（思念楝子思念辛勤在故乡田野里那些戴黄斗笠包花头巾美丽如山花的"惠安女"）/妈妈/我的思念是风筝追赶一片故乡的云呵"，"眼睛已醉成两颗火红的星星"，这种比喻奇妙而传神地表达诗人迫切、深挚的乡恋。"星星"成了有声有色的物象，它是作者情感起伏的载体，是漂泊他乡"根"的情怀的暗示。《月亮》《我人归去》《仙人掌》《濠江，我的心与你共鸣》《黄土》等，也都反复出现"母亲""故土"相交叠的意象。

也许诗人的心绪更多表现的是羁旅他乡、身处陌地的失落感。他梦中的故乡，诗中的母亲，已不同于以往传统诗歌，有浓浓的田园味，有恬美的景致，流星子没有这份轻歌唱的雅致，他火一样的执切思念，含泪呼唤的是故土的厚实，母亲温暖的胸怀。这里是诗人精神的依托，是悬挂于诗人心室内壁借以温慰的油灯。

在流星子的诗歌中，抒写的内容有时是感受，有时是一种内心经验。诗人更注重在对具体物象的体验和观察中探索人生，品味生活的酸甜苦辣，往往带有些哲学意味。

秋天，是落叶的季节，下雨的季节，它走向冬天，含蕴着忧郁，而忧郁的流星子常常在秋天迸发诗的灵感："秋天，啊，空荡荡的秋天/我的手像无叶的枯枝/抓不到果实的影子/只是那落花涌来的往事/在记忆的门窗躲躲闪闪/为触动这苍白的时刻/秋天不要哭/

而我的脸上却下着咸咸的诗行/像秋天的星星/有的代表欢乐/有时代表悲伤（《秋》）。这里，诗人将官能感觉和抽象观念，强烈的情绪结合为一个孪生体，烘托出的是一个感伤无望的内心世界。他告诉同是天涯沦落人的："兄弟"，"八年前我们一起走过这雨啊雨啊的长街/流浪或不流浪都走不出这下雨的季节啊/没有什么说声没有什么/整一整衣领让这场秋雨尽情地渍化沉入最深的自己"（《秋雨》）。音节低回往复，以一种梦呓般的手法表达了面对茫茫人生，冷冷世界的悲绝而窒息的深刻体验。

语言不能离情思而独立，诗更为如此。事实上诗就是人生世相的返照。只有对现世人生寄予过美好理想，才会在现实的无奈中失落，惆怅。只有对生活抱有火一样的热情，才会在绝望中歌哭消逝的伊甸。流星子用他敏感而热烈的情感触须去探索普通生活事态，他的忧郁正是与他的热情紧紧联系在一起。

在诗集中，我被《流星（3）》这首短诗深深地感动。我想，这应该是诗人自我的写照。在这里，我们可以读出流星子感情的真实内容：

在万花筒的拼图里

我是一颗微弱的

星

当我的眼睛在云层移动

我看到

世界是那样的美哟

那样的深！

我难以抑制的激情

一团火球
—— 一点泪光
从夜空中
陨落
一如秋风里离枝的花瓣
夏夜的萤火
在广袤的草丛中
奋飞
突然无声地坠地

请看看
这颗热情奔放的流星
请看看
这突然垂泪而沉寂的眼睛。

"我"是流星，流星是"我"，面对世界，面对曲曲折折的人生道路，"我"的激情是火球，也是泪光，是热情奔放的流星，也是垂泪而沉寂的眼睛……诗中，物我默契，诗人通过精妙的象征意境，向我们捧出的是一颗热爱人生而饱经忧患的沉甸甸的凝血诗心。

生活给予诗人的，也许过于吝啬，就在本应该七彩缤纷的歌声恋情中，诗人火般的激情也不过如流星稍纵即逝。他是如此背负创伤，面对死去的爱情。"我是灰色的云朵匆匆赶来为你送行／而你的心已在江中／你的心已在江中／站在江边／站成一棵孤零零的树／绝望悬挂在无力的枝丫上／只有摇落的花雨熄灭的火焰／在江边无声无息"（《恋歌——寄给死去的爱情，送别》），缠绵悱恻的情感在语感的连贯和意象的破碎间往复回旋，体验的深度给诗人带来心灵的深度，这里交织着的是诗人炽热的渴求和幻灭的绝望。

流星子的诗，如此集中抒写他内心的痛苦，充满细微奇凸的想象与意象。文字里富有孕育思想感情的活力，似乎他对世态人生，对现实生活有过多的消沉悲观和不信任，似乎他面对的是层层叠叠的障碍和沟壑。通过他诗中的慨叹，我们可以清晰看到现代社会人的心灵的苦闷，思想的隔膜。流星子以他的"思想知觉化"的现代派手法，真实地反映了诗人蕴涵着当代社会心理的内心情感，对所生存的社会的失望与厌恶。

流星子的诗，手法上基本体现了现代派的风格，语言形式上甚至更带有当代欧美诗的痕迹。它们没有学院气息的沉思，而是深入日常生活中去剖析事实，并且常常渗入日常语言，以真实的情绪感染读者，同时也使诗风在忧郁中贯入一股近乎歇斯底里的蛮野。譬如《搬家》，"无论如何我搬不进透明的房子里去/不像先前举手投足想象一望无际的蓝天/尽管城市的门窗他妈的齐齐地为我们而开/搬不进去就搬不进去"。这是一种绝望的呐喊。诗人的理想，诗人的梦，在喧嚣、拥挤、光怪陆离、陌生的商业社会的生活胁迫中，只有化作沮丧的悲叹，就如他在《城市风景画》中喻示："我们都生活在网中/我们像虾米用千万双手挣扎在网中。"用"网"来象征"我们"的生活，由此我们不难理解诗人辛酸挣扎着的、梦魇般的生命之旅，因而也不难理解诗集中忧郁伤感和悲观绝望的基调。

《落叶的季节》，是诗人心态的剖现，也是诗人用心灵抒写对生活的阐释。在流星子的内心图景中，这是一个非英雄的时代。在流星子个体的审视中，生活是对自我的否定。而在这种慨叹理想、伟大、纯真等美好事物丧失的背后，隐藏着的是诗人对新生的执着与渴望。流星子的诗歌没有憧憬，但他却以满腔热情描绘曾经有过的憧憬和追求。"潮声如歌使人想起热烈的手指/波浪起舞甩出影子空空的水袖"（《听潮》）。火与泪，这就是交织在《落叶的季节》中强烈的诗人情感。流星子心灵深处热情的火，能否如穿破云层的阳光，在这落的季节添加一抹暖色？

［原载《澳门现代诗刊（特刊）》1995年6月第8期］

# 莲愿

——郑奋强绘画作品欣赏

　　记得在潮汕的许多普通厝屋，天井中央总是有一缸蓬勃的莲花。莲缸也许已是几代相传，说不清哪个朝代的产物，而莲花却年年新，溢散幽香，在燥热的夏天伴随椰胡潮曲带给人们片刻的清凉与安详。这样的美景多年前为潮汕画家肖映川带来灵感，那幅叫《潮汕农家》的画作把这样的画面经典性地定格于画布上。而在我的记忆中，还有南海边的港湾沙滩上，渔民在晚霞海风笼罩下织网、歌吟、休憩，真正可谓渔舟唱晚，如田园牧歌的知足常乐。离家多年，这样的景象是否依旧？已不做幻想。倒是最近有幸看到客居德国多年的同乡、画家郑奋强先生的近作，遥远的记忆霎时跃至眼前。

　　《渔家》是如此生动的生活场景：专注而谦卑劳作的渔家，平淡日子中的夫唱妇随、安贫顺命且自得其乐。在画家的眼中，这样的琴瑟人生，也许才意味着家园，意味着对生命的觉照。而木盆里仰望天空的小男孩，母亲怀中着开裆裤、吮奶甜睡的女孩儿，借着光晕的象征与朦胧的呼应，营造出的是单纯却超越平凡的神圣感。这是一幅具象的画，同时也是画家返璞归真、去尽矫饰、体悟人生真谛的表达。暖融融的金色夕阳，既温暖又苍凉，透出深邃的人文感慨。这种画风对于深受西洋现代抽象画熏染多年的郑奋强而言，无疑是一种转身与反顾。也或者正因为去国遥远，心灵距离反而缩短，对古典艺术之美更加怀念？

莲花作为一种鲜明的东方符号，同时也作为纯真自性、圣洁吉祥的宗教元素，如今也被画家巧妙地糅进画作之中。《莲花少女》的布局、形态几乎是传统的滴水观音造型。纤手上的一支莲，足下盛开的莲花，悲悯的脸庞，依稀可见的泪珠，闪动一丝凄美与哀恸……看似美丽而简单，却又出于世间清净无染，分明是拥有愿力拯救众生的女神！这可是画家对至真、至善、至美的追寻与冀盼？也让良善的人们在这虚构之美中共鸣？《少女的祈福》再次演绎着画家这一主题，即对和平与自由——衔橄榄枝的白鸽、安宁生活——宁静的村庄和万象更新的大自然、信仰的力量——烛火与莲花——的颂赞。犹如中国春联的红色条幅，是古老的篆体汉字：福寿康宁、忠孝廉俭。将整幅画摄入眼帘，瞬间闪过某种神秘而庄重的气氛，是几千年古老中国传统文化、道德观念的承传。与其说是少女的祈福，毋宁说是画家内心世界的真实显露。尽管我并不了解郑奋强当下的生活与心态，却可以从他的画作所关注的题材、采用的绘画语言以及创作观念上来解读画家的精神定位与文化定位。它与画家的感受力、对现实的透悟力密切相关。

郑奋强的这几幅近作，可以说是相当"务实"的，甚至有些局部已经借助细腻的工笔画法。如少女的面部、盛开的莲花。这是从艺术技法、表达方式的层面而言，是技术上的问题，是指它的物材、符号元素、构图等。然而越过这一层，我们直接去触碰这些作品里的艺术内蕴，那些凝结在画面上的生命形态，我们看到那"虚幻"的内容：那些精神性的、含有宗教意味的内在气息。它们似乎展示出画家当下正寻找去往另一世界的通道，同时也把观者带入一个能够体悟之境地。这似乎还是一种神圣而庄严的仪典：是与世俗、与浮躁、与繁华无关的世界，却又是净化心灵的一种特别的艺术方式。这一切，所传达出来的意蕴是画家对现代人心灵的关怀感。那一滴清泪、一枝洁净的莲花，谁能否认它是观世音手中的净水瓶与杨柳枝？既是对生活的一声叹息——悲天悯人，又是对生命的抚慰？

现代生活的人性异化、荒谬感使现代人的精神与情感处于矛盾冲突、不堪重负之中。虽然人类创造了许多物质文明，却同时又受制于它。真是很难说现代人的心灵生活比古人更圆满，文明究竟是进步抑或后退？或者说文明的多面性正有待我们进一步地省察？信仰式微的今天，"爱"是否变得稀缺？人们在文化负重与背离中、忘却精神痛楚和逃避调侃之间，同时也竭力寻找宽释抚慰。于是，艺术传达也便拥有多种方式多种风格。

无论如何，任何艺术创作都与创作者自身的心路历程、精神取向密切相关。曾经创作大量抽象画作的郑奋强，更多的作品风格是以色彩、光影、空间效果等无定义、无符号、变幻交错的抽象构图呈现的。它们有一种自由灵动的笔触，是画笔在画布上的抒情，荡漾着轻盈如歌却又变化无穷的诗意。这些已经体现在他的一个画作系列《梦故乡》中。既是物质又是精神的家园，是"乡愁"的意蕴，也与这"古典的怀念"呼应。我甚至因此联想到赵无极、朱德群的画。也许，这是中国旅欧画家的必经之途：既有浸淫过深的自身文化的痕迹，骨子里无法泯灭的传统艺术思维；同时，现代西洋画技的影响也是显而易见的。而那些画作，主要还是体现画家对多种艺术表现方式的接纳和混融，它们在更大程度上体现审美取向的无国界。朱德群就曾承认，"正是在这双重文化的陶冶下，我的绘画形成了自己的风格。"（《广东美术馆年鉴》2000年）

我不清楚郑奋强在绘画风格上的转变间经历如何的艺术旅程，仅仅凭视觉印象接受了这种变化的事实。眼前这几幅近作，比起画家本人，似乎更接近中国，更贴近中国的生活，但却不是这个正在卷入全球化语境中的当下中国，它们包含更多的古典传统、文化差异。这就是悖论：远与近、虚与实、东方与西方、传统与现代、审美与距离……既是矛盾又是统一，它们失去明晰的疆界，也构成画家心中的幻境，是理想与梦想的升腾。赵无极曾经在浙江美术学院授课时告诉学生："不必把写实画和抽象画分开，唯一真实的，是内心的需要。一幅肖像或一张静物，其实是一回事，是创造某种东西的依托，你要主导这种创造，而不要为它所牵制。而'需要'就是真诚的感情，要深化它，不要去讨好。只有付出这样的代价，才能创新，因为你找到了绘画存在的理由，它与你创作和反思自己的能力、你的胆识相关。"（《赵无极自传》P103）

郑奋强是一个艺术家，同时也是一个旅行者。甚至可以说就是一个典型的"文化边际人"。也即是一身集多种文化经验，并由多种文化影响而综合内化而成特有的价值观念、生活方式以及艺术的表达方式。从某种程度讲，是文化的混血儿。人在途中，画也在途中（他就有一幅画名为《在路上》）。具体的手法已经变得越来越不重要，手法不过是一种工具，符象所负载的意气，是心境，也是对生命意义的探索。所谓"意存笔先，画尽意在"，便是赋予画笔更丰富的含义，不仅仅是笔的运用，运用的目的更在于达意。正因为这意法互为、笔墨相济的中国传统绘画美学原则，使得中国画家更擅长如何以意使法，传心达意。贯彻始终的"心"力或精神力量，古人曰"气"。而对于郑奋强来讲，这"气"的源头竟然是溯回年少的故乡，记忆深处的纯真与宁静。也许，这是文化的"根"？

从这个角度，也许可以解读画家的风格变化。这是否意味着就是一种内心的需要？他所抵达的地方，也是他的画要呈现的境界。那既是他的生活，也是一种不可见的空间，一种梦想。就艺术而言，隐喻或者象征不仅是艺术创作的一种态度或理念，也是技法与过程。它们处于视觉与言语之间：以视觉的面貌作为语言假托来表征新的且更为广泛的意境。莲花之于画家郑奋强，或许既是一种精神的皈依，也是一种内心的需要，更是一种愿望。

（原载《潮声》2009年第3期）

第三辑

编辑札记及其他

# 林白的翅膀

## ——林白创作印象

　　那个年代，人心浮躁、色彩杂乱、众声喧哗。文学因为经济大潮、思想转型而显得处境岌岌可危，颇有点挣扎的悲壮。然而，也正因着这种悲壮的姿态，文学在这个时期可谓"东边日出西边雨，道是无情却有情"。我指的是，20世纪90年代。

　　我就是在那个年代认识林白的，当时我刚走出校门，成为一名文学期刊编辑。而林白此时已发了一些作品，在文学圈也已小有名气。我知道林白并认识她，是通过作家陈染。应该是1993年的早春，在北京。现在回想起来，我们是多么有激情的一群人！陈染和她妈妈为我们精心准备了一桌子菜，我们酒足饭饱之后，就唱歌，就聊天，呷着茶，真的把文学谈到深更半夜。

　　缘分就是这么开始的。

　　林白给我最初的印象是话并不多，但眼睛很亮，有一种晶莹的光忽闪忽闪的，让你觉得那里藏着一个很深很大的世界，而且那个世界是古灵精怪的。

　　后来，我从林白的文字里印证了这种感觉。就在这一年，我发了她的中篇小说《飘散》。很奇怪，这个小说后来很少有评论家注意到。而我，也许是因为第一次发林白的作品吧，这个小说却留给我很深的印象。我认为她后来一系列有女性主义倾向并且声名显著的作品，与这个小说都存在一种源远流长的关系。

有一个女孩叫邸红。

有一个男孩叫李马。

一个女人叫琚，一个男人叫林。

还有一个女孩叫萧。

他们在那个以海洋和椰树为背景的城市中生活，微笑与哭泣，爱与绝望。一只巨大的酒杯悬浮在他们中间，里面盛满了海水、蓝色、美丽、咸涩、透明。

你是谁？

我是女巫。

小说就是这么开头的。故事就发生在这几个人物身上。这个叫作"邸红"的女孩，应该排在林白创造的一连串女性形象的前面。一个在纸上写了无数诗篇、内心盛满爱情却无处依着、四处走来走去的女孩，什么奇怪的事都有可能在她身上发生，这是一个"真另类"（以此区别后来某些用酒吧、香烟、老外、裸体等作标签的"伪另类"美女小说）。我认为20世纪90年代的林白以及当时几位渐露头角笔下巫气十足的女作家，她们塑造的小说人物真有一种让人感慨的生动，灵气逼人。仿佛无形的翅膀，在浊重的现实空间轻盈而上。她们真正写身体，而不是写一堆白花花的肉。她们写身体的时候，你透过文字就能听见肌肤深处的尖叫。

现在就说说长篇小说《一个人的战争》。

依然是1993年，不过已经到了年底。

如果我没记错的话，这个后来被誉为"私人性写作""女性主义写作"范本的作品，是林白的第一个长篇。这个小说，不仅对于作家林白和当编辑的我，是一个重要的作品，它也是中国当代文学的重要作品。我相信，今后的文学史，是不会遗漏它的。因为林白在这部小说里，执着于开掘女性的内心世界，探索女性潜在意识的深处甚至身体的呼喊，并以典型的女性主义方式强化了中国当代小说的精神、情感、性爱、诗性的深度。关于它，评论家已经剖析得相当多，什么角度都有，甚至恶意的、谩骂式的批评也有。反正，它自问世以来，也算颇多坎坷。关于它的辛酸史，林白后来也在一些文章有所忆叙，我就不再重复。

收到林白这个小说时，我刚好要出差。虽然稿子是约过来的，但对于作家的第一个长篇，编辑部向来很慎重，所以领导要我出差前把小说看完并写出审稿意见。小说看到凌晨三四点，然而毫无睡意。趁着大脑还很兴奋，我写了热情洋溢的审稿意见，应该是洋洋洒洒的文字。

林白写《一个人的战争》，全部的篇章寄生和依赖于她对个人往事的追忆，带有一种反顾的痛苦。这种痛苦的同时诗意地、然而非整体性地展示，也被细细地品味。一个女人成长过程的悲苦经历，已郁积为作家心灵某种难解难分的情结，那种面对外界近似于沉默而冷峻的描述，却在她不断的追述中使我们认识到这正是作者在生活中言犹未尽、无法言尽的东西所留下的瘢痕。

记得我后来与人谈起这个小说时，我就说我好像感觉到林白用一把尖刀慢慢地、精琢细刻地挖刮身上的血肉，目不转睛地注视着流淌的鲜血，一点点感受那种火燎火烤的灼痛。有某种自虐、自恋的快感。

创作者如何以他心灵的剪刀，去裁剪他个人历史的断片？又如何与个人经验保持距离，抗衡死死缠绕内心的某种情结？

从林白以后的创作实践，可以看出她为解决这种矛盾所付出的不懈努力。

后来，我被单位抽派下乡，美其名"参加农村基层建设"。这一下去，就是半年。返回编辑部以后，因为某些原因，我不再向林白组稿。但我依然会阅读在任何报刊（包括本刊）出现的林白新作，因为她是我较有兴趣关注的作家之一。而我们也一直保持着友好的联系。

所以就要谈到2001年的《枕黄记》。虽然在此以前她的《致命的飞翔》《守望空心岁月》等作品也是蛮重要的，但我个人认为除了在文笔及细节处理上愈发精致外，整体风格还是《一个人的战争》的延续。想象的翅膀沿着既定的方向，流畅、轻盈、从容不迫。

《枕黄记》却意味着冒险地探索。这部作品，不仅仅对于作家本人，是新的写作领域的开拓，同时对读者而言，也是一个崭新而令人兴奋的阅读空间。它的实验性不仅仅在于它的文体，也在于它叙述的文化视角以及它虚实反差很大却驾驭自如的语言风格。

如果把文本当作画册，我们可以将这部又名《一万八千里》的作品当作一本有意义的速写——当然还不包括其中的图片，只是就文字给予你的感受而言。

关于黄河，本是一个宏大的话题，也是一个沉重的话题，它容易让人联想到根、传统、民众、苦难、历史诸如此类。事实上当林白进入这个领域，她也不可避免地表达了这些，它们是无法忽略的。然而骑上骆驼的林白，视角显然出现转换。

她从北京出发，她的装备不仅仅是帐篷、睡袋、瑞士军刀、旅行背包以及临时的精神资源等，她还带上两套笔墨，借此描摹她漫长而不断闪冒浪漫火花的旅程。

《枕黄记》的语言是洒脱而明朗的，还带着体温。林白从晦暗的女性身体内部走出来，从幽秘的私人经验的记忆中走出来，走向民间，走向集体。看起来，这是一次走马观花的旅行。从北京到山东，又从北京到河南，再从北京去山西、陕西，最后从北京去了青海，旅途就往返于黄河流域之间。她用热情而自由、生动俏皮而夸张的语言，叙述她在中原和大西北的所见所闻所感，更多的是关于当下民众的生命形态以及民俗文化。关于民间，关于底层体验，林白的目光是清醒的。她并不绝对赋予朴素、善良、勤劳等正面公理，黄河的沉重及可歌可泣是很内在的。历史与现状都存在明与暗，以及中间地带。所以有距离的描述，让你看到清晰的层次。林白正是以游离、旁观、独立行走的姿态叙述民间的喜怒哀乐、平凡岁月以及她沉积其中的复杂情绪。

十二三万字的《枕黄记》当然是部长篇，我们却难以把它归类。因为它既不像小说，也不是散文。说它纪实，其中又有极其虚幻的飞天入地的语言，充满诱人的想象；说它虚构，它又以类似人类学家的考证、引经据典构成它附录部分严谨的行文风格，与每一章节天马行空的自由叙述呼应。所以从文体上，它以强烈的复调效果给人以深刻印象。

关于《枕黄记》，我后来听到各式各样的声音。基本可归为两个词：成功、失败。出发点却只有一个：林白写作的转型。

无疑，批评家和普通读者对林白的写作是有期待的，人们期待林白想象的翅膀飞抵一个新空间。《枕黄记》确实让人看到新空间了，关于这个空间，众说纷纭。毕竟，画面一个接一个闪烁，林白似乎有点手忙脚乱，人们也顾盼得有些应接不暇。

林白曾经通过电话线笑呵呵对我说："不要怀疑我的创造力噢。"这句话让我看到林白的自信和镇定，她不在乎外界的聒噪。仿佛一个顽劣的少年，人们对他的行踪捉摸不清。

突然就到了春天。春天让万物充满生机，处处涌动旺盛的生命力，让人看到生的希望和活着的快乐。在时间中，人找到生存的意义。在一个叫作"散花"的乡村，人们就是这样热爱生活的。穿过多线并行排列而非单线推进的情节，我们看到农村的日常生活内容。这些细碎的日常生活，串成小说的情节，像乡间的油菜花暖洋洋、饱满，却又像初春的水面，凝结一层薄薄的、几乎看不到但感受得到的冷漠的冰霜。林白说："一个人怎么能不长一双翅膀呢？人活在大地上，多少都要长出翅膀的吧。大头的翅膀，长在他的瘤子里；二皮叔的翅膀，长在他的刀锋上；花痴的翅膀，长出了金黄的颜色；三躲的翅膀长在哪里，我不知道，但它们在暗中飞翔，以微光照耀她心中的黑夜。愿万物都有翅膀。"[①]

我相信林白的翅膀就在这无数的翅膀中振荡，在文字与想象中振荡，并且振出千奇百怪的图影。

发表在2003年第一期的《花城》头条，就是林白的新长篇《万物花开》。在这部小说里，你再也找不到作家本人的影子，找不到与作家个人情感相关的独白。而是天地广阔，色彩明亮。当然，那

---

① 《作家》杂志2003年第4期，林白《野生的万物》。

种自由恣意的想象，大胆的联想，寓言化的构思，是属于林白的。不论她写什么，怎么写，总是讲究表达的美感。不顾情节，随意读某一片断的语言，也会为之一震，这是林白的功力，无法抹杀。而这部小说，读到最后，就仿佛追寻着光线，你会看到明亮的尽头落下苍凉的阴影，这也是林白的。无论她写什么，怎么写，都不是真正的轻快。这是一部充满寓言性、黑色幽默的小说。

"我"，是一个脑子长了五个瘤子的乡村少年。作者赋予他白痴的身份，又赋予他具备"看透"一切的特异功能。借助这种身份和功能，林白下笔随心所欲，"我"脑子里的瘤子如此诡秘，又如蝴蝶自由飞翔。昨日、明天和别处，尽在眼前。在"我"的视野里，世界是一个既有各种诱惑又有无数陷阱的奇怪世界，男人、女人、动物、植物都散发出浓厚而暧昧的生殖气息。林白以貌似冷静客观的写作立场，戏谑、口语化甚至有些土拙的语言，活灵活现展示当代中国乡村世俗生活众生相，而底层生活的辛酸与悲凉，精神的空虚无聊就隐藏在原始冲动造成的勃勃生机后面，是一种虚假的繁荣，犹如粗制滥造的年画、窗花，真实的生活却是沉重、灰暗的，但被遮蔽。

"我"把一切铺陈于纸上，解读它的，只能依靠阅读此文本的读者。小说结束了，追问却刚刚开始，这才是这部小说无限的意味。


我看到林白忽闪忽闪的眼睛，那眼睛里长出古灵精怪的翅膀，它们穿过梅雨季节，阴湿、潮重；它们也振荡着钻进暗暗的瓶颈。林白的翅膀轨迹不定，花样百出，它们在不停地穿越、飞行中蜕变，壮实，丰满，有时扶摇直上，有时贴紧地面。它飞舞的天地却越来越广大，那样的舞姿，在喧嚣的世界有如幻化的精灵，并深深感染看见它的人们。

这是林白小说存在的意义，它表达极其私人的情感或者民间的生存经验，既是作家内心的承担，又都是可以与人分享、与人共鸣的。

（原载《红豆》2008年第3期）

# 尖锐中的柔软，黑暗里的微光

——关于《大势》及其他

如果让我用一个词来形容陈希我的写作，我会想到"分裂"。

这是一个文学功底很好，同时矛盾性、冲突性很大的作家。读陈希我的作品，我会怀疑，他如何安放他的内心？那种纤毫毕现的追究、不顾一切的拷问，究竟是否有一种自虐式的快感？抑或痛苦的释放？他切入问题的方式一直是剑走偏锋，也剑拔弩张、咄咄逼人，那种锐利实在让人受不了。而叙述的内容又总是极端而且不留情面，极度夸张的场景往往显现你不敢睁眼直面的生活真相。譬如他的第一部长篇小说《抓痒》，他要对婚姻的意义穷根问底，他的主人公做不到睁一只眼闭一只眼。游戏、网恋的表面下是不能游戏的心态；一方面是文学语言很干净，一方面却又"脏话"满篇……这种对阅读者心理局限的挑战与嘲弄，也是其作品为什么屡屡遭到争议甚至被禁的原因。人们往往注重有形的东西，形式的东西，因为这很容易"抓住"，容易被看见。至于有形之中背景性的东西、精神性的东西，解读它是需要耐心的。所以陈希我注定要被误读，甚至被指责。

如果说《抓痒》对于婚姻意义的诘难是以一种常人难以接

受的"变态"方式表达某种绝望的心境，那么陈希我的第二部长篇小说，2009年出版的《大势》则是通过一对父女间相互折磨的"爱"，达到对家庭伦理关系的质问，进而达到对民族集体无意识的追问。这种关系、这种状况，同样让人感到"变态"与沮丧。这样的"爱"，更像是恨。或者说，仇恨披上爱的外衣，在爱的表象下，你能够觉察到人的攻击性、侵略性、占有欲和支配欲。所谓的"我为了你好"不过是一个漂亮的面具，爱恨交织的情感中那种人与人之间的相互仇视，暴露了心灵深处的惶恐不安与孤独无助。读到这样的作品，你会觉得写这些作品的这个作家真是"阴沉沉"的。

那么，我为什么一而再、再而三地推出这些作品？

我不能说我很喜欢它们，或者说我很认同陈希我的写作理念。但我明白这种写作存在的意义。正如伏尔泰那句广为流传的名言："我不同意你的观点，但我誓死捍卫你说话的权利。"在文学创作的领域中，尤其如此。否则，我们的想象力、创造力、表达力只有一点点萎缩，直至泯灭。这是一件可悲的事。

陈希我的写作，究竟意味着什么？

在我看来，他比一般人怯懦，又比一般人勇敢。而且他过于较真。他的怯懦在于他的极端敏感而无法回避那些生活真相、灵魂话题；他"躲在阴暗角落里"，内心充满不安、沮丧和焦虑。而他的勇敢又在于他敢直面人性之恶，通过抒写现实惨象走出恐惧的困境。相比之下，大多数人更像是道德压力下的懦夫，衣冠楚楚的犬儒。从这个层面讲，陈希我追求更为理想化的东西、终极性的东西，并企图以此寻找解脱的路径，达到心灵的平静。这种追求就是尖锐中的柔软，黑暗里的微光。这也是我们的生活所需要的。

陈希我在写作《大势》之前，更多的作品沉溺于私人生活领域，甚至过于隐匿的个人世界。所以，他的作品显示了才气，但格局并不是很大，有时候会让人怀疑作家是否在炫技。然而《大势》首先在题材上就扩大了许多。从家庭伦理题材进而延伸到民族性问题，而且是民族性不太健康的一面。《大势》的题材运用目的在于反思民族的问题，也反思传统家庭伦理关系问题。这些问题与历史记忆相关，与民族心结相关，而它们往往在现实生活中体现为一种集体无意识。这种洞察力和写作的勇气需要作者具备相当的思想力量与责任感。

读过陈希我的大多数作品之后，你会看到在《大势》中所隐藏的内容远比他以往的写作深厚而丰富，它体现了一个作家创作上的自我突围。在那些看来很夸张、很变态的父女关系及"阵地"同胞的行为方式背后，是作者清醒而理性的思考。所以说，《大势》是有关一个经历苦难的民族的寓言。它通过一个"鬼魂"讲述"我"以及"我"的爱恨情仇，还有"我"的精神挣扎及心灵冲突。"鬼魂"是虚拟的隐喻，"我"的故事却是非常细腻且写实。陈希我在这个构思中显露了他的写作野心，也暴露了他主题先行的急躁心理。所以，他的"分裂"有待他自己一步步去弥合。

一个人只有不断地反省，才能不断进步，一个民族也是一样的。说你不好的话，揭你的短，要看看动机是什么。我认为《大势》就是反思这样的问题，并且提出和解的问题。这是一个世界的方向，比起不切实际地大谈"中国不高兴"，这样的反思更能给读者带来启示。尤其是中国正处于现代化进程中，也是地球村的一员，它在国际舞台扮演的角色越来越重要，那么这个国家的人民，一言一行都是与其国家形象相关的。每个国家、每个民族都有它光荣与屈辱的历史，如何看待这些问题、处理这些问题，这不只是国家领导人干的事，每一个中国人都有责任和义务来承担这些。所以，我认为陈希我的《大势》不仅是他个人创作的一个飞跃，也提出了一个非常重要的文学话题。尽管从文学技巧上看，它有些观念化，类型化；写得不够自由、放松；而且极端化的特点作为陈希我写作风格的延续体现，也表现出有些刻意的痕迹。

（原载《名作欣赏》2010年6月，总第324期）

# 让世界为中国女性所感动

## ——当代华人女作家在西方

　　当世界著名出版商麦克米伦出版公司（Macmillan）的亚洲项目（PICADOR ASIA）开始启动，激变的当代中国社会生活显然成为他们所关注的焦点。该项目推出的第一部作品《二月花》（中文版花城出版社于2010年1月出版）正是出自年轻的华人女作家吴帆之手。而且，以麦克米伦一口气签下吴帆五部作品的气魄，我们用"力捧"二字一点都不过分。

　　《二月花》（February Flowers）英文版于2006年首次在澳大利亚出版，迄今已被翻译成八种语言版本，在20多个国家出版发行。而这部篇幅不长的长篇小说，是吴帆的处女作。可以说，它在西方媒体及文学界所获得的瞩目与赞赏，是华人作家中的极少数。美国著名小说家、《芒果街上的小屋》作者桑德拉·希斯内罗丝赞叹："关于女孩和女人，热情和欲望的模糊界限的极其优美的一本书。吴帆的这本小说让我如痴如醉。"对于吴帆本人而言，她更希望"越来越多的中国文学作品能走入西方，让西方从人和人性的角度——而不是从空泛的政治和文化概念上——来理解中国人，来了解中国人特有的历史、文化和情怀"。

我们确实看到这样一个事实，就是在文化引进与输出上的不平等。中国作家、作品要在欧美图书市场获得关注是非常不容易的。近几年来，新闻出版总署提出了中国图书"走出去"的战略部署，版权贸易（主要是"走出去"）成为每家出版社的心头病。操作起来，"引进来"容易些，"走出去"则比较困难。而中国作家在世界文学界发展的难点，最大的障碍其实就是语言问题。我曾经在一个中英出版论坛上听到英国文化协会（伦敦总部）文学项目主管苏珊娜·尼克琳题为"著名的3%：英国翻译文学现状"的演讲。她认为，由于英语目前作为全球最通用的语言，造成英国的民众没有压力去学其他语言文学。出版社也是这样，许多编辑不能直接阅读其他语言的文稿，也不太感兴趣。英国只有占3%的图书是从其他语言翻译过来的，主要是畅销书、名人传记或电视电影的附加产品，少有真正的文学作品。而对文学作品的阅读，英国读者注重复杂情绪下写出来的作品，包括人类碰到的一些问题，反映人类心灵的真实性，同时也满足文学上的要求。因此可想而知，中国作品能够在这可怜的3%中占有多少比例呢？欧美著名文学经纪人托比·伊迪也曾与我讨论过这个问题，他认为，在西方世界能阅读中文的编辑几乎屈指可数。西方的出版人想成功地推出一位中国作家，一个适合的译者是必不可少的；而优秀的翻译作品需要不断地雕琢，很少有出版机构能够提供得起这些能量和时间。对多数西方出版人和经纪人而言，为此事去奔走和花费精力是得不偿失的。所以，对一个中国作家而言，你得下功夫找一个有经验的，能够让你的作品引起世界出版网络关注的经纪人。经纪人要做的工作是：为你寻找一位最好的译者，以及为你寻找和征服那些懂得怎样持续性出版中国作家作品的出版人。这就是难点。

定居美国的吴帆优势在于，她是同时用英文和中文写作的，是名副其实的双语作家。另一位美国小说家、评论家、《火》与《着魔的光》作者Alan Cheuse高度评价《二月花》："这个来自中国的作家以敏锐的眼光和完美的英语把我们带到了当代的中国。"正如这部书名取自唐朝诗人杜牧诗句"霜叶红于二月花"的确切含意，吴帆说："它隐喻了花经历了严冬，在初春绽放出顽强的生命，中国经历了无数的创伤，我也希望在新的时代里面，能够绽放出像初春那样的生命力。"《二月花》讲述的是20世纪90年代初在广州一所大学里两个女学生晨明和苗雁的故事。二人性格截然不同，一个文静单纯，一个自由野性，分别代表了中国老师眼里好学生与坏学生的两个典型。晨明个性单纯，喜爱音乐与阅读，活在自己幻想的世界；苗雁个性自由狂野，性感的外表使她在男人间无往不利；两人相识之后，从彼此的身上找到了心底里最渴望的东西，互相影响，继而成为好友。故事由晨明娓娓道来……二月花，生命最精华的情愫与羞涩。它同时也表达了成长的快乐与痛楚，成长阶段的心的悸动。这是非常具有普遍性的主题，与每个人的成长相关，充满生命力和洞察力。

我们欣喜地注意到，越来越多的华人作家，尤其是女作家的作品备受西方读者的欢迎。而通过她们的表达，更多的中国形象、更内在的中国思维状态被西方民众所理解。公众对中国的兴趣已从过去的"长辫男人""小脚女人"以及政治事件的猎奇心态向更广阔更当下的生活领域延伸。不仅《二月花》是以中国当代年轻女性生活为题材的，薛欣然的《中国的好女人们》《中国人不吃什么》和《筷子姑娘》等纪实作品、梁伟的侦探小说《玉眼》《纸蝴蝶》以及郭小橹的《我心中的石头镇》《恋人版中英字典》等入围多项英语文学重要大奖的作品，也都被西方主流出版商精心打造、以数十种语言译本在全球推出；戴丝杰、刘宏等华人女作家也正被作为文学新人推介。中国主题、中国人自己写的故事因此更加广泛地被西方读者所接受。

而想象东方、中国往事依然是西方民众热衷的题材。因此，当中意混血儿何韵竹（Bamboo Hirst）的自传体小说《蓝·中国》（中文版2010年1月花城出版社出版）2005年在意大利出版时，这部极具传奇色彩和中国元素的作品很快占据意大利畅销书榜。

何韵竹是一位有着传奇经历的中意混血儿，1939年出生于上海：父亲是负有间谍使命的意大利外交官，母亲为出身苗族名门又极有天赋的美声唱法歌手。父母于二战前夕（20世纪30年代）在上海相遇，一见钟情，她是他们的爱情结晶……她生在中国，长在中国，饱受战争动乱之苦。13岁时她独自乘坐希腊商船离开中国，远赴意大利投奔父亲，但是他没有出现，她在一所天主教孤儿院里一待就是六年……何韵竹20岁以其"另类"的东方面孔进入意大利时尚界，成为著名时尚公司的名模，长期从事时尚公关工作。曾经的意大利时尚界名媛，如今的意大利著名作家。何韵竹的一生充满传奇色彩，她的经历就是一部东西方文化融汇的历史。她在《蓝·中国》以及其他作品《水墨中国》《通往上海之路》《来自北京的明信片》《中华女儿》等作品中，用独特的视角展示了自己跌宕起伏、富有戏剧性的人生，展示了她浓浓的中国情结。在《蓝·中国》中文版出版之际，她说："中国之于我的重要性难以言表：我在这块土地上出生并度过了我的童年岁月。中国是我的祖国，它在我心中永远占据着一个特殊的位置。我无比思念那片故土上善良的人们，特别是那些在日寇侵华期间给予我关爱和保护，对我有过救命之恩的人们。……"意大利著名杂志L'Espresso认为，何韵竹是"通过她的记忆（这种记忆是与五大感官以及她的情感牵系在一起的）以及历史研究和家族卷宗，向读者展示了一幅古老和现代中国的壁画，它比西方现今风靡的许多书籍和文章要更深刻、更全面"。何韵竹有着天生讲故事的才能，细节及人物栩栩如生。而她的视角及经历是极其特别的，她在《蓝·中国》中向我们展示了鲜为人知的20世纪中国洋租界里的生活、传教士、中国传统士绅以及早期地下共产党人的生活。也因此，我们看到已经失落的传统中国、战争时期的动荡中国、大变革时代的物质中国的政治、多元文化及生机勃勃的生活画面。难能可贵的是，贯穿始终的是作者对于中国的爱和祝福。她的描述确实令人深思难忘。

文化交流的开放性、对等性正是有赖于语言的桥梁、个体经验的表达获得双向沟通，也更加真实可信。旅英纪实作家薛欣然在为何韵竹的自传体小说《蓝·中国》写序时就曾感叹："自打呱呱落地，我们就一直在努力奋斗，力争上游，力争以作为中华女性为傲，但是我们中又有多少人得到了真实的认可呢？加拿大著名戏剧导演罗伯特·勒帕吉（Robert Lepage）导演过一部有关中国女性形象的作品——《龙之三部曲》（Dragon's Trilogy）。这部讲述东方人在西方挣扎奋斗的戏剧，描写了20世纪30年代魁北克的一群来自中国的洗衣店女工，观众看不到她们的脸，听不到她们的声音，但剧中的她们却打着太极、耍着武术，以此表现她们是'龙的传人'。这就是西方人臆想的中国，这就是西方世界对于中国女性的印象。诚然，对于陌生的异域文化，任何人的第一印象可能都是'摸不着头脑的'。但是勒帕吉同时想要表现的是，那些第一批在北美扎根下来的华人女性是低着头，不为人所知的。"因此，"让世界为中国女性所感动""让西方人真正以人的角度去理解中国人和了解中国人特有的历史、文化和激情。"成为薛欣然、吴帆以及其他华人女作家很重要的写作动机。作为出版人，这批女作家的写作活动引起了我们的关注，她们在西方图书市场的成功也给我们带来很大的启发。因为，如何与世界沟通、如何真正发出中国声音，与更多的民族共享文字与思想，提供更多元的看待生活的视角，是我们必须努力的方向。

（原载《中国新闻出版报》2010年3月8日）

# 写在《一个人的战争》发表20周年之际

## ——《一个人的战争》首发编辑手记

20年，无论是个人还是社会，这个时间长度都足以改变许多事物。人生20年，弥足珍贵，何况是人生黄金时代的20年？！

1993年春天，初识林白。那是在作家陈染家聚会，还有北大教授张颐武、当时还在作家出版社任职的杨葵等。我们喝酒、聊天、唱歌，很是快乐。那时我们都很年轻，浑身洋溢着青春气息。除了林白初为人母，我们都还在婚姻的门外。聚会一直到半夜才散，我和林白就留下来过夜。我们还继续聊，转入女性话题，情感话题，个人话题。记得当时林白和陈染都预言我在感情路上是要撞南墙的。今天看来，事实果然如此。显然她们在性别经历的本体经验已比我丰富得多，她们的思考和觉悟也更贴近个人的切肤之痛和成长之路，更是个人幽秘内心的真实声音。那时，她们已经经历了更为复杂深刻的一个人的战争、两个人的战争……

所以，当1993年冬天我向林白约稿时，她把刚刚完成的第一个长篇小说《一个人的战争》给了我。那时只有一小部分作家开始用电脑写作，林白是这小部分之一，她显然是与时代同步甚至超前的。这部书稿就是她用电脑打出来的，而且打印是当时比较流行的针打。厚厚的折叠相连的针打稿纸，仿佛缓缓打开的神秘画卷，在我面前展开了一个令我惊心动魄的世界。我初读这部书稿时的感受，20年过去了，依然记忆犹新。一个叫多米的女孩，从5岁到30多岁的身心成长过程，女性隐秘的生理变化、心理体验、欲望以及性经历……林白通过对多米生活情境及命运的叙述，不仅展现了一个女性的成长过程，更是有意识地开掘了女性的内在空间，包括身体的呼喊和潜意识深处。这些故事与经验通过文学手段表现出来，对于同为女性又是文学青年的我，是既熟悉又陌生，更准确地说，是一种震撼与唤醒。因为叙事以第一人称和第三人称交叉进行，素材很多来自林白自身的经历，所以在阅读时，不仅是后来的读者，作为职业阅读者，我也不时会认为带有自传色彩。那种自我挖刮血肉，那种撕心裂肺的身体之痛，那种孤独、迷惘、忧伤与梦幻的叙述语调，那种返顾痛苦与过错的坦诚勇气，更重要的，是那种对女性内心情感、性爱经验、精神深度的探索及表达，那种女性主体意识的苏醒，在当时的中国原创小说中是罕有的。

我带着激动，洋洋洒洒写下比平时长许多的初审意见。我相信这是一部会让人为之一震的作品，不仅是内容、主题，它那种独语叙述、自我观照、娓娓诉说的文学手段，那种让人想脱离地面飞翔云上的诗意想象，那种疏离与深入，在当时的文学作品中真是与众不同，脱颖而出……于是，《一个人的战争》首发在《花城》杂志1994年第2期的头条。这个后来被誉为"中国女性主义写作"范本及"私人化写作"代表的作品奠定了林白在文坛的地位，它也成为中国当代文学的重要作品。

创作实践本身是突破自我局限的过程。林白并没有停留在"女性主义写作名角""私人化写作代言人"这样的定位上。无论是文学表现手法，还是精神领域的探索，她都在不断超越自我。我后来继续做她的《枕黄记》《万物花开》等作品的责任编辑，一直到2006年我离开《花城》杂志。我继续关注她后来的作品，如《妇女闲聊录》《致1975》《北去来辞》等，我看到了一个努力走出自我封闭的世界，走向开阔大地，重新感受山河岁月、千湖浩荡、人间世俗烟火的林白。她不再那么焦虑和脆弱，她关注的人事物越来越多，面对外部社会、内心生活、过去、现在、未来她越来越从容、坦然，因此，她的写作领域也越加开阔、有悟性、接地气和阳光。

这20年来，我和林白一直保持很好的友谊，无论生活发生什么变化，无论我去北京还是她来广州，我们都要见见面，吃饭喝茶逛街聊天。她把2011年中国工人出版社版的《万物花开》交由我做评点，更希望我再一次做《一个人的战争》纪念版的责任编辑。这既是文学上的相互认可，也是友谊与信任。这部作品，对于作为作家的她和作为编辑的我都是重要的起点，也是青春的印记。我很欣喜《一个人的战争》回到花城，20年的时间已经证明了它的文学价值，它获得许多文学荣誉，已经拥有多个文学版本和外国版本，正在成为经典。而这个花城版的《一个人的战争》20年纪念珍藏版将是独一无二的，真是非常珍贵。祝福林白！

［本文为《一个人的战争》珍藏纪念版（花城出版社2015年版）专稿］

# 命运是件很神奇的事

——《越野赛跑》首发编辑手记

回顾自己的编辑生涯，许多作家与我的缘分是从他们还是默默无闻时开始的。编辑遇到大作家时，容易把头低到尘埃里，这点我很难做到。人际关系上，我往往是对事不对人，所以在编辑这件事上，也是只看作品不看人。加上脸皮薄，不容易去求人，所以如果需要去抢稿，我是百分之百抢不到的，因为我会主动放弃"抢"这件事。说到底，是脆弱的自尊心，还有旧文人的清高嘛。

那么，作为一个编辑，如何开拓自己的稿源？20世纪八九十年代的《花城》，在中国文坛影响力还是很大的，所以稿源一事，也没有什么危机感。还有大量的自由来稿长期积压，编辑们几乎没时间去翻一翻。1996年，我在《花城》杂志已经做了五年编辑了，算是有点资历，也积累了不少作者资源。就算懒散一点，两月一期的稿子，还是随便可以组得到。只是这样的工作状态我会觉得没意思。而对于源源不断的自由来稿，我也习惯性地隔段时间专门翻阅，绝大部分是做退稿处理。因为我自己就是个文学青年，十几岁就向刊物投稿，那种期待的心情可以理解。一块小石头扔进水里，也要有点涟漪才行。正因此，一些尚无名声的作家作品在自由来稿里与我不期而遇了。艾伟便是其中一位。

艾伟这个名字其实很普通，所以作者凭这个名字并不能给编辑留下深刻印象。但他那篇小说的题目《少年杨淇佩着刀》，却吸引了我。这个标题太有视觉感太有悬念了，也让我非常好奇：名叫杨淇的少年，为何佩着刀？他要干吗？发生了什么事？因此，我就一口气读了这小说，细节我也忘了，但是记得杨淇是个乡村少年，小说好像与青春期有点关系。还有小说里的那种氛围，有点灰暗，有点忧伤，有点人性方面的探索。总之，我当时觉得这是一个有意思的作品，就热情洋溢地推荐了，送审了，然后就被刊用了。这样，我就要写信通知艾伟了。关于这件事，我偶然看到《钱江晚报》一篇文章《作家艾伟搬家记》[①]上写到这么一段："有一天，艾伟翻看一堆旧杂志，从里面掉出当时《花城》编辑林宋瑜1996年写给他的一封信，内容非常简单，'她通知我，我的处女作《少年杨淇佩着刀》将发表于当年的《花城》第六期。我那时候和文学界没有任何联系，这篇作品是林宋瑜从自由投稿中挑出来的。后来我的长篇处女作《越野赛跑》也是她编发的'。"这封简单的信件，艾伟保存了20年，可见这件事对他来说也是重要的。

然后我与艾伟开始了作家与编辑的联系。印象中艾伟不是侃侃而谈的人，往来信件都很简约，只谈稿件。信是寄宁波他的家庭地址，我不清楚他做什么工作。后来他去了宁波的文学刊物《文学港》做编辑，不知是否开始发表作品的缘故？有一次，他来信说，他正在写一部长篇小说。他还从未写过长篇，但他想试试看。我当然关注他的第一部长篇，所以也为他高兴，说写完发来给我吧。这

① 《作家艾伟搬家记》，王湛，《钱江晚报》2015年9月16日，星期三A0017版。

就是《越野赛跑》。

读《越野赛跑》留给我至今的印象，就是山林幽谷中一匹神奇的白马在狂奔，有寓言的深刻隐喻，又有童话般的天真神秘。用文学语言阐释，是南美魔幻现实主义风格的，又散发出卡尔维诺味道的。一匹小白马闯进一个小村庄，村庄的空中还有游荡的鬼魂，有许多奇怪的昆虫，疯长的植物……然后引出许多现实中的故事。艾伟反复讲述："我们村的人……""我们镇的人……"好像这故事不是他写的，是一群人讲的。这种叙述方式让我感到新奇。故事的背景从解放初期到热火朝天的"文革"时期，再到后来的经济改革开放年代，时间跨度很大。时间在变，环境在变，人的命运也在变。总之，既奇幻又现实；既平实又弥漫着诗意。艾伟出手不凡，第一部长篇小说就营造了如此迷人、耐人寻味的文学世界。所以，评论家、当时的人民文学出版社总编辑聂震宁先生评价："艾伟采取平静而自信、间离而透彻本质的叙述方式，他创造的现实——童话模式的小说世界，他编辑的大量有意味、有实感的小说细节，让我们看到了习以为常的生活中令人惊骇的深处。《越野赛跑》不仅是艾伟至今最好的小说作品，也堪称近几年来我国当代长篇小说新作中的优秀之作。"[1]《越野赛跑》迄今仍被认为是艾伟最好的作品之一，也当之无愧地成为艾伟的长篇成名作，并获全国大红鹰文学奖特等奖、浙江作家协会2000—2002年优秀文学作品奖、宁波文学艺术创作奖等。艾伟的创作显示出敏锐的艺术感知力和较为深邃的审美内蕴，也开始被文学界关注。他逐步成为有个性、有代表性的实力作家之一。

---

[1] 王海铝：《论艾伟小说的叙事维度》，《当代文坛》2004年第6期。

　　我与艾伟许多年都是未曾谋面的老朋友。君子之交，淡如水。一直到2003年，我到浙江参加第10届《小说月报》百花奖颁奖大会。那次是因为我责编作家潘军的中篇小说《合同婚姻》（《花城》2002年第5期；《小说月报》2002年11期）获《小说月报》第10届百花奖。艾伟从宁波到杭州来看我，还陪我去了绍兴。这是我们第一次见面。因为之前有信件往来，所以没有陌生感。我问他许多如何喜欢写作这事的问题，也才知道艾伟原来是理工科出身，成为作家简直是意外。他显然是一个无事乱翻书的理工男，偶然在图书馆里借到马尔克斯的《百年孤独》，只是因为这个书名，他以理工男求真的心理，想知道百年孤独是一种怎样的状态。结果读到一部奇怪的小说，让他心灵受到强烈冲击，而且豁然开朗：小说原来可以这么写？然后他就提起笔来写小说了。

　　艾伟说："命运是件很神奇的事。"因为艾伟的经历，神奇的事情确是比较多的。斯斯文文的艾伟，创作力旺盛，写了许多中长篇，是各大文学期刊重点邀约的作家，而且还有不少被改编为影视作品。我觉得艾伟做什么事都是自自然然，水到渠成。看着他温和的微笑，听着他平缓的语调，人心容易静下来。难以想象他的各种曲折神奇的小说故事是如何冒出来。如今，又见艾伟在写作之余，书法、绘画也颇有造诣，有中国文人画的意象。与他的小说一样，极有灵性和内涵。所以，尽管我离开《花城》多年，艾伟依然是我乐意交往的一位作家朋友。

　　期待读到艾伟更多的新作品，更期待有一天看他的书画展！

　　　［本文为《越野赛跑》珍藏纪念版（花城出版社2016年版）专稿］

# 关于虹影和她的《康乃馨俱乐部》

## ——《康乃馨俱乐部》首发编辑手记

　　我以为我是了解虹影的,我们认识超过20年了。从1993年我责编她在大陆发表的第一篇小说《岔路上消失的女人》(《花城》1993年第5期)算起,虹影的创作已经是一个丰饶而灿烂的世界。基本上,她的作品,尤其是长篇小说,我都会阅读。她送我的书,也都藏存着,里面还夹有她美丽性感的照片。我们的私人联系时断时续,有时走得特别近,有时会失联几年。我想我写虹影,大概是可以信手拈来。但事实上,我面对电脑发呆很久了,我觉得要写出我认识的虹影,谈她的创作,不是一件容易的事。

　　1993年,我到北京大学参加一个文学方面的研讨会。虹影和她当时的丈夫、任教于英国伦敦大学的赵毅衡也来参加这个会议。赵毅衡是著名学者,我早在读硕士研究生时随导师参加学术会议就听过他的学术发言。所以这次我就向他组稿。虹影第一次见面,我只知道她是赵毅衡年轻美丽的妻子。虹影送了我一本她出版不久的诗集《伦敦,危险的幽会》,原来她是诗人。她说她也写小说,想拿给我看看。这就是《岔路上消失的女人》。那时候,先锋实验小说的技术探索还很受文坛青睐,作家们比较喜欢把人物和故事写得玄虚曲折，甚至只存下符号和隐喻。而初读虹影的小说，我感觉比较特别。她是会讲故事的人，尤其会讲女人隐秘内心的故事。与实验性写作不同，与传统叙事也不同，虹影的叙事方式带有一种诡异的却又是冥想式的风格，这样就有悬念，给读者想象的空间大，就想追着看下去。《岔路上消失的女人》从标题上就让人产生好奇心。这是包含着一个西方人要求东方人"被看"、男性要求女性"被看"的冲突性故事，双重屈辱与被损伤的身心成为生存的切肤之痛。我当时并不了解虹影的生活，我甚至想象她在资本主义国家过着教授夫人的优雅闲适生活，究竟从哪里获得灵感，能够如此犀利而深刻地把双重霸权话语（西方的、父权制的）下的求生存者境遇通过小说虚构揭露出来？

　　那次会议期间，我还溜出来到北京市区找作家陈染。陈染那时是创作高峰期，风头正健。之前来过广州，与我颇投契。我到陈染家之后，首先借用陈染家的电话打虹影的BP机。那年头，大家都没有手机，有BP机就是时髦且经济充裕的标志了，就像现在的人追买苹果手机。虹影有BP机，在我的房间留了张字条，说有事找我，让我复她的BP机。所以我告诉虹影我在陈染家，她说她也要过来。于是，她与陈染就认识了。我还记得那次我从北京坐火车返广州，她们送我到北京火车站，还买了月台票，一直送我上卧铺车厢。那是一个冬夜，她们都穿着做工考究的毛呢大衣，戴着时尚的帽子，身段窈窕却气场强大，一进车厢所有人的目光都投射过来。她们下车后，车厢的人问我："你的朋友是电影明星吗？"后来，她们一度亲密无间，就像死党，还互相发表小说献给对方。那个时期，她们都写了许多小说，都非常引人注目。她们两人，在文坛上熠熠闪光。

　　虹影在伦敦所居住的伦尼米德街131号书房里虚构一个又一个遥远而奇特的故事，然后发表在地球另一头她祖国的各种文学杂志上。譬如《近年余虹研究》《玄桥之机》《玉米的咒语》《脏手指·瓶盖子》等，尽是些诡秘的情节，同性恋、多角恋、女儿与母亲、父亲，怀孕、出走、身世之谜……触目惊心、剑拔弩张、玄机重重的叙述，冷静、不含任何夸张与矫情，读起来更令人容易感受到一种创痛与破碎的绝望感，一种宿命般的毁灭感。我真觉得她像个巫女。把战争、记忆、传说等个人化内在化，意象飞翔于英伦岛国之外，国际性与最私人的经验交织而成的修辞效果，在虹影的作品中有相当典型的位置，"一张世界地图铺在地板上。我站在上面"①。家园之外的家园书写，使虹影的叙述风格在大陆及海外的当代女性文本中显出具有个性特征的"疏离"感。在讲故事的过程，她一路埋下地雷，设下陷阱，布下地网，等着阅读者不知不觉进入她预设的圈套。也因此，虹影的创作影响力越来越大。

　　《康乃馨俱乐部》（1994年《花城》第6期）就是那个时期寄来给我的。这是一个中篇小说，而且故事发生在未来，所以也可以说是一个未来小说。虹影说她正在构思另外两部，与《康乃馨俱乐部》构成三部曲，其实是关于女性的一部长篇小说。坦白说，当时《康乃馨俱乐部》把我读得瞠目结舌，它的内容超出我的经验之外。虽然许多小说都超出阅读者的经验之外，虹影的这篇构思，冲击力还是非常巨大的。她虚构了未来世界一个与男人为敌、由妇女组织起来向男人开战的复仇式的暴力集团"康乃馨俱乐部"，并借用人物"我"宣布："我们主张甘地式的不合作主义，费边式的渐

---

① 虹影《你一直对温柔妥协》《脏手指·瓶盖子》，新世界出版社，1994年版。

进主义。我们要求女人们团结起来，拒绝男人的性霸权，挫折他们的性暴虐倾向，从而改造社会。我们不能偏离这既定的宗旨，也是我们运动的立足点。"①这群神出鬼没的女子报复的方式就是用一把剪刀，把男人的性器官割掉。这种造反式的、颠覆式的女性文本，在以往的女性写作中，几乎是不可见的。虽然《花城》在同一年的第1期发表了林白的长篇小说《一个人的战争》，在文坛引起强烈反响，《一个人的战争》被誉为中国女性主义写作范本。但《一个人的战争》首先是一个女性自我的战争，而不是两性的战争。《康乃馨俱乐部》却是在性、欲望的虚构中将性别战争展现得淋漓尽致而且毫不妥协，非常彻底。但故事发展到最后，战火停熄，仇恨放下，两性和解。女主人公的自我分裂，性爱中的反讽色彩，借助故事对男权中心社会建构的政治、历史、道德等方面理念的颠覆，贯穿着作者艺术处理中充满神秘、期待、悬念、预感、紧张的效果。诡谲怪异的情节结构，咒语方式地与男权世界的对峙和纠缠，使虹影的作品风格抛掉了传统意义上女性作品的伤感、幽怨和软弱。于是，加上她另外两篇：《逃出纽约的其他方法》（《小说家》1996年第6期，后改名为《逃出纽约》）和《千年之末布拉格》（《花城》1996年第1期，后改名为《布拉格的陷落》），使这部后来命名为《女子有行》三部曲的小说引起沸沸扬扬的争论，不可避免地成为大陆女性主义立场写作的典型文本之一。虹影的创作到此体现出来的女性主义立场的彻底性是不折不扣的。她以对性别关系的清醒和不迂回的抒写，超越了性别写作的局限。王鸿生、曲春景在"祈祷、反讽与默想——1994年《花城》小说的叙事问题"②一文中评

---

① 《花城》1994年第6期。
② 《花城》1995年第6期。

述："还是来看看《康乃馨俱乐部》（虹影）。在当代小说中，像这样激进而张狂的女权主义文本极为少见。……虹影的清醒之处在于使人物省悟到，审判必须从自我开始，不仅对男人，也要对女人。当一一恢复理性之后，男女两性才可能同时看清，他们经受着同一个失败，因此需要寻找同一种语言，一种超性别、超权力的语言。还是埃莱娜·西克苏说得好：人类的心没有性别！"

《康乃馨俱乐部》因为主题及内容的问题，相关部门在审读时认为太极端，点名批评了。不久，虹影把她刚完成的《饥饿的女儿》寄来给我，并告诉我这是她很重要的长篇，也是自传性很强的小说。《饥饿的女儿》同样给我强烈的震撼，我也因此更多地了解了虹影。我把小说送审了，但因为杂志刚挨批评，《饥饿的女儿》又写得很不四平八稳，主编没有下定决心发表它。我一直保存着由虹影寄来的《饥饿的女儿》打印稿，并看着它获得国际性的声誉。它迄今已经出版了29种语言版本，在国内也有多个版本，反复再版。虹影在送我的一个版本上写着："宋瑜兄，我们是彼此一段特殊记忆的见证人。"这句话，可以有各种解读。

虹影后来把《K》也寄来给我了。关于《K》，我最近居然在虹影的《K》这本书里找到我1999年4月为《K》写的审阅意见表。审阅意见表是要提交的，这个应该是草稿。审阅意见对作品进行介绍之后，我当时还写了这么一段："……作者有意把林写成中国式的查泰莱夫人，所以倾注全部笔力刻画性爱细节，华丽且充满激情，尤其糅合了中国道家的养生术理论，使性爱带上一层东方神秘色彩。观念大胆开放，但性描写的章节太多。是否采用？请定择。"《K》后来发表在《作家》杂志上。再后来，惹出一场很有名的官司。被起诉时，虹影正为了创作小说《阿难》准备去印度采风。她路经广州，住在我体育西的家里。她的邮箱出了点问题，便通过我的邮箱收发邮件。赵毅衡也帮她收集资料应对官司，他们有时通跨洋电话。当时，我很羡慕他们的恩爱和相知相惜。《K》的官司打得很非文学，这让文学界许多人士颇为虹影纷纷不平。我也在《羊城晚报》[①]发表文章表达我的观点："作为《K》原稿的早期读者之一，我曾为这部小说写过审稿意见。我在意见书里曾提及《查泰莱夫人的情人》，这种联想也许已预示它可能引发的争议。但意料不到的是，它一面世，引发的并不是正常的文学争议，竟然是遭遇'侵害先人名誉'的指控。《K》蕴含着极其复杂多样的主题内涵，里面涉及的所有性爱关系显示出浪漫和唯美的倾向。……'性'是这部小说的出发点，它的内涵却涉及中西文化、性别、生命、爱、理想……所有的情节不在于猎艳，也不在于宣泄，它们显示出来的是巨大的文化张力。这是一部极为严肃的小说，它不仅仅在叙述策略上引人入胜，同时也是一次文化精神探索上的历险。"

这场官司，使虹影成为有争议性的作家。她后来创作的《阿难》《上海王》等，都寄来给我。但编辑部对虹影的作品越来越小心翼翼，所以这些小说都没采用。后来虹影只有一篇评论文章《会讲故事的母亲——海外女作家的女性意识》在《花城》（2005年第6期）发表。不久，我离开了《花城》杂志。

虹影每次过广州或来广州，都会联系我。我们一起去逛街，吃喝玩乐，也购物。她买衣服一买就是一堆，带回去送人，也送她家里的保姆。我的厨艺算得到许多人认可，所以我也会做几个小菜煲个汤款待虹影。虹影的味蕾是真的发达，她对美食的品味细腻而

---

① 《羊城晚报》2003年3月18日版。

敏感，我的厨艺要得到她夸奖并不容易，让我认识到提高的空间还很大。她自我调侃："穷人家的孩子更挑剔。"所以后来虹影变身为美厨娘，写作美食厨艺作品，我一点都不奇怪。她就是个美食家、厨艺高手。我们在一起时会窃窃私语，谈些女人话题、情感话题。她那时候的婚姻，在我看来是像蜜糖一样的，所以我不太明白虹影作品中的尖锐、犀利，还有些阴郁。有一天，我突然问虹影，你怎么不生个孩子呀？她哈哈笑着信口开河："如果是混血儿，我就生。"若干年以后，她45岁"高龄"时，真的生了个混血女儿，非常聪明漂亮，古灵精怪。孩子的爸爸是英国人亚当，一位温良有礼的绅士。然后，虹影出版了长篇小说《好儿女花》。她给我发来邮件要我读这本已出版的小说。我读了，又一次瞠目结舌，而且感到心痛。在虚与实之间，在对虹影的知与未知之间，我重新认识虹影，感受虹影。最初，我感到不可思议，然后一点点重新梳理早在她的作品中有种种伏笔的真实。我叹服她生命的坚韧与倔强，看到她隐忍柔弱的一面，并对她的创作有新的理解。在一个虹影的访谈中，我看到她这么一句话："上床好办，爱情就难了，婚姻更难。相伴终生就是一场生命之战。"

现在的虹影，身上的妖娆之气越来越淡，眼神温婉而充满慈爱，追逐着她女儿的身影。她的创作有了新的天地。她开始为像女儿一样的孩子们写童话了，一部，又一部……

虹影如风。她非常丰富，有无限的可能性。这正是我觉得很难落笔写她的原因。尽管我刚刚写了几千字，但还是言不尽意。唯有祝福她！

[本文为《康乃馨俱乐部》珍藏纪念版（花城出版社2016年版）专稿]

# 活着为了讲述

——《耳光响亮》首发编辑手记

在我做文学编辑的二十几年里，有些作家是与我共同成长的。也就是说，当我还是一个没有任何作家资源、靠在自由来稿沙里淘金发现稿源的编辑学徒时，大作家的稿子与我无缘，我必须在大量的自由来稿里淘出可能被选用的稿件。

东西的稿子，就是这么淘出来的。

田瑛当时是编辑部主任，也写小说，在文坛很活跃，已经名声在外，所以他不时收到一批来自四面八方的文学青年寄给他的稿子，他也不时会拿出一摞交代我看。这么做是一箭双雕，一是检查这个新来的小编辑的工作能力，一是节省他的时间，提高工作效率。

记得是1991年的年底吧，我刚刚到《花城》杂志工作几个月。我已经连着看了几个月自由来稿，开始有点郁闷这些稿子怎么没有我过去看到的文学作品有意思呢？老编辑们就教导我，你看到的正式发表出来的作品，都是经过编辑筛选甚至与作者讨论修订过的。从许多水平参差不一甚至大多不好看的稿子里编选出有文学价值的，还可能成为名家名篇的作品，推荐给读者们，这就是编辑工作的价值与意义。

我就这么一天天地看稿、写审稿意见、写退稿信……

有一天，我读到了《幻想村庄》，一个短篇小说，一位来自广西河池的作者，是报社记者。他给自己起了个笔名：东西。这个笔名很醒目，但又不算特别怪异，比起他文绉绉、有点女性化的本名"田代琳"，更容易让人记住。稿件里还夹着一封给田瑛的信，这种文学青年写给文学编辑的信，套路大同小异，基本可以忽略不看，所以我直接读稿子。读着读着，就提起神来。因为语言里有一种节奏，作品里有一种氛围，开始在感染着读它的人。小说的具体情节我已经忘了，但至今想起这个小说，我还会浮现一个阴暗、怪诞、鬼魅的乡村画面，贫困而沉重的乡村生活，人活得有点歇斯底里，充满各种错乱的感觉。那时候，拉美魔幻小说正在中国文艺青年间传阅，写作或不写作的人，都会偏爱这样一种风格，我也不能免俗。好不容易读到一篇对眼的，就积极写了审稿意见递给田瑛二审了。

作品被采用了。这是东西首次以"东西"为名发表的作品，算是东西的处女作。当然之前他已经发表过一两篇作品，用的是"田代琳"这个本名。关于笔名的确定，东西后来也写过文章说这件逸事。总之，从此以后，东西就成了《花城》的作者，也成为我的作者。我们建立了联系，主要是书信往来。这也是我最早独立责编的作品之一，所以说，东西是与我这个小编辑共同成长的作家。不同之处是，写作改变了他的命运，他从广西一家边远地区报社的记者成长为当代著名作家，我一直在花城出版社做编辑，从刊物到图书再到版权贸易，工作时间长了，就资深了。

两广比邻，后来他不时会潜入广州，主要是见田瑛，他们一起打牌喝酒侃大山。东西不仅笔头机灵，口头也很机灵，而且幽默，是很能调侃、反应敏捷的人。他个子较小，让我常常联想到鬼马精灵的顽皮猴大王。

但是，读他的作品多了，你会在笑意中掉下泪来。那是藏在文字深处的辛酸、痛楚。就像他的一个中篇《没有语言的生活》，有无法言说的苦难，欲说还休的沉重。正是这样，体现了东西对人生的敏锐而透彻的洞察力。

连续在《花城》发表几个中短篇小说之后，东西也同时在《收获》《作家》等文学刊物发表作品。他的写作开始引起关注，东西在文坛崭露头角，已经无须自由投稿，而是约稿越来越多，写不过来了。不过，因为与《花城》的这种渊源，他一直会把他认为重要的作品给《花城》。当他完成第一部长篇小说《耳光响亮》时，他也是首先给了《花城》。

《耳光响亮》是我觉得很有共鸣的作品，因为故事背景发生在20世纪70年代末80年代之间，正是中国社会的转型期，也是敏感的历史变迁期，可以说，是一个大时代。而小说的主人公牛家三姐弟正处少男少女时期，是即将进入成人世界的成长期。这也是我，还有东西的成长期，我们都是20世纪60年代出生的人。这个时代背景，对小说人物、对于作者、对于责任编辑的我，都有特别的意义，它呈现了20世纪60年代出生的一代人的精神心灵图景。

从某种意义上看，这也是一部成长小说。父亲在伟大领袖毛主席逝世的同时失踪了，之后，母亲改嫁，姐姐牛红梅带着弟弟们艰难生活，并开始了寻父的漫长历程。在这个既残酷又荒诞的现实世界里，三个孩子扭曲成长。社会巨变、家庭变故、稚嫩的心灵也历经沧桑……在这个寻父的历程中，女主人公牛红梅成为恋人、妻子、母亲、第三者，她本来也是女儿和姐姐。东西让这位女性担当了女性所有的角色。这样，当然就有许多故事可以讲述了。

寻父成为小说的主题，也是小说的重要线索。父亲这个形象常常在东西的小说中出现，而且这个人物总是显得遥远、神秘、模糊，既高大上又虚无缥缈，似乎成为某种象征，某种寓言。所以，寻父的过程是充满焦虑的，也是极有悬念的，展开故事的空间就很大，很有张力。叙事因此常常产生出其不意的效果，这是东西文学表达的聪明之处。

《耳光响亮》发表在《花城》杂志1997年第6期上，受到读者和评论家的普遍关注，可以说是东西的成名作。这部小说后来被收进当时影响颇大的、由王蒙主编的"布老虎"丛书中，并入围第五届茅盾文学奖25部终评作品，又被改编为电影《姐姐词典》和20集电视连续剧《响亮》。20多年来，它已拥有多种不同版本的图书，也得到各种文学解读和评论。它既是东西个人的重要作品，也是当代文学中不可忽略的一部长篇小说。

2006年，我离开了《花城》杂志，但东西与《花城》的缘分还在继续。他迄今只发表过三部长篇小说。除了《耳光响亮》，2005年在《收获》杂志发表了《后悔录》（当年我应邀参加了在南宁召开的广西三剑客的作品研讨会，《后悔录》是会上讨论的重点作品），2015年《花城》杂志发表了他的第三部长篇小说《篡改的命》，并因此在2017年获得中断20多年、又刚复办的第六届"花城文学奖·杰出作家奖"。

祝贺东西！

前段时间我读加西亚·马尔克斯的自传《活着为了讲述》，刚打开书页，我就被题记抓住了："生活不是我们活过的日子，而是我们记住的日子，我们为了讲述而在记忆中重现的日子。"作家的价值大概就在于他如何以文学的手段重现纷繁的人生记忆，如何把现实的世界、活过的日子转化为值得记住的人生。哪怕这些人生记忆充满丑恶、荒诞、癫狂，它依然有其文学存在的意义。

东西的创作正是基于他独特的生存经历和生命记忆。他对复杂人性既明察秋毫，又抱有温情。所以他的作品，总有一种既诙谐又沉重的矛盾的痛感，有一种让人笑出泪水的黑色幽默。对于小人物的命运、苦难的灵魂，他有执着的关注和表达。而他的文学技法也日趋成熟，并不断突破。

我，依然会是他的读者之一。

［本文为《耳光响亮》珍藏纪念版（花城出版社2018年版）专稿］

# 历史的花腔，花腔的历史

——《花腔》首发编辑手记

　　我已经记不起我和李洱是如何认识的。好像当时他还在华东师大吧？华东师大中文系号称"全国最好的中文系"，盛产诗人、小说家、评论家，所以，从20世纪90年代初我在《花城》任编辑开始，便与华东师大的诸多才子才女建立工作联系，他们也会向我推荐崭露头角的文学新秀及其作品，可能我是通过这样的推介与李洱联系上的。

　　大概是千禧年前后，李洱的中短篇小说开始在主流文学刊物出现，并引起关注。譬如《导师死了》，还有《午后的诗学》《夜游图书馆》等，一看这些题目这么"知识分子"，就可以猜到这个作者应该是大学里的，还是读研究生出来的。

　　以知识分子为人物形象，以知识分子生态、人际关系为题材，以及知识分子话语写作，成为李洱早期创作的显著特征，这不仅与他在大学漫长的求学经历有关，还与他大学多年的教学经历密切相关。

　　我也在这个期间与李洱建立了联系，向他约稿，一直等待他的新作。李洱很聪明，说话幽默，脑子很快，也有点自由散漫。他说他正在写第一个长篇小说，不过写得比较费劲，经常自我推翻，写作进展缓慢。

终于等到了《花腔》。

长篇小说《花腔》（发表在《花城》杂志2001年第6期）成为这个时期李洱的知识分子立场写作的集大成者，当然，《花腔》的意义远不止于此。它一面世，在文学界就引起极大反响，被普遍认为是2001—2002年度最优秀的长篇小说之一。2001年，它与莫言的《檀香刑》一起获得首届21世纪鼎钧双年文学奖，并入围第6届茅盾文学奖。

《花腔》的手稿，我足足通读了三遍。作为李洱的首部长篇小说，它最初让我感到有点生涩，同时它文字里散发出的巨大能量也让我无法忽略它的存在，我有再读它的浓厚兴趣。

这是一部枝叶纷繁、头绪错综复杂犹如蛛网的作品，我一时无法理清它们，甚至找不到情节的发展方向。三个人，讲述关于一个人、一个被历史所记录下来的重要人物——葛任的故事。故事与故事之间距离遥远，却又互相生发，构成一个人不同的面，构成生动的立体；又仿佛与历史过不去，它们与已书写的史料南辕北辙，作者似乎兴致勃勃把自己套在其中，读者也才发现已不自觉卷入一个令人眼花缭乱的迷宫。

阅读的过程，我不禁感叹这是一个写作高手，到处挖陷阱，似真似幻，真假难辨。我搞不清他是在演绎历史，还是在虚构历史。作为一个专业读者，我的职业大部分时间是阅读小说，要让我的神经在小说阅读中兴奋起来不是件容易的事。但进入《花腔》的世界，我的脑细胞显然因为这种阅读而遭受刺激，我知道，我绕不开这部作品了。

　　李洱自己在小说里貌似严肃地解释了"花腔"："花腔是一种带有装饰音的咏叹调，没有几年功夫，是学不来的。"

　　李洱采用十分口语化、个性化甚至西北民间气息浓厚的语言叙述革命时代一个知识分子的命运。这个知识分子的形象是由史料和他人的记忆塑造出来的，他既没有正面出场，也并不独立存在。他人在滔滔不绝甚至口沫横飞地回忆，史料令人扑朔迷离。那么，什么是历史真相？什么是本来面目？什么是存在的意义？叙述者犹如一头张开所有嗅觉细胞的警犬，依赖蛛丝马迹步步追寻。直至小说结尾，叙述者也依然在追寻的途中，谁都没得到最终的答案。

　　《花腔》涉及的是一个重大命题。

　　　　谁曾经是我，谁是我镜中的一天，是山中潺潺流淌的小溪，还是溪边浓荫下的蚕豆花？

　　　　谁曾经是我，谁是我镜中的春天，是筑巢与书上的蜂儿，还是树下正唱歌的恋人？

　　　　谁曾经是我，谁是我镜中的一生，是微风中的蓝色火苗，还是黑暗中开放的野玫瑰？

　　　　谁于暗中叮嘱我，谁从人群中走向我，谁让镜子碎成了一片片，让一个我变成了无数个我？

　　一首不断修改的诗歌《蚕豆花》反复追问的是"谁曾经是我"，小说结语看似淡淡的一句，问的是"范老所说的'我们'是谁，'爱'的对象又是谁。"这就是李洱的狡黠和智慧，也是《花腔》的深层意蕴。

　　李洱对"知识分子"的精神境界向来有浓厚的探索热情。他在构思《花腔》的世界，虚虚实实，喋喋不休甚至戏谑的叙事风格，其实是对早已沉默的历史人物进行一番解构。革命与知识分子个人，独立人格与大时代，英雄的光环与真实的形象……宏大主题就藏匿于"假作真时真亦假"的叙述之中，认真、沉重的思索寄附于轻巧的令人捧腹大笑的"花腔"，有时花哨，有时简朴。这就是这部小说不流于世俗，注定不可能一闪而过的力量所在。在历史与虚构之间，作者依照自己的思想取向和价值观，凭借语言的力量重建一个艺术世界，提供给阅读者无尽的想象和追问的空间。

如果这部小说引起争议那并不奇怪。因为它设置的时代背景年代久远而跨度漫长，内容包含太多的文史知识，还有严肃深刻的形而上思考。它的叙事方式却又是狡猾而机智的，语言貌似朴素，细节生动，时不时令人咧嘴一笑。要真正读懂这部小说，对读者的阅读水准确实是有要求的。它会让一部分人激动起来，热情澎湃起来，同时也会让一部分人迷惘、困惑。它不是一份快餐，不是一杯加糖加奶的咖啡，它不那么容易消化。

叙述者在《花腔》中说："我在迷雾中走得太久了。对那些无法辨明真伪的讲述，我在感到无奈的同时，也渐渐明白了这样一个事实：本书中的每个人的讲述，其实都是历史的回声。还是拿范老提到的洋葱打个比方吧：洋葱的中心虽然是空的，但这并不影响它的味道，那层层包裹起来的葱片，都有着同样的辛辣。"

2002年，人民文学出版社出版《花腔》单行本，首印就是三万册。至今十几年过去了，《花腔》还在以不同的版本出版，并且已经翻译成多种语言版本。它标示着李洱的写作达到新的高度，它也成为中国当代文学的经典作品之一，被评论界誉为"先锋文学的正果"。

记得图书出版之前我正好参加《小说月报》在乌镇举办的一个颁奖会，与《花腔》的人民文学单行本责任编辑刘稚住一屋。刘稚每天都在与出版社的同事电话联系《花腔》发行及宣传推广的事情，还问我，既然为《花城》杂志约到了《花腔》，怎么没考虑把书也留在出版社出版？那时，《花城》杂志每年都有重量级的长篇小说发表，编辑们虽然也向出版社的图书编辑或发行部门推荐，但当时出版社对纯文学作家作品的价值认识不足，思路滞后，所以错失了不少好作品。像我自己责编的林白的《一个人的战争》《万物花开》，艾伟的《越野赛跑》等，都成为人民文学出版社的重点图书。我跟刘稚开玩笑说，我是在给人民文学出版社打工。而近距离看刘稚对图书的策划、推广，参与发行工作，有很大启发，让我看到图书编辑与杂志编辑的不同，其主动的、个性化的策划力、编辑力，创意和活力十足，这对我很有吸引力。可以说，我后来离开杂志做图书，与刘稚的影响有关。这是后话。

尽管李洱的《花腔》在文学界影响很大，但他那时的公众知名度并不高。不久，他又写了另一个长篇小说《石榴树下结樱桃》，这部小说题材与《花腔》及之前的作品已有明显不同，写的是乡村中国，农村变革，但它内在的视角与立场依然是知识分子的。若干年后（2008年底），因为媒体报道德国总理默克尔访华，把德文版《石榴树下结樱桃》送给当时中国总理温家宝，并点名要与李洱对谈，李洱才从文坛走进公众的视野。这也是后话。

李洱和我后来的工作岗位都发生变化，不变的是，他依然在不断创作作品，我依然在不断编辑作品。他有新作，我当然是有兴趣看的。我们有时会在某个会议上遇见，有时会有工作上的合作。没事时不联系，有事联系时不需要寒暄客气。真正是君子之交，其淡如水，甚好。

[本文为《花腔》珍藏纪念版（花城出版社2018年版）专稿]

# 化蛹为蝶的女性

## ——《坦言》首发编辑手记

　　海男属于出道很早的作家。1981年她开始写诗，1986年她曾与妹妹海惠从家乡丽江永胜小镇出发，沿黄河故道徒步旅行至黄河出海口，将近一年时间环绕黄河流域漫游，并一路以诗为记，写下黄河组诗。当时海男20多岁，妹妹19岁。这一场激情燃烧的青春事件，是属于时代也属于个人的岁月印记，给海男后来的写作，提供了青春、旅程、自然乃至情绪的经验。

　　我与海男认识于20世纪90年代初中期。那时，她已经在《花城》杂志发表作品了，《疯狂的石榴树》便是她早期的重要作品。她从鲁迅文学院毕业不久，回到昆明，成为刚刚诞生的文学期刊《大家》的副主编。而她上学的鲁迅文学院与北师大合办的首届作家研究生班，同学差不多都是著名作家，比如莫言、余华、毕淑敏、迟子建、洪峰、刘震云等，所以也可以说这是文学大咖班。我作为资历尚浅的文学编辑，在杂志上读她的作品，也听关于她的诗、她的舞、她的美貌的传说。海男给我最初的印象及想象是非常特别的，有点像天边的仙女。

　　真正见到海男，是一两年后在连云港召开的一个文学会议上。

　　下榻的宾馆是一栋老建筑改造的，海男和我，还有天津的作家赵玫，我们算是一屋又不算一屋，总之房间相连相通，没有隔音。天还没亮，就听到海男在接电话，有点焦虑有点紧张的口吻。早上起床，果然见到她焦虑地坐在床前，皱着眉头思考着。原来是当时的《大家》主编李巍老师打电话来，要她去约某著名作家的新长篇，而这部长篇其实已经被某文学大刊约走了，李巍认为几方都是她的朋友，要她想办法沟通协调，把稿子拿到《大家》。这显然是一件棘手的事，海男不想这样"抢"稿子。结果如何我已经忘了，但海男的善解人意、为他人着想的做事方式给我留下深刻印象。

　　这次，我也见识海男的舞蹈了。晚上我们去娱乐，一开始大家上舞池跳交谊舞或者迪斯科。跳着跳着，舞池的人越来越少，海男正在独舞，既不是国标也不是迪斯科，而是一种可能来自云南边陲少数民族的舞蹈，也可能是自由发挥，节奏感很强、很奔放，舞姿奇特，但很有感染力。舞池上的人渐渐退下，都成观众，只有海男在独舞，完全沉浸在自己的世界。我看见海男内在的激情与灿烂的生命力，她就是一株"疯狂的石榴树"。

　　会议之后，我们成为好友。她在《花城》的责任编辑是当时的编辑部副主任文能，文能那时在文坛比较活跃，作者也多，见我跟海男关系这么好，就让我以后与海男联系稿件。此后在我离开《花城》之前，海男的作品基本都是由我组稿并责编。而因为海男的鼓励，我自己也开始真正写作。

　　海男似乎是一个矛盾结合体。她的诗、她的舞蹈、她的小说，饱含奇异的想象和充沛激情，犹如西南热带森林植物的热烈与神秘。近年来海男开始画油画，她的画作用色大胆、结构多变，与她的文学作品有内在的一致性。但你见海男本人，她却是容易害羞紧张的，也不张扬。这么多年来，海男也甚少参加文学活动，甚少离开云南。她很有规律地生活，比如天刚亮就起床，先坐在书桌前书写，然后散步、早餐，再回来继续写作；比如一年四季洗冷水澡……所以我会把创作的海男和日常生活中的海男分开来。

创作的海男也可能是海男更内在更真实的面目。

不仅是海男的舞蹈，还有海男的诗，海男小说里的人物，以及海男成为画家之后所创作的画作，都有一种既轻盈又恣肆的东西，让人觉得她随时会飞起来。"飞翔"也是我对海男一直不变的印象。我曾写过一篇关于海男创作的评论《带着词语飞翔——关于海男近期小说叙事风格的转型》，发表在1999年第2期的《小说评论》上。写这篇评论是因为当时我密集读了海男的新作，也编辑了她好几部小说，其中包括《坦言》《蝴蝶是怎样变成标本的》《绿帐篷》《仙乐飘飘》等。

海男是多产的，创作类型也是多样的。记得那次在连云港开会快要结束时，海男急着要回家，因为她头疼，脑子里有无数词句要涌出来，她必须尽快坐到书桌前将这些语言释放出来，她已经被憋得头昏脑涨了。因为强烈的抒情性和奇幻的想象力，让海男获得"语言巫女"的称号。但再怎么变化，"欲望、性爱、完美、死亡"却是贯穿她所有作品的重要意象，也是海男试图破解的生命密码。回到《坦言》（首发于《花城》杂志1997年第5期）这部作品，它更加充分呈现海男创作中的这些意象。

由于她的身体像谜一般无法解开，里面的血液、头发、指甲、线条构成的故事让我感到惊奇：由于她的美貌禁锢着她的生活方式，她的私人生活便永远无法叙述清楚;由于我看见她的时候她似乎已经死去又似乎活着，所以，我选择了四种虚构方式叙述了模特征丽的故事。

这是《坦言》篇首的一段话，读者按照作者设置的四种虚构方式阅读模特征丽的四种爱情故事。征丽是谁？征丽是一个圈套，也是不断的追问。哪怕死去，依然没有终极答案，没有真相。

《坦言》在海男个人创作中，有一种承上启下的意味。在中国当代女性主义写作中，它同样是承上启下的典范写作。之前的作品，海男可能更多是以书写者的身份将自己闭锁于写作内部，有更多呓语与抒情，有更多私人写作的成分。《坦言》却是清醒而理性的，甚至是有点主题先行，却开始表达海男关于人的生存状况、妇女的精神与情感等方面的自觉思考。关于女人的性爱、女人的美丽、男女关系中的信任与责任、爱情与承诺、欺骗与背叛，等等，都具有不确定性和多种可能性，模特征丽的四种爱情故事具有这样丰富的隐喻。这部小说发表之时，正是国际上各种女性主义著述进入中国的时期，而中国本土的女性主义主张及创作也形成井喷景象。《坦言》以"目击者说"的冷静，观察陷于问题之中的现代女性，审视女性内在的灵魂，并试图追问女性生存的本质与意义。《坦言》因此被评论家所关注，被列为中国女性主义写作的代表作之一。

"'为女性而写'，为身体中荡漾的人性而写作，这就是我的女性主义。"这句话是海男在接受我一个访谈中说的。这句话，也正是《坦言》中的人物、故事、叙事方式的真实写照。海男同时还说："从形而上讲女人是闪开的味蕾，是突经异域之乡的女狐；是长跑道上滑行的逆影；是河流中飘动的青苔……基于这种理由，在我所有的小说中，女性都有漂泊不定的命运，并受到其命运的愚弄，同时相遇到生命中的美妙和纠缠，尽管如此，女性以游走、叛逆、寻找、疼痛来进入归宿的那个世界，依然呈现在时间之谜中。"

关注女性的命运与成长，关注性别关系，关注生命，是海男创作一贯的主题。在此基础上，她的表达方式不断变化，体裁及叙事角度也在变化。就像蝴蝶不断蜕变，不断成长，多姿多彩多变、自由轻盈地飞翔。

20多年来，海男是我一直保持联系的作家朋友之一。去年秋天，我到昆明参加一个学术会议。晚上海男带着我和朋友们去青云街四号喝茶。青云街四号是一家私人口腔诊所，主人是海男的朋友、文艺范口腔大夫王医生。王医生把诊所布置成有民国腔调的雅居，治疗室像书房，进门的候诊厅则被打扮成鲜花环绕、灯影朦胧的茶室。据说王医生拥有一百多条连衣裙、几十条手工旗袍；据说王医生曾经在春天里召集她曾经的患者在一栋百年老宅文艺聚会……走进青云街四号，感觉无数的故事扑面而来，又似乎是一曲绕梁三日的乐曲。海男说，她正在写一部跨文体长篇作品《青云街四号》。非虚构与虚构之间、诗与散文交融，多种文体交叉穿越……我对这部作品充满兴趣和期待。坐在青云街四号品着陈年普洱，聆听海男讲她的构思，突然发现，在她各种文体创作中都存在的那种既轻盈又恣肆的东西，让人觉得她随时会飞起来的东西，其实就是诗性。海男的核心就是诗人，诗性是她的翅膀，是她的文本气质。这种气质让海男与烟火弥漫的俗世隔离开来，获得一种高蹈超脱的境界，尽管她每天走在尘土之上。

[本文为《坦言》珍藏纪念版（花城出版社2019年版）专稿]

# 下海 · 听风

—《合同婚姻》首发编辑手记

　　写下"潘军"两个字，我的耳畔就响起他从丹田升起的、肆无忌惮的笑声，似一阵风呼啸而过，你会怀疑天花板都要被震下来。潘军个子不高，能量爆满。人未现，音先到。后来知道他是随母姓，其实父姓雷。难怪让人有天雷滚滚之感。

　　我来《花城》工作的时候，潘军已经是《花城》的作者。他与当时的主编范若丁老师、编辑部主任田瑛交情甚好，他来《花城》就像是老朋友之间的走访，亲近而随意。

　　20世纪90年代初海南建省，潘军离开了在安徽省政府的工作岗位，直奔海南，下海创业了。敢于脱离体制离开金饭碗的人，敢于第一个吃螃蟹的人，都是具有先锋精神的人。所谓知人论世，要谈潘军的作品，把他的生活轨迹结合起来看，是颇有意思的，因为它们之间有某种奇妙的呼应。

　　潘军到海南之后，果然淘到金。潘军不是一个以挣钱为目的的人，他是一个想挣更多钱可以支撑他去实现梦想的人。他的梦想是40岁前写小说，60岁前当影视导演，60岁后绘画写字，品茗听风。如今他年过六十，生命已如所愿。

　　我成为潘军的责任编辑，是因为他原来的责编王虹昭离开《花城》了，也是潘军离开海南北上的时候。带着在海南挣到的钱，潘军开始投资拍摄他的第一部电视连续剧《大陆人》，剧本由他原创。剧组经过广州，并需要在广州拍摄一些镜头。《花城》编辑部帮忙带领了许多出版社同事去充当群众演员，大家都觉得拍影视太好玩，乐了一把。潘军听说我没去过海南，就让我以随剧组记者的身份跟他们一起去海南走一趟，交几篇采访报道就行了，还可以向他组稿。太高兴了，这样的美差何乐不为？一路上我与潘军的妹妹潘微住一屋，颇投缘。他们兄妹情深，小微天天嘴上挂着"我哥我哥"，听多了，连我也仿佛觉得潘军成我哥了。潘军确实有大哥风范。此后，我与潘军及其家人，不管联系不联系，都有一种很亲切的情感在。小微后来定居美国，多年没联系，但有一次来香港，专程到广州来我家里小住几天叙旧。

　　所以自王虹昭离开《花城》编辑部之后，我就成为潘军作品的责任编辑。

　　《合同婚姻》是发表在《花城》2002年第五期的头条中篇小说。题目本身就有很强的冲击力，颠覆了传统的婚姻观念，也给读者带来观照与思考的新角度。当婚姻成为一种合同，爱情、婚姻、两性、家庭等问题都受到新的挑战。

　　小说缘起于一对原本相爱、共同生活四年的夫妻协议离婚。这种事情，在当代社会尤其城市里已是极为平常，潘军的高明在于他挖掘了这平常事件背后人物的内心活动。这桩离婚事件本身并没有出现什么类似"第三者插足"或"红杏出墙"的过硬理由，"平淡"要作为一种理由实在有些说不过去。可是，事实上许多婚姻破裂的起因正是这说不过去的理由，作者只是把离婚事件放置在各种严重事端到来之前。他认为，"平淡"婚姻有三种前途：忍耐、欺骗、离异。小说中的夫妻理性地选择了第三种方式。

微妙而复杂的情感关系发生在离婚之后，这也是小说的重心所在，所有的细节因此展开。当男人遭遇新的恋人，新恋情让他有进入新婚姻的念想，但对婚姻本身的怀疑情绪也在念想中徘徊。另一方面，男人的责任感让他对孑然一身的前妻由衷地关怀，因此依然与前妻有着千丝万缕的联系。这种局面造成人物内心充满矛盾，人物与人物之间也充满矛盾，冲突与摩擦像一些暗刺没有停止互伤。这种矛盾不是剑拔弩张，而是柔情与疑虑的交织；潘军将这种矛盾呈现得既真实又符合人性，它剥去虚伪的假面，触及人心的柔软之处。因为这样的矛盾，男人和他的新恋人，形成一种既不同于同居又不同于传统婚姻的情感生活，一份在两个人之间发生的不需要公证的婚姻合同由此诞生。潘军用一种正式的公文格式在小说里拟就一份合同书，措辞严肃到了一丝不苟的程度，以此方式解构了传统婚姻的合理性。他甚至设计了父辈的婚姻情节，再次观照并追询传统婚姻本身的意义。追求婚姻美满和历久不衰在作者这里是否定的答案，但情感的真诚与人的责任心却是作者肯定的价值观。所以，这个小说的基调有一种苍凉感，有一种隐隐作痛的忧伤，是无所依着不敢依着的飘浮感、断裂感。伟大的哲学家罗素曾说过绝妙的悖论："如果夫妇双方都不想从婚姻中获得更多的幸福，那么婚姻大概可以说成是幸福的。"

这个小说在《花城》首发之后，很快就被《小说月报》头条转载了，并获《小说月报》第十届"百花奖"（一个由读者投票选出的有公众影响力的文学奖项）优秀中篇小说奖，我因此也沾光获得《小说月报》的优秀责任编辑奖。后来潘军亲自操刀将小说改编为同名话剧，由北京人艺首演，并到美国、意大利演出。再后来，潘军又亲自把它改编为电视剧《婚姻背后》，由何群导演，多家电视台热播。

由此可见，潘军是一个特别喜欢亲力亲为、参与感很强的人，他有务实、入世的一面。这一特点，决定了潘军面对现实的敏感力。显然，《合同婚姻》引起关注，不是技术层面上的，而是在于它敏锐捕捉到当代中国人婚恋观念的更新。小说采用的语言风格非常生活化，对白就是些日常口语，让读者觉得这样的生活就在身边。小说的先锋性，在于它的观念，而不是技巧，这是对读者造成更大冲击力的点。观念本身没有对错的绝对值，它与中国大陆处于重大转型的社会环境息息相关，由个体引发到社会的各种观念变革不可避免地发生。生活其中，你就难以摆脱既定的趋势影响。

婚姻作为社会领域的问题，本质上确是男人与女人的契约关系，是一种法律制度，家庭就建立在这样的基础上。构成这种契约的缘由，比较堂而皇之的是相爱，比较隐晦的是交易，封建的方式是父母之命、媒妁之言。结婚证事实上就是一张已接受公证的合同，男人与女人的情感关系、构成家庭的各种权益需要得到法律保障。尽管如此，合同违约现象屡见不鲜。那么，有什么方法可以保证婚姻美满而历久不衰吗？

潘军提出了问题，呈现了问题造成的现象，他把思考留给读者，留给时间，也留给自己。

直面现实的潘军，骨子里其实充满浪漫情怀和超越现实的梦想，这是他的B面。任性任情，放逸随心，自由不羁，可以说与他务实、精明、缜密的个性并行不悖。换句话说，潘军是身上长着翅膀的人，在大地上走着走着，突然就会飞起来。

　　比《合同婚姻》更早发表的中篇小说《重瞳——霸王自叙》暴露了他的B面。这篇小说首发在《花城》杂志2000年第一期，写的是两千多年前的历史人物项羽。这类题材在潘军的作品中极少见，颠覆了潘军的写作风格，也颠覆了历史传说中的项羽形象。这是一种全新的美学视角，也是一种解构历史，甚至是戏谑的自由写作。作者看两千多年前的项羽，看见的是其人格精神和道德上的自我完善，是至情至真的心性追求，是"心似白云常自在，意如流水任西东"的随心所欲，无拘无束，天真烂漫。这是潘军心中的项羽，也是他寄情投射的小说人物形象。他不在作为一代枭雄的霸王项羽这一形象上落笔，而是把项羽写成不要江山爱美人、吹箫舞剑意在自由的文人形象。因此，整个小说以本来很霸气的人物自叙的口吻，内心秘密却流露出一种飘逸的诗意和梦幻感。

　　《重瞳》在《花城》首发之后，当年名列中国小说学会的首届"中国小说排行榜"，并居"中国当代文学排行榜"榜首。后来收入各种不同类型集子或连载，并且被翻译成英语、俄语等。由潘军自己改编的话剧《霸王歌行》不仅由中国国家话剧院首演，还巡演了十几个国家，获得了一些奖项。剧本也有韩语译本和台湾繁体字版。《重瞳》在潘军众多作品中脱颖而出，也在中国当代文学中引人注目。

　　潘军的B面在他年届六十之后，益发彰显。他回到故乡安庆，把面朝长江的独栋别墅打造成"泊心堂"，过上时隐时现的尘世生活。他在泊心堂写字绘画，喝茶听风雨，会友侃大山，自在闲适而散淡。真好！

［本文为《合同婚姻》珍藏纪念版（花城出版社2020年版）专稿］

# 非母语写作与原乡记忆

## ——百道网关于《大巴扎》的书面访谈

　　《大巴扎》这部小说的出版，是一个特殊的过程。对于职业出版人而言，就是看到自己所钟爱的作品能够以图书的形式与读者见面，能够与更多的人分享阅读带来的精神收获。正是这种初衷促使我去克服种种困难，寻找同道中人，共同去做好这件事。

　　《大巴扎》的作者卡德尔·阿卜杜拉是伊朗裔荷兰作家，就像纳博科夫、库切、米兰·昆德拉、中国的哈金一样，他们移居西方国家，以非母语写作，但他们写作的题材及表达的主题更多与故国原乡息息相关。而阿卜杜拉更为特殊的是，他来自于一个伊斯兰国家，以难民的身份逃离伊朗，定居荷兰。然后他开始学习荷兰语，并成功地用荷兰语进行创作。

　　我从2005年开始与荷兰文学基金会及许多荷兰出版商有工作联系及出版合作。他们向我推荐了阿卜杜拉的小说《天书：我父亲的笔记本》，因为它刚被评为20世纪荷兰文学最重要的作品之一。我对阿卜杜拉的写作身份感到好奇。文化背景、宗教背景的变化会给作家带来什么创作灵感？带来什么精神及情感的冲击？他会以何种表达方式叙述往事？历史与虚构是如何呼应的？他的立场、情感、价值观，等等，这些都是值得关注的。所以，我首先为我工作的花城出版社引进了《天书》，并于2010年出版。2011年北京国际图书博览会，主宾国是荷兰，卡德尔·阿卜杜拉作为荷兰作家代表之一来到北京，并与中国作家阿来进行愉快的对话。阿来非常欣赏阿卜杜拉在《天书》中讲述故事那种震撼人心的力量及诗性的语言。而据我了解的情况，还有更多的中国作家喜欢这部作品。同时，阿卜杜拉的另一部小说，就是这本《大巴扎》正在荷兰畅销，是当年荷兰最畅销的长篇小说（迄今在荷兰已经销售超过两百万册，是荷兰有史以来最畅销的小说之一）。阿卜杜拉的荷兰出版商也来参加北京国际图书博览会，有多家中国出版社从他们的版权小册子上注意到《大巴扎》，但荷兰出版商在此之前已跟我有约，他们把样书、版权交易的优先权留给我，而且没有提高一分一毫的交易条件。这真让我非常感动。事实上，在引进《天书》的期间，我也已得到《大巴扎》的英文样章、简介及书评等，我当然知道它的分量。但同时，这本小说的故事情节有关一个掌控清真寺和大巴扎的伊斯兰古老家族，我担心内容是否有悖我国的出版规定，是否有宗教敏感的地方。尽管荷兰出版商及荷兰文学基金会告诉我，这本书出版以来，许多读者就是穆斯林移民，阿卜杜拉对原乡的记忆、亲情、热爱、发自心灵的讲述是非常感人的。我请与我合作多年的翻译潘源博士将全书阅读后给我一个阅读报告。潘源读后激动地给我打来电话，她说这是她翻译的众多图书中最喜欢的一部，她还请她母亲，也是一位老编译把关，认为内容及主题在我国出版都是得当的。

　　因此，我为花城引进了这部小说。选题也通过了省出版局的审批。潘源开始着手翻译，并随时与我讨论。但最终，译文尽管一而再再而三地被审读，相关部门也说不出书稿有何问题，但出于对题材的谨慎，出版的事被搁置了。另一方面，版权合同的约定出版期限接近，作家卡德尔·阿卜杜拉也即将再次应邀出席2014年南方国际文学周荷兰专题的活动。为了不耽搁出版，我毅然将书稿推荐给人民文学出版社的译文编辑陈黎。陈黎不仅是编辑，同时也是一位优秀的翻译，还是一位很有才华的小说作者，我信任她的眼光，也坦诚告诉她此书出版的困境。果然陈黎看完书稿后非常赞赏，说这是一部类似《百年孤独》的小说。我开始与荷兰原版权方及作者联系、多次沟通、讨论（要让他们理解这种出版困境本身就是困难），终于顺利完成版权转让。在后期的编辑制作、营销推广方面，神曲（北京）文化发展公司的李江华先生作出很大贡献。陈黎曾问我版权转让出去是否觉得可惜？事实上，看到好作品能够顺利出版，与更多的读者见面，我感到的更是欣慰。

2014年8月卡德尔·阿卜杜拉如期出席南方国际文学周，并在南国书香节上与著名评论家谢有顺进行对话；也来到广东省作协与广东的作家们举行一次愉快的文学座谈。谢有顺认为："只有当作家直面社会现实时，才能产生伟大的作品。而阿卜杜拉积极介入现实的作品会为中国作家带来有益的启示。"

《大巴扎》书写伊朗从20世纪50年代落入美国掌控到70年代末霍梅尼推翻附庸美国的伊朗国王、原教旨主义在全国施行恐怖统治，直到90年代霍梅尼死后社会回归理性的过程，可以说是一种宏大叙事。但这么宏大的格局却是通过塞尼詹小城一个最古老的家族近半个世纪历经兴衰荣辱、悲欢离合的生活史展现出来的，其背后所隐含的是伊斯兰社会现代化的问题，而其问题更主要是精神层面的，是一代代人的自我革新，灵魂的嬗变及转型带来的疼痛。这种问题同样发生在有古老文化、面对现代化文明冲击的现代中国。因此，《大巴扎》除了它自身优秀的文学价值，还有作家对民族精神层面的思考，他的逃离与原乡情结，都是值得我们重视的。作品那种凝重而有伊斯兰民族抒情性的笔触，营造了一种深沉厚重的史诗氛围。其内容及主题让对伊朗乃至整个伊斯兰社会的历史文化比较陌生的中国读者能更内在地了解伊斯兰世界的精神嬗变过程。

我期待《大巴扎》的内在价值能够得到更多读者的解读。

（原载百道网2015年2月2日"谈书"栏目）

# 借我、借我一双慧眼吧

　　小时候，我对戴眼镜的形象很羡慕，因为这是有文化有知识的标志。我的家族里本没有近视眼遗传，完全是自己不好好爱护眼睛，结果还是落得个近视"二百五"。这是我后来感到遗憾的事情。明明珍珠就在眼前，就因为自己的视力问题，看到的就会是迷迷糊糊一大片，或者把珍珠当成鱼眼。

　　看到这里，大家就知道我这是在打比喻了。确是如此。眼睛，无论如何是至关重要的。作为一个出版人，我一直在努力锻炼自己的视力，保护好眼睛。就如同一句流行歌词："借我借我一双慧眼吧。"这也是我心底的祈祷。

　　因为《人体使用手册》《人体复原工程》的缘故，我被视为畅销书编辑；而我长期交往的文学圈内的朋友，却把我当作"叛徒"，他们以为我已弃"人文精神""纯文学"而逃离了。在昔日组稿责编的文学作品中，林白的《一个人的战争》《万物花开》、李洱的《花腔》、"作家访谈录"诸如此类，以及史铁生、阎连科、朱大可等作家作品，它们已经进入中国当代文学之林。而看看同时在做的图书：格力空调老总董明珠的《棋行天下》、中国色彩第一人于西蔓的《女性个人色彩诊断》系列丛书，它们也都是畅销的，却是主题迥异，互不搭界。

畅销的，就是快餐，就是商业炒作结果吗？就是与人文精神相违背吗？我知道有不少畅销书是这样打造出来的。所以来得快，去得也快。优胜劣汰，这是基本规律，没什么好说的。

但我要向我的这几位畅销书作者致敬，他们都有坚定的理念。他们不是专业著书人，却都是他们不同行业里的佼佼者：把如何打造中国著名品牌、创立"格力营销模式"的经验公之于世、共享创业苦乐的董明珠；中国色彩咨询业创始人、率先把个人色彩美学指导引进中国、旨在提高国人审美品位的于西蔓；久病成医、把适合现代人的健康理念与众人分享的吴清忠（吴先生既不坐堂问诊，也不卖药），他们都是这个社会所需要的积极力量。他们当时的书，既不是匆匆草就，也不是按市场脉搏、为了高版税而写的。有一种共同的东西贯穿在其中，那就是以人为本的精神。它们都从不同角度闪耀人性美好的光辉。这，就是珍珠的光芒。与众不同。

感谢上天让我遇到这些作者，更感谢上天让我看到他们的文字时眼睛闪闪发亮，书里深藏的那种共同的东西能够没有屏障抵达我的内心。我知道，感染力，就是一种巨大的能量。

那么，出版业里种种技术操作的作用呢？当然非常重要。从一部文稿到一本散发墨香的图书，这个流程需要好几个环节，需要不同部门的通力合作。包括与作者的不断互动，也需要多位编辑的工作。我是一个笨人，常常事倍功半。如果这些书交由高明的图书炒作高手来运作，印数更加呈几何级上升也是完全有可能的。而我唯一能够做的，就是充当一只聒噪的喜鹊。我有些"坏毛病"：常常在办公室读到文稿精彩处，不顾埋头工作的同事们，或狂喜大笑，或高声朗读，像旧时的看戏票友不时击掌叫好。也会在选题论证会上，介绍自己心仪的选题时眉飞色舞，侃侃而谈……然后热情洋溢穿梭于社长、出版部、校对室、美编和发行人员之间，不厌其烦把自己的想法拿出来与他们讨论，甚至争论，直至达成共识。所以我还是要说，感染力，就是一种巨大的能量。我很感谢我的同事们容忍我的"聒噪"，也最终会合力把事情推向顺利的轨道。

世界是如此丰富多彩，又是充满不确定；有许多有趣的、有意义的人和事，同时也是无常的。所有经历过的，都是生活篇章中的逗号，人生旅途的驿站。所有总结出来的经验教训，也都是已然，而非必然。2009年已经到来，意味着新的一年又开始了。我好奇的是，前面的未知是什么呢？我又将遭遇什么？发现什么？与他人分享什么？这便是我对待生活的态度，也是我面对书稿的态度。

记得《谁动了我的奶酪》的作者斯宾塞·约翰逊博士曾说过："我认为一本书的成功，必须具备三个要素：书要好，书要好，书要好。"我相信这句话，这是根本。可是，如何知道好书呢？我能够坚守的只有笨的办法，就是好好呵护双眼，不断锻炼好视力，而不是变成近视眼。

无论作者还是出版人，总是希望他们的书倍受欢迎，能够大卖。这是情理之中，却非终极目标。亲爱的读者，如果您在我推出的图书中喜欢上某一本，无论畅销与否，只要您能从中受益，我将非常开心。为此，我会继续锻炼好眼力，并聆听来自您的声音。

（原载《羊城晚报》2009年2月7日"广东出版在线"版）

# 永恒的青鸟

——写在2009年全民阅读日

迄今，我还记得那只犹如精灵的小鸟，闪烁着玄青的神秘色彩，忽远忽近，似是而非，却引领着那两个善良的小兄妹——蒂蒂尔和米蒂尔跋山涉水的寻找之旅。这是一个永恒的意象，已经定格在我的脑海，而且历经二十几年的岁月沧桑，它也一直在引领我心灵与思想前行的方向。这是一个关于幸福的现代寓言，与内在生活密切相关。

当年，比利时人梅特林克的剧本《青鸟》传入中国时，是作为现代派作品引进介绍的。这部剧本写于1908年，作者则在1911年获得诺贝尔文学奖。我在1981年购买了袁可嘉先生等人选编的《外国现代派作品选》（上海文艺出版社1980年10月版），《青鸟》作为后期象征主义代表作品之一被选进这套书中，这是当时中文系学生的时髦读物，就像现在的文学青年读帕慕克、读昆德拉。而《青鸟》如今则成为儿童读物。无论如何定义它，一点都不重要。很高兴它依然是那么热销。这，就是经典的力量，穿越时空。不管你把它放在哪个角落，光芒总是四射，挡都挡不住。能够在二十几年前遭遇到这部作品，而且深受它的影响，我觉得我是一个幸运的人。

梅特林克以童话剧的方式超越了童话，它包含那么深奥的人生哲理，却又是如此简单明了：两个穷人家的孩子蒂蒂尔和米蒂尔，在圣诞之夜渴望他们遥不可及的甜美奶油蛋糕。仙女出现了，但仙女不是带给他们礼物的圣诞老人，而是要求他们去为她病重的小女儿寻找青鸟，因为只有找到青鸟，女孩才能幸福。从此，这对小兄妹为他人的幸福而踏上寻找之路……他们一路上遭遇思念之土、夜之宫、森林、墓地、幸福之园、未来王国，却不断受挫；他们与面包、糖、水、火、猫、狗和光的灵魂同行……正是在这样充满诱惑、布满陷阱、困难重重却又是未知而奇妙的追寻之旅，仙女的魔钻也开启了他们的智慧眼睛，让他们领悟到幸福的本义。

我尤其记住在"幸福之园"一幕里的那些肥胖幸福、粗俗幸福、满足虚荣心幸福、有钱幸福、善良欢乐、母爱欢乐、审美欢乐、思想欢乐等千奇百怪的"幸福"与"欢乐"，它们都戴着笑吟吟的"幸福"面具，营造声色犬马的繁华景象，制造一时的快乐感，那么栩栩如生而且令人沉溺其中，它们被称作人间幸福，却不能给人带来真正的幸福感。它们甚至仅与"不幸之洞"一道水汽或薄幕之隔，关系微妙，可以瞬间灰飞烟灭。要在这些能够制造一时快乐的"幸福"中领悟幸福的本义，对于欲望众多、注重外在生存条件的现代人而言，是一件多么困难的事情，却又是多么重要的警醒！

清晨到来，两个小兄妹发现青鸟竟然就是自己简陋的家中那只平凡无奇的小鸟！正所谓，"众里寻他千百度，蓦然回首，那人却在灯火阑珊处"。原来它才是真正的、不会变色的青色小鸟，原来它一直就在这对小兄妹身边。邻居家病重的小女孩（而不是什么仙女的小女孩）因为得到它，病立刻好起来了。然而，也就在印证真正的青鸟就在身边的同时，青鸟也突然飞走了……

想想看，人生何尝不是如此？幸福本就在咫尺之间，它可能就停留在你温暖的肩头。只要心愿美好，本不难发现。然而幸福也不是终点，得而复失，生活依然不断延续它的悲喜剧。没有千辛万苦的追寻，我们便无法明了身边的拥有与丧失，更无法获得内心的安宁与从容自在。

在一个正经历着经济开放与腾飞的国度，我们曾经因为物质贫穷的恐惧而喊出"时间就是金钱"的口号。人们步履匆忙，急于竞争，急于获取，以致自相残杀、自我破坏。走在追求自认为的幸福路上，却与珍贵的事物擦肩而过甚至南辕北辙。然而，也只有经历这样的歧途与曲折，人们日益麻木的心才能警觉并被唤醒，发现内心真正的需要。

感谢梅特林克伟大的想象力和创造力，更感谢他对人类生活意义深刻的理解。通过他诗意而意味隽永的笔触，这种涉及生命与幸福观的理念不断传递给世界上所有关心内心与精神世界的人们。美好的书，就像是良师益友，或者引路的灯，同时也是一只永恒的青鸟，给予指引和信念。

（原载《南方日报》2009年8月23日"阅读"版）

# 守望那一缕微光（节选）

## ——对话林贤治

### 一、只能在记忆中皈依故乡

**林宋瑜：**刚拜读您的新书《孤独的异邦人》。这个集子许多文章与你过往的犀利风格不同，它们有一种温情脉脉的调子，也更为柔软。不少篇章是关于"故乡"及"故人"的回忆。"故乡"作为一个文学母题，它既可理解为物质的故乡，也可理解为精神的家园。而回忆"故人"其实说到底也是说事。甚至包括你编的东西，"记忆"对你作为一个著者、编者都是很重要的范畴。你的记忆跟你的历史、现实、心态有很大关系，实际上是很主观的东西了。所以这里面就涉及记忆与写作的问题。你如何解读它与写作者那种类似血缘的关联？

**林贤治：**从前给文学下定义的时候，就有人说过，文学就是记忆的产物。"记忆"既是指集体记忆，即大的记忆，历史的记忆；也包括私人的记忆。其实"记忆"是最富有人文色彩的东西。我是不看科幻小说的，一点都不看，觉得没意思。当然这也跟我缺乏好奇心和想象力有关吧。文学就是主观的产物，没有什么客观的东西。记忆肯定是这样的，有你放弃的地方，有你不经意就记住的，也有你刻意要记住的。记忆对于一个人很重要。一个人如果很恋旧，他会很特别地保留这一份过去。有的人向往未来，对过去的东西不一定很在乎。而我是对过去很在乎的人。

**林宋瑜：**所以你很恋旧。

**林贤治：**你会发现鲁迅也是很恋旧的。你可以看他两个东西，一个是《坟》的后记，一个是《呐喊》自序。生活中除了那些让我们关注的东西之外，还有他放不下的东西。记忆就是历史，历史其实是构成现实的基本部分。这里有理性的判断，也有情感的牵系；情感很重要，对文学写作者来说尤其如此。这份记忆的东西是他写作的内驱力，使他非写不可。这是很顽固的。

**林宋瑜：**说说乡村记忆跟你的关系吧。

**林贤治：**近些年来，我每年回乡一次，但都是过客一般地来去匆匆。我希望能够在出生地待上至少一年，不是找所谓素材，而是找感受，找感情，找人的关系，找我梦中的东西。在乡下，过去记忆中许多美好的东西，现在被破坏了。写它过去美好的地方，就是因为现实中这些已经不存在了。媒体有人用"沦陷"来形容乡村，就是说的那种变成破败的，没落的，凋敝的景象，已经不是欣欣向荣的。物是人非，现在是人非物也非了。

　　**林宋瑜**：整个乡村荒芜化了，被破坏了。乡村景色也变化了。但另一方面看，现在中国是在城市化过程中，西方也经历了这样的过程，虽然不太一样。

　　**林贤治**：现代化进程对不同国家来说会有不少差距，但趋向大体是一致的。我们是后发的国家，即所谓"发展中国家"，人家的一些经验教训我们是可以借鉴的。人家已经经历了一两百年了。譬如，美国的卡蕾所写的《寂静的春天》，对于美国的环境保护就起了很重要的作用，影响了美国政府制订对农药使用的政策法规。污染问题早就应该在我们考虑范围之内，我们目前对环境造成的破坏，其实在很大程度上是可以避免的。

　　**林宋瑜**：小时候我常常到外婆家去，就是乡下。那时的农村小河小溪很清澈，农民从那里取水喝。现在根本就不可能了，洗衣服都不行。

　　**林贤治**：每次清明回到老家乡下，都不免心生感慨。而且从环境保护到伦理道德、人际关系都发生了很大变化。我说乡村记忆对我个人来说很重要，是因为在精神上对故乡的皈依决定了我写作时采取什么立场、对社会的事物的态度，包括对我个人修身方面的要求。这一份记忆起很大的作用。

## 二、知识分子的幸福在于自由

　　**林宋瑜**：所以你说你是农民的儿子。也可以说是平民立场。

乡村是你所认定的"根",也可以说是你梦想、激情与写作的出发点。你对乡土的那种感情带有鲜明的平民意识和人道主义色彩。这种基调决定了你所关注的重心更多是关于"自由、漂泊、革命、反抗"等知识分子话题,你有很多文章是关于那些思想着的、孤独的、漂泊的异邦人。所以你这种平民立场农民也不一定理解。在我看来你这种立场实际上更是一种精英立场。也经常有人谈到你文学立场中的批判性和精神性。那么,你是如何看待自己的平民意识与精英立场的?它们是否有冲突或矛盾?你如何平衡这两者的关系?

**林贤治:**我的看法是,当我在书中作客观描述时,我认为知识分子、文化人应该具有超前意识,起启蒙的作用,要比一般民众要求更严格、看得更深远。像这种态度,你可以用精英立场来概括。但"精英"这个词我很少使用,坦率点说,我对这个词几乎是讨厌的。因为精英知识分子他可以进行社会批判,却往往无法面对自己的问题,批判自己。这种自诩的精英有一种优越感,这是很致命的。

**林宋瑜:**现在知识分子真的是缺席了。你有没有注意到,现在互联网上许多社会热点话题往往是一般的网友发起的。本来知识分子是要起带领的作用,但现在他们起不了带领与启蒙的作用。

**林贤治:**这里有两点,一是在社会的重大问题上,你要表态。就是关乎社会命运的大问题,如果你是所谓精英,是知识分子,你应该表态。因为你在这些大事件上容易产生影响力,你有更大的话语权。另一点是,如果你是所谓的精英,你应该比一般人在更高层次、更深层次上发掘出一些东西,让人们看到,帮助人们进一步思考。一般民众虽然有一个态度，但那种更深层面的东西需要专业知识的支援。

**林宋瑜**：现在的所谓专家出来，就被人称为"砖家"，被人"拍砖"，就是被人扔石头的"专家"。

**林贤治**：我经常把知识分子与学者分开。就是看他的专业知识有没有与他的公共立场联系起来。有没有底层立场、平民立场、人文立场。这是一个态度，你的专业知识必须与这个态度结合起来。如果仅仅体现你的专业知识而没有你的社会态度，你就仅仅是一个技术型学者。

**林宋瑜**：有时候他的专业知识还起反作用呢。我现在也对许多专家说的话有意见。

**林贤治**：就是因为他没有立场，甚至是错误的、反动的立场。这里有一个根本态度在里面。现在所谓的精英总体上是令人失望的。

**林宋瑜**：最近在广州有场文学活动，有文学圈精英就感叹"文学已死"；而你原来也说过文学到了"前所未有的低度"。这两句从表面上看意思是一样的，但立场不一样。你所说的"前所未有的低度"是批判这些作家们，他们所表达出来的从艺术也好思想性也好，整个就跌到了最低谷；而他们感慨的"文学已死"是没有人关注了，我看他们举的一些例子，是在感慨文学特权丧失了。可是这算什么呀？为什么我要关注你呢？

**林贤治**：其实中国当代的文学已经被绑架了。

**林宋瑜**：这也就涉及你所说的知识分子人格问题。就像你那篇《娜拉，出走或归来》，是1998年写的。里面谈到五四新文化运动中一批知识分子，谈到思想与革命的问题。而归根结底，是关于人格问题，尤其是知识分子人格。纪念五四的青年节刚刚过，你对今天的青年们有什么忠告？

**林贤治**：这是一个很重要的问题。五四的意义要与青年的现状联系起来说。青年应该是有理想的。现在的青年有个人的理想，譬如找什么样的对象、如何搞个房子，要不要去读博，这些是个人理想，但社会理想没有了。在五四时期，当时提出个性解放、价值重估等口号，有那么一种普遍的精神高扬的状态。而今天这种理想在我们这一代青年中明显地变得淡薄了。阿伦特在她的名著《论革命》中，注意到美国《独立宣言》中说的"生命、自由、幸福"，以"幸福"一词代替欧洲流行说的"个人财产"。她阐释说，拥有多少个人财产，不是物质意义的，而是作为一个公民参与政治的权利得到保障，他才是幸福的。

**林宋瑜**：所以，你的家园也是指精神的家园。

**林贤治**：是的。我们目送过去乡村中纯朴的东西在消失。"无可奈何花落去"，却不见"似曾相识燕归来"。譬如勤劳。我们村子许多田地丢荒了，人们忙于赌牌。还有人与人之间的关系。过去修房子，大家互相帮助，现在不行，要付钱。如果所有东西都要用钱衡量，这个社会就变得非常可怕。钱这个东西，自由交易时可体现出某种公平，但它有一个度。人与人之间需要相互关心帮助，需要爱，这份人类的情感是非常温暖的。与农业文明相联系的许多价值，我认为不是负面的，过时的，可替代的；而是人类最基本的，与大地相始终的。

林宋瑜：这是商业社会的影响，但商业社会也有它的商业伦理道德和商业精神。这同人与人之间的互助并不矛盾。在西方那种非常成熟的商业社会里，人与人之间的关系并不都是冷冰冰的金钱关系，他们有许多互助的关系。我们这个总是谈人情的社会，现在反而样样谈钱。所以你的根、你的故乡已经失去了，你已经真正成为孤独的异邦人了。你这个"异邦人"的词也是有双重意义的。

林贤治：我书中的"异邦人"说的是白求恩，但在这里也不妨借用。这个时代，人的关系变得非常脆弱，情感非常淡薄。人们不太关心道德、伦理这样的问题。当今商业社会又生出一种新的东西，拜金主义与权力崇拜一样可怕，而且，通过交易消灭个性，那种时尚化、那种趋同特别厉害。

林宋瑜：中国的传统文化里是特别强调群体意识的。反正你不符合主流的方向，你就要被质疑。我们的文化传统并不尊重个人价值。除了政治体制，民族性也有很大的关系。

林贤治：所以集体主义还是有它的根源，有它的土壤的。五四的资源已经流失了。像个性解放这样的东西，本来非常美好。但五四运动刚刚过去，党派的观念就进来了，集体主义被强调了，个人的空间就变得狭小了，甚至没有了。

林宋瑜：互联网的发展对人与人的交流方式也有很大改变，很多变成事务性、表态性的，情感的成分就很单薄。

林贤治：你说地球村也好，全球化也好，互联网的意义正面大于负面。负面的东西也很可怕。所谓负面，是指它主要是用来取得信息，全是即时性的，浅阅读、碎片化，不让你思考。一个社会、一个国家没有阅读，那些青年教育出来，就没有深度，他不懂得思考。一个不懂得思考的民族不可能成为伟大的民族。

## 三、文学处于低度主要因为缺乏精神性

林宋瑜：现在文化界也有一股声音，就是呼唤文学艺术批评重返20世纪80年代的状态。就我个人而言，我对20世纪80年代是非常有感情的。那个时代正是我们上大学、上研究生的时代，那个十年，思想解放的程度相当高，各种思潮都很活跃。作为当时的年轻人，我们是一张白纸，真是受益匪浅。许多书刊都是那时候读的，吸收了许多养分。而你呢？你是如何看待和评价20世纪80年代的？

林贤治：我的看法略有不同。20世纪80年代是复杂的，作为一个时段，它有起落变化，要分析其中的各种因素及互相作用的产物。我不赞成那种单色块的、简单化的看法。

林宋瑜：作为出版人，我们何为？有一茬茬的年轻人不断进入出版行业，他们要如何做才不至于沦为劣质文化商品的流水线工人？

林贤治：我们立足于出版业，要根据自己的文化理想去做图书。编辑要有他的方位感，要有他的文化理想，而不是只看市场。我觉得真正的出版家是他领导市场、开辟市场。你要承认这个社会是多元的社会，有不同的读者层次。编辑应该是有相当高度的文化人。但现在许多编辑既缺乏专业知识，又缺乏文化理想。作为文化人，社会要求的敬业精神是一个问题，但更重要的是你的文化理想如何，如何承担社会责任。其实这也同样关系到一个综合素质的问题。

林宋瑜：最终还是境界的关系，还是跟思想境界有关系。

林贤治：现在的小说我不愿意读。我编《文学中国》已经编不下去，读那些小说很受罪。在那里编故事，做作，看那些大段大段的对话，很烦。现在人们追着看"90后"，"70后"已经被冷落了，遑论"50后"，更没有人关注经典。

## 四、精神家园知识者与革命问题

林宋瑜：除了编辑工作，你的写作计划呢？我对你的关于革命、关于巴金的写作，很感兴趣。特别是从巴金作为一个无政府主义者开始的生命历程这个视角，我觉得很有意思。你将如何阐释

"革命"二字？

**林贤治**：革命这个话题，我想说，这20年来，李泽厚、刘再复"告别革命"这个论调对中国知识界影响很大。作为知识界本身也憎恶革命，标榜改良。

**林宋瑜**：其实我也是赞成改良。

**林贤治**：但现在不是我们憎厌与否的问题。要说革命，暴力这个问题我们绕不开去。革命为什么不能告别呢？一方面，它是基本人权，是人民的权利。另一方面，它是历史的产物。

**林宋瑜**：你赞成以暴易暴？

**林贤治**：以暴易暴在一个社会进程中出现，是历史的产物。历史是一个不断演变的过程。以暴易暴有它的必然性、不可避免性。政治的核心问题是社会正义问题。

**林宋瑜**：我的意思是，我们可能用多方力量来进行社会改良吗？

**林贤治**："天要下雨，娘要嫁人"，没有办法。暴力的消弭，就像它的发生一样需要一个过程。在文明——革命也是一种文明——的发展中趋于熄的过程。

**林宋瑜**：今年是辛亥革命过去整整100年，也是中国共产党建党90周年。一百年前，武昌起义一声枪响，宣告在中国延续几千年的封建王朝的覆灭及君主专制制度的结束；90年前中国共产党的诞生，意味着新民主主义革命的开始。这两个革命事件，对于现代中国都是意义非常重大。你如何看待这两场革命？

**林贤治：**可以从比较政治学和比较史学的角度来看。这两场革命的政治资源、基本队伍、斗争目标和方式，从理论到实践都有很大的不同，但又都是在中国的文化传统和现实大地之上发生的。一百年的时间，值得好好总结一下我们这个国家的政治生活。

**林宋瑜：**看来你要对李泽厚、刘再复说革命还是不能告别的。

**林贤治：**我反对这种论调，首先是因为他们说的不是事实。在世界范围内，革命至今还没有终结。人类是从野蛮到文明。用马克思的说法，至今仍然处于前现代阶段，革命是无法避免的。孙中山说"世界潮流浩浩荡荡"。我们跳不出历史。

［原载《羊城晚报》2011年5月22日人文周刊·百家版，后收入林贤治访谈录《呼喊与耳语之间》（复旦大学出版社）2012年3月版］

# 蝶变

## ——重访"新三巫"

　　1996年，云南的《大家》杂志在第1期发表北京大学教授戴锦华与批评家王干的对话"女性文学与个人化写作"。这篇对话，戴锦华在收进她个人的集子《犹在镜中——戴锦华访谈录》①中标题换为"女性写作脉络与男性视点"。这显然是一篇针尖对麦芒的对话，直至对话结束，女批评家与男批评家也没有达成共识，各说各话。这大概也是戴锦华要改换标题的缘由吧？

　　在对话中，王干说"想按照我这个男性的目光把新时期的女性文学简单地梳理一下"，于是就当时中国文坛女性作家的写作现状进行分类并命名：老三巫（张洁、谌容、张抗抗）、中三巫（王安忆、铁凝、残雪）、新三巫（陈染、林白、海男）。而且着重围绕当时备受关注的几位年轻女作家，他说："我先说新三巫。她们是20世纪90年代出现的陈染、林白、海男。她们和前面六个完全不一样了。她们操持的语言、描写的素材都不太一样了，她们是那种精神和肉体的自我撕裂……"而戴锦华则反驳："是否女作家的

---

① 知识出版社，1999年6月版。

写作，披露个人生活十分重要？甚至重要到了，这是她所能贡献给文坛的最重要的东西？其中显然有你对男女作家不同的预期？"并提出"解构男性文化就是建构女性文化空间的开始"。关于"个人化写作"及是否存在男女共同的话语空间，他们展开激辩、互相反诘，最后回到各自的观点。

需要对当时的文化背景做一个回溯。

"个人化写作"作为20世纪90年代中国文坛写作与评论的核心词，与"后现代主义""多元艺术"等词汇构成一股"大江东去不复返"的潮流，强有力地瓦解了"宏大叙事"和"主旋律"的坚固堡垒。事实上，这股潮流在中国意识形态进程中是非常关键的冲击波。我们无法想象，如果没有这个当时被称为"众声喧哗"的阶段，个体生命内部的真实展现如何穿越公共感情的雾障，透射出个人内心生动的光芒。犹如20世纪80年代"朦胧诗""意识流"的大争论，当代中国文学创作正是这样一步步从集体记忆、集体表演、集体抒情中回到富有生命气息的个人生活，并以更为驳杂的个人化色彩迈进新世纪的。

与女性文化空间的提出相关的具体事件则是1995年世界妇女大会在中国怀柔的召开。作为当时在中国并不太多的世界性会议，它的浩大声势促成女性学和带有女性自觉意识的文本在90年代中国有一个爆发式兴起。女性写作以典型的社会转型期特征，尤其在表达女性爱欲观及其性别身份方面，体现出与以往的女作家截然不同的写作风格及价值倾向，它们既是本土的，却又糅合强劲的西方思潮。因此，从个人化写作，进而到私人化写作，批评界的关注及讨论不绝于耳。

十年光阴，弹指一挥间，中国的文化现实已经发生更为生动的变化。作为个人化写作的先锋实践者，被称为"新三巫"的女作家们，她们已经步入中年，依然在继续写作着。生活改变她们的思想观念，当然也改变她们的写作风格，巫气是千变万化的，破开，飞翔……这也是一个化蛹为蝶的过程。她们的书写，既体现着个体的精神轨迹，也是当下中国文化转型的真实记录。所以，重访，既是对她们写作历史的回溯，也意味着对十年心路历程新的认识。

现在，我们面对的不仅仅是"个人化写作"，也不仅仅是女性文化空间。作为具有当代中国特色的文化生物链上重要的一环，它，究竟是如何蝶变的？

## 一、陈染访谈：破开？抑或和解？

**林宋瑜：** 在我的记忆中，中国批评界关于"个人化写作"这个词语最初来源于1996年第1期《大家》杂志王干与戴锦华的一篇对话：女性文学与个人化写作。在这篇对话中，王干把你、林白和海男称为90年代出现的"新三巫"。"他认为当时你们操持的语言、描写的素材都与过去的女作家们不太一样了，是"那种精神和肉体的自我撕裂。……陈染《与往事干杯》也带有这种自己撕开血肉的特点。"王干说这番话时，正是你在文坛风头正健的时候。1995年也是中国妇女年，因为世妇会在中国召开。那前后几年，文学界是女性文学、女性作品热，关于女性主义、性别写作的讨论也相当热烈。你的作品非常被关注。时间过去十年了，你如今回头看，是如何自我评价当时的写作状态的？

**陈染：** 批评界有人说，我的写作影响和引发了激烈争议，使我成为"私人化写作"的肇始者。这些都是评论家的事。我听听而已，我会坚持并发展自己的写作方式。

有时回忆起青春期时候的状态，觉得有点不可思议，觉得太跟自己过不去了，拿来许多人生的重大哲学压榨自己——我是谁？我在哪儿？别人是谁？别人又在哪儿？干吗要和别人一样？别人和我有何关系？我干吗要寻找这种关系？这世界到底是个什么？男人和女人？生还是死？多少岁自杀？用什么方式了结？——太多太多沉重的问题我硬是让20岁的敏感多思的神经全部担起，而且一分钟也不放过，这似乎成为我的一种生活乐趣。我的青春期就是这样一路跌跌撞撞、歪歪斜斜、半疯半醒、濒临崩溃地走了过来，走的弯路太多了，偏执的东西太多了。现在看来，恍若隔世。

**林宋瑜：**在你送我的书中，有一本是很有意思的，可能是你最早的书：《纸片儿》。你在扉页上写了一段话："收在这本小书里的小说是我二十三四岁写的，小时候敢想敢说敢写，稚嫩之处层见叠出。不必去看吧，只当留个纪念。说话和写字的功能日渐退化，现在似乎已不太会说，小说也越写越隐蔽，审视者似乎全埋伏在我心灵的四周。这样活着很累，恐怕以后也找不到出路……"落款时间是1992年11月12日，那时你也不过30岁，按照时下文坛的说法，你那时的写作大概可归为"青春写作""美女写作"行列。而这段话似乎预言了你"越写越隐蔽"的言说个人话语的创作风格，你的重要作品《私人生活》《破开》《另一只耳朵的敲击声》等都还没诞生。这本书中收集的是你的早期作品，有一组小镇志异小说，神秘、奇幻的写作风格后来几乎化为碎片散落在你的作品，但你却再没有写任何一篇这类承继中国志怪小说传统却又有南美魔幻小说色彩倾向的作品。我很好奇，你为什么放弃这条道路？

**陈染：**我常常对写作本身发生深刻的怀疑，最持久的一次怀疑发生在2001年前后。当时，我的生活状态也是一团糟，难以解脱的苦恼。我有很长一段时间没写一个字，精神极为抑郁，在医院治疗了数月才恢复。

坦白地说，我现在的心理状态和我的小说里呈现出来的已经不尽相同了，我现在每一天的日子都过得很平常，不压迫自己，更不难为别人。其实，这辈子没人能压迫我，除了我自己！

现在，我的小说表达得比以前更加隐蔽、深邃和成熟，我喜欢在小说中故意制造一种"模糊感"，也许有人会读不出来，其实明眼人能够捕捉到那种思想的内核。

**林宋瑜：**对两性关系，甚至同性关系微妙的感情纠缠在你的作品中占据很重要的位置，甚至在你近几年出版的新书中，譬如三联书店2006年12月出版的小说集《离异的人》，插图及装帧设计也弥漫着暧昧诱人的性气息。而在生活中，据我所知，你一直深居简出，日常生活往往简单而安静。那么，你如何看待写作与出版、文学与生活的关系？

**陈染：**出版社发行部看好做插图本。出版一本书，作者能够掌握控制的只是自己的文字，其他的程序制作是出版社的事情。懂得一本书是怎样出版的读者，都会有自己的理解。图画是艺术，并不是色情，而是严肃。

像插图版的《私人生活》，书中插图是著名女画家申玲所作，画面性感、浓艳、现代、变异，具有强烈的超前意识和视觉冲击力。以我个人的审美趣味，我更倾向于人在画面中紧张、焦虑、惊恐、压抑、爆发、扭曲等变异的情态、线条和颜色，如同那张著名的《呼喊的脸》，好像是蒙克的。还要有大块的黑色和灰色，这是一种深度。还要有空旷和空灵的意韵。申玲的画追求一种过度的日常感、夸张的平庸感、极度性感的慵懒感，以及艳俗的夺目的浓郁，这也是一种对生活有深度的理解。图画与文字风格有别，但相得益彰。

以我个人的写作体会，如果进入写作状态，实际上是要和现实生活保持一定距离的；如果完全被现实生活所左右，那根本就很难进入写作状态。写作是一件需要深入进去的事情，那是自己和自己玩儿。而生活，你和亲人、和喜爱的朋友在一起，那是一种特别放松的感情。当然，在一天当中，又写作又生活，我觉得是可以同时进行的，都重要，只是精神状态进入的深度不同。

**林宋瑜**：《不可言说》这本书，收集了你与中外记者、批评家的对话，不论他们提的问题，还是你的回答，相当一部分都是犀利、直截了当的，也是充满智慧的。同时，我发现提问者普遍关心一个问题，就是你的作品中表现出的同性恋（或叫同性爱）问题。事实上，我多年前写过一篇关于你的评论："流浪的情感——析陈染小说集《嘴唇里的阳光》"（《小说评论》1993 年第6 期）也谈及你作品中出现的同性友爱意象群，当时我认为"几组形象的友爱，甚至同性恋倾向，是作者孤独的精神之旅的进一步艺术的延伸"。现在，我并不能很肯定我自己的这种判断。也许这是你的一种写作策略？也许是一种更内在更真实的个体心灵抒写？

陈染：一直以来，我的生活同时进行着两件事——写作和个人生活。具有基本文学常识的人都知道，写作与个人生活的真实性是两回事。比如，我有过真挚而深刻的同性友谊，但很遗憾迄今为止我还没有尝试过真正的同性恋。在观念上，我认为同性恋和异性恋一样拥有美好的权利，一个人拥有某种权利并不意味着他（她）做出同样的选择。当同性恋作为一种边缘化的弱势群体时，我的思想的倾向是显而易见的，这与我一贯的边缘化的思想体系有关。我所有作品中涉及的此类话题，都是我这一立场的彰显——我愿意在此郑重地说，我理解、尊重并维护世界上所有文明的同性恋的权利，正如同我维护所有文明的异性恋权利一样。在观念上，我不拒绝未来任何美好事物发生的可能性。对于我个人来说，爱一个人并不拘泥于他（她）的性别，他（她）的年龄，在这一点上，我是超出常规的，不受束缚的，所有的世俗偏见和狭隘观念在我这里都不存在。我越是学习、成长和完善，越是以包容、开阔的胸怀理解和感受人性的丰富。我愿意尊重自己的生命感受，选择我愿意的生活方式。这就是我永远的立场。

有关这一点，我现在把话放在这里了，也算是给社会上某种无聊的不善意的"传言"一个了结、一个交代。

这也使我想起一个事例，某市一男子，欲轻生从九楼窗口跳下。楼底下的看热闹的无聊围观者不时发出一阵阵的哄笑声。当该男子从高空中伸出一条腿，几次尝试跳下时，楼下的围观者甚至冲他嘲笑地呼喊："要跳就快点跳啊……"该男子愤怒地用手指向楼下"看戏"的嘲讽者们，终于纵身跳下……

唉！他真是不该用自己的生命成全那种人性之恶啊。

这不是"男性主义"或"女性主义"的问题，而是人性的问题。我既不是一个"男性主义者"也不是一个"女性主义者"，倘若非要套上一个词的话，那么我愿意说自己是一个"人性主义者"。

**林宋瑜：**《破开》是你创作至今很重要的一篇小说，发表在《花城》1995年第5期中篇头条。在这篇小说中有大段大段的关于性别问题的"高论"，出于女主人公殒楠之口。十年后看来它们依然是"名言"，譬如："性别意识的淡化应该说是人类文明的一种进步。我们首先是一个人，然后才是一个女人。……性沟，是未来人类最大的争战。""我们决不标榜任何'女权主义'或'女性主义'的招牌，我们追求真正的性别平等，超性别意识……"这些"高论"，与你1994年在英国时的演讲（"超性别意识与我的创作"，后来发表在《钟山》杂志1995年第二期）有何内在关联？我想知道你的这些观点是否受西方女性主义理论的直接影响？还是个体生存经验的必然结果？

**陈染：**我认为只有好作家和不好的作家之分，这不是性别决定的。如果市场真觉得女作家的书好卖，有这样的空子钻，那么出版社这样标榜，你也挡不住。但如果你使用西方的电脑系统，输入一个"女作家"或者"女演员"，它立刻会跳出来一个框，提醒你是否有性别歧视？他们特别重视这个。一般情况下，倘若有人称我是作家，或者称我是女作家，我并不以为有什么本质上的不同，我也并不觉得称我为女作家就意味着一种贬损或降低，这只是一种性别标志而已。我为自己的女性性别感到美好和荣耀！

在我看来，一个女性作家，她不仅应拥有可感、可触的感性方式，同时她也应具备理性的、逻辑的、贴近事物本质的思想能力。也就是说，她不仅用她的身体、她的心来写作，她更用她的脑子来写作。伍尔夫曾在《一间自己的屋子》里提到"伟大的脑子是半雌半雄的"，我觉得有一定道理。一个女性作家，只有把男性和女性的优秀品质融合起来，才能毫无隔膜地把感情和思想传达得炉火纯青的完整。这并不意味着缩减或隐藏我们作为女性的特质，恰恰相反，我以为这是更加扩展和光大了我们作为女性的荣光。

**林宋瑜：**《破开》是否意味着女性主义对男权文化的宣战？"破开"之后，你设想过之后的路途吗？

**陈染：**我其实对于"男性主义"或"女性主义"没有什么兴趣，更没有涉猎过这方面的理论。所以谈不上什么所谓的"宣战"。在与世界的相处上，我终于从"难为"自己的漫长的青春期道路中走出来了，发现这世界其实还是它本来的样子。很多问题对于今天的我，也许会自如沉着地一笑了之，把它积淀在更深的地方，含而不露，不再迫切地对结果忧虑。

**林宋瑜：**紧接着，你发表你的代表作，长篇小说《私人生活》（1996年《花城》第二期），从而引发中国文学界关于"私人写作""个人化写作"的热烈讨论，反响相当强烈。我还记得当时就有不少读者打电话到编辑部，要与你取得联系。这部小说也成为当代中国女性主义文学经典作品，并不断有多种版本面市。将近十年后，在《私人生活》的作家出版社版本（2004年4月版）中，你在卷首放有一篇代序"灰色的价值",你说"黑色是一种冷,一种排斥,一种绝对;……黑,是青春的颜色!灰色更有弹性,它是退一步海阔天空。但灰色决不是灰心丧气,悲观失望,它甚至比黑色更有潜在的力量。……《私人生活》是我'黑色'的产物。"这是否表明,现在的陈染,与生活达成某种和解?今天的你,又是如何从"私人生活"中破开的?

陈染:随着阅历的增长,我已经慢慢地把过去很多锋芒的东西内敛起来。我的从前是一副"反骨",但是由于阅历的增长我就能把这些东西掩埋得比较深。生活是需要不断"妥协"的,需要用一种达观的、幽默的态度来消解。这个世界不是专为自己而设计的。多年前我曾说"与生活和解",说到底就是与自己和解。然而,这并非易事——那是放弃什么之后,依然有自己内在的准则与坚持,依然有快乐的勇气,这也许是更高一层的境界吧。

这是成长的经验,也是成长的代价。

林宋瑜:我曾经看到一篇文章:"陈染:否定性叙述——对抗菲勒斯中心主义"(《文艺争鸣》2005年第6期,作者:王璐),作者认为你"始终把文学创作视角对准父权制社会及其文化传统,有意识地对其菲勒斯中心主义的思想观念进行颠覆与否定"。结论是:"'我'的深刻'反省',正预示着父权制家庭存在的危机。反叛父权,走出家庭,将是觉醒的女性别无选择的出路。"你是否认同这种观点?为什么?

陈染:我们中国基本上是一种父权的结构,在这个问题上我是怀有质疑的。这与我个人成长的特殊经历以及我一贯的思想脉络有关。特别是我在青春期时候，反叛的心理过于强烈。我强烈反抗世界上的任何暴君，无论男暴君还是女暴君。父权，在我这里有性别的意味，但又不完全是性别所能涵盖的。我曾亲眼见过女暴君的语言暴力，更见过男暴君的权势暴力。我们只对温柔妥协，我们只对文明顺从。

当然，我并不能完全认同上边这位批评家最后提出的"走出家庭"的结论。我主张建立并维护和谐美好的家庭，但倘若家庭变得不和谐美好的时候，当你的内心备受压抑的时候，我们也决不再委身其中。这不仅是每一位女人的权利，也是每一位男人的权利。这当然有一个前提，那就是一个人经济上的自立。

**林宋瑜**：在"陈染大事年表"（《私人生活》2004年作家出版社版本）中，你自己写下这么一段："2003年非典时期，销毁所有私人信件、日记、一些照片以及残稿，成为一个没有'历史'的人。"为什么会有如此决绝的行动？这个行动对你今后的创作及生活会产生什么深远影响吗？

**陈染**：我其实是一个没有什么安全感的女人。我不希望我死后有任何私人化物品以及不少的残稿遗留下来。对于生活，我将用自己的内心珍藏着所有美好的感情以及不美好的记忆，沉默地离开这个世界；对于文学，我已经说得够多的了。

我现在非常明确，生活是生活，文学是文学，我一定要把这两个面儿分开，不能因为文学，就弄得自己成天心力交瘁、心思沉重那么不开朗，那么不快乐。我还是渴望自己能够很平静，很正常地过平常日子。

**林宋瑜：**"梦回"（《收获》）和"离异的人"（《花城》2003年第4期）作为你进入新世纪以后创作的小说，继续演绎着女人的孤独以及对男人的绝望情绪。然而，黛二系列的那种知识女性孤高自傲、弃世绝尘的形象消失了，取而代之的是男人与女人之间微妙的战争关系，以及散发在庸常生活中的柴米油盐味。连女主人公也赋予临近更年期的中年财会人员的身份，这在你以往的写作是没有的。这是否意味着写作领域的新尝试？你对自己今后有何写作期待吗？为什么？

**陈染：**以我现在对生活的理解，日子过得平平常常，甚至乏味无聊，这是人生的常态，也可以说是人生的本质，而充满激情和拥有兴奋点的日子，是短暂的，是非常态的。一个成熟的人必须面对和接受平常的甚至乏味的生活。

至于写作，我顺其自然。近来写得不多，总想寻找一个新的突破口，这很难。现在，写一些短篇小说和散文。我感觉，岁数越大，想说的话越少，经常是想一想之后，觉得不说（写）也罢，算了。也许是我的心理提前"老了"，越来越理解张爱玲晚年只字不写、闭门索居。我不靠计划过日子，但我相信我会继续写作，日子还长！

**林宋瑜：**《声声断断》是一本日记体散文。如果把它与你的作品结合起来读，也许更能清晰把握你创作中的精神脉络。正是在这本书里，你有一篇题为"我们能否与生活和解"的文章，你说："我自己清楚，这种'和解'的深处，包含了多少无奈，多少妥协，多少自我的分裂与丧失。我感觉到自己生命中那些有重量的东西正在一点点丢失。所以，我无法说清这种'和解'是否快乐。……难道，选择做一个分裂的人——表面'和解'而精神深处'不和解'——是唯一的出路？"这说明，时至今日，你依然处于哈姆莱特式的矛盾之中。破开？抑或和解？这真是一个问题，你将何为？

**陈染：**是的，这种内心的冲突至今存在着。只是，过去我的内心非常激烈，与现实的冲突表现得非常尖锐。但是随着阅历的增长我已经慢慢地把过去很多锋芒的东西内敛起来。这个世界不是专为你而设计的，不要把自己看得过重。几年前我曾说"与生活和解"，大致就是这个意思吧。

一个人最大的敌人就是他自己内心中的狭隘、自私、恶意与欲望的膨胀，这是我们人性的局限，也是我们首要战胜的敌人。有时候人们忙于打败外部的"敌人"，而我觉得首先打败自己人性中的弱点更重要，因为这时也许会发现外部的"敌人"并不是想象的那样严重。我觉得人即使到了100岁也需要不断成长。我希望自己不断成长。

**林宋瑜：**关于女性主义，或者说中国的女性主义，你是否有自己的想法？是什么？

**陈染：**《私人生活》在1995年底出版的时候，中国的批评界有了个人化写作的说法，同时跟女性主义混在一起往我身上套。有些批评家是令我尊敬的，他们拥有独立的知识分子的批评立场和完整的人格；也有些评论家，怎么说呢，说句玩笑话，就是摆弄出一些新词和新理论让我们来敬仰的，你不服气不行！更有些是投机混世的。不过话说回来，作家该怎么写还得怎么写，评论家该怎么论还得怎么论，各干各的，挺好。至于女性主义还是中国女性主义，也是评论家的事。

我永远都不会是一个主流作家。

（2006，12—2—7，1；被访者已审定）

## 二、林白访谈：从《一个人的战争》到《妇女闲聊录》

**林宋瑜**：十年前，王干与戴锦华有一篇著名对话（发表在《大家》杂志1996年第1期）："女性文学与个人化写作"。在这篇对话中，王干认为《一个人的战争》是"把自己的精神撕成一块一块的，带有展示的性质，带有回忆录、自传色彩"。这部小说作为你的第一部长篇发表于十几年前的《花城》杂志（1994年第二期），后来一版再版，有多种图书版本出现，被受关注、争议和批评，既经历诸多坎坷，拥有它自己的辛酸史，同时也成为20世纪90年代"私人写作""个人化写作""女性主义写作"的范本。如今你如何看待这种历史印迹（包括这部小说的创作，人们的评价）？

**林白**：有争议好，很荣幸。《一个人的战争》的中文版今年已经出到第九版了。当年很难想象。

我认为个人记忆不是一种还原性的记忆的真实，而是一种姿势，是一种以个人记忆为材料获得的想象力。个人记忆也是一种个人想象。

**林宋瑜**：《一个人的战争》中的女性形象是矛盾的，痛苦的，甚至带有某些病态。在当时，评论家普遍认为这是对男权社会的反叛，显示女性书写的意义。你是否认同这些观点？为什么？

**林白**：没认真想过。允许各种评论。反叛和意义都是可以的。在我的写作中，记忆的碎片总是像雨后的云一样弥漫，它们聚集、分离、重复、层叠，像水一样流动，又像泡沫一样消失，这使我的作品缺乏严密的结构和公认的秩序。

**林宋瑜**：你在陈思和、虞静主编的《艺海双桨》中一篇"我与编辑"文中提到1993年冬天我让你把长篇小说（即《一个人的战争》）寄给我，而你当时对是否能发出来并没有绝对信心。我现在想知道当时你的确切心态，你的"没有绝对信心"指的是哪一方面？（主题？题材？性描写？手法？语言？外部压力？内部压力？）

**林白**：没有明确细分。就是感到这个东西不好发，当然性描写也有一定关系。

**林宋瑜**：《一个人的战争》全部的篇章寄生和依赖于你对个人往事的追忆，带有一种返顾的痛苦。这种痛苦同时诗意地、然而非整体性地展示，也被细细品味。就好像你是在用一把尖刀，慢慢地、精琢细刻地挖刮身上的血肉，还目不转睛地注视着流淌的鲜血，一点点感受那种火燎火烤的灼痛，似乎带有某种自虐、自恋的快感。那么，你在实际的写作过程，如何以心灵的剪刀，去裁剪个人历史的断片？又如何与个人经验保持距离，抗衡死死缠绕内心的某种情结？

　　**林白**：这是一个天然的东西，到了一定的时候就自己出来了，没有预谋和刻意。因为是追忆，所以与个人经验也是天然地保持了距离。

　　集体记忆的标准化和概括性使每个人的记忆变成同样的记忆。在这种普遍的记忆中，我们丧失着自己的记忆，同时也丧失着自己。我领会到记忆其实有着两大类，一类是关于某年某日某个事物的起因、过程与结尾；另一类则是往事的某一个瞬间所携带的气味、颜色、空气的流动与声音的掠过。

　　我有时会本能地、情不自禁地美化经过我笔端的一切事物，但我的美化并不是把什么东西都写得很美，而是要使它们接近我的某种愿望。使平凡的事物变得不平凡，使不平凡的事物变得更加具有震撼力。只有这样，我才会感到心安理得。

　　**林宋瑜**：陈思和在他与你的对话《〈万物花开〉闲聊录》（《上海文学》2004年第9期）说到"林白从来就不是一个自觉的女性主义者，你是凭感性出发，本来是非常希望能够被这个男性为中心的权力社会所接受。从地域上说，边缘被中心接受，从个人来说，是女性被男权社会所接受"。你是否认同这个观点？为什么？

　　**林白**：我并不关心自己是不是一个自觉的女性主义者，我对女性政治没有强烈的关注。

我觉得所有写作者，若愿意发表作品，就都是希望别人接受，否则发来干什么。从地域来说，文化中心是文明的象征，边远地区的人对文明的向往是必然的。否则沈从文为什么要来北京？鲁迅为什么要去日本？徐志摩为什么要去康桥？

**林宋瑜：** 在《一个人的战争》发表后，连续几年，你又写了《致命的飞翔》《守望空心岁月》等中长篇小说。我个人认为，它们除了在文笔及细节处理上愈发精致外，整体风格还是《一个人的战争》的延续。但到了2001年，《枕黄记》的发表（《花城》2001年第二期）却让批评家们以及广大读者看到你崭新的写作空间。似乎你一下子从晦暗的女性身体内部走出来，从幽秘的私人经验的记忆中走出来，走向民间，走向集体。从艺术手法上看，它也介乎小说与散文之间；纪实与虚构混杂其间。文学界普遍以此作为你写作转型的一个重要点。你自己如何认为？在此之前以及之后，你对自己的写作抱以何种期待？

**林白：** 我觉得《说吧，房间》和《守望空心岁月》跟《一个人的战争》都是很不同的。转型也不是刻意的，是正好要干一个活。不过这件事部分地改变了我，使我跟人打交道，使我没有以前自闭了。性格也比以前开朗一些。

**林宋瑜：** 你在一篇演讲"生命热情何在——与我创作有关的一些词"（《作家》2005年第4期）中说："每个人写什么都是与生俱来的。一个人的生命底色就在那里，写作不是杂耍，今天耍这个明天又可以耍那个。每个人的风格却只能从她生命的深处长出来，像植物那样缓慢地生长。快速更新的是什么？塑料。"那么，你自己如何看待《枕黄记》以及后来的《万物花开》《妇女闲聊录》等作品与你早期作品的内在联系？它是什么呢？

林白：我不看。肯定是有内在联系的呀，你来看吧，你看了告诉我。一般写完小说我就忘记了。

林宋瑜：尽管批评界常常有人把你当作中国女性主义写作或"个人化写作"代表之一，你却承认自己"对女权或女性主义的理论知之甚少"。另一方面，又"对于批评界把我归入女性主义文学，我非但不介意，反倒窃喜。归入什么主义我或者都窃喜吧。学术界会有自己的道理的，如果我的作品通过各种主义得以传播，我觉得是好的"（以上引自同一篇演讲）。那么，就你所知的女性主义应该包含哪些内容？你是否有自己的"女性主义主张"？它们是什么？

林白：女性主义以前我是知道的，现在我差不多忘记了。现在我对所有主义都忘得差不多了。到了我这样的年龄，已经不适合再谈主义。主义是年轻人的事情。

林宋瑜：《花城》2003年第一期头条，发表了你新的长篇小说《万物花开》。再次引发争议甚至官方的关注（关于这篇小说的文化意义，我至今仍耿耿于怀它没有得到文学界的真正重视）。在这部小说里，那个叫"我"的单身女人身份突然就消失了，作家的"个人化""私人化"无影无踪。取而代之的"我"，是一个脑子长了五个瘤子的乡村少年。所有情节有关当下中国乡村民间的生存经验。读者找不到与作家个人情感丝毫相关的独白，而你自己对它的定位是一部"关于'生命与自由'的小说"（语出与陈思和对话中）。这样一种创作转型，对你自己是否意味着一种文化价值的回归？抑或新的发现？

**林白：**就是关于生命与自由，无善无恶，万物有灵。我觉得《万物花开》真的是有一种生命能量的爆发。这里有民间资源的接通。它的素材是采访来的，基本故事是我虚构的，但并不是有了素材和虚构，一个故事就能写出这样一部长篇的，它正好触发了我内在的生命能量，这种触发是外界的，确实有天意的成分。当然生命能量是我自己的。

**林宋瑜：**《万物花开》的原稿后面原本有"附录：木珍闲聊录"。当时，在是否同时发表这一部分内容时，编辑部内部也有不同意见。虽然我是"主发派"，但最终还是删去了，很遗憾。不过"塞翁失马，焉知祸福"？正是在这被删去部分的基础上，成就你后来的另一部长篇《妇女闲聊录》。读这部新作品时，我很激动，好像一种很有生命力的很热腾腾的东西喷发出来。想起你曾在电话里对我说："不要怀疑我的创造力噢。"我确实看到你的创作方向和个人精神发生重大的转变。我想知道，这种转变的动因从何而来？

**林白：**我就是运气比较好吧。有很多人，写写就写不出来了，我运气好，所以才写到了今天。但也总有写不动的一天。到了那一天，我也会很安静。

许多年来，我只热爱纸上的生活，对许多东西视而不见。对我而言，写作就是一切，世界是不存在的。我不知道，忽然有一天我会听见别人的声音，人世的一切会从这个声音中汹涌而来，带着世俗生活的全部声色与热闹，它把我席卷而去，把我带到一个辽阔光明的世界。

**林宋瑜**：《妇女闲聊录》的语言是非常口语化、鲜活的乡野话语。农妇的粗粝与琐碎、单调与生猛矛盾地组合一起，跃然纸上，却生机盎然。所以，这部小说引发的批评家对"文学性"的反思也成为2005年文坛的一个焦点。有人认为这种"口述实录"在语体上是"最大胆包天的尝试"（施战军）；有人认为是"从个人性的文学高度下降到辽阔的生活世界之中去"（张新颖）。你自己是如何看待"文学性"这个问题的？（何谓"文学性"？）你自己对《妇女闲聊录》有何评价（你认为它最重要的价值）？

**林白**：最重要的价值就是它不像小说，它自然，元气充沛。像你所说的，有生机。它就像一块石头，从纯文学的空中"咚"的一声砸到了地面上，砸出了一个坑。

我只是凭着一己的性情认定这是一部文学作品，如果要追问，觉得真不容易回答。我想到的只是以下这些：文学是不是只有一种呢？该由谁来裁定呢？又由谁来规范呢？高于生活可以，等于生活或低于生活是不是也可能呢？我不知道。只是在写作《妇女闲聊录》的时候，我感到自己回到了大地，并且感到了大地给我的温暖。

《妇女闲聊录》里的木珍东家长西家短，柴米油盐地告诉我一个村庄，一些人，一个城市的角落，一个我们生活在其中的世界。

我喜欢。

**林宋瑜：**2004年你的生活发生很大变化，即你离开北京去了武汉文学院当专业作家。当年你作为文学女青年从边远的广西来到北京，并安了家；十几年后，你像是"娜拉出走"，离开京城，离开家庭。你再次成为游走的人。这种变化，我想有它深在的原因，甚至某种连你自己都尚未察觉的潜意识。你是否愿意谈谈？

**林白：**确实是因为有生活来源，我在北京没有固定的生活来源，而武汉有。我有一个好朋友，她每本书出来都能印二三十万册，她都没有安全感，我就更没有了。将来写不出来了怎么办？出门连打个车的钱都没有，也太惨了吧。我认为作家是要养的，要养好的作家，年轻的时候不养，到40多岁就要养，不一定是专业作家，但要有一个着落，像王小妮、多多，到海南大学去，好像王家新也到一个什么大学去了。不要搞得生活没有着落。当代有的好的文学会有很多读者，也有另一些同样好的文学，读者并不是很多，国家对这些人要有一定的保障，让他们有房子住，衣食无忧，而不要对他们有各种要求。我认为这并不过分。

**林宋瑜：**回到基本点。你的简历出现在不同场合的介绍中，首先总是被定位为"中国女性主义文学重要作家之一"。你是否认可这个定位？你心目中的"中国女性主义文学"应该是怎样的一种文学？"中国的女性主义作家"是怎样的作家（她们言说什么？或如何言说）？

林白：对于中国的女性主义文学，我或许能算得上一个重要的作家吧，但仅从女性文学的角度来看我，当然是窄了，小了。我的作品远不止女性文学这一小块。《万物花开》是我的重要作品，我自己很看重，但读者少有知道，这部作品就跟女性文学没有什么瓜葛了吧？

（2006年12月，2007年1月13日，被访者已审定）

## 三、海男访谈：为女性而写，而非女性主义

林宋瑜：从1981年开始写诗至今，你的创作生涯已有20多年，而且一直保持高产的丰收局面，甚至有时候是一种"井喷"状态。我很好奇，你是如何保持对汉语言如此痴迷如此狂热的状态？

海男：习惯，或者说顽固训练出来的一种日常状态；一种不可以被任何别的常态和诱引所为之剥离出去的生活方式，这一切需要时间，任何生活方式都与履历、变迁、变幻莫测的昨天和现在，以及将来的宿命相联系。也许，我生来就依靠写作才可能焚烧尽内心的激情与思想。

林宋瑜：20世纪80年代在中国是一个激情燃烧的岁月。在当年，你也有过不少激情事件。最为轰动的就是与妹妹海惠从黄河源头出发，徒步旅行至黄河出海口，将近一年环绕黄河流域的漫游式生活，并且一路以诗为记，后来写就黄河组诗。当时是如何萌发这种旅行方式的念头的？它对你后来的创作与生活产生何种影响？

**海男：** 20世纪80年代确实令人难以忘怀，首先那是一个以个人主义为中心的阶段，也可以称之为激情燃烧的岁月，而我正是在这一阶段消耗着属于我的一场青春事件，走黄河正是事件之一，它与青春、想象力有关系，与身体中不可抗拒的对于新事物的期待有千丝万缕的关系。就这样，我与妹妹海惠出发了。我26岁，妹妹19岁，这真是一个饱满的年龄，我们怯生生地带着全部幻想，寻找着黄河，实际上是在寻找着青春的事件。而后在黄河旅馆中摊开黑色的笔记本，大量地记下了那一个时期的日记和诗歌。虽然，这是我写作中的拙作，有些甚至已经被我焚毁消失，然而，面对一条黄河的青春事件，在日后的写作史上给我带来了青春、旅程、自然的经验。

**林宋瑜：** 多年前，我写过一篇关于你的评论"带着词语飞翔"（《小说评论》1999年第2期），提到我最喜欢的是你的诗，其次是散文，然后是短篇小说。我把你的中篇和长篇作品置放在其他文本之后。时间过去将近十年，你的长篇作品越来越多，而诗性是其中无法抹掉的重要特征。所以，至今，我还是首先把你看作诗人。你是否认同这个看法？你更愿意做一个诗人，还是一个小说家？

**海男：** 也可以这样说，保持在我小说或其他文本中的诗性，是建立在写作风格之上的。因为，我首先是一个诗人，诗人讲述的小说故事，与别的作家的故事不一样，比如，博尔赫斯是一个伟大的诗人，在他的任何一部作品中，他所作出的文学史上的最大的贡献在于：用其诗性的光芒掩饰了莫测人生中的种种幽暗时光。

**林宋瑜：** "欲望、性爱、完美、死亡"是你所有作品的重要意象，也是你力图破解的理念。我想知道你为何如此执着于这样的探究？

**海男：** 在20世纪60年代末期，我跟随父母进入了金沙江畔的五七干校，那时候我还是一个孩子，却目睹了一个疯女人的窒息似的肉体生活以及死亡，金沙江水湮灭了她的生命，并将她的身体冲到岸上来。这一意象似乎从儿时就开始环绕着我，并使我不时地惊悸和发出永久的战栗声，我就是从那个时刻开始，太早地开始研究一个人的身体从"欲望、性爱、完美、死亡"中所抵达他乡和彼岸。

**林宋瑜：** 在你20世纪90年代的小说作品中，女主人公形象不论是旧社会人物，还是新时代时尚佳丽，"她"总是一位飘忽不定的单身女人，身边出没不同的男性情人，而"她"总是处于一种"剪不断理还乱"的情感及性爱纠缠中，不断地寻找或出走，内心深处却渴望着归于平静的归宿。是否可理解为这个主题几乎构成一条牢固的证据链，昭示作者本人的价值取向？关于女人的归宿，你希望一种怎样的结局？

**海男：** 从形而上讲女人是闪开的味蕾，是突经异域之乡的女狐；是长跑道上滑行的逆影；是河流中飘动的青苔……基于这种理由，在我所有的小说中，女性都有漂泊不定的命运，并受到其命运的愚弄，同时相遇到生命中的美妙和纠缠，尽管如此，女性以游走、叛逆、寻找、疼痛来进入归宿的那个世界，依然呈现在时间之谜中。

**林宋瑜**：当评论界在写到中国女性主义文本时，你的名字及作品也往往侧身其中。对此，我有不同看法。因为在中国谈女性主义，其理论背景源于欧美西方；而你的作品其性别经验往往基于本土现实，甚至是边陲小镇；你的性别意识也与中国文化传统息息相关。所以我认为，你的创作，是"为女性而写"，而非"女性主义"。你是否同意我的观点？

**海男**：不错，我作品中的大多数源于西南边陲的某座小镇或县城。我曾经以《县城》为题目，写过一部长篇小说（2004年人民文学出版社出版）。我对于文学及女性主义的意识源于滇西，在这个特殊的地域中，我从小积累了太多的女性经验，或者说外在的女性世界，使我负载着许多语言的权利，从而熔炼了我的性别意识，你说得不错，"为女性而写"，为身体中荡漾的人性而写作，这就是我的女性主义。

**林宋瑜**：前几年，你曾经很有系列地写了五部传记体作品：《女人传》《男人传》《爱情传》《身体传》《乡村传》。它们几乎都是没有完整的故事情节，没有清晰的时空概念。很多片断都可以把它当作诗或者抒情散文来读，也可以说是一种真正的跨文体。这也难怪评论界给予你"语言巫女"的称号。但如果要抽丝剥茧理清作品中的思想意图，真不是件容易的事。我想了解，这是你的写作策略，还是你自身遇到的思想难题？

**海男**：20世纪60年代，我写下了文体探索作品，这些作品你现在已经提到，这并不是策划，而是这一阶段我写作历程必须历经的试验，缺乏这种试验对于我来说就是一种空白或缺席：源自语言感悟中的那种触觉突然在一个夜晚或者一个漫长的时期把我暂时奴役其中，这也是一种写作快感。

**林宋瑜**：陈晓明在为《男人传》写的序言《语言的妄想症或解构男人》一文中说："作为一个女人，而且是作为一个未婚女人，敢于谈论男人，敢于为男人作传，这本身就是一大奇观，海男也许最有资格谈论这个主题。……如此全面地来讲述男人，并且是在纯粹形而上的意义上来讲述男人，海男可能是极端少数愿意并且能够理解男人的女作家之一。……她对'男人'下的功夫是何等深厚！这真是一部猖狂之作，向弱智和平庸的文坛——同时也是向男人——发动一次自杀性的进攻。"在我看来，这些语言表达着这位著名的男性评论家复杂的心态，似乎有点欲语还休。你呢？对陈晓明的这些评语你有何感受？

**海男**：陈晓明是我喜欢的评论家之一，在许多年以前，他已经在关注我的女性写作，《男人传》一出现，或许让他解开了一种谜：即把我浑身笼罩在其中的关于"男人"的话语权到底出自何处？

**林宋瑜**：尽管你一直通过文学作品执着于探究男人与女人的冲

突、性爱纠葛，也布满伤痛与悲情，但语言却是笼罩着一种暖意。这在你近年的长篇小说《花纹》中体现得尤为明显：三个女人的命运，沧桑而优美的花纹。你的文字，不是冷的、凌厉的、剑拔弩张的，它有一种非常宽广的母性包容力。这是否与个人的成长经验相关？为什么？

海男：《花纹》是我在21世纪初写下的长篇小说，整部小说洋溢着女性身体中那些碎片似的镜头，这部长篇小说以青春的故事展览了母亲和女儿以及他人的花纹，即一种铭刻在女性身体中的符号。也许写这部长篇小说时，我已经进入了另外一个年龄，我的身体中长出了宽容、隐忍的触须，足以接纳那些艺术情绪中的碎片。所以，这部作品读起来要温柔一些。

林宋瑜：我知道你的阅读是相当广泛的，你是一个勤奋好学的作家。那么，对你影响最大的西方女性主义理论、女性主义作家作品有哪些？

海男：我最早阅读的女性作品是《简·爱》《呼啸的山庄》，我更喜欢《呼啸的山庄》中像风暴似的逐渐将我们移来的英格兰荒野的农庄和爱情的故事。后期对我影响很大的女性主义作家有弗吉尼亚·伍尔夫，我几乎读完了她所有的作品。还有近年来诺贝尔文学获奖者耶利内克也让我着迷，她的语言中热烈的触须可以触痛任何一种在场的人和事，她的作品将超越时间被100年以后的读者所看见。

**林宋瑜**：你介意你的作品被界定为"女性的"或是"女性主义的"吗？你认为女性生存的意义与快乐是什么？文学女性生存的意义与快乐是什么？

**海男**：除了消除写作中的迷障之外，写作之外的评语似乎对我来说并不重要，我写作，并作为一个女人而活着。我认为女性生存的意义在于寻找到一种消磨时间的方式，写作只是其中之一，至于文学女性生存的意义也许在于通向语言的歧路上，越来越牢固地抓住可以让自己澄明通亮的一种力量，文学的快乐源于此。

（2006年12月，被访者已审定）

［这组访谈是撰写博士论文期间进行的作家访谈。后发表在《艺术评论》2007年第3期，并收入个人专著《文学妇女：角色与声音》（广西师范大学出版社2014年版）一书中。］

# 创作与思考

## ——著作人访谈

## 一、陈思和①访谈：我们的声音

**林宋瑜**：您主编的《逼近世纪末小说选》已经出版了三卷，在读书界受到普遍好评。我想请您谈谈这套丛书主要的编辑思想。

**陈思和**：这套书的最初提议是我的学生陈新颖。我们这个想法后来得到上海文艺出版社编辑的支持。这套丛书不是一套由空间贯穿的丛书，而是一套由时间来贯穿的丛书。它充满动感，不但需要8年时间才能编完，而且编辑的方式完全是开放式的。不是有了好作品才编选，而是带有某种期待、提倡和推动的意义来编这套书。当然这是一种尝试，究竟能否编得有价值，须在8年以后才能看出来。20世纪90年代的文学创作趋向与20世纪80年代有了很大的不同，用我的理论来解释，20世纪90年代是进入了"无名"文化时代，这与以前"共名"的文化时代很不一样，它没有一个可以规范一切文

---

① 陈思和，复旦大学中文系教授，博士生导师，批评家。

化现象的"名"，文化发展进入相对多元的环境，这种环境总的说来是更加有利于文学创作的发展，有利于作家个性的自由发展，但反过来你也必须承认，既然每个作家都有表现自己个性的自由，你就不能要求他只发表优秀的作品。人的个性一旦无所顾忌，浩浩荡荡地喷发出来，就难免泥沙俱下。我觉得一个好的批评家在这个时候就应该发挥作用，首先是不能反对这种好不容易获得的作家可以在主流话语以外表达个人声音的自由，同时也不能为了维护这样的多声部创作局面就抹杀了艺术标准和良知的作用。所以我们编这部小说选就是想在这多声部的文学格局里增加一种声音，是我们的声音。并通过对某些在我们看来是优秀的作品的推荐和解释，在当前文学发展中产生一点作用。

**林宋瑜：**那么，这套丛书的编选原则与您近年来在理论界和学术界倡导的"人文精神""民间理论"等主张有没有直接的关系呢？

**陈思和：**应该说不那么直接。人文精神之所以被上海几位学者提出讨论和寻思，就是因为谁也没有现成的人文精神可依据，就是想弄明白在现代社会转型时期知识分子的社会位置、工作岗位及其对社会履行的责任到底在哪里？而且这些问题的提出，多半是从反省自己出发的，从自己所感到的缺失里总结出当代知识分子感到困扰的问题。因此无法要求哪一个作家去写"人文精神"，也无法用"人文精神"的标准去衡量小说。对于小说的入选标准主要是我们自己认可的艺术标准。在当前的文学创作状况而言，我比较喜欢的是：一、能够将一般社会情绪转化为个人性话语表达的作品；二、能够真正脚踏实地关注社会底层的生活，努力表现被主流话语所曲解或者遮蔽的民间文化的生命力。我对民间的理解是相当广义的理解，不限于某种文化空间，更注重的是新的文化品质。因此，民间不一定是写农村和农民，都市里同样有民间的形态，它主要表现在主流话语系统以外，更加私人性的文学形态。

**林宋瑜：**您在小说选里对20世纪60年代出生的作家群创作给予相当的关注。您将他们放在20世纪90年代创作的整体局中加以考察，从而肯定了他们在当代创作中的地位。您是如何看待他们创作中的"个人性"现象的呢？

**陈思和：**这正是这批青年作家的创作特点。我觉得所谓的个人性或私人性，主要是指文学上的叙事话语，不完全是指人生态度，这一点我觉得当前批评界在阐释这个现象时有些误解。与私人性话语对立的是公众性话语，也就是指一种社会通行的，主流话语所控制的话语系统。对于同一种社会现象，既可以用报纸上通行的语言及其思路去解说，也可以用完全浸透了个人立场和感情的话语方式来表达，而文学更需要的是后一种语言。具体地说，私人性的经验是不可被重复的，由此而生的文学创作，其文学性和独创性也更加明显。在20世纪80年代后期，先锋小说为了突出语言的叙述功能，往往采取了抛弃生活内容的方式来加强语言的形式感和抽象性；20世纪90年代的创作现象有所变化，语言不再以抽象的形式出现，却是浸透了叙事视角的个人性和叙事内容的私人性。这以一批年轻作家和女性作家的创作最明显。但并不是说，私人性经验就必定会排斥对公众社会问题的关注，也不是说个人性的话语就一定要消解人文的理想和人生某些不可动摇的原则。

## 二、赵毅衡①访谈：远游者回眸

**林宋瑜**：您的《"后学"，新保守主义与文化批判》一文（《花城》1995年第5期，香港《二十一世纪》）曾引起学界争论不休。对中国当代文学、文化状况的把握和理论概括，您确有不少精湛见解。而当前的文化处境，较之前两年似乎又有所不同。对此，您有何看法？

**赵毅衡**：两年前，我提出：中国学术界（以文学理论界为解析案例）出现了相当明确的保守思潮，而且这保守思潮以最新式的诸"后"理论为支撑。当时不以为然者极多，反驳文章至今尚在《二十一世纪》上陆续发表。

两年后，我可以说，我在辩论中可能没有得胜（文学与文化理论问题，不可能辩出个"结果"），但中国文化的现实发展，证明我的命题不幸而言中。

"保守"等词，在文化史上用得太滥，语意散射过多，最好不用。但"保守"的基本含义，是肯定文化现状，肯定已形成或正在形成的体制。这一点恰是当前思想界的主潮，也恰是与现代知识分子的定义相违背——现代知识分子（不是现代汉语中"受过教育者"的意思）的文化角色，就是批判现状、批判体制。这样一个集群的形成，是文化现代性的重要标记。

---

① 赵毅衡，符号学家，叙述学家。美国伯克利加州大学博士，时任伦敦大学资深讲席。

可以问一声，没有文化批判，没有文化"现代性"，有什么了不起？对一些特殊的小国（例如新加坡），的确没什么了不起。少了些聒噪而已。对中国这样的特大民族，就完全不同了。没有批判的制衡，文化将不成为文化。当前中国正在出现的庸俗化民族主义浪潮，正是知识界思想界失语症的直接后果。如果我们继续漠视文化批判的必要性，我们将是对民族犯罪。

**林宋瑜：**您在论述先锋小说的社会学特征时，曾提到了它"不愿考虑读者与市场，缺少可售性"的特点。而另一方面的事实是，这一两年的中国先锋小说作品，包括具先锋性的小说译著《追忆逝水年华》等，却因操作而有畅销或热闹的现象，您如何看待这个问题？

**赵毅衡：**这是中国的"特殊国情"。中国的图书市场太大了，因此"边缘"也够宽的。但是与养鱼养鸟吃喝玩乐的书，或与言情武打相比，依然是边缘。中国先锋作家有福了：世界上只有很少几个语言文化大国才有这么宽的"边缘"。

判断文学艺术是否先锋，销售量不是绝对标准。购买《尤利西斯》或《追忆逝水年华》的人，有几个读完全书？正如买一幅毕加索挂起大多只是炫耀有钱而已。这些人是"俗媚"，而靠学毕加索或《尤利西斯》来提高销售量的艺术家，则是"媚俗"。

先锋文艺不是一个派别，而是一种文化态度。这个态度的基本点，正是"不愿考虑读者与市场"。不能用实际卖得如何来给作家定性。

林宋瑜：近几年来，您也开始文学创作，在国内刊物发表的中、短篇小说，以结构之奇巧、意境之幽深取胜；另外还有几部以历史引证、历史象征见长的中、长篇小说，取材及蕴义均显示了您的博学与深邃的识见。究竟在治学与创作之间，您如何处理两者的关系？

赵毅衡：写诗、散文、小说，是我给自己放假。教书、做学问、读理论书，得兼顾中英文的学术出版，还得一遍一遍读改研究生的大部头论文。洋人要过holidays，必须离家出走，开始觉得奇怪，后来我明白了"换换环境"对现代人刻板生活的心理治疗意义。

写小说，是我的心理治疗，也是我的度假法。人人都抱怨holidays太少，我也一样。一年不过一个月不到，可以用来"过瘾"。

由此，创作与学问越不同越好，越不相干越好——我不是说"创作美学"理论，我说的是度假哲学。

谁赏脸读我的诗、散文或小说，我脱帽鞠躬，向他们致一个票友的最崇高敬意。

## 三、蔡翔[①]访谈：理想主义者的现实关怀

林宋瑜：在《日常生活的诗情消解》一书中，您形象而心情沉重地描述了这个"热情而又粗鄙的时代"到来之际，知识分子在相当程度上面临"失语"与"退场"的窘境。而最近在《花城》1996

---

① 蔡翔，文化批评家，时任《上海文学》主编。

年第 3 期发表的《私人性及其相关的社会现象》一章中，你又谈及市场经济带来的新的人文景观。在这部即将完成的新作中，你再次表现出对知识分子自身职责及命运的关心。你可否就此谈谈你目前的一些想法？

**蔡翔：**我不知道，是从什么时候，知识分子被制造出一种"主流／边缘"的神话。它除了被严重曲解，为某些人逃脱责任苟且度日提供了堂皇借口之外，我看不出它的价值或者意义所在。

我们对市场经济及其相应的世俗化的支持，并不仅仅来自于现代化的情结。更重要的，是因为政治自由的基础必然是经济自由，把所有的权力都集中在少数人的手中，是一件极为可怕的事情，它会直接导向专制，仅仅用思想对抗专制，只是一个美丽的神话。在这个意义上，我们支持市场经济，并且批判权力向市场的渗透甚至扭曲。一个简单的事实是，中国的市场经济起码在目前，是极不完善的。至于极"左"思潮，仍然应该引起足够的警惕。即使一个完善的市场经济，它的商业倾向、交换原则，仍然会导致平庸化倾向。各种各样的大众传播也会相应形成对个体自由的另一种剥夺形式，而文化的批量生产将会可怕地抹去人的私人空间。

而在目前，权、钱因素的交互作用下，阶层差别日益扩大，公正成为一个日渐突出的问题。一个知识分子，不可能无视底层人民的困境，这是他的道义所在。一个公正的社会契约的订立，从来不是出于什么道德或者自愿的考虑，而总是面临某种具体的对抗或者压力。而当对抗逐渐转向和平的方式，那么，传达人民的意见，就是知识分子的职责所在（我在此向我们一些优秀的记者致敬）。

如果真有所谓"主流／边缘"，那么，所谓的边缘性，也就是它的对抗性及其批判性。一个批判知识分子的根据和信念所在，即是对自由、平等和公正的终生维持。

**林宋瑜**：作为一位批评家，你的文章、论著体现出与众不同的思路，就是"文化批评"的角度。你相当关注20世纪90年代中国知识分子与文化现状的关系。是什么原因驱动你这种探索热情的？

**蔡翔**：我们已走出了一个激情的神话。在这期间，我曾经走回古代和现代，以图扩大和深化自己的知识背景，同时继续留意和学习西方现代理论。我知道，许多人都在埋头读书，在思想的清理过程中，许多问题开始呈现。

离开一定的历史境遇，言谈理论，尤其是照搬西方理论，我觉得意义不大。对我来说，更重要的，是问题，以及它的中国语境。我努力想知道的是，我们正在发生些什么，为什么会发生；它会把我们带向哪里。当然，我主要是从文化的角度，这是专业的限制。

我一直不认为逃避现实问题是知识分子的美德。当然，应该允许一些知识分子为学术而学术。但是同样，我们也需要另外一些关切社会和价值信仰的知识分子。我有时觉得，对于知识分子来说，知识所赋予他的，不是某种优越感，而是一种更大的责任。

**林宋瑜**：您的文章既表现出对现实的真挚关怀，同时在字里行间又不自觉地荡漾着理想主义的诗情。在当前的时代，你认为理想主义倾向意味着什么呢？

**蔡翔**：在任何一个时代，理想主义都有它不可动摇的地位，现实总是残缺不全的。因此，我们需要一个梦，它把我们导向善和美。对于我来说，我所需要的理想主义的核心价值仍然是自由、平等和公正。它使我超越现实，而更重要的，它给我一个存在的原则，并成为我们批判的根据和信念，美的根据和信念。

## 四、潘军<sup>①</sup>访谈：从先锋作家到新科导演

**林宋瑜：**你的创作风格，在评论界被认为是具有先锋倾向的。你的长篇《风》以及近年来以海南为叙事背景的中短篇小说，那是很纯粹的文学篇章。大家已认可了你作为一位先锋小说家的身份。而最近，你自编自导电视连续剧《大陆人》，并紧锣密鼓开拍了，令毫无心理准备的朋友们读者们又惊又叹。你能否在此谈谈关于这部电视剧的基本构想？

**潘军：**《大陆人》是根据我自己有关海南的小说，尤其是正在写作中的长篇《北纬20度》所改编的26集电视连续剧。它也是我对自己当年生活的一种回忆。可以说是我以及我的一些朋友当时发生的一些故事，它们通过一种虚构的艺术方式表达出来。

这是一种群体剧，关于一群人的经历和命运。我选定了一群文化人，他们作为上岛的大陆人，处于错综复杂的商业环境中，但商业环境仅仅是一个背景，我观察他们的行踪，以此来分析他们的心态。写这个剧本时，我强烈地感觉到只有在船海这么一个框架中表达，于是引出了海与岸的隐喻。

---

① 潘军，小说家，导演，当时为26集电视连续剧《大陆人》总编导。

大陆人（主要是一群文化人，知识人）从地理上摆脱大陆是桩容易的事，但心理上却盘根错节。因为大陆人心态是一种超稳定心态。一个人很难有独立的支撑点，他需要一些别的东西支持他的稳定感，譬如父母、学校、单位、家庭等。或许是这些，牵制着一个人的行动、发展，一旦失去这些，内心的岌岌可危，焦灼不安便波及到他的观念、行为。上岛的大陆人基本都是漂泊者，淘金或者寻梦，但内心又处于矛盾和孤独之中。这一些，构成了剧作的悲剧性。在电视剧中，通过一个叫李村的作家的视角展现出来。我以为，真正的悲剧是心灵的悲剧，而不是表情的悲剧。

**林宋瑜：**编剧、导演集于一身，从剧本到画面。那么，你作为小说家的文学创作经历对影视创作产生了什么样的影响？

**潘军：**文学创作对影视的影响是显然的。剧本是一剧之本，它在剧组中间保持了很稳定的凝聚力。西方就有电影作家之说。目前国内的电视剧绝大多数就是缺乏文学性，所以很难保持它的艺术魅力。而站在导演的位置上，我不愿意主观的、理念上的东西以一种图解的方式来表现，也不是剪辑的、整齐的。当我对某些戏进行特殊的艺术处理时，剧组很多人开始不理解，但当它们作为电视画面表现出来时，他们明显感觉到这些手法丰富了影视的语汇，使之更加光彩、感人。

**林宋瑜：**在这部长达26集的连续剧中，你最注重从哪种角度表达你的主观创造？你所期待的艺术效果是什么呢？

**潘军：**我想强调两个极端。一个极端是它的纪实性。真正要达到纪实是有一定难度的。演员说台词，要求他们像生活中自然、白而有味。摄影方面尽可能采用长镜头表达生活细节。我认为长镜头既能忠实地记录，保持纪实性，又不中断演员的表演。从欣赏的角度也受观众欢迎。场景的处置中，譬如雨天的窗口、茶几上的花瓣等，令画面看起来很平实、贴近。这部电视剧，没有采用学院派那种很完美的手法。它有很多的随意性，令人感到故事正发生在隔壁、胡同里，故事就在你身边。而另一极端就是它的抽象性。艺术之所以成为艺术，首先意味着它正是主观的东西。纪实是背后的纪实，前面的随意是营造出来的。逻辑上它并不能成立，但观众承认它的虚拟性，从艺术欣赏的角度认同它。在这部电视剧中，我所要强调的两种主观，一是随意的写实，将纪实深藏在漫不经心的后面；一是跳到观众面前，赤裸裸地告诉观众作者的主观意图。这是片子使用主观镜头的基本立场，目的是让观众记住。我称之为主观镜头的朴素性，它与片子整体风格的纪实性相辅相成。在平实上下功夫是我们面临的课题。一个好看的故事，一组具有毛边感、纺织感的画面。实质上，它是极讲究的。

（这组访谈是1996年—1997年应《读书人报》专栏"著作人访谈"之约进行的。）

# 他，乘愿而来

## ——《寻找世界心灵地图》的出版缘起

当远在欧洲的朋友向我介绍眭澔平的人与文时，我实在觉得不可思议，而且震撼。迫不及待地观看他环游世界所拍摄的录像精选（也就是现在旅游卫视"有多远走多远"栏目正在热播的35集系列片"行者——眭澔平探险世界"的部分）、聆听他专门为挚友、台湾著名作家三毛而作的歌曲以及"环球音乐文化之旅"的歌与诗词之后，我的眼前是一片如云似水的自在和澄净。如此的丰富却又这般的纯真，犹如盛夏中的清凉。

能够在台湾当红主播名利双收的位置上绝然转身，只身远行，一边是钻进学术象牙塔，到欧美攻读史学、文学博士学位；一边是行走五大洲、浪迹天涯海角。这不是一件常人容易下定的决心。然而就是这样，长达20多年的时间，眭澔平以自助旅行并近乎苦行僧的方式，游历世界近180个国家、摄录数千小时的世界民俗风情纪实影音素材、写下近百万字的旅行手札笔记、创作近百首歌曲与诗词、收藏四万多件民俗艺品标本……

我开始向周围的人滔滔不绝讲述眭澔平的故事，就像讲述一个传奇。我自己在感动中，也希望这种感动与他人分享。而当一位同事反问我：除了他的经历很奇特很惊险之外，还有什么呢？我一时语塞。因为我深知我的感动不是因为眭澔平奇特而惊险的旅行，而是他旅行的方式、旅行的心态、旅行中的觉悟等更为内在的蕴涵，这些才是他二十几年上路如修行、可与世人共享的宝贵财富。

我想起佛教传统中的云水僧。古时候，有一种游方行脚的僧人，四处参访，上路修行。他们有着清明的心灵与坚强的体魄。既如行云流水自由自在，又在真诚和虔敬的信念中生活，葆有单纯朴素，明心见性。然而在工业化的现代社会，这样的生活已经难以想象，多少人在滚滚红尘的名利追逐中疲惫而心灵损伤，又有多少人在物质主义的欲壑中精神急速堕落、自相残杀？

云水是一种意象，也是心的实相。正是在眭澔平的故事中，我看到一种行云流水般从容自在的心境。他能够在世界不同地域文化传统隔阂甚深、五大洲民俗风情迥异、地球上战火与仇恨未熄这样的环境下很快融入当地、当下，以一种赤子童心的快乐与不同族群的人们相遇相处，沟通对话，这是一种多么开放而平等的胸怀，也正因此显示了不起的大爱能量！

我开始与眭澔平讨论他第一本在大陆出版的书的内容安排，因为他的资源实在太丰富，竟一时找不到从哪个角度切入。我非常喜欢那张由他的各种旅行照片和旅行路线拼接而成的世界地图，以及他讲述地球村不同角落人民的故事那悲天悯人的情怀。同时，作为拥有美国康乃尔大学东方史学硕、博士学位、曾任台湾大学东亚文明研究中心儒家价值专题学术研究计划主持人的眭澔平，有相当好的东亚史学基础，他对古老的佛教经典《般若心经》的形象阐释与现代心灵的疗救结合起来，实在是当下人心柔软温暖的关爱。因此，我们将这本书命名为《寻找世界心灵地图》，而对《般若心经》的诠释贯穿全书，并与悲欢离合的人间情感交织一起。我们希望这本图、文、影、音全方位结合的作品，以感人的"经历"传递大智慧和大爱理念，使更多的人懂得沟通与理解、包容与开放，共同守护多元和谐的人类精神家园。而与这本书的主题思想一致的另外两本书：《三毛的最后一封信》和《人生十堂必修的课》也将陆续推出，它们共同构成"与眭澔平上路修行"系列，不仅仅是旅行文学，更是值得现代人细细品读的心灵课程。

眭澔平是擅长讲故事的。正如柏杨先生在序中所说："眭澔平通过游记结合母爱进而叙述表达出极为感人的故事真的是太好了，因为在游记的架构下，每一则旅行的经历应该放置在人生什么样的位置，自然都可以分成为若干适切的段落。……最难得的是澔平始终葆有赤子之心，勇于面对自己的生命，不像我最不喜欢的那种又丑陋又怕被别人批评的人。"

人类科技迅猛发展的21世纪，并没有遮蔽世界文化传统、价值观念与宗教信仰的多元化现象；另一方面，经济一体化已经把地球不同角落联结成一个休戚相关、甘苦与共的共同体。人们在忙碌、冲突、纷争中制造灾难并相互伤害，也因此心灵迷失、苦不堪言。而作为世界展望会终身义工的眭澔平，怀有这样的心愿：就是通过二十几年来奇特而惊险的环球旅行中的种种收获，建立起一个地球村博物馆，与现代人分享他所感念的人性共通、永恒的善美真诚，与全球天南地北友人之间坦诚相待，彼此宽容、相互欣赏、关怀支持的爱的"经典"。能够在眭澔平达成心愿的路途中贡献我们的一份绵薄之力，这实在是莫大的善缘！

（原载《全国新书目》2009年9月号上半月）

# 一个恋物者的时光碎片

——读澄子的《瓷壶里的夏日》

澄子是位画家，温婉的潮汕籍女画家。她出身书香世家，原名赵澄襄。她的父亲赵德安老师是我的高中语文老师，也是我的文学启蒙恩师。我与他们家的交情算是很深厚的，因此对澄子的画也是熟悉并且非常喜爱。她的画总是出现这样的意境：一壶工夫茶、一只懒猫、一卷线装书、一把纸扇、一缸荷、两三把老交椅……闲适而惬意，怀旧而安逸。人不在画中，但偷得浮生半日闲的从容心态尽显。你从这些画面可以看到时间，很慢的时间，仿佛是凝止的夜露，含有若隐若现的幽香。瞬间即是享受，一瞥已成无限。尽管如此熟悉澄子的创作风格，但也常常想象，她这一如既往的画风灵感从何而来呢？

澄子说："没有感情的旧物，是无法叫人牵挂的。当我描绘这引起几十年前潮汕人生活中的物象时，心中充满美好的回忆，而当这些普普通通的青花瓷、工夫茶具、竹椅木桌，还有那个色彩斑斓的花篮一次次现于笔下时，我便仿佛回到童年。这些物品及形成的氛围，是那样的和谐自然，其美学效果是出人意料的。"（《瓷壶里的夏日》"盛满乡情的花篮"）所以，当我读到澄子的新书《瓷壶里的夏日》时，我一下子就明白了，时间，它已经成为一种追忆，穿越澄子的收藏、文字，一直抵达她的画笔，浸染到泛白的宣纸上。

在这本图文并茂的书中，你可以看到那些可能消逝的生活小器物，原来是如此富有诗意，充满情感：老式梳妆盒、青花盖罐、门神画、烟标、煤油灯、牛皮剪纸、木偶、生肖挂历、藏书票、连环画……甚至自己信手在杯纸上做的小画、给儿子DIY的布玩具、小学时的暑期周记……这些似乎互不搭界的小器物都是澄子的收藏，而且每一样她都赋予情深意长的诗一般的文字，因为它们都与点点滴滴的记忆有关，与缓缓流淌的时间有关。

所以，你可以用品茗的方式细细品味这些陶陶罐罐、花红柳绿，还有那些贯穿其中令人如沐春风的细言悄语。因为到处充满亲切、恬静的空气，你可以很慢很慢地去感受、去回味。然后，闭上眼，往昔的景象一幅幅画似的地浮现眼帘。

它们是记忆的碎片，是你对过去的回望，对逝去的时光的追寻。澄子借用这些生活小器物，心平气和、温柔婉约地讲述着光阴的故事，骨子里透出几分中国传统文人的隐逸自遣。往事如烟，但这些令人留恋的器物经由澄子的叙述，带出种种趣事的细节，却像我们在与旧日重逢，而且内心一点点地被唤醒、被打动。因为正是这些"碎片"起到风向标的作用，把我们引向失落的生活场景和对过去的重塑。原来历史真相中的某些苦涩会淡去，留下的是值得回味的情感、爱与温暖。在这个速度比质地重要、物质大于精神的时代，人们都渴望着向前方飞翔。即便是自认为最讲究品位的"小资"一族，其标志也无非"不是在星巴克，就是在去星巴克的路上"。而真正的自我、内心的自我已经丢失在这匆匆忙忙的路上。

我们是否真的有耐心去收藏、去发现那些在有形之上的珍贵事物？懂得去陶洗沉淀于心灵深处的美好寓意？

所以，《瓷壶里的夏日》是一种慢生活的姿态，也是一种愿意珍爱往昔、留住传统与情意的文化态度。境遇变迁、世事沧桑，但我们依然可以在追忆中歌唱。也因此，现在与过去环环连结起来，生命不再是短暂和虚空，它成为永远。

这就是澄子的文字的价值。她的与之相关的画作、无法用金钱衡量的藏品，既是往事的复现，也是生命价值的隐喻。它们共同构成一个艺术的世界、充满记忆与爱恋的空间，诱惑读者去追寻、去想象，并共同创造逝去的岁月风貌。它既像诗，又像禅语，生动显示一个艺术家的生活洞察，历练中的彻悟。

岁月依然流逝，犹如白驹过隙。但我们确实可以有这样的生活姿态，这样的情感珍惜。回眸往事，倾听过去，收藏点点……因为这一切，都是你生命中真正的瑰宝。

（原载《羊城晚报》2010年2月16日书评版）

# 隐秘的花园

——关于《世界的渊源——女人性器官的真相与神话》一书

耶尔多·德伦特是一位男性，现在他写了一部关于女性外阴的书。这本书写得很有点像中国的工笔画，细腻、一丝不苟，却又如此生动美丽。那么些诗歌语言及文学色彩犹如绮美的花朵，缭绕蓬勃却秘而不宣的乐园。身为女性的中国读者，当我最初走进这本书，感受到一种神秘气氛，仿佛回到十来岁的懵懂年龄，惊讶而新奇，甚至觉得不好意思。毕竟在我们的国度，如此直截了当谈论性器官，而且是女人的性器官，实在有悖习俗。有些事情，说了不做；有些事情，做了不说。这就是我们的文化背景。其实就是放大到整个人类文明史，性也总是远离美德的，不可公然讨论的禁忌。

那么，有必要将一位外国男人关于女人性器官的言论引进中国吗？

答案是肯定的。当我把全书读完，我想我应该向这位遥远的荷兰性学医生致敬，因为他的全部文字体现出来的是对于女性真正的关怀与尊重。我想我也有必要向我们的同胞介绍这样的书籍，因为一方面两性关系问题的日益增多，性心理疾病屡见不鲜，一方面社会却常常以抽象而虚空的性道德绕开实质，并没有什么作为问题的石头被搬开。但耶尔多·德伦特医生坦诚而客观地与你讨论这一切。他与你共同正视那些垒在你身上的石头，它们可以重新排列、调整。它们既是生理的、行为的、心理的现象，也是历史与文化构成的存在。是的，他认为这个隐秘的花园是人类繁衍生息的起点，也是男人与女人的快乐与困难所在。在漫长的几千年的人类历史，在不同的文化习俗中，这个问题涉及的领域之广，恐怕我们没有想象得到。

耶尔多·德伦特医生说："在心灵深处，男人还是明白，只要以爱情和智慧挖掘它，女人的性素质比男人的更广阔，更超常，通过女人的性素质，男人能够达到他们单独不能够进入的乐园。"[1]然而历史呈现给我们的又是什么景观呢？

所以耶尔多·德伦特作为职业性科医生，首先从解剖结构向你解释女人的性器官、性欲的来源以及包括月经、处女膜、子宫、性器官卫生、怀孕、分娩、婴儿护理等有关女人身体的各种生理、心理问题。他用通俗易懂的语言及耐心探讨女人性素质的一切方面。美国著名的女历史学家拉格尔·梅恩斯忍不住赞叹这本书是："来自真正倾听女性声音的男性专家的真知灼见，智慧且富有同情心的。德伦特的书充满迷人的奇闻轶事，既是个人的又是历史的。"[2]

随着20年来我们国家的对外开放程度及民众心理承受能力的增强，中国的性学著作日渐增多。既有源出本国性学专家的研究，也有来自欧美国家的译著。关于性，或者性别研究，起码在学界并不陌生。而林林总总的著作，基本上出自社会学家之手，所以也就有了关于这类学者的专有名称：性社会学家。他们的研究，确实也更

---

① 《世界的渊源》，花城出版社，2006年9月版，第2页。
② 《世界的渊源》，花城出版社，2006年9月版，封底。

多地从社会现象、历史演变、文化构成等方面切入，这些研究更侧重关于"Gender"（社会性别）或"Sexuality"（被主体所标定为性的那些现象）等问题，而淡化生物学观点的"Sex"（性别）。这样的研究角度可能也与研究者的专业出身有关。可是这两者孰轻孰重？难道不存在差别并密切关联吗？

现在耶尔多·德伦特医生回到性的最基本层面：性器官。而且是女人的性器官。围绕它有了一本专著，而且曾经作为电视专题片在欧洲的电视台向公众播放。这让我们中国人感到不可思议。即便我们的老祖宗其实就有不少这方面的典籍，即便现在这本由西方人写的书已被翻译、出版，但据说仍有一些书店羞答答地把它搁到书架的偏僻一隅。

一个敏感的、不好堂而皇之谈论的问题，以严肃而科学的态度阐释，这就是作为接受各种性学领域专业培训的医生风格。他在自己的临床实践中，把医学知识与心理治疗技能结合起来；在著述里，他以丰富的案例剖析与医学干预历史中的奇闻轶事作为依据；一方面是精细的生理解剖图及统计数据，一方面是来自不同时代不同地域的美术作品，甚至为了让民众能够从中学到所需要的知识，德伦特医生还援引诗歌、文学故事、历史文献，并描述不同文化背景下某些传统仪式，从SEX（性别）到Gender（社会性别），它们互为一体。所以，弗洛伊德的泛性理论在这里也被重新解析。它作为建立在经验材料基础上的判断，既是多学科（生物学、心理学、社会学、人类学、文学、历史等）综合研究，又是跨文化的比较，关于女人性器官，德伦特向你充分展示所有这个隐蔽花园的真相与神话，同时也表达他作为男性性学家的女性性学观。

每天忙碌工作着的男人与女人，有必要知道这些吗？

　　我国著名的性学家潘绥铭教授曾经在1999年8月至2000年8月，主持中国人民大学性社会学研究所与芝加哥大学社会学系合作，对20~64岁的中国总人口进行随机抽样的"性"调查。发现大多数人并不真正知道女人身体这个最敏感区域。"在这种可悲的局面下，她们如何获得与拥有自己在性生活中应有的权利与快乐呢？如何能够自信地、平等地与男性协调好双方的性关系呢？"①因此，潘教授感叹："这能怪这些中国女性是'性盲'吗？我们的正规教育系统与传播系统，可曾像宣传其他那些百无一用的所谓知识那样，认真地教育过我们的女性？可曾鼓励过她们也应该去争取自己身体的权利与性的快乐？这就是文化的问题了。如果一个文化把女性'形塑'成了目前这个样子，那么只能说明，它的宪法里所规定的男女平等条款，实现起来还任重而道远。"②

　　一方面，许许多多人，其实生活在一种缺乏安全感与极度焦虑或压抑中。另一方面，理性与非理性、公共环境与私人生活之间的关联，社会却缺乏正常的引导与科学教育。目前再没有哪一个国家比现在的中国有更多黄段子、非法性病诊所、地下性产业了。我们如何能够对这样的现象熟视无睹？

　　当我们在谈及和谐社会这个概念时，我们是否也注意到，和谐社会的基本单位是个体身心的和谐，以及作为社会单元的家庭（男人女人之间）的和谐关系？

（原载《南都周刊》2006年11月第74期"阅读·独立书评"版）

---

① 引自潘绥铭"如花似玉——花城出版社中文版《世界的渊源》专家审读"。
② 同上。

# 暗中自有清香在

——《化蛹为蝶——中国现代戏剧先驱陈大悲传》编辑札记

历史是无情的车轮，它滚滚向前的同时也把一些生动的人物精彩的事件当作小花小草般碾过去，似乎一笔勾销。历史却也是一艘庞大的打捞船，它在时间长河里不断打捞，那些曾经的美好、曾经的灿烂、曾经的珍贵，总有一天重现世间，令人缅怀。

读陈大悲的传记——《化蛹为蝶——中国现代戏剧先驱陈大悲传》，其一生经历让人忍不住唏嘘感慨！作为几十年在文学作品中滋养、成长，熟读文学史的我来讲，陈大悲这个名字尽管知道，却依然知之甚少。如果没有这本传记，我想我没有机会较为全面地了解这么一位中国现代文学的先驱者：中国话剧之父；话剧的命名者；中国现代话剧第一本入门书《爱美的戏剧》的编著者；中国第一所培养现代话剧人才的学校——北京人艺剧专的创办者；中国话剧最早的职业演员及导演之一；著名新剧社团春柳社重要成员……作家苏雪林评价他"对于新式话剧实有筚路蓝缕、以肇山林之功，可以说是新剧界的陈胜与吴广"。戏剧研究专家向培良更是将之与胡适相提并论："陈大悲在戏剧上的地位是和胡适之在文学上差不多的，虽然他的影响没有后者远大。"这么一个集剧作家、戏剧理论家、戏剧教育家、演员、导演于一身的人物，在中国现代戏剧舞台上独树一帜、承前启后的拓荒者，却寂寞地尘封于历史岁月之中。他一生致力于中国话剧运动，叛逆的、激进的、理想主义的色彩，却又裹挟着先行者的孤独无援与感伤，交织呈现出来的独特精神气质，实在令人追怀。

回到历史场景，陈大悲的出现并非是偶然的。他生活的年代正是"五四"新文化运动、"文学革命"如火如荼的时期，可以说，他个人的理想追求与"文学准备"遭遇了中国思想界、文化界的新探索。从传记中，我们可以看到，当时的社会思潮及人文精神深刻影响了这位聪颖过人却不循规蹈矩的"官二代"江南才子。其时的中国文坛，诗歌、小说、散文面貌一新，戏剧的变化似乎稍晚一点，胡适写了《终身大事》之后，就转向别的领域。陈大悲却以对现代艺术的痴迷和救国图存的革命激情，与伙伴们（任天知、蒲伯英、欧阳予倩等）开辟了中国现代戏剧的新天地。因为在这些"新青年"看来，戏剧是具有社会功能、审美作用和娱乐性的，它的通俗性及普及性对开启民智、唤醒民众、富强国家有着不可忽视的作用。意识到戏剧教育的重要性，不仅促使陈大悲满腔热情积极投入到现代化戏剧的建构与实践中，也以更大的雄心与抱负推动中国现代戏剧的专业化和职业化。他试图用西方戏剧理论和教育方式培养中国职业戏剧家，于是联手蒲伯英，创办了中国第一所专门培养现代戏剧专业人才的学校——北京人艺戏剧专门学校（简称"人艺剧专"），并且聘请到当时文化界举足轻重的一批人物，像鲁迅、周作人、梁启超、孙伏园等任校董。尽管人艺剧专昙花一现，却成为中国戏剧界一件有标志性意义的大事。而对于这种披荆斩棘开辟道路的工作，陈大悲说："对于中国的新戏剧运动向抱着牺牲的决心，只要有利于社会，无害于一己。什么'地狱'！什么'堕落物'！什么亲戚朋友的嘲笑！我从来没有怕过！"（《化蛹为蝶——中国现代戏剧先驱陈大悲传》第75页）这样一种敢于批判、锐意变革、勇于创造的精神特质，大概就是五四时期所特有的中国知识分子的社会使命感和为艺术献身的道义感。

相比于思想家们，陈大悲更显得是一个实干家。他对传统戏曲及商业化的文明戏的猛烈抨击，甚至不惜有些偏激的语言，其坚定与不妥协的姿态都是在推动中国戏剧的现代化。所谓现代化，也即是：精神是现代的，符合现代人的意识，包括民主、科学、启蒙的意识；话语系统是现代的，符合现代的思维模式，是现代人在精神领域的对话；艺术表现形式是现代的，符合现代人的审美趣味及美学追求。因此，他发起爱美的戏剧运动（简称"爱美剧"），爱美剧在北京、上海等大城市兴起，成为20世纪20年代初中国话剧活动的主流；同时他还发表《爱美的戏剧》论著，第一次提出了关于剧本、导演、表演及舞台美术设计的系列理论，从戏剧艺术的本体性规律上探索，确定了中国话剧的方向，也使中国现代戏剧从萌芽走向成熟与发展。这本专著不仅成为中国现代话剧的第一本入门书，也填补了中国现代戏剧研究专著的空白。大半个世纪过去，直至今天，《爱美的戏剧》仍然是戏剧专业院校学生必读的专业参考书。

重新审视陈大悲提倡"爱美剧"的这个时期，正是五四运动之后，中国向现代社会转化的转折时期。这是一个革命的时代，也是各种思潮各种文化观念碰撞的时代。在这样一种精神氛围中，激进的思想与自由独立的主张都得到很大程度的张扬，变革与求新的热情带着某种浪漫气质和理想主义色彩。陈大悲并不是一个思想家，但他的艺术主张顺应了当时的时代潮流；他更是一个实践家，更独具眼光、付出更多心思主动学习西方戏剧技巧，甚至亲赴日本学习，翻译大量欧美戏剧名著，这些都深刻影响他的创作思路，而他的创作又与当时的审美趣味相契合，尤其是在青年群体中产生广泛的影响。他没有提出什么主义，做出什么理论概括，却进行着前人所没有的实验与艺术探索，很大程度为中国现代戏剧做出技术定位。不仅是话剧，就是喜剧、音乐剧、广播剧，陈大悲都是一位先行者，其独特的文化贡献实在值得后人研究。

风云际会，时势造英雄。在新文化运动大背景下轰轰烈烈"制造"出一件件文化事件的陈大悲，其时正被仰为一代宗师，却由于他的罢手大半辈子的戏剧事业，又因为壮年暴亡（1944年8月），给后人留下一个谜，也被岁月蒙上厚重的尘埃。

今天的人们，还有多少知道陈大悲这个名字？

陈大悲的遗孀刘心珠女士一生未再嫁。每次拜祭夫君，都会抄录清朝诗人袁枚的咏秋海棠诗："小朵娇红窈窕姿，独含秋气发花迟。暗中自有清香在，不是幽人不得知。"大概只有她知道，这正是陈大悲的自我写照。

斯人已逝，爱美永存。历史真相有待发掘，新旧时代交替的人物心态、性情气质也是时代精神的实质体现者，对其个人的命运轨迹、精神特质的分析，有助于我们破解民族精神、国家历史命运的密码。

# 遐想欧姬芙

——《花·骨头·泥砖屋——走近欧姬芙》编辑札记

这位生命长达将近一个世纪的美国女画家，我最初听到她的名字是来自美丽的水墨画家吴湘云。多年前，记得是一个南方温暖的冬夜，吴湘云一边呷着广式靓汤，一边兴致勃勃向我描述一个叫乔琪亚·欧姬芙的女人。一个散发出特殊格调的剪影就在话语中呈现：一袭黑色宽松长袍，独自走在美洲大陆的沙漠里，太阳正在她身上变幻着光与影，时间追随她的步履。你仅仅看到神秘的轮廓，如入无人的境界，那种遗世独立的纯美极致。

我陷入吴湘云的描述，同时深深地着迷。自此开始了曲折的寻找，从购书中心、美术书店、报刊、网站……我希望能够找到更多关于欧姬芙的资料，希望能够对这个神秘的形象有更详细的了解。

但是，除了在时尚刊物上看过几幅欧姬芙的新墨西哥州"魔鬼庄园"住宅照片，就是在一些美术杂志看到她的那些既野又艳、美如幻梦的花卉画以及难以言喻的视角独特的骨头画……留给我的视觉印象，却是纯净与唯美的感觉。该如何看到更多风格不断转变而具有强烈现代感的欧姬芙画作，并由文字走近这个与社会和历史疏离的神秘艺术家呢？我被这种愿望纠缠很久。

　　关于欧姬芙，西方其实已有过太多的纪录片、传记、画册、卡片……她在新墨西哥州高原的几处住所，如今也成为世界各地慕名而来的旅人崇仰的艺术圣地。人们来到这个艺术家的灵魂与自我的藏栖之处，遐想那神秘而遥远的美。"我在哪儿出生，我在哪儿居住，我怎么样过活，毫不重要。"却是欧姬芙的生活态度。人们之所以如此推崇她，不如说是推崇一种清净安宁、与自然和谐的精神取向。当然，这种精神取向反映到欧姬芙的画风，就是一种类似东方禅宗的感受，是一种极其简约却意蕴丰富的意境。那是画家勘探的心灵风景。

　　应该说，世人所认定的欧姬芙形象，主要是那个远离文明及他人影响、隐居西部荒野、特立独行自成一格的欧姬芙。我们既看到一个艺术的欧姬芙，也看到一个矛盾重重、鲜有笑容、有些神经质情绪化的诡魅女人。尽管女性主义者向来把她奉为坚强女人的典范，她却毫不理会这一套，她终究是她自己，我行我素，自我孤立。没有谁，没有什么观念、规则和潮流能够左右她。

　　她不化妆、不签名、不抛头露面、注重隐私、远离都会的喧嚣和浮躁。都会的人们却在为她那些以花卉、沙漠、兽骨为主题或者抽象意义的画作添加各种诠释，读解难以言喻的象征性。同时也为她传奇的私人生活（年长她23岁的现代摄影之父史蒂格利兹成为她的丈夫，晚年与相距60岁的璜·汉默顿的秘情、一生大半光阴在新墨西哥州沙漠度过）所着迷。

　　我们实在无法不被她吸引。

　　正如摄影大师安瑟·亚当斯所说："她微微笑了，大地豁然迸裂开来。""她有种神秘的魅力，是与生俱来的。世上再也没有第二个欧姬芙。"

　　上天知道我的心愿。有一天，我接到一个来自台湾的电话，打电话的陌生人叫成寒，她从偶然的途径，知道我在寻找欧姬芙，并被如此用心的我所感动。成寒游历世界，当然也到过新墨西哥州凭吊这位奇特的女艺术家。她本身，就是一个狂热的欧姬芙迷，她拥有很多关于欧姬芙的资料及图片。她也在不断揣想，欧姬芙是个怎么样的女人呢？

　　自此，我们开始了一本新书的策划、合作。

　　在2007年来临之际，由成寒撰写的、配图一百多幅，包括与欧姬芙相关的景点导览图、全彩印刷的《花·骨头·泥砖屋——走近欧姬芙》一书终于面世了。

　　少即是多，简即是繁，隐退却是激进。欧姬芙善于"留白"的风格，给世人留下扑朔迷离而无尽的诗意想象。我们深知，欧姬芙是无法穷尽的，但也只有作者和编辑自己，知道在这本书中我们倾注了多少感情和劳动。而这个过程，带来的快乐与满足也是旁人无法想象的。更重要的，借此，我们一点点地走近欧姬芙，犹如走近一个艺术的迷宫，哪怕无法破译，内心也是充满发现的激动与愉悦。成寒说："我试着将欧姬芙碎碎片片的一生缝缀成一方华丽的彩布时，顿时发现这个女人一生所经历的，远远超过生命本身……"

（原载《新快报》2004年10月"左脑右脑"专栏）

# 唤起你"色彩觉醒"

## ——推介《女性个人色彩诊断》

"色彩诊断"这个词语最近几年开始在中国的都市风靡起来。首先是一些时尚界演艺界的公众人物，然后是一些企业界人士、政界官员，他们开始意识到在公众场合、重要会议上个人形象的意义，他们意识到仅仅是名牌服饰并不能提升他们的整体形象，着装错误或者乱搭配甚至破坏了他们在公众场合时的自信心。他们很快接受了来自西蔓色彩工作室使用的"季节色彩理论"。主持人杨澜，女演员蒋雯丽、方青卓，作家张抗抗……在西蔓①的色彩诊断中找到自己的颜色。作为中国色彩咨询业的创始人于西蔓女士，开始频繁被邀请到全国妇联、外交部、中国企业家各类会议做演讲嘉宾和色彩指导，同时她也是中国市场一些主要的品牌如资生堂、玉兰油、清妃、鳄鱼恤等的特邀色彩专家，以及央视等多家电视台、

---

① 于西蔓，1987年赴日本留学定居，考取日本文部省及日本全国服饰教育者联合会认定的"色彩搭配师"资格。后学习盛行西方的"色彩季节理论"，师从日本个人色彩泰斗佐藤泰子女士学习"个人色彩诊断技术"，考取世界权威色彩咨询机构——美国CMB公司色彩顾问资格，并成为CMB日本代表处的注册色彩顾问。
1998年创立中国第一家专业色彩咨询机构——西蔓色彩工作室，开创中国色彩咨询业的先河，因卓著业绩，被媒体誉为"色彩大师""中国色彩第一人"。

时尚杂志的专栏撰稿人。由于西蔓掀起的一场中国色彩革命已经随着"色彩季节理论""个人色彩诊断""色彩顾问""商业色彩营销""城市色彩规划"等新颖的概念拉开了序幕。

许多中国女性,一辈子都没去琢磨过自己属于哪种类型,适合哪一类打扮,什么样的颜色才是适合自己的。进了美发厅,最终还没有搞清楚自己的最佳发型。人们关于美丽的概念,还停留在追逐流行的阶段,但事实上,人们更多时候陷入误区。

"美丽是可以速成的,只要你来做一次我的学生,在形象方面你将会自信终生;其实我就像面会说话的镜子,我来照你,在数小时内教会你一种方法和规律,这种方法科学而有依据,以后你可以学会运用它来装扮自己,并且运用一生。"于西蔓如是说,并且通过她的"西蔓色彩工作室"传播国人还很陌生的一种高品位的色彩文化,为人们提供色彩搭配的研究和咨询服务。因为色彩作为服装和化妆的精华部分,它既能显示人的气质和格调,帮助人创造一个完美的形象,同时还帮助人掩饰外表的许多缺陷,使人快速地将自己装饰得魅力倍增。

花城出版社于2002年1月推出由于西蔓撰写的图文并茂的《女性个人色彩诊断》一书,两个月内首版脱销,短短时间内就出现供不应求的局面。

该书正是围绕西蔓色彩诊断中使用的核心原理"色彩季节理论",为读者带来生动而实用的美学教育。

"色彩季节理论"服饰配套艺术是当今国际服饰界十分热门的课题,它由"色彩第一夫人"美国的卡洛尔·杰克逊女士发明,迅速风靡欧美日,给世界各国人的穿衣着装生活带来了巨大的影响,也由此引发了各行各业色彩应用技术的巨大进步。

"色彩季节理论"的一个重要内容就是将一百多种常用色科学地分为春、夏、秋、冬四大色彩系列，各个系列中的色彩形成和谐的搭配群。这个理论体系针对每个人的肤色、发色、唇色和瞳孔色等"自然生理色"特征进行科学的分析，能为每个不同的人找到最适合自己的色彩系列及相互间的搭配关系，教会人们怎样利用色彩来完成服饰化妆与每个人自然条件上最和谐统一的搭配，从而衬托出属于你的最佳色彩及组合，非常直观见效，可操作性强，因而能最大限度地挖掘自己的美。

在国外，衣着早已被视为是文化品位修养的外在表现，色彩消费也在国外兴起十几年，色彩的重要性早已深入人心。而中国随着经济发展和进一步开放，对于外在形象的重要性虽有所觉悟，却不知从哪里提升品位。于西蔓在书中坦言："回国以来，我接触了大量的爱美女性，给我的印象是，一方面是色彩斑斓的服饰商品，另一方面是女性们高涨的扮靓热情，而在这中间却缺少一种'软件'式的、快速教会人们去选择适合自己颜色的方法和技巧。"鉴于国人的色彩意识薄弱，尽管浑身上下天天离不开色彩，却从未把自己与色彩联系在一起，于西蔓把基本的色彩原理与着装形象结合在《女性个人色彩诊断》一书中，开展色彩启蒙教育，旨在提高国民美学素质，把一种全新的、科学的美丽理念带给国人，唤起国人的"色彩觉醒"。她认为，"季节色彩理论"并不是唯一能给人带来美的手段，她之所以选择这一理论从个人的穿衣打扮做起，是因为它简便易行，又与所有的人都有关系，效果明显。从这里培养出人们有品位的鉴赏眼光和对色彩知识的认可，自然就会给家庭、社会带来良好的影响。

这就是《女性个人色彩诊断》一书在极短的时间内被受瞩目和青睐的原因。

（原载《南方都市报》2002年4月24日"读书·热点"版）

# 荷德归来话版贸

应荷兰文学基金会邀请，我于2010年9月29日从广州启程访问荷兰出版界，并顺道前往德国参加法兰克福书展。

这是我第二次访问荷兰，与荷兰出版业同行面对面交流沟通。几年来愉快的合作关系，双方已经结下深厚的友谊，所以相谈甚欢，也更加深了解和理解。对我来说，是对西方出版业的工作方式有更多的认识体会。而参加法兰克福书展是第一次，有点刘姥姥进大观园的感觉，虽然有几个商务约会，但更多的收获是来自现场观摩与交谈所经受的冲击（换句时髦的话，是经历了一场头脑风暴）。

不管是在荷兰访问还是在法兰克福参加书展，无论是引进外版图书还是输出本版图书，都是属于国际版权贸易的范围。这对我是一个崭新的领域，也就有了许多学习成长的机会。

## 一、引进与输出，孰重孰轻？

因为我国的文化"走出去"战略，从新闻出版总署层层下达中文图书输出任务，输出版权变成国营出版社非常重要的任务。而作为一个出版从业者，传统意义上讲还是属于文化人。所以，我个人的思维倾向是认为无论世界的哪个角落，无论国界，优秀的文化都是值得广泛传播的，我乐于做这样的传播者。西方近现代文明及文学艺术有其无法抹杀的重要价值，它们值得让更多中国读者了解与欣赏；引进世界各地优秀的图书也是译文编辑室主要的工作职能。学者金雁女士说过这样的话，新中国前30年学苏联；中间30年学美国；今后30年可能要向欧洲学习。事实上，西方文明对中国近现代的发展进步影响巨大。当我们优秀的传统文化被断裂，未能在当下真正发扬光大时，我们一直是走在向外来文化学习的途中。文化也必须不断混融，才能焕发生机与活力。因此，在引进还是输出孰轻孰重的问题上，我认为重要的是在于我们推荐给读者的是否是真正有益的精神食粮。因此，对图书的内容及品质的选择尤为重要。荷兰文学基金会在这方面的定位给我很大的启发。作为荷兰文化部属下的非赢利文化机构，荷兰文学基金会拥有独立运作的权力。它以提供资讯和翻译补贴来激发国外对荷兰小说、非小说的兴趣。它的任务实际上就是要让荷兰图书"走出去"。然而，随着荷兰文学基金会与世界各地出版界的交流合作越来越多、越来越密切，他们也把介绍世界优秀作品给荷兰读者作为他们的责任，并为那些出版外国优秀作品的荷兰出版商提供一定的资助。目前，荷兰基金会正在建立一个推广介绍外国文学的网站，它立足于介绍经典的、有文学与文化价值的作品，尤其是被人们所忽略的但拥有优秀品质的作品，非商业性的作品。基金会的负责人罗汉和马腾总是强调优秀的文学是没有国界的。我想这与荷兰这个民族的宽容与包容性有很大的关系。正因为荷兰文学基金会有这样的运作理念，我们集团有与基金会加深双边合作的意向，这样的合作与交流也将是更具活力与成效。

## 二、西方人究竟对中国的图书是否感兴趣？他们对什么感兴趣？

在与西方同行的交流中，我明显感觉到，西方人对中国是充满好奇的，对中国文化也是相当有兴趣的。他们不仅对正在日新月异的当代中国感兴趣，也对神秘的传统中国文化感兴趣，因此对中国的图书当然感兴趣。

我在荷兰访问Contact出版社，它也是《猿猴大爆炸》的出版商。这家出版社曾经出版过中国的古诗全集，多多、北岛及高行健等人的作品。当我向他们介绍《烙印》《定西孤儿院纪事》等作品以及与它们相关的中国历史背景时，出版人显然很感兴趣，希望我能够提供其中一些英文章节给他们。版权编辑Bertram Mourits说，他们真的很关注中国人本身，关注中国在世界的角色；也关心中国知识分子如何看待中国在世界上的角色。像《红X》《等等灵魂》这样涉及当下中国人生活，尤其是中国年轻人生活的作品，他们是充满好奇心的。而另一家出版社——工人出版社（也是《世界的渊源》的出版商）则对中国方面提供出版补贴感兴趣，因为翻译类图书在荷兰的销售也是需要加大宣传推广的，还有翻译、版权预付金等，成本往往比本土图书高，如果有翻译补贴当然会很好。看来，人们考虑问题的角度也是大同小异，人性是相通的。

而西方出版业是相当成熟的商业运作，当他们对外界感兴趣或者他们想进军某个国家时，他们的布局与策略都是把目光放得更为长远，绝非东一榔头西一棒槌零敲碎打。事实上，一些著名出版公司已经进驻中国（像荷兰的威科集团、英国的企鹅、德国的贝特斯曼等），他们目前在中国所做的是积累、品牌推广。他们关注中国的读者在哪出现？在哪集合？喜欢哪一类作者？喜欢哪一类书？他们对未来有一个清晰的出版战略规划。这种思路，我想是值得我们借鉴的。

## 三、吻醒青蛙王子的故事

几年前，著名的文学经纪人托比·伊迪先生给我讲了这样的故事。他说中国目前的版权输出很像一个童话：在茫茫大森林里，有位王子被施了魔法变成一只青蛙。唯有真心的爱吻能够为他解除魔咒，把他唤醒。而现在的中国版贸人员，面对成熟而不熟悉的西方图书市场，就像是在寻找青蛙王子，他们在茫茫大森林里吻遍无数青蛙，只为了唤醒那只不知在何处的王子变的青蛙。这样盲目操作的成本是相当高昂的。

基本上，中国的出版界给西方人的印象是急于求成。因此他们既不放心自己的图书被匆匆忙忙翻译成中文以后词不达意，也不习惯中国版贸人员像推销员一样，总是抱着一堆他们来不及了解的图书拼命推荐。虽然这种做法在世界范围的版贸中也是很普遍。我在法兰克福书展，我看到经纪人专区。我想进去看看，但被管理人员质问是否已有预约，已有订位，否则不能进去。我在专区的外面站了一会儿，听着就像是里面有一群群马蜂嗡嗡叫；从门口看进去，一张张桌子坐满面对面的各色人种。说实在的，我当时倒吸了一口气，有种被彻底雷倒的感觉。也有一种近在眼前远在天边、无法融进去的绝望感。而亨克和马腾，作为荷兰基金会的负责人，他们一到法兰克福书展就像是陀螺一样不停地在各展馆转。马腾告诉我，他有60个商务约会！他说，耐心是非常必要的，倾听是诉说的前奏。具体到个案的谈判，经纪人对图书的了解、价值、可能的市场分析等，要非常专业，具有权威性，才容易说服人。

## 四、沟通的关键在于找到共通的主题

那么，我们究竟该如何倾听？如何诉说？文化的差异既是沟通的障碍，也是相互吸引的交汇点。相信人性是相通的，具有普适性的话题与情感总是人们所共同关注的。

记得我数年前观看一部荷兰电影《黑皮书》（世界著名导演Paul Verhoeven的惊世力作），被其中人物的复杂性格、跌宕起伏的情节及阐释的主题深深震撼。之后，我就开始寻找这本小说。影片曾荣获威尼斯电影奖最佳国际电影奖，其题材来自第二次世界大战的真实历史事件，其意蕴关乎人性的黑暗与光明……当我向亨克询问是否有改编成这部影片的小说时，他很欣喜我知道它。并且告诉我，事实上是先有电影，才有小说。因为电影太受欢迎了。现在小说也非常受欢迎。因此，当我来到荷兰时，我首先被安排拜访的就是《黑皮书》的出版商……

同样，在与《天书》的出版商会谈时，我们也就"移民作家"这个话题展开讨论。而这个话题，也关系到许多移居海外的华人作家的创作。这对于我们了解什么样的中国题材在西方受到关注是有重要意义的。

我相信是金子总是会闪闪发光；金子到哪里都是金子。关键在于，你要善于发现它。

## 五、来自本国同行的启示：
## 面对本土市场共同策划中国题材的图书

什么样的中国题材在西方受到关注这个问题，早有一些中国同行走在我们的前面。中国青年出版社已经在几年前就在英国设立了伦敦分社。经过差不多四年的经营，现在已是扭亏为盈。在这次的法兰克福书展上，中青社伦敦分社有自己专门的展台，就在英美馆中。他们正在举行《中国园林艺术》六大版本（英国、意大利、俄罗斯、北美、法国、中国）的全球首发式。全彩印刷，图文并茂。我在与他们的工作人员交谈中，了解到他们在英国做的选题，都是与英国同行（也包括其他国家的同行）共同讨论的。既要选定中国题材，又要研究本土市场，按照本土读者的兴趣与趣味来整体包装中国题材的图书，技术制作则放在国内。这种做法，其实是更有效率的版贸活动，也更具有延续性和深度开发的可能性。而某家民营出版公司的老板黄先生是精明胆大的温州老板，原来的生意与图书毫无关系。但转型到出版业之后，他很快在英国注册了分公司，而且在英国开始实际的出版业务。他的做法是，提供若干中国题材的图书选题给英国的出版商评估，如果英国出版商认为在英国有市场效应，就会订购至少五百册以上图书；如果销售情况好，则追加再版。同样，它们的技术制作也是放在国内，这样成本就会降低。而西方图书定价高，一般而言，五百本的图书就可以保本了。两年多来，老黄已经投资了两百多万元在这家英国分公司中，目前还谈不上盈利。但他说，重要的是在于有一个西方版本的中国书出版了，再输出其他西方语种就容易很多。而且在这样的趋势下，抢占商机是非常重要的。

这些同行在图书版贸活动中，对本土市场的重视，有的放矢，多元化合作模式颇有成效。

## 六、我们的可能性有多大?

在法兰克福书展期间，我与法国作者（《市民社会与东亚互联网问题》的主编）、斯特拉斯堡大学的OLIVER教授及其中国助手约好在海德堡见面。OLIVER教授的专业是信息与传播科学；他也是法国外交部国际大学校际合作专员；他长期致力于东西方跨文化交流的研究，与中国多家高校有密切的学术交流与合作关系。他认为当下的中国是非常有活力的，尤其是民间的活力。就互联网而言，截至2009年7月，中国的网民人数已达三亿三千八百万之多，中国已经成为互联网这一流通技术的主要使用者和受益者。互联网的发展有助于民众个性的发挥和人格的完善，同时也增强了其社会认同感。更加强了东西方文化的沟通与理解，人与人之间的距离事实上是在缩小。因此，出版业作为文化传播的重要手段之一，在当今世界不可能是单向度的，它更是多元化文化交流中的活跃分子。

我们无法避免全球化的影响，世界已经越来越具趋同性。因此，文化的隔阂既在打破，也在冲突中混融。当今世界上各区域、各行业的人际关系更强调合纵连横。如果意识到这一点，合作共赢的可能性是很大的。问题的关键是：我们如何合纵连横？这是我们必须思考的话题。

[原载《花城简讯》（花城出版社内部通讯）2011年第1期]

# 另一种视角看版权贸易

## ——世界著名文学经纪人托笔·伊迪访问花城出版社

2009年12月初，托笔·伊迪先生及其夫人欣然女士结束了在北京与中国出版集团、在南京与凤凰传媒出版集团的商谈，以及与一些中国著名作家见面（其间托笔还去了一趟韩国参加一个国际文学会议）的工作议程之后，他们南下广州度假。他们从英国出发之前就给我发来日程表并打来电话，再三强调在大半个月的高强度工作之后，他们来广州仅仅是私人度假，只想享受南国的阳光、绿色和美食，只与私人朋友见面。

作为欧美出版界的教父级人物，1968年创立的托笔·伊迪版权代理公司是世界上最有名的版权代理公司之一，托笔·伊迪的名字在中国出版界同样如雷贯耳。他不仅是欧美多家大型出版机构的文化顾问，也是我国新闻出版界的智囊人物。他深深热爱中国，并已经把多位中国作家推进西方主流英语图书市场甚至世界各地。他认为中国作家的作品是帮助外界了解中国的最佳窗口。我深知他的分量以及我们的现实面对他的窘迫：因为确实不是在一个平台上。

我还是利用这个机会，热情洋溢描述我们出版社的所有辉煌，传递我们同样对文学对出版的热诚与恭敬，还有我们的理想。托笔爱惜所有热爱文字并真诚为之工作的人们，惺惺总是相惜的。

因此，在一个大家差不多下班的时间——下午四点半，托笔·伊迪夫妇悄悄来到我们出版社。原定与肖建国社长大半个小时聊谈，十几二十分钟参观我社各部门。但托笔与肖社长谈得相当投机（欣然充当翻译），谈话持续将近两个小时，直至夜幕降临。话题涉及出版政策、创作、翻译、版贸等多个方面。托笔看到肖社长桌面上堆积如山的书稿，听到我们曾经获得的各种奖项以及不菲的销售记录，他相信我的介绍并非虚言。尤其是他翻阅着肖社长自己的创作手稿时，他对这种有质感、有笔迹个性的真正意义的"手稿"感慨万千。因为电脑写作正在把这样的手稿消灭，我们正在越来越多地面对冷冰冰的机器和机器打印出来的稿件。托笔也非常惋惜现代人生活在电视、电话、电脑的"三屏"世界里，而越来越少有人热衷于书籍、音乐和戏剧。刊登大量商业广告的刊物正在泛滥，而真正有人文价值的书籍却越来越被忽略。因此托笔相信一个有自己"手稿"的出版社社长会爱惜这个行业，并懂得作者和选题。

在接下来的一周时间里，我有更多的私人空间可以与他们交流出版方面的公共话题。托笔的观点以及他做出的案例给我带来启发。这些，我相信对其他编辑同事也是有意义的。

### 一、版权代理不是做推销员，而是策划人，必须有专业眼光

不论是出版社的版权负责人，还是版代公司，在中国，许多人总是认为把手中的书推销出去，就是最大的成功。从某种意义上讲，这个观点没错。但是，这种推销不是小商小贩式的吆喝。在托

笔看来，出版是人与人之间的交流，很好的关系源于很好的交流沟通。而交流的点，是关于这个选题、这位作家、这部作品的价值。你首先必须懂得，然后你要擅于传达，最后你要与出版人共同规划。在这个基础上，版权代理要仔细选择合适的出版商，一本书一本书地谈，一个作者一个作者地谈。因为在西方，一般的出版社一年也就出版一两种翻译作品。但如果你具备策划的能力，你为出版商推荐的书获得影响和效益，你的江湖地位当然也就日渐增强。20年前，托笔为旅欧的中国作家张戎做经纪人时，当时许多西方出版商并不看好张戎的《鸿——三代女人的故事》。托笔把张戎的母亲（《鸿》中的主角）请到英国，稿子几易其稿，并不断调整出版思路。最后，这本书在全世界卖出30多个语种，销售超过一千万册的记录。更重要的是，它让越来越多的人愿意倾听中国的声音。

## 二、翻译问题——中国作家的难点及中国出版界的误区

中国作家在世界文学界的发展，最大的障碍还是语言。很多编辑只愿意冒风险去买那些他们能够阅读的语言书稿，而在西方世界能阅读中文的编辑几乎屈指可数。西方的出版人想成功地推出一位中国作家，一个适合的译者是必不可少的；并非所有的译者都能与不同作者的风格相符合。编辑一部翻译作品是需要时间的，少则6~8个月，长则按年计算，优秀的翻译作品需要不断地雕琢，很少有出版机构能够提供得起这些能量和时间。对多数西方出版人和经纪人而言，为此事去奔走和花费精力是得不偿失的。所以，对一个中国作家而言，你得下功夫找一个有经验的，能够让你的作品引起世界出版网络关注的经纪人。经纪人要做的工作是：为你寻找一位最好

的译者，以及为你寻找和征服那些懂得怎样持续性出版中国作家作品的出版人。这就是难点。原因是：在大多数西方出版商的出版清单上，翻译作品只占5%的份额。从出版市场现状看——除个别特殊情况之外，中文写的、被译为英文的作品在澳大利亚和加拿大的销量要远比在英国和美国好。所以，托笔说，中国作家的作品在西方国家出版，多少有点像学开车，过程会很缓慢。如果你有了合适翻译，你的出版合伙人有智慧的出版策划，你的作品就很容易被译为30多种语言出版发行，以你之前无法想象的势头赚取长久的版税。反之，你操之过急，就会很快出事故、抛锚、报废自我和作品。

另一方面，中国出版界在出版翻译作品时，却往往忽略译文质量的问题。西方出版人最害怕的是中国的编辑告诉他们会在几个星期内把书译出来并出版。这对他们来讲是无法想象的。成功的翻译要热爱这部作品，要与作者在一起了解各自语言，保持作者的风格。不好的翻译就像电脑翻译，好的翻译书则会行销全球。托笔认为，作者要与出版商、翻译保持长期的合作，才能获得成功。

## 三、可持续发展：引进与输出是果实的两面

新中国成立以来，中华书局从未向欧美国家输出过版权，在把《于丹〈论语〉心得》推向欧美市场的过程中，中华书局也走了一些弯路。最初，中华书局精心准备了丰富的《于丹〈论语〉心得》的中英文资料和精美的中文版样书，挑选了几家知名的国际图书代理公司进行推荐，但是得到的反馈令人失望。这些代理公司认为《于丹〈论语〉心得》是一本"很中国"的图书，要让文化背景迥然不同的欧美读者接受一个中国教授关于中国传统经典的全新解

读，难度实在太高。

而托笔的图书代理原则是不跟从市场，而是根据自己的判断创造新市场。所以，他代理的《于丹〈论语〉心得》预付金达到创纪录的10万英镑，迄今为止，已经卖出去27个版权，出口30多个国家。中华书局总经理李岩把成功的原因归结为："中华书局找对了文学经纪人。"中华书局的副总编辑顾青也说："如果没有托笔·伊迪先生，《于丹〈论语〉心得》走向欧美，是不可能如此成功的。……托笔先生年近七十，当他一进入法兰克福书展那浩瀚的展场时，那份如鱼得水、悠游自如真让人惊叹。尤其是他与各国出版商谈判的技巧和风度，举手投足之间，言语交流之际，充分显示出一个国际顶级图书代理人的实力。……为了把《于丹论语心得》推向欧洲，我们曾经联络过多家国际大型的版权代理公司，得到的反馈都不令人满意。当国际顶级代理托笔先生出现在我们面前时，这对我们来说，是个极大的机遇。当时，我们甚至想，只要能够登陆欧洲，你不付版税都行……"

然而，这种成功的输出不是偶然的。中国出版集团与托笔·伊迪的合作由来已久。早在2006年，托笔率领16位西方出版界高层人士来华，10天内，造访北京、南京和上海三地。这个名为"看今日中国"的访问团目的就是在中国寻找适合与西方合作的中国作家、作品及出版商。而他们到达的第一站就是与中国出版集团的主要领导和旗下作家展开面对面的研讨交流。而2008年8月份，中国出版集团举办了一场名为《中国图书如何走向世界》的讲座，专门邀请托笔·伊迪就西方对中国的了解、出版者的交流、出版的专业化、国际化、出口市场、翻译代理、版权合同等方面的问题，向与会者做详细实用的报告。另一方面，中国出版集团在引进图书方面，世界重量级的学者和作品都是关注的对象，而且目光始终没有离开中国传统文化。据中华书局的版权经理李岩的初步统计，近十年来中华书局版权输出126项，引进269种。正是在这样的基础上，中华书局在与这些合作伙伴开展全面合作，版权输出数量因此有了很大的增长。

另一方面，托笔在为诺贝尔文学奖获得者、德国戏剧家品特选择中国的出版商时，他锁定了译林出版社。他看中的是这家出版社符合国际出版惯例的操作模式（如预付金支付及版税结算等），以及对翻译质量的重视。

因此，建立良好合作伙伴关系，按照符合国际出版惯例的操作模式，把相关多方的商业利益通过合同捆绑在一起，目标一致，形成合力。这是国际版权贸易能够得以持续发展的重要因素。

## 四、更深远的合作共赢

更深远的国际出版合作还不仅仅局限于版权的引进与输出，即不仅仅是传统意义上的贸易关系。当绝大多数中国出版商抱怨中西版权贸易的不平等时，一些有前瞻性的中国出版社已经开始了更深入的国际业务开拓；也开始了更紧密、更为牢固的国际合作。而事实上，西方读者对中国选题是很感兴趣的，一位来中国短期旅行的毛头小伙写的、充满误读而且肤浅的《今天的中国人在想什么》在西方图书市场居然就畅销起来；而另一本在2009年夏天出版的、由英国资深媒体人马丁·杰克斯写的《中国统治世界之时》从夏天火到现在。所以问题是，中国的出版商需要明白西方的图书市场要什么。

因此，托笔强调，出版是一个很专业化的领域，而不是一个大行业。它既涉及文化交流，又是一种创意产业，同时还是商业贸易。目前世界上很多大的出版传媒集团，理论上是国际化出版，实际上依然保留其所属的小型出版社的出书品位、特色及商标。所以定位、风格和发展方向是很重要的。而在国际合作方面，相互理解信任、相互浸透、保持长期合作，展开更广泛的合作空间是非常有必要的。

（原载《花城简讯》2009年第6期）

# 当全球化已经成为现实，我们何为？

—— 来自英国图书出版界的启示

　　应英国文化协会邀请，我荣幸参加由英国文化协会和中国新闻出版总署联合组织的"中英文学译著推广英国之旅"（2009年3月15日至3月22日）的12人考察访问团。由英国主办方选定的参加人选基本都是工作在第一线的中青年编辑骨干人员。这次来到老牌的出版大国、拥有多家世界著名出版公司和文化组织的英国，与这些业内专家交流，听他们的介绍并实地参观出版社、书店、文化机构，得到很多启发，获益良多。在旅途中与国内同行交谈，我也深感到国内一些出版单位的运作机制已经越来越完善。他们的一些工作方式是值得我们借鉴的。当国际合作、国与国相互依赖支持、全球化已经成为一个无法回避的现实，出版业事实上也已经成为一个全球性产业，它已经不可能在自我封闭、手工作坊的状态下生存了。这种现实环境下，优胜劣汰、重新洗牌已经成为命定的路。现在我把一些可能有助于社里越来越多的年轻编辑职业发展的体会写出来，也希望这些体会对出版社的决策有参考价值。

## 一、我们面对什么样的读者？

我曾经也多次感叹中国人这么多，但读书的那么少，或者读得那么实用。但这次参观科尔曼·盖蒂文化顾问公司[①]时，常务董事利兹·希奇女士介绍了他们的一些项目，让我改变了想法。首先是介绍自1998年以来该公司所负责的"世界读书日"（World Book Day，每年的4月23日）。这是英国最成功的图书活动。自1998年开始这项活动以来，许多国家（包括中国）已经纷纷仿效。它的口号是"让更多的人享受阅读的快乐"。该公司以慈善方式来办这项活动：由书商、出版商联合举办。出版商拿出一笔基金，书商拿出每一本书的一镑钱为孩子们提供兑换券，换取一本"一镑钱"的书。这些"一镑钱"的书由出版商约作家撰写。由于这是一项为全民服务尤其是为孩子们服务的慈善活动，作家们非常乐意参与这项活动，美术家们也愿意为这项活动做海报设计等。这些"一镑钱"的书发行量都是上百万册，成为每个年度最畅销的书。政府会大量采购赠送给学校。因此媒体也大量参与报道，如《卫报》就围绕民众的读书习惯展开讨论……

另一项活动是"快速阅读"（Quick Read）。这项活动的灵感来自兰登书屋的老板。英国约有一千二百万以上的成年人阅读水平在十三岁以下。这些人通常不会去书店，不会去读书。他们不是

---

① 科尔蔓·盖蒂公司是一家居于世界领先地位的专门从事文化、企业活动和事件管理的独立顾问公司，其专长涵盖出版、视觉艺术、文物遗产、博物馆和艺术馆、商业问题、教育、社会变革和多元化领域。该公司在处理高知名度的新闻宣传活动方面享有无与伦比的声誉。成立于1987年，员工40多名。其管理人员都拥有艺术、客户或企业公关背景。

文盲，但没有阅读的习惯和兴趣（这样的人群在中国更是一个相当庞大的数字）。兰登书屋的老板认为这占了英国三分之一人口的群体是被出版业遗忘的，因为没有相关的图书帮助他们提高阅读能力（这种思考的角度对我产生震撼效果，足以推翻我以往的傲慢与偏见）。因此，出版商与政府联合起来进行这项旨在提高公众阅读水平的工作。以给书商50%的折扣、超市大打折的方式，并约请著名作家专门写一些短的小说，通俗易懂的、排版字体较大、轻型纸、容易携带的，每本定价为1.99镑。尽管版税不高，但作家们都积极参与这项活动，因为这些书的销售量都是百万册以上，作家的社会知名度也得以扩大。组办方也会与工会等团体合作，由企业购买赠送给员工（譬如公交公司的司机们），结果发现员工的工作效率、积极性与心情都大大改善。媒体当然会作为一个社会事件大量报道，甚至设立"成人班"进行某一本书的阅读心得讨论。如果"成人班"毕业，读者可以获得与首相一起喝下午茶的机会（如果我们广东的"南国书香节"办成这样的，让汪洋书记或黄华华省长与爱读书的平民喝个早茶呢？或者我们的全国书市也来一个这样的活动，让胡总书记或温总理也亲临现场，中国国民的读书风气肯定会大大改善。看温总理仅仅对奥勒留《沉思录》的一句感言所造成的影响，可见一斑）。

　　其三，是"布克奖"的活动（该公司参与布克奖活动已经三年了）。作为一项在世界具有权威性、以公正著称的文学奖项（中国的文学界也是对这个奖项充满敬意的），可以说，世界上许多热爱文学的人每年都会关注它。事实上，这项以英联邦的英文原创作品、而且必须是当年出版的新书为参选条件的文学奖项，他们是如何造成全球性影响并推动了销售量的呢？首先是评奖的过程。每家出版社被允许提交两至三种新书参评。如果作者曾获奖或入围短名单，也可以再次被提交。有些作家会与出版商签订合同，保证新书被提交参评。但整个提交名单是在保密状态下的。评审团由五个成员组成，在奖项顾问委员会中产生（这个委员会由文学编辑、出版商、文学经纪人及书商等组成，譬如今年的评委主席是BBC新闻节目的著名主持人）。评审团人员每年换一批（基本不重复，所以评审团成员非常珍惜这个殊荣，他们无法成为一霸或者搞什么潜规则。这就是它为什么能够保持其公正性权威性的重要原因）。每年有120至130多种新书参与评奖。分别寄给评委，由他们阅读后选出11种至12种，然后公布出来的入围短名单是六种，最后在颁奖仪式上、晚上十点的电视新闻报道之前公布获奖人。每年评奖进入尾声，图书的销售量会大大提高，尤其是入围书，销售急剧上升。他们通过手机、互联网提供一些入围图书供大家阅读、浏览，而且是全球覆盖的。书商也会迅速在入围书上贴上不干胶，提醒该书已被提名。每年的入围名单会有争议，但这种争议是媒体、出版商、书商以及组办方所喜欢的，因为报道越多，影响越大。

**小结：** 作为普通编辑，我们无法左右大型图书活动，更无法左右五花八门的评奖规则。但我们可以在策划、编辑我们的图书时，考虑到更多的普通读者，甚至是阅读能力极低的读者。这种考虑，不是迎合（地摊图书为什么有那么大的市场，就是因为有这样的人群存在），而是引导。"下里巴人"与"阳春白雪"不是对立的。因此，在我们的读者定位时，作为编辑，我们要明白自己在做什么，我们可能做什么，我们要为更多的读者做什么。想想，中国有13亿人口，但我们一本书的销售如果过万册，我们就欢呼雀跃了。

这是一件悲哀的事。所以，类似"快速阅读"这样的选题，我们是可以考虑策划出版的，这是一项可望"双效"的长期工程。但选择什么样的内容、如何实际操作，需要认真调查、评估。

## 二、还有哪些华人作家值得我们关注？

基本上，出版社都希望能够组到名家的稿子。但名家的稿酬条件往往比较高。而且谁是名家？谁定义他就是名家？这个问题历来有争议。而且就算名家，也不一定就组到他最好的稿子。另一方面，我们的作家们也经常会抱怨西方并不重视中国当代的写作，我们经常听到中国文学界有一种声音，就是对诺贝尔文学奖倾向的怀疑，对汉语言与英语之间产生障碍、文化隔阂所造成的华文文学被冷落的辩解。这里面有一部分是事实，但我们也应该看到其实已经有一批华文作家活跃在西方的文化舞台。

到著名的兰登书屋参观时，发现这家出版社不仅出版比例相当大的译文作品，而且有不少是华文作者。而且他们是将这些作者作为重点来打造的。譬如戴丝杰、薛欣然、郭小橹等，他们都是兰登的重要作者。出版商认为这些作者代表国际声音，越来越多地采用非母语写作，或者有非常默契的翻译。所以尽管东西方阅读很不一样，还是找到沟通的渠道。英国的几个著名文学经纪人，如托笔·伊迪，保罗·马什，他们对发掘和包装中国作家富有热情而且很成功。目前居住美国的吴帆的小说《二月花》，作为她的处女作，托笔在2006年推出此书以来，就已经让此书出版了十几国语言版本，同时签下作者五本书的代理权。可以说，作为一个刚刚开始写作的华人作家，吴帆已经在西方主流市场获得了认同。保罗的版权公司对于另一位中国作家刘宏的推介也不遗余力，以至这次我们在保罗公司，版权代表大量的时间用在向我们介绍刘宏。

小结：对于一些海外华人作家，过去我们会认为他（或她）没听说过啊，这些人在国内不是作家啊。没错。改革开放以后有一批写作人出国，譬如古华、北岛等，他们在国内时就是作家、诗人。后来他们出国，也继续写作，也可能获得一定程度的认可。但还有一批作家，他们在国内时可能仅仅是学生，他们根本没有开始其创作生涯。他们可能或留学或移民，等生存条件稳定下来以后，他们开始写作。我以上所提到的作家，基本上属于这一类。他们事实上有很好的文字功底和文学素养，他们的价值观和世界观可能更有普泛的意义，包含更多的文化内容。我想，世界的方向应该是这样的，它应将是越来越宽广，而不是越来越偏窄。所以，这批作家是值得我们关注的，他们既属于世界，也是中国的。另外，"出口转内销"的宣传效应对我们的发行也有辅助作用。

## 三、宣传推广重要吗？哪些方法被证明是有效的？

第一个问题，答案是：重要。很重要。非常重要。

第二个问题，需要更多篇幅来说明。我将举几个印象深刻的例子，也许能够让我们有所启发。

A. 编辑部与市场部

在英国的几大出版公司，这是最重要的两大块，似乎都归市场总监管理。市场总监有点像我们国内一些出版社的总编辑，是公司重要的决策人物。编辑所占比例较小，但属于核心层，负责选题策划并与作者和文学经纪人建立联系。编辑下面还有编辑助理，主要做文字编辑工作。市场部的人数更多些，包括宣传推广及销售，它们各自作为市场部的分支设立。以目前英国最大的猎户星出版集团为例（1991年成立，占全英文学市场18%份额，现在比英国兰登大1/5）。他们有专门做犯罪小说的编辑，专门做科幻的编辑等。也会针对某一重点推出新书。2009年该集团拟重点推出女士小说，所以在这个春季已经准备好宣传小册子。编辑人员仅占全集约10%比例，市场部要占到三分之一以上人数。高管之一JOE认为，现在是全球化时代，大家消息都很灵通，在世界版权方面不再是一个单方面的行动。这是一个非常肥沃的领域，交叉的、国际范围的内容越来越多。而要与作者搞好关系，提升全球知名度，这是鸡与蛋的关系。而马什版权代理公司的PIERS则认为出版行业完全牵涉到品牌问题，主要是指作家的品牌，而不是出版社的品牌（说明：由于在西方大多数作家有文学经纪人，因此就产生了文学猎头这样的职业。这些人主要是为外国出版商服务的，他们的角色对出版社来讲很重要。编辑必须懂得如何与他们打交道。而出版社的文学编辑看稿时间越来越少，文学经纪人承担起相当部分选稿、看稿的任务。这种情形也将有可能在中国逐步出现）。

#### B. 市场营销预算

这项预算在英国的出版社中是必要的开支。以猎户星出版集团为例，他们是由两个部门来负责营销的——贸易部和简装版部。以年营业额的5%用于市场、宣传、销售之用。2009年的预算是把220万英镑放在顾客促销、宣传广告等。其中52%用于顾客促销活动（而顾客促销活动要选重要书商来做，出版社有专职人员与不同书商打交道，平均每月拜访重要书商四次。搞活动时可以给书加外包塑料布，或给顾客赠品）；其余是用于宣传营销方面，并不包括简装版部。其中营销占75万英镑；宣传占55万英镑。小说是他们重点营销对象，占经费70%以上。因为媒体书评80%是非小说，出版社便可以省下这方面的费用。

而兰登书屋的销售代表同样会每月与书商见面。夏季的书单现在（三月份）已经落实，秋季的书单正进入讨论。他们会把书单寄给读者俱乐部，也会向书商提供相关销售材料，如小说的某一章节。作者如果见报或上电视以后，他们会要求书商将这个作者的书放在显眼位置。譬如他们购买《法兰西组曲》时，它在法国已经非常畅销，所以要制订非常好的销售计划给版权方。目前这本书精装本销量已达13万册，简装本也销售了50万册。而花在书店宣传是4.3万英镑，顾客促销方面是3.5万英镑。

科尔蔓·盖蒂公司则以"如何介绍一本书"为例介绍他们如何做宣传推广：首先，对出版商而言，要提早一年做好工作，制订营销计划、宣传计划，如果没有这些兑现，作者会发牢骚，或者不给书稿。其次，拿到书稿后编辑开始阅读，要找到媒体可以报道的卖点，并将之卖给媒体（在英国，平均每月媒体会收到四五百种图书，但只能做15至20种，而且往往会集中在名作家那里）；会准备小说内容梗概等背景资料给媒体，让他们找到报道的兴趣点；书阅读完以后便与作者联系，制订计划，然后由销售代表与书商联络，开始游说书商，要提前六至九个月进行预售。要与月刊等联系，提早六个月以上预订登书评，并做好小批量的书摘。总之就是要形成口碑。在英国，主要是在伦敦造成影响以后，就会影响全国。

而独立出版联盟则是由几十家小型的独立出版社联合起来，以联盟销售代表的方式见书商，成本方面就是以最大的那一家承担整个联盟的销售工作，然后按每家的销售比例分摊费用。营销预算占销售额6%（实洋），大部分钱花在书店促销活动上，其余花在请作者、做采访等方面。

### C. 关于奖项和阅读俱乐部

英国的小说奖主要有三项：布克奖、COSTA咖啡奖（以咖啡连锁公司命名的女性文学奖），以及一家手机公司赞助的小说奖。第一个奖项前面已经说过；另两项奖则是赞助商通过资助项目而获得很大的影响，这种影响远远超过商业广告效应。譬如手机公司会在颁奖当晚将全国各地图书馆的联线接上，数以百计的图书馆阅读俱乐部会聚到图书馆，他们关心自己所推选的作家是否获奖。

关于阅读俱乐部，在欧美国家它们的影响力越来越大。这些阅读俱乐部基本是自发的，也有书店或图书馆组织的，或者是同一社交圈、办公室、亲友之间，比较松散。但如果与老道的出版商交流一下，就会发现大家都注意到阅读俱乐部对图书销售越来越大的推动力。所以现在有专门为阅读俱乐部在图书中做的注解（专门版本），出版商也非常重视这一领域的销售情况。

### D. 爱丁堡文学城的魅力

爱丁堡可能是世界上我最爱的城市。进入这里，我才发觉自己"一颗文艺女青年之心"依然不死。"一丝游魂遗落爱丁堡"将是我另一篇文章的题目。在此，我仅务实地从出版人的角度谈几点体会。

作为联合国教科文组织命名的世界上第一所文学城，一年一度的图书节会有八百多名来自世界各地的作家亲临图书节，它是世界上最大的图书节。组办方的未来设想是"人人都能在阳光下阅读一本故事图书，天天如此"。这里是作家之都，拥有世界上最高的纪念一位作家的"司各特纪念碑"，既是彭斯第一本诗集的出版地，也是《哈利·波特》诞生的地方，罗琳认为在这里感受不到这种文学氛围是不可能的。爱丁堡同时也是出版商的世界，拥有50家出版社，书店45个，大小图书馆一百多个。而这里的人口不到50万！

组办方在图书节期间提出"one book, one Edinburgh"（一本书，一个爱丁堡）的口号，全城民众同读一本书。譬如去年选了斯蒂芬文森的《拐骗》，由四家出版社联合出版，与图书馆、学校联系，免费派送给民众。并编了前言，针对青少年编写了简写本，针对小孩子编了动漫插图本。同时也与学校互动。旨在加强民众对文学的了解，也作为一个聚焦点，加强人们的联系。所以此书成为畅销书，书店卖得很好，外国版本也已有20多种语言的准备。此外，文学城组办方还会组织"文学旅游"活动，如访问作家、与姐妹城市交流，组织文学沙龙等，将文学与景点结合起来，以多媒体形式进行解说等。

爱丁堡国际图书节的总监自豪地说："国际图书节是一个对文字与想法的庆祝。"所以在整个节日期间，针对读者，保证清洁、透明的做法，广场免费开放，最贵的门票也仅9英镑，造就一种轻松、愉快、宁静的读书氛围。安排许多丰富的节目与活动，分主题，让作家、思想家们脱离他们原来的写作内容，有时让他们的想法拿出来与观众、读者讨论。让图书节成为许多不同层次的人能够参与，而不是高级知识分子的活动。46%以上的爱丁堡居民会参与这项活动，图书销售为总收入贡献了12%以上。经济方面，为爱丁堡带来1.74亿英镑的收入；文化方面，把爱丁堡变成一个目的地城市（文学），提高当地人及居住在此的人们的生活质量。

**小结**：以上ABCD四点，因为主客观条件的限制，我们很难照搬。但加强编辑的策划能力，有目标地合力推广某些重点图书（必须真正具有市场潜力的），并合理安排一定比例的宣传营销预算，等等，这些我们应该可以做得到。据我所知，国内世纪文景公司是有专门的销售代表的，负责与书店、网上书城的公关；九久公司是早就有意识地培养了"九久读书俱乐部"，他们的图书相当部分是通过会员制方式销售出去的。而文学奖、文学节这样的活动也许一家出版社很难开展，但以上机构的一些运作方式我们可以变通地运用到我们的图书宣传营销方面，这是可行的。在英国，出版业就是属于文化创意产业（在中国事实上也应该如此），目前图书依然是这个板块收益最大的（DVD等是在下降），金融海啸对出版业的影响也并不大，尤其是独立出版商，去年圣诞节以来他们的收益不降反升！

## 四、"引进来"与"走出去"，关于版贸，我们需要做什么？

近几年来，新闻出版总署提出了中国图书"走出去"的战略部署，版权贸易（主要是"走出去"）成为每家出版社的心头病。操作起来，"引进来"似乎容易些，"走出去"比较困难。但实际上，无论是"引进来"还是"走出去"，我们在版贸问题上的认识存在太多误区，而且极不规范。

首先，看看英国出版界在译文出版（引进来）方面的做法。1. 兰登书屋的译文出版比例相当高，占15%。主要是两类：犯罪小说和文学小说。而市场总监罗杰认为稿子本身很重要，编辑部分也相当重要。做译文编辑犹如搭桥，所以找到合适的翻译很重要。要让不同语言背景的读者也能充分享受阅读过程。而且译文图书一定要有额外的介绍、推荐，需要很好的宣传。2. 我们向独立出版商联

盟提出是否会有不同出版社重复出同一选题或抢同一个作者的问题
（因为此问题在中国是屡见不鲜的，所以他们这种数十家出版社组
织的联盟体如何处理这个问题，让我们很好奇）。答案是，没有重
复率的问题。大家所做的书都是版权保护期内的。偶尔会出现抢一
个作者的事，不过基本上大家还是会注意到这是关乎伦理道德的问
题，是不可以这么做的。3. 马什版权代理公司的老板马什则以行家
里手的角色告诉我们，在出版方面，人缘关系很重要。出版人是在
创意与商业之间，所以需要很好的代理商。代理商要从众多来稿中
找到珍珠比较难，很多时候还是通过制订项目来寻找。代理商同时
就像作家的看家狗一样盯着出版商，并利用一切媒体关系，与出版
商一起积极推进新书的发行。目前在英国有文学编辑离开出版社以
后做文学经纪人的趋势，因为他们拥有很好的作家资源和人缘
关系。

关于"走出去"的做法。独立出版商联盟的PROFILE BOOKS图
书有限公司主席尼克则明确地告诉中国书商，你要进入英国市场，
三条渠道：1. 并购英国出版商（近几十年来都是以并购方式出现
的）；2. 学术界限定区域的图书领域，与他们合作；3. 你有新生事
物带进市场，并且是市场需要的。4. 英国的书大多没有插图，中国
图书大量有插图。英国书有插图的话形式也不一样，这就是文化上
的差异。所以，你必须了解，才能进入。

小结：我们做版贸，认为会英语是最重要的。当然，会英语
是最基本的工具（会的程度界定有多层，但最基本的就是要能够沟
通），但最重要的却是做这项工作的人员是否有足够专业的目光挑
选图书，是否具备可以从容谈判的综合素质，建立越来越大的版权
关系网络。这次出访的团员中，有一位民营书商，他在英国注册一

家出版公司，志在进军欧洲市场。他直率地说这几年他都参加法兰克福书展，但发现亚洲展馆最不敬业也最不专业的就是中国大陆展团。基本上除了开幕当天展台还有人员，第二天展台就开始不见人影了，更不要说与世界各国的出版商建立联系洽谈业务了。他说旁边的韩国团、中国台湾团都远远比中国大陆展团敬业、专业。这位书商说的情况，近年来在国内媒体也有批评的声音出现，但改善的情况却不大。另一方面，我们急于"走出去"，急于做强做大。这种心态可以说是普遍出现在国内各行各业。我们普遍认为中国已经崛起，已经成为经济大国，但忽略了我们绝对值上的经济贫穷与文化薄弱事实上依然使中国排在世界的后列。而浮躁之心令我们常常不顾事实。回到图书出版这件事上，要"走出去"，首先需要足够好的好书。这个问题这次国内同行们也讨论到，就是我们究竟有多少拿得出去的好书？其次，我们认为好的，人家不一定认为是好，当然也有可能我们不认为好的偏偏人家觉得香。如果要"走出去"，你就必须顾及人家的口味，而不是一厢情愿地推销。选择哪些书作为"走出去"的版贸书，并且如何选择，其中大有学问。

所以，建立健全的版权交易制度是非常重要的。但这个问题比较大，不是我在此说得清的。我要说的而且我们可能做到的，就是出版社起码必须将预付金及版税支付流程理顺。由于制度滞后的原因，中国的出版社大多没有进出口权，甚至专业的译文出版社也无法直接支付预付金、版税等，程序也非常烦琐。但如果集团领导能够把集团的资源整合起来，这个问题是完全可以迎刃而解的。而这就需要我们的社领导向上级反映，以便引起重视。另一方面，目前我们的外版书基本上支付预付金后就没有下文了，过去许多出版社也是这么做的。而且确实也有许多书利润很低，甚至连预付金都达不到。但如果我们的外版书能够带来更大的利益，年度的版税报告及实际支付是必须完成的。因为现在国外版权方在中国耳目相当多，消息也很灵通，一旦发现引进方有隐瞒行为，后果很严重。因此，我吁请负责此项工作的领导与编辑先把这项实际事务做好，以便有利于"引进来"与"走出去"。

（原载《花城简讯》2009年第3期）

# 后　记

　　修订完这个集子的终校样，我才惊觉，时间太快了。重读每篇文章，我的思绪都会回到当时的工作情境，忆起一路遭遇的人与事，无限感慨。这个集子，可以说是我职业生涯的一次回顾与小结，包含着工作激情。

　　我算是一个幸运的人，从小热爱文学，便梦想着一辈子活在文学作品中。上苍居然成全我，真的就这么生活下来。从20世纪90年代初至今，近三十年过去，人也已过天命之年，还在做着自己喜爱的事，享受工作带来的乐趣与成果，结交天南地北的文友，与同事们相安共事。世界变幻无常，我心依然傻乐，真该谢天谢地。

　　但文学只是浪漫的风花雪月吗？事实上，它一点都不虚无缥缈。好的文学作品让人更深度理解人性，让人心更柔软与温暖。它是一束美好的光，照亮向往美好的人们。时间无情，现实世界也并不完美，人生总有种种遗憾，而当我坐到书案前，打开书页，另一道光照进来了，这是一个神奇的能量场，心得到慰藉与支持的力量。感谢文学。

　　伴随着我的阅读所进行的这些书写，最初是随感随想，只与师友、文友交流，后来便有各种稿约，它们陆续刊登在不同报刊上，并且有了读者，以及读者来信，有了更广泛的传播。所有的指点、批评与鼓励，都成为我继续努力的动力。感谢师友、文友及读者们。

　　这个集子，虽然只是我写作的一小部分，却与我的职业最为密切相关，既是我作为文学编辑与出版工作者的亲历记录与态度，也从一个侧面反映中国当代文学及出版业的一些事件及变化，它们有其独特的史料价值。感谢我的工作单位领导及同事，是他们的肯定和帮助，促成它的出版。特别感谢责任编辑林菁的严谨与认真工作。

　　2019年，是我非常特别的一年。因为一些特别的事情，我经历了心灵成长质的飞跃。这个飞跃非常辛苦，却也非常有价值。它让我从内心更深切感悟到，人生每一步都算数，真诚的爱永远是人生最重要的能动力，是生命的希望所在。感谢给我带来心灵成长的亲人，也感谢我自己这一年所有的努力、坚持与收获，其中包括这个集子的出版。

2019年12月4日于广州